글쓰기 생각쓰기

글쓰기 생각쓰기
좋은 글은 어떻게
만들어지는가

윌리엄 진서 지음
이한중 옮김

2007년 11월 30일
초판 1쇄 발행
2025년 2월 14일
2판 1쇄 발행

펴낸이	한철희
펴낸곳	돌베개
등록	1979년 8월 25일 제406-2003-000018호
주소	(10881) 경기도 파주시 회동길 77-20 (문발동)
전화	(031) 955-5020
팩스	(031) 955-5050
홈페이지	www.dolbegae.co.kr
전자우편	book@dolbegae.co.kr
블로그	blog.naver.com/imdol79
페이스북	/dolbegae
인스타그램	@Dolbegae79

편집	한광재
표지디자인	김민해
본문디자인	이은정·이연경
마케팅	고운성·김영수
제작·관리	윤국중·이수민·한누리
인쇄·제본	한영문화사

ISBN   979-11-94442-09-7 (03800)

· 책값은 뒤표지에 있습니다.

글쓰기 생각쓰기

좋은 글은 어떻게 만들어지는가

On Writing Well:

The Classic Guide to Writing Nonfiction

윌리엄 진서 지음, 이한중 옮김

돌베개

"윌리엄 진서의 책이라니."

'글쓰기'에 관심 있는 이라면 윌리엄 진서를 모를 리 없다. 글쓰기에 관해 말하고 쓰는 사람 대부분은 윌리엄 진서의 영향을 받았다. 나 역시 마찬가지다. 그는 글쓰기 책의 연원이다. 무수히 범람하는 글쓰기에 관한 말들을 거슬러 올라가면 그의 말과 만난다.

"글쓰기가 힘들다고 느낀다면, 그것은 글쓰기가 정말로 힘들기 때문이다."는 말에 나는 얼마나 위안을 받았는지 모른다. "자기 자신과 자기 생각을 믿자. 글쓰기는 자아의 행위다."는 말을 처음엔 이해하지 못했다. 글을 써보니 자신을 믿는 사람만이 자기 안에 쓸거리가 있다고 믿고, 그것이 쓸 만한 가치가 있다고 믿으며, 마침내 그것을 길어 올려 보여준다는 사실을 알았다. "좋은 글쓰기의 비결은 모든 문장에서 가장 분명한 요소만 남기고 군더더기를 걷어내는 데 있다."는 한마디는 가장 강력한 글쓰기 지침이 됐다. "글은 써야 는다. 글쓰기를 배우는 유일한 방법은 강제로 일정한 양을 정기적으로 쓰는 것이다."는 말에 의지해 오늘도 나는 글을 쓴다.

이 책을 읽으면 글을 잘 쓸 수 있을까? 그렇지 않다. 하지만 잘 쓰고 싶은 마음이 솟구칠 것이다. 잘 쓸 수 있겠다는 자신감도 들 것이다. 어떻게 해야 잘 쓸 수 있는지도 알게 될 것이다. 그 다음은 글을 쓰는 당신의 몫이다.

강원국
『대통령의 글쓰기』, 『강원국의 진짜 공부』 저자

내가 과연 좋은 글을 쓸 수 있을까, 내 글을 누군가가 좋아해줄까, 글을 써서 과연 먹고 살 수 있을까. 이런 수많은 걱정에 사로잡혀본 적이 있다면, 당신에게 이 책은 분명 도움이 될 것이다. 나는 아무리 다채로운 미디어가 개발되어도, 아무리 뛰어난 기술이 발전해도, '좋은 글을 쓰기 위해 골몰하는 사람'의 존재를 완벽하게 대체할 존재는 나타나지 않을 것임을 믿는다. 특히 논픽션, 에세이를 쓰고 싶어하는 모든 사람들에게 이 책은 커다란 도움이 될 것이다.

저자는 글쓰기의 엄청난 고통을 끝내 글쓰기의 눈부신 보람으로 승화시키는 매일매일의 훈련을 가감 없이 이 책에 펼쳐 놓았다. 무엇보다도 이 책을 통해 나는 따사로운 인간미와 삶의 온기야말로 인공지능이 결코 빼앗아갈 수 없는 '인간의 글쓰기'가 지닌 미덕임을 깨닫게 되었다. 나는 이 책을 통해 내 글쓰기의 비밀을 깨달았다. 내가 쓰고 있는 바로 이 글감을 후회없이 사랑하기, 아직 만나지 못한 미래의 독자들마저 조건 없이 사랑하기, 영감이 떠오르지 않아도 무엇이든 일단 용감하게 써보기. 이 모든 것이 이 책을 통해 배운 삶의 기술이자 글쓰기의 기술이었다.

이 책을 통해 당신은 마침내 깨닫게 될 것이다. 글쓰기에 대한 두려움을 끝까지 쓰는 용기로 변신시키는 유일한 마법은 바로 매일 포기하지 않고 읽고 쓰고 고치는 당신의 열정임을.

정여울
『끝까지 쓰는 용기』, 『데미안 프로젝트』 저자

모든 작가는 백지 앞에서 막막함을 경험한 순간이 있다. 백지 앞의 공포는 습작생에게만 일어나는 일이 아니다. 글쓰는 모든 사람은 때로 자기 의심에 시달린다. 내가 쓰는 글이 진실로 나를 위한 것이면서도, 독자에게도 의미 있는 이야기를 건네고 있는지 고민한다. 글쓰는 사람에게 좋은 글쓰기란 무엇인지는 영원한 화두인 것이다.

윌리엄 진서의 『글쓰기 생각쓰기』는 거기에 하나의 해답을 준다. 자기만의 목소리를 찾고, 생각을 정리하며, 독자와 의미 있게 소통하는 법을 정확하게 알려준다. 간소화와 범위 좁히기 같은 실용적인 기술에서부터, 인간미와 온기 같은 글쓰기 태도의 본질, 논픽션부터 비지니스에 이르는 다양한 글쓰기 형식 등 글쓰기를 총체적으로 망라한다. 책을 읽으며 지난 10여 년간 이어왔던 글쓰기 수업에서 내가 늘 했던 이야기들이 정확하게 담겨 있는 걸 확인했다.

이 책은 모든 글쓰기 수업의 기초 교본으로 손색이 없다. 글쓰기를 두려워하는 사람에게는 용기를, 숙련된 작가에게는 새로운 통찰을 선사하는 이 책은 시대를 초월한 글쓰기의 고전으로, 모든 글쓰는 사람의 책장에 한 권쯤 있는 게 어색하지 않을 것이다.

정지우, 작가 겸 변호사
『우리는 글쓰기를 너무 심각하게 생각하지』 저자

서점가에선 글쓰기·창작·작법서가 하나의 장르를 이루며 쉼 없이 출간된다. 전례없는 글쓰기 노하우가 화수분처럼 샘솟기 때문일까? 이 장르의 충성 독자로서 그건 아니라고 생각한다. 이런 책은 작가, 편집자 등 업으로 글을 다루는 사람들이 가장 열심히 읽는다. '쓰는 법'을 몰라서 읽는 게 아니란 뜻이다. '쓸 수 있는 정신 상태'로 입장하기 위해 책의 도움을 받는다. 책을 여덟 권이나 썼지만, 나는 새로운 원고를 쓸 때마다 여전히 두렵고 확신을 갖지 못하며, 심리적 동아줄을 찾는 심정으로 글쓰기·창작·작법서를 뒤진다.

윌리엄 진서의 『글쓰기 생각쓰기』는 1976년에 초판이 출간되어 150만 명 넘는 독자가 읽은 고전이다. 인터뷰, 여행기, 회고록, 비즈니스 글쓰기, 비평 등 논픽션 분야를 두루 훑으며 구체적 예시와 실질적 방법론을 전하기에 책의 중반부를 읽을 땐 온화한 노교수의 합평 수업을 듣는 기분이 든다.

하지만 단지 노하우나 요령 때문에 『글쓰기 생각쓰기』가 오랜 시간 널리 읽혔다고 생각하지 않는다. '쓰는 사람이라면 필연적으로 마주하는 자신의 취약한 내면'을 진실하게 드러낸 점이 이 책의 백미다. 어떻게 세상 모두에게 잘 보이고 싶은 마음을 내려놓는 용기를 낼 수 있는지, 계속 쓰고자 하는 의욕을 이어갈 수 있는지, 전부 이야기하고 싶다는 달뜬 열의를 적절히 통제할 수 있는지, 실패에 대한 두려움을 물리칠 수 있는지 고민한 적 있는 사람이라면 『글쓰기 생각쓰기』에서 커다란 위로와 격려를 얻을 것이다.

이 책은 내가 글쓰기·창작·작법서에 기대하는 단 하나 - '읽다 보니 나도 쓰고 싶어'라는 의욕의 전염-뿐 아니라, '이렇게 하면 나도 잘 쓸 수 있을 것 같아'라는 낙관까지 슬그머니 심어주었다. 자기믿음과 낙관이라니… 이게 얼마나 드물게 벌어지는 사건인지 글 쓰는 사람이라면 모두 알 것이다.

최혜진, 아장스망 디렉터
『에디토리얼 씽킹』, 『유럽의 그림책 작가들에게 묻다』 저자

명쾌하고 호소력 있는 글을 쓰려는 모든 이들에게 성경과도 같은 책.

『뉴욕타임스』

이 책만큼 쉽고 알찬 글쓰기 안내서는 없었다. 매 페이지마다 언어에 대한 사랑과 존경이 선명하다.

『라이브러리 저널』

동기 부여와 실질적인 글쓰기 지침을 동시에 제공하는 탁월한 책. 단순함과 명료함의 중요성을 깊이 있게 탐구하며, 초보자와 숙련된 작가 모두에게 큰 영감을 준다.

《데일리 라이팅 팁스》

절망의 순간에

이 말을 꼭 기억하기 바란다.

글쓰기가 힘들다고 느낀다면,

그것은

글쓰기가 정말로 힘들기 때문이다.

차례 |,↵

일러두기

1. 영어 문법과 관련된 원서의 6, 7, 10장은 차례를 바꾸어 맨 뒤에 실었다.
2. 원서에는 스포츠에 대한 글쓰기를 다룬 장이 있으나, 한국의 맥락과 맞지 않아 한국어판에는 부득이하게 싣지 않았다.
3. 옮긴이 주는 ( )로 표기했다.

맨해튼 중부에 있는 내 사무실 벽에는 작가 E. B. 화이트의 사진이 하나 걸려 있다. 화이트가 일흔일곱 살 때 메인주 노스브루클린의 자택에 있는 모습을 질 크레멘츠가 찍은 것이다. 작은 보트 창고 안, 판자 세 장에 네 다리를 못으로 박은 수수한 나무 탁자가 놓여 있고, 수수한 나무 벤치에 백발의 남자가 앉아 있다. 창밖으로는 호수가 시원하게 펼쳐져 있다. 화이트는 수동타자기를 두드리고 있다. 달리 눈에 띄는 것은 재떨이와 못 통 하나뿐이다. 못 통은 말할 것도 없이 휴지통이다.

　지금까지 만난 많은 사람들, 기성 작가와 작가 지망생, 지금 학생과 옛날 학생들이 그 사진을 보았다. 그들은 대개 글쓰기 문제를 상의하거나 자기 사는 이야기를 하려고 찾아온 사람들이었다. 하지만 방에 들어온 지 얼마 되지 않아 그들의 시선은 타자기 앞에 앉아 있는 노인에게 끌렸다. 그들을 사로잡은 것은 간소함이었다. 화이트는 필요한 모든 것을 가지고 있었다. 글쓰기 도구, 종이 한 장, 그리고 자신이 원하는 대로 나오지 않은 문장을 받아줄 휴지통 하나.

그 뒤로 글쓰기는 전자적인 것이 되었다. 컴퓨터가 타자기를, 삭제키가 휴지통을 대신했으며, 글을 통째로 삽입하거나 옮기거나 재배치하는 여러 키가 생겼다. 하지만 그 무엇도 글 쓰는 사람을 대신하지는 못했다. 사람들은 여전히 남들이 읽고 싶을 만한 무언가를 쓰기 위해 골몰한다. 화이트의 사진이 말해주는 바가 바로 그것이며, 이 책이 말하고자 하는바 역시 삼십 년 동안 마찬가지였다.

내가 이 책을 처음 쓴 것은 화이트의 보트 창고처럼 작고 허름한 코네티컷의 어느 별채에서였다. 내 글쓰기 도구는 대롱대롱 매달린 전구와 언더우드 타자기, 누런 종이 한 묶음, 그리고 철망 휴지통 하나였다. 당시 나는 예일 대학에서 오 년 동안 논픽션 글쓰기를 가르쳤고, 1975년 여름 동안 그 내용을 책으로 옮길 생각이었다.

작업하는 내내 E. B. 화이트가 마음에 걸렸다. 나는 오랫동안 작가로서 그를 본보기로 삼았고, 힘들이지 않고 쓴 것처럼 보이는 그의 문체—물론 그것은 엄청난 노력의 결과였다—를 닮으려 했다. 그래서 새로운 일을 시작할 때마다 먼저 그의 글을 읽어서 그 리듬을 몸에 익히곤 했다. 그러나 글쓰기를 가르치는 일에 관심을 가진 지금, 화이트는 내가 진입하려는 분야의 확고한 챔피언이었다. 그의 은사였던 코넬 대학 영문학과 교수 윌리엄 스트렁크 주니어가 1919년에 쓴 책을 그가 다시 고쳐 펴낸 『문체의 요소』(The Elements of Style)는 글 쓰는 사람들의 필독서였다. 그런 책과의 경쟁이라니.

스트렁크와 화이트의 책과 경쟁하는 대신, 나는 그것을 보완하는 책을 쓰기로 했다. 『문체의 요소』는 이렇게 하고 저렇게 하지 말라는 조언과 훈계의 책이었다. 그 책이 언급하지 않은 것은 그런 원칙들을 논픽션과 저널리즘 글쓰기의 다양한 형식에 어떻게 적용하느냐는 문제였다. 그것이 내가 강좌에서 가르친 바였고, 내가 이 책에서 가르치고자 하는 바였다. 즉 사람과 장소, 과학과 기술, 역사와 의학, 비즈니스와 교육, 스포츠와 예술, 그리고 글쓰기의 소재가 될 수 있는 하늘 아래 모든 것에 대해 어떻게 쓸 것인가 하는 문제였다.

그리하여 이 책은 1976년에 처음 빛을 보았고, 100만 부가 넘게 팔리며 이제 세번째 세대의 독자를 맞이했다. 요즘 만나는 기자들 가운데는 막 입사했을 때 자신을 뽑은 편집국장에게 이 책을 선물로 받았다는 사람들이 있다. 그 편집국장 역시 그들을 뽑은 편집국장에게 이 책을 선물 받은 사람들이었다. 또 내가 만나본 어떤 나이 지긋한 수간호사들은 대학 때 숙제로 이 책을 읽었다가 끔찍한 의학책과 달리 흥미를 느꼈던 기억을 떠올리기도 했다. 가끔 옛날 책을 가져와서 사인을 해달라는 사람들도 있다. 밑줄이 마구 그어져 있는 책이었다. 그들은 지저분해서 미안하다고 했지만, 나는 그런 지저분함이 좋다.

지난 삼십 년 동안 세상이 변해왔듯 이 책도 변했다. 나는 사회 변화의 추세(회고록, 비즈니스, 과학에 대한 관심의 증가)와 새로운 문학적 변화(여성 작가의 증가), 새로운 인구학적 경향(다른 문화권 출신 작가들의 증가), 새로운 기술(컴퓨터의 보편화), 새로운 단어와 용법을 따라잡기 위해 이 책을 여섯 번 고쳐 썼다. 아울러 내가 야구, 음악, 미국의 역사 등 새로운 주제에 대한 책을 쓰면서 배운 점을 반영하기도 했다. 나 자신과 내 경험을 독자가 활용했으면 한다. 만약 독자가 이 책에 공감한다면 그것은 이 책이 영문학과 교수의 말 같지 않기 때문일 것이다. 이 책은 현역 작가가 들려주는 이야기이다.

가르치는 입장에서 내 관심사도 바뀌어왔다. 딱히 손에 잡히지는 않지만 좋은 글이 나올 수 있게 해주는 것들, 예를 들어 자신감, 즐거움, 의도, 정직함 등에 더 흥미가 생겨 거기에 대한 장들을 새로 썼다. 1990년대부터는 뉴스쿨 대학에서 회고록과 가족사에 대한 성인 강좌를 맡았다. 학생들은 글쓰기를 통해 자기가 누구이며 어떤 전통 속에 있는지 알고자 하는 사람들이었다. 여러 해 동안 그들의 이야기를 읽으면서 나는 그들의 삶에, 그리고 자신의 경험과 생각과 느낌을 기록으로 남기고 싶어 하는 그들의 열망에 이끌렸다. 이제는 미국인의 절반은 회고록을 쓰고 있는 것 같다.

안타까운 것은 그들 대부분이 글쓰기의 무게에 짓눌린다는 점이다. 수많은 사람과 사건과 감정이 제대로 기억해낼 수 없을 정도로 뒤죽박죽 엉켜 있는 과거를 어떻게 일관되게 정리할 수 있단 말인가? 그래서 많은 사람들이 절망하고 만다. 나는 그런 이들에게 조금이나마 도움과 위안을 주고자 2004년에 『스스로의 회고록』(Writing About Your Life)이라는 책을 썼다. 이 책은 나 자신이 살아오면서 겪은 다양한 사건에 대한 회고록인 동시에 내가 그 글을 쓰면서 어떤 결정을 내렸는지 설명하는 글쓰기 교본이기도 했다. 자신의 과거를 돌아보는 글을 쓰는 모든 이들은 선택과 축약, 구성, 어조 같은 문제에서 똑같은 어려움에 맞닥뜨리게 마련이다. 그래서 이 일곱번째 판본에서는 그간의 경험을 살려 가족사와 회고록 쓰기에 관한 새로운 장을 추가했다.

이 책을 처음 쓸 때 내가 염두에 둔 독자들—학생, 작가, 편집자, 그리고 글쓰기를 배우고 싶어 하는 이들—은 그리 많은 수가 아니었다. 그러나 나는 글쓰기에 혁명을 가져온 경이로운 전자기술의 등장을 전혀 예상하지 못했다. 먼저 1980년대에 워드프로세서가 나왔고, 이어서 컴퓨터는 스스로를 글 쓰는 사람으로 생각해 본 적이 전혀 없었던 사람들을 위한 일상적인 도구가 되었다. 1990년대에는 이메일과 인터넷이 등장했다. 지금은 세상 누구나 다른 누군가에게 글을 쓰고, 국경과 시간대를 뛰어넘어 서로 연락을 주고받는다. 온 세상에 블로거들이 넘쳐나는 시대다.

한편으로 이런 새로운 조류는 매우 반갑다. 글쓰기의 두려움을 줄여 주는 발명품들은 에어컨이나 전구만큼이나 편리하다. 하지만 모든 일이 그렇듯 여기에도 함정이 있다. 컴퓨터로 글을 쓰는 이들은 글쓰기의 본질이 고쳐쓰기라는 사실을 알지 못한다. 글을 막힘없이 술술 써낸다고 해서 글을 잘 쓰는 것은 아니다.

워드프로세서가 처음 나왔을 때가 그랬다. 서로 반대되는 현상이 나타났다. 잘 쓰는 사람은 더 잘 쓰고 못 쓰는 사람은 더 못 쓰게 된 것이다. 잘 쓰는 사람은 다시 타이핑해야 하는 고역 없이 문장을 얼마든지 잘라내고 끼워 넣을 수 있게 되었다. 못 쓰는 사람은 갑자기 글쓰기가 너무 편해지고 모니터로 보는 자기 문장이 너무 근사해서 더 장황하게 썼다. 그렇게 근사한 문장이 어찌 완벽하지 않을 수 있겠는가?

이메일은 속도를 늦추거나 되돌아보는 것과는 거리가 먼 즉각적인 통신 수단이어서, 일상적인 일들을 처리하는 데는 이상적이다. 글이 앞뒤가 맞지 않아도 나쁠 게 없다. 하지만 이메일은 전 세계 비즈니스의 상당 부분이 이루어지는 공간이기도 하다. 일에 꼭 필요한 정보를 주고받기 위해 매일 무수한 이메일이 오간다. 잘못 쓴 이메일은 큰 피해를 줄 수도 있다. 잘못 쓴 웹사이트도 마찬가지다. 마술 같은 전자기술이 넘치는 새 시대에도 기본은 역시 글쓰기다.

이 책은 기능을 연마하기 위한 책이다. 그 원칙은 지난 삼십 년 동안 변함이 없었다. 앞으로 삼십 년 동안 또 어떤 놀라운 기술이 나타나 글쓰기를 배로 쉽게 만들지는 모르겠다. 하지만 그 때문에 글이 배로 좋아지지 않는다는 것은 분명하다. 여전히 필요한 것은 수수하고 오랜 노력—E. B. 화이트가 자기 보트 창고에서 하던 일—과 언어라는 수수하고 오래된 도구다.

2006년 4월
윌리엄 진서

좋은 글쓰기의 원칙

1

나를 발견하는 글쓰기

언젠가 코네티컷주의 어느 학교에서 열린 '예술을 위한 하루' 라는 행사에서 직업으로서의 글쓰기를 주제로 이야기해달라 는 부탁을 받은 적이 있다. 행사장에 가보니 나 말고도 브룩이 라는 이름의 외과의사가 강연자로 와 있었다. 최근에 글쓰기 를 시작해 잡지에 글을 몇 번 싣기도 한 이였는데, 그는 부업 으로서의 글쓰기에 관해 이야기하기로 되어 있었다. 우리 둘 은 그렇게 글쓰기라는 매력적인 일에 대해 몹시 궁금해하는 학생, 교사, 부모 들 앞에 나란히 앉았다.

브룩 씨는 작가라면 응당 그래 보여야 한다는 듯 어딘가 보 헤미안 같은 분위기의 밝은 빨간색 재킷을 입고 있었다. 그가 첫 질문을 받았다. "작가가 되시니까 어떤가요?"

그는 너무너무 재미있다고 했다. 병원에서 힘들게 일하고 나서 집에 돌아오면 곧장 공책 앞에 앉아 글을 쓰면서 그날의 긴장을 떨쳐버린다는 것이었다. 그러노라면 단어들이 술술 흘 러나와 글이 쉽게 써진다고 했다. 내 차례가 되자 나는 글쓰기가 쉽지 않거니와 재미있지도 않다고 말했다. 글쓰기는 힘들고 고독한 일이며, 단어가 그냥 술술 나오는 경우는 여간해선 없다고 했다.

다음으로 브룩 씨는 글을 고쳐 쓰는 것이 중요하냐는 질문을 받았다. 그는 절대 그렇지 않다고 대답했다. 그는 있는 그대로 다 끄집어내라며, 문장이란 어떻게든 글 쓰는 사람의 내면을 자연스럽게 드러내게 마련이라고 했다. 나는 글은 고쳐쓰기가 생명이라고 말했다. 그리고 전문 글쟁이들은 문장을 몇 번이나 고쳐 쓴 다음에도 또 고친다고 했다.

"글이 잘 안 써질 때는 어떻게 하시나요?" 브룩 씨가 질문을 받았다. 그는 당장 글쓰기를 멈추고 잘 써질 때까지 하루쯤 손을 대지 않는다고 했다. 나는 글쓰기가 직업인 사람들은 매일 쓰는 양을 정해놓고 엄격히 지켜야 한다고 답했다. 나는 글쓰기는 기능이지 예술이 아니라고 했다. 영감이 모자란다는 이유로 기능을 연마하는 일에서 손을 떼는 사람은 어리석은 사람이며 빈털터리가 되고 말 것이라고도 했다.

"우울하거나 슬플 때는 어떻게 하나요? 글쓰기에 영향을 미치지 않나요?" 한 학생이 물었다.

그러기 쉽다고 브룩 씨는 대답했다. 그럴 땐 낚시를 가거나 산책한다고 했다. 나는 별로 그렇지 않다고 답했다. 글쓰기가 직업이면 다른 직업과 마찬가지로 묵묵히 일을 하게 된다고 했다.

어떤 학생은 작가들을 자주 만나는 게 도움이 되느냐고 물

24   좋은 글쓰기의 원칙

었다. 브록 씨는 작가로서의 새로운 생활이 아주 즐겁다면서, 출판사 사람이나 에이전트를 따라 작가와 편집자가 많이 모이는 맨해튼의 레스토랑에 갔던 이야기를 들려주었다. 나는 전문 글쟁이들은 다른 작가들을 잘 만나지 않고 주로 혼자서 힘들게 일한다고 했다.

"글에 상징적인 표현을 자주 쓰시나요?" 한 학생이 나에게 질문했다.

"되도록 쓰지 않지요." 나는 소설을 읽거나 연극이나 영화를 볼 때 거기에 숨은 심오한 의미를 잘 놓치기로 소문난 사람이며, 무용이나 마임 같은 것을 보면 도대체 뭘 전달하려는 건지 모르겠다고 했다.

"저는 상징을 아주 좋아해요!" 브록 씨가 큰 소리로 대답했다. 그는 자기 글에서 상징을 이리저리 엮어나가는 것을 즐긴다고 신이 나서 이야기했다.

그렇게 지나간 그날 아침은 우리 모두에게 아주 특별한 시간이었다. 행사가 끝날 때 브록 씨는 내게 답변이 참으로 흥미로웠다고 말했다. 그는 글쓰기가 어려울 수 있다는 생각을 한 번도 해본 적이 없었다. 나 역시 그의 답변이 참 흥미로웠다. 나는 글쓰기가 쉬울 수도 있다는 생각을 한 번도 해본 적이 없었기 때문이다. 아마 그 점에 대해서는 내가 수술을 받아야 하는지도 모를 일이다.

우리가 학생들을 혼란스럽게 했는지도 모른다. 그러나 실은 둘 중 한 사람만 이야기하는 것보다는 글쓰기라는 일에 대해

보다 폭넓은 시각을 보여준 것이다. 글쓰기 같은 개인적인 일에 옳은 방법이란 없기 때문이다. 글 쓰는 사람도 천차만별이고 글 쓰는 방법도 천차만별이다. 말하고 싶은 것을 말할 수 있게 해주는 방법이라면 무엇이든 그 사람에게 옳은 방법이다. 어떤 사람은 낮에 글을 쓰고 어떤 사람은 밤에 쓴다. 조용해야 글이 써지는 사람이 있고 라디오를 켜놓아야 잘 써지는 사람이 있다. 펜으로 쓰는 사람도 있고 워드프로세서로 쓰는 사람도 있고 녹음기에 녹음해서 쓰는 사람도 있다. 어떤 사람은 일단 단숨에 길게 초고를 쓴 뒤 고쳐쓰기를 하고, 어떤 사람은 한 문단을 끊임없이 만지작거리지 않으면 다음 문단으로 넘어가지 못한다.

그러나 글을 쓰는 사람이라면 누구나 쉽게 상처받고 긴장하게 마련이다. 자신의 일부를 종이 위에 펼쳐놓아야 한다는 강박에 이끌리지만, 자연스럽게 나오는 그대로 쓰지 못한다. 집필이라는 것을 한답시고 앉아 있지만, 종이 위에 나타나는 자신은 글을 쓰기 위해 앉아 있는 사람보다 훨씬 뻣뻣하게만 보인다. 문제는 그런 긴장 뒤에 있는 진짜 자신을 발견하는 것이다.

궁극적으로 글 쓰는 이가 팔아야 하는 것은 글의 주제가 아니라 자기 자신이다. 나는 전에는 한 번도 흥미를 느끼지 못했던 과학 분야의 글을 재미있게 읽는 경우가 종종 있다. 이때 나를 사로잡는 것은 자기 분야에 대한 글쓴이의 열정이다. 그는 왜 그 문제에 끌렸을까? 그는 그 문제에 대해 어떤 감정을 품고 있을까? 그것이 그의 삶을 어떻게 바꾸었을까? 월든 호수

좋은 글쓰기의 원칙

의 체험을 쓴 작가(『월든』(*Walden*)을 쓴 H. D. 소로를 말한다―옮긴이)를 이해하기 위해 월든 호숫가에서 혼자 일 년을 살아야 할 필요는 없다.

이것이 좋은 글쓰기의 핵심이다. 이 책이 말하고자 하는 가장 중요한 두 가지가 여기에서 나온다. 바로 인간미와 온기다. 좋은 글에는 독자를 한 문단에서 다음 문단으로 계속 나아가도록 붙잡는 생생함이 있다. 이것은 자신을 꾸미는 기교의 문제가 아니다. 가장 명료하고 힘 있는 언어를 사용하는 방식의 문제다.

그런 원칙은 가르칠 수 있는 것일까? 어려울지도 모른다. 하지만 그런 원칙은 대개 익힐 수 있는 것들이다.

간소한 글이 좋은 글이다

사람들은 대체로 글을 난삽하게 쓰는 병이 있다. 살다 보면 불필요한 단어, 반복적인 문장, 과시적인 장식, 무의미한 전문용어 때문에 숨이 막힐 때가 한두 번이 아니다.

　사람들이 일상생활에서 쓰는 답답한 표현들, 이를테면 메모, 기업 보고서, 업무상 서신, 계좌명세서 양식이 '간소화'되었음을 알리는 은행의 공지 따위를 누가 제대로 이해할 수 있을까? 보험사 직원 가운데 보험 상품의 비용과 혜택을 설명하는 소책자를 제대로 해석할 수 있는 사람이 얼마나 있을까? 아이들의 장난감 상자에 있는 설명을 보고 장난감을 제대로 조립할 수 있는 엄마나 아빠가 얼마나 있을까? 사람들은 대체로 뭔가 있어 보이기 위해 말을 부풀리는 경향이 있다. 잠시 후 상당한 양의 강우가 예상된다고 말하는 비행기의 기장은 비가 올 것 같다고 말할 생각을 하지 않는다. 문장이 너무 간소하면 뭔가 잘못됐다고 생각하는 것이다.

　하지만 좋은 글쓰기의 비결은 모든 문장에서 가장 분명한

28　　　　　　　　　　　　　　　　좋은 글쓰기의 원칙

요소만 남기고 군더더기를 걷어내는 데 있다. 아무 역할도 하지 못하는 단어, 짧은 단어로도 표현할 수 있는 긴 단어, 이미 있는 동사와 뜻이 같은 부사, 읽는 사람이 누가 뭘 하는 것인지 모르게 만드는 수동 구문, 이런 것들은 모두 문장의 힘을 약하게 하는 불순물일 뿐이다. 그리고 이런 불순물은 대개 교육과 지위에 비례해서 나타난다.

내가 다녔던 대학의 총장은 1960년대에 학원 소요가 한바탕 지나간 뒤 동문들을 진정시키기 위해 이렇게 시작하는 편지를 한 통 썼다. "여러분도 아시다시피, 우리는 부분적으로만 관련이 있는 문제들에 대해 매우 상당한, 잠재적으로 폭발적인 불만의 표출을 경험해왔습니다." 학생들이 상관도 없는 문제로 학교를 들볶았다는 말이었다. 나는 학생들의 잠재적으로 폭발적인 불만의 표출보다는 총장의 글솜씨 때문에 훨씬 더 기분이 상했다. 그보다는 차라리 프랭클린 루스벨트 대통령이 1942년에 등화관제 명령을 내리면서 쓴 다음 문장이 더 낫겠다.

공습 시 얼마 동안 연방 정부가 점유하고 있는 모든 연방 및 비연방 건물이 내외부의 조명으로 인해 노출되는 것을 완전히 차단하기 위한 조치가 취해질 것입니다.

루스벨트는 또 "건물 안에서 일을 계속 진행해야만 하는 사람들에게는 창문에 무언가를 걸쳐두게 하십시오"라고 했다.

간소하게, 부디 간소하게 쓰자. 우리가 자주 듣는 이 말은

좋은 글에는

독자를 한 문단에서 다음 문단으로

계속 나아가도록 붙잡는 생생함이 있다.

이것은 자신을 꾸미는 기교의 문제가 아니다.

가장 명료하고 힘 있는 언어를

사용하는 방식의 문제다.

H. D. 소로가 한 말이다. 미국 작가 가운데 그만큼 자신의 말에 충실한 사람은 없었다. 『월든』(Walden)의 어느 페이지를 펼쳐 봐도 그가 마음속에 있는 것을 쉽고 조리 있게 말하는 것을 볼 수 있다.

내가 숲으로 간 것은 신중하게 살기 위해서, 삶의 본질만을 마주하기 위해서, 삶의 가르침을 과연 내가 배울 수 있을지 알기 위해서, 그리고 죽을 때가 되어 내가 제대로 살지 못했음을 깨닫게 되지 않기 위해서였다.

어떻게 하면 난삽함이라곤 전혀 없는 이 부러운 경지에 도달할 수 있을까? 답은 난삽한 생각을 머릿속에서 치워버리는 것이다. 명료한 생각이 명료한 글이 된다. 하나가 없이 다른 하나는 있을 수 없다. 생각이 흐리멍덩한 사람이 훌륭한 글을 쓰기란 불가능하다. 한두 문단은 넘어갈 수 있을지 몰라도, 독자는 이내 길을 잃게 마련이다. 그렇게 되면 독자를 다시 불러들이기 어렵다. 글 쓰는 사람에게 이보다 더 큰 잘못은 없다.

독자라는 이 붙잡기 어려운 대상은 과연 어떤 존재인가? 독자는 주의를 지속하는 시간이 삼십 초 정도밖에 되지 않는 존재이다. 또 그의 주의를 끌기 위해 경쟁하는 많은 힘에 둘러싸여 있는 존재이다. 전에는 그런 힘들이 상대적으로 적었다. 신문, 잡지, 라디오, 배우자, 아이들, 애완동물 정도가 그런 경쟁자였다. 그러나 지금은 거기에 텔레비전, 비디오, DVD, CD, 게임, 인터넷, 이메일, 휴대전화, PDA, MP3 등 오락과 정보를 제공하는 온갖 전자기기들과 헬스클럽, 수영, 잔디, 그리고 가장 강력한 경쟁자인 잠이 추가되었다. 의자에 앉아 책이나 잡지를 들고 조는 사람은 글쓴이 때문에 불필요한 수고를 너무 많이 한 사람이다.

독자가 둔하고 게을러서 생각의 연쇄를 따라가지 못한다고 말하려는 게 아니다. 독자가 길을 잃는 건 대개 글쓴이가 충분히 정성을 들이지 않아서이다. 여러 가지 경우가 있을 수 있다. 문장이 너무 난삽해서 독자가 장황한 표현 속에서 헤매다 의미를 놓쳐버렸을 수도 있다. 문장 구성이 너무 조잡해서 독자가 그것을 여러 가지 뜻으로 읽어버렸을 수도 있다. 또 B라는 문장이 A라는 문장을 논리적으로 이어주지 못했을 수도 있다. 글쓴이가 자기 머릿속에서는 두 문장의 연결이 명확해서 연결 고리를 밝히지 않고 넘어가는 것이다. 글쓴이가 사전을 찾아보는 수고를 하지 않아서 단어를 부정확하게 구사했을 수도 있다.

그런 장애물에 맞닥뜨린 독자들은 처음에는 쉽게 포기하지 않는다. 분명히 뭔가를 놓쳤겠거니 하고 스스로를 탓하면서 알 수 없는 문장으로 되돌아가거나, 고대 문자를 꿰맞추듯 문단 전체를 다시 읽으며 추측을 거듭한다. 하지만 그런 노력은 오래가지 않는다. 글쓴이 때문에 지쳐버린 독자는 이내 더 나은 사람을 찾아 떠나버린다.

그러니 글 쓰는 사람은 언제나 스스로에게 이렇게 물어야 한다. 나는 과연 무엇을 말하고 싶은가? 그걸 모르는 경우가 너무 많다. 또 자기가 쓴 글을 읽어보고 스스로에게 이렇게 물어야 한다. 내가 제대로 말했나? 이 주제를 처음 접하는 사람이 보기에 글이 명료한가? 그렇지 않다면 어딘가 모호한 구석이 있다는 것이다. 명료한 작가는 그것이 과연 무엇인지, 정확히 어디가 모호한지 알아보는 눈이 있는 사람이다.

그렇다고 누구는 명석한 머리를 타고나서 타고난 작가가 되고, 누구는 날 때부터 흐리멍덩해서 절대 잘 쓸 수 없다는 말이 아니다. 명료한 생각은 글 쓰는 사람이 스스로에게 강요해야 하는 의식적인 행위다. 그것은 논리가 필요한 다른 일, 이를테면 쇼핑 목록을 작성하거나 수학 문제를 푸는 일과도 같다. 흔히들 좋은 글쓰기는 저절로 되는 것으로 생각하지만, 실은 그렇지 않다. 전업 작가들은 언젠가는 글을 좀 써보고 싶다고 말하는 사람들 때문에 불쾌할 때가 많다. 여기서 '언젠가'는 가령 보험이나 부동산 같은 힘든 본업에서 은퇴할 때를 뜻한다. 그 문제에 관한 책이라면 얼마든지 쓸 수 있다는 소리도 자주 듣는다. 내가 보기엔 '글쎄올시다'다.

글을 쓴다는 건 힘든 일이다. 명료한 문장은 우연히 생기는 것이 아니다. 처음부터, 심지어는 세번째까지도 적절한 문장이 나오는 경우는 대단히 드물다. 절망의 순간에 이 말을 꼭 기억하기를 바란다. 글쓰기가 힘들다고 느낀다면, 그것은 글쓰기가 정말로 힘들기 때문이다.

is too dumb or too lazy to keep pace with the ~~writer's~~ train
of thought. My sympathies are ~~entirely~~ with him.) ~~He's not
so dumb.~~ (If the reader is lost, it is generally because the
writer ~~of the article~~ has not been careful enough to keep
him on the ~~proper~~ path.

This carelessness can take any number of ~~different~~ forms.
Perhaps a sentence is so excessively ~~long and~~ cluttered that
the reader, hacking his way through ~~all~~ the verbiage, simply
doesn't know what *it* ~~the writer~~ means. Perhaps a sentence has
been so shoddily constructed that the reader could read it in
any of *several* ~~two or three different~~ ways. ~~He thinks he knows what
the writer is trying to say, but he's not sure.~~ Perhaps the
writer has switched pronouns in mid-sentence, or ~~perhaps he~~
has switched tenses, so the reader loses track of who is
talking ~~to whom~~ or ~~exactly~~ when the action took place. Per-
haps Sentence B is not a logical sequel to Sentence A -- the
writer, in whose head the connection is ~~perfectly~~ clear, has
not *bothered to provide* ~~given enough thought to providing~~ the missing link. Per-
haps the writer has used an important word incorrectly by not
taking the trouble to look it up ~~and make sure.~~ He may think
that "sanguine" and "sanguinary" mean the same thing, but)
~~I can assure you that~~ (the difference is a bloody big one ~~to the
reader.~~ *The reader* ~~He~~ can only ~~try to~~ infer ~~what~~ (speaking of big differ-
ences) what the writer is trying to imply.

Faced with *these* ~~such a variety of~~ obstacles, the reader
is at first a remarkably tenacious bird. He ~~tends to~~ blame*s*
himself. *He* obviously missed something, ~~he thinks,~~ and he goes
back over the mystifying sentence, or over the whole paragraph,

6 --

piecing it out like an ancient rune, making guesses and moving
on. But he won't do this for long. ~~He will soon run out of
patience.~~ The writer is making him work too hard ~~— harder
than he should have to work~~ — and the reader will look for
~~a writer~~ who is better at his craft.

The writer must therefore constantly ask himself: What am
I trying to say? ~~in this sentence?~~ Surprisingly often, he
doesn't know. ~~And~~ Then he must look at what he has ~~just~~
written and ask: Have I said it? Is it clear to someone
~~who is coming upon~~ the subject for the first time? If it's
not ~~clear,~~ it is because some fuzz has worked its way into the
machinery. The clear writer is a person ~~who is~~ clear-headed
enough to see this stuff for what it is: fuzz.

I don't mean ~~to suggest~~ that some people are born
clear-headed and are therefore natural writers, whereas
~~other people~~ are naturally fuzzy and will ~~therefore~~ never write
well. Thinking clearly is ~~an entirely~~ conscious act that the
writer must ~~keep forcing~~ upon himself, just as if he were
~~starting out~~ on any other ~~kind of~~ project that ~~calls for~~ logic:
adding up a laundry list or doing an algebra problem ~~or playing
chess.~~ Good writing doesn't ~~just~~ come naturally, though most
people obviously think ~~it's as easy as walking.~~ The professional

---

이 책 초판의 최종 원고 일부. 초고로 보일지 모르겠지만 실은 (다른 부분과 마찬
가지로) 네댓 번씩 고쳐 쓰고 다시 타이핑한 것이다. 고쳐 쓸 때마다 나는 유용하
지 않은 요소를 모조리 빼서 글이 좀 더 촘촘하고 힘 있고 정확해지도록 애쓴다.
그런 다음 큰 소리로 읽으면서 한 번 더 살펴보는데, 그때마다 아직도 잘라내야
할 부분이 많은 것에 놀란다. (나중 판본에서 나는 '필자'와 '독자'를 지칭하는 성
차별적인 대명사인 '그'(he)를 빼버렸다.)

2   간소한 글이 좋은 글이다

버릴 수 있는 만큼 버리자

난삽함과의 싸움은 잡초와의 싸움과도 같다. 글쓴이가 언제나 조금 뒤지기 때문이다. 하룻밤 사이에 새로운 표현들이 생겨나서 다음 날이면 일상 회화의 일부가 되어버린다. 닉슨 대통령을 보좌했던 존 딘이 워터게이트 청문회 때 텔레비전에 나와 증언하면서 단 하루 만에 이룬 업적을 생각해보기 바란다. 다음 날 온 미국인은 '지금'(now)이라는 말 대신에 '현재 시점에서'(at this point in time)란 표현을 쓰고 있었다.

　　동사 뒤에 붙는 쓸모없는 전치사들을 한번 생각해보자. 이제는 위원회를 이끈다(head)고 하지 않고 주재한다(head up)고 한다. 이제는 어떤 문제를 마주한다(face)고 하지 않고 따로 틈을 내서(free up) 문제에 직면한다(face up to)고 한다. 별로 신경 쓸 것 없는 사소한 문제라고 할지도 모른다. 하지만 그것이야말로 신경 쓸 문제다. 글쓰기 실력은 필요 없는 것을 얼마나 많이 걷어낼 수 있느냐에 비례한다. '따로 틈을 내서'(free up)에서 '따로'(up)는 없는 게 낫다. 자기가 쓴 글의 단어를 하나하나 살펴

　　　　　　　　　　　　　　좋은 글쓰기의 원칙

보자. 아무 쓸모 없는 단어가 많은 것에 놀랄 것이다.

'내 개인적인 친구'(a personal friend of mine), '그의 개인적인 감정'(his personal feeling), '그녀의 개인적인 의사'(her personal physician)에서 형용사 '개인적인'(personal)은 빼자. 이는 없어도 좋은 단어의 전형이다. 개인적인 친구라는 말을 일상적으로 쓰게 된 것은 업무상의 친구와 구분하기 위해서였는데, 그 바람에 말도 우정도 품격이 떨어지고 말았다. 누군가의 감정은 당연히 그 사람의 개인적인 감정이다. 그래서 '그의'라는 말이 붙은 것이다. 개인적인 의사란, 갑자기 아픈 연극배우가 극장 소속 의사에게 진료받고 싶지 않아 따로 부른 의사다. 그것도 기왕이면 그냥 '그녀의 의사'(her doctor)면 좋겠다. 의사면 의사고, 친구면 친구다. 나머지는 군더더기다.

글이 난삽하다는 것은 뜻이 같은 짧은 단어를 제쳐두고 까다로운 표현을 쓴다는 것이다. 존 딘 이전에도 사람들은 '지금'(now)이라는 간소한 단어를 잘 쓰지 않았다. 대신에 '현재'(currently; "현재 모든 상담원이 상담 중입니다")나 '현시점에'(at the present time)나 '목하'(presently)라는 말을 썼다. 하지만 당장의 순간이라는 뜻을 전달하기 위해서는 '지금'(now)을, 역사적인 현재라는 뜻을 전하기 위해서는 '오늘날'(today)을 써서 같은 의미를 표현할 수 있다. "현시점에 우리는 강우를 경험하고 있습니다"라고 할 필요는 없는 것이다.

'경험하다'(experience)도 가장 난삽한 말 가운데 하나다. 그런데 치과의사조차도 고통을 경험하고 있느냐고 물어보곤 한다. 그도 자기 아이에게는 그냥 "아프니?"하고 물을 것이다. 간단한 것이 더 자연스럽지 않은가. 직업적으로 잘난 체하는 표현을 쓰면 좀 더 권위 있어 보일 수도 있지만 고통의 진실이 무뎌지기도 한다. 비행기에서 산소가 떨어졌을 때 내려오는 산소마스크에 관해 설명하는 승무원의 말도 그렇다. "가능성은 희박하지만, 기체가 그러한 불의의 사태를 경험하는 경우에"라는 식으로 시작하는 승무원의 말은 그 자체로도 산소를 빼앗아버리기 때문에 우리는 어떠한 재난도 각오하게 된다.

장황한 완곡어법을 써도 문장이 난삽해진다. 슬럼을 '침체된 사회경제적 지구', 쓰레기 수거인을 '폐기물 처분 인원', 쓰레기 처리장을 '용량 감축 시설'이라고 하는 경우가 그렇다. 빌 몰딘의 풍자만화 가운데 기차 화물칸에 탄 두 부랑자 이야기가 떠오른다. 그중 한 사람은 이렇게 말한다. "나는 처음엔 그냥 부랑자였는데, 이젠 만성적인 실업자야." 난삽함은 정치적 올바름이 도가 지나친 경우에도 생긴다. 내가 본 어느 소년 캠프 모집 광고는 "개별적인 관심은 지극히 제한적일 때에만 주어집니다"라는 표현을 썼다.

기업이 자기 잘못을 감추기 위해 사용하는 공식적인 표현도 난삽하다. DEC는 일자리 삼천 개를 줄이면서 해고라는 말 대신 "본의 아닌 수단"이라는 표현을 썼다. 공군은 미사일 오발 사고가 나자 그것이 "지상에 조발(早發)적인 충격을 주었다"라고 했다. GM은 공장 문을 닫으면서 "총량 관련 생산 일정 조절"이라는 표현을 썼다. 기업들은 도산할 때 "부정적인 현금 흐름 상태"라는 표현을 쓴다.

펜타곤이 침략을 "강화된 방위반응 공격"이라고 하고 "저항세력 저지"를 위한 막대한 예산을 정당화하는 것도 난삽한 표현의 예다. 캄보디아, 베트남, 이라크전쟁 때 자주 인용된 조지 오웰의 1946년 에세이 「정치와 영어」가 지적하는 것처럼, "정치적인 말과 글은 대개 방어할 수 없는 것을 방어하는 것이다. (…) 따라서 정치적 언어는 주로 완곡어법, 논점 회피, 도저히 분간할 수 없는 모호성으로 이루어지게 마련이다." 난삽함이 단순히 불쾌하기만 한 문제가 아니라 무시무시한 수단이라는 오웰의 경고는 최근 수십 년간 미국이 벌인 군사적 모험에서 사실로 나타났다. 조지 W. 부시 정권에서 이라크의 민간인 사상자가 "부수적 피해"(collateral damage)가 된 것이다.

이러한 언어 위장술은 레이건 정권에서 국무장관을 지낸 알렉산더 헤이그 장군 때 새로운 경지에 도달했다. 그전에는 아무도 '지금'이라는 뜻을 전달하기 위해 "이러한 성숙화의 시기에"라는 말을 할 생각을 하지 못했다. 그는 또 미국인들에게 "의미심장한 강제적 제재"로 테러리즘과 맞서 싸워야 하며, 중형 핵미사일이 "중차대한 와중"에 있다고 말했다. 국민이 품을 수 있는 우려에 대해 그는 자신을 믿고 맡겨달라는 뜻을 이렇게 표현했다. "우리는 국민들의 집착 데시벨이 낮은 수준에 도달할 때까지 이것을 밀고 나가야 합니다. 저는 이러한 내용의 분야에서는 학습곡선이라고 할 만한 것이 없다고 생각합니다."

여러 분야의 예를 더 들 수 있다. 모든 전문 분야에서 일반인의 눈을 속이는 전문용어가 점점 늘고 있다. 일일이 나열하자면 끝이 없지만, 중요한 것은 난삽한 표현이 글의 적이라는 점이다. 짧은 단어보다 전혀 나을 것이 없는 긴 단어도 조심하자. '보조하다'(assistance)보다 '돕다'(help), '다수의'(numerous)보다 '많은'(many), '용이하게 하다'(facilitate)보다 '쉽게 하다'(ease), '개개인'(individual)보다 '남녀'(man or woman), '여분'(remainder)보다 '나머지'(rest), '최초'(initial)보다 '처음'(first), '이행하다'(implement)보다 '하다'(do)가 더 낫다. 뜻이 애매한 유행어(paradigm, parameter, prioritize, potentialize)도 조심하자. 그런 것들은 모두 글을 답답하게 만드는 잡초다. '말'(talk)할 수 있는 것을 굳이 '논의'(dialogue)하지 말자. 괜히 '소통'(interface)하지 말자.

무언가를 설명하려 할 때 쓰는 긴 표현도 조심해야 한다. "~라 덧붙일 수 있다", "~라는 점이 지적되어야 한다", "~라는 점에 주목하는 것은 흥미롭다" 따위가 그렇다. 덧붙일 수 있으면 그냥 덧붙이자. 어떤 점이 지적되어야 한다면 그냥 지적하자. 무언가에 주목하는 것이 흥미롭다면 그냥 흥미롭게 하자. 누가 "당신은 이것이 흥미롭지 않습니까?"라고 하면 당혹스럽지 않은가? 부풀릴 필요가 없는 말은 부풀리지 말자. "~라는 가능한 예외를 제외하고"는 "~를 제외하고"로, "~라는 사실 때문에"는 "~때문에"로, "그는 ~할 수 있는 능력이 전적으로 결여된 사람이었다"는 "그는 ~할 수 없었다"로, "~라는 목적을 위해서"는 "~을 위해서"로 바꾸자.

좋은 글쓰기의 원칙

군더더기를 단번에 알아보는 방법이 있을까? 내가 예일 대학에서 학생들을 가르쳤을 때 도움이 되었던 방법이 하나 있다. 글에서 유용한 역할을 하지 못하는 모든 요소에 괄호를 치는 것이었다. 대개는 단어 하나에 괄호를 칠 수 있는 경우가 많았다. '주문하다'(order up)에서는 'up', '행복하게 미소 짓다'(smile happily)에서는 '행복하게', '높은 마천루'(tall skyscraper)에서는 '높은'이 그런 단어다. 문장의 힘을 빼는 짧은 수식어('조금'[a bit], '일종의'[sort of])에 괄호를 칠 수도 있었고, 아무 뜻도 없는 '어떤 의미에서'(in a sense) 같은 문구를 괄호 치기도 했다. 때로는 문장 전체일 때도 있었다. 그 문장이 앞의 문장을 사실상 반복하는 경우, 또는 독자가 알 필요가 없거나 자연히 알 수 있는 말을 하는 경우였다. 대부분의 초고는 글에 담긴 정보나 글쓴이의 목소리를 잃지 않고도 오십 퍼센트는 줄일 수 있다.

내가 학생들의 글에 줄을 긋지 않고 괄호를 친 것은 그들의 신성한 글을 모독하지 않기 위해서였다. 문장을 그대로 남겨서 학생들 스스로 분석할 기회를 주려는 것이기도 했다. 나는 이렇게 말했다. "내가 틀렸을 수도 있지만, 나는 이걸 지워도 의미에 지장이 없을 거로 생각합니다. 하지만 결정하는 건 여러분입니다. 괄호 친 부분을 빼고 읽어서 말이 되는지 확인해보세요." 학기 초에 나는 괄호투성이가 된 글을 학생들에게 돌려주었다. 문단 전체에 괄호가 쳐진 경우도 있었다. 하지만 학생들은 이내 자기 글의 군더더기에 마음속으로 스스로 괄호를 치는 법을 배웠고, 학기 말이 되면 글은 거의 고칠 곳 없이 깨끗했다. 그 가운데 많은 학생이 지금은 직업적인 작가가 되어서 내게 이런 말을 한다. "지금도 선생님 괄호가 눈에 어른거려요. 평생을 쫓아다니는 것 같아요."

여러분도 그런 눈을 키울 수 있다. 자신이 쓴 글에서 군더더기를 찾아내 가차 없이 빼버리자. 내버릴 수 있는 모든 것을 기꺼이 버리자. 종이 위에 옮긴 모든 문장을 다시 살펴보자. 모든 단어가 새로운 역할을 하고 있는가? 그 생각을 더 경제적으로 표현할 수는 없는가? 잘난 체하거나 유행을 좇고 있지는 않은가? 근사해 보인다고 해서 쓸모없는 것에 매달리고 있지는 않은가?

간소하게, 부디 간소하게 쓰자.

좋은 글쓰기의 원칙

나만의 것이 곧 내 문체다

깔끔한 문장을 쓰려는 글쓴이를 호시탐탐 노리는 괴물을 조심하라는 이야기는 이 정도로 충분할 것 같다.

"하지만 당신이 군더더기라고 하는 걸 모두 없애버리고 뼈만 추려내면 내 글이라고 할 만한 게 있을까요?" 누군가 이렇게 물을지도 모른다. 옳은 질문이다. 간소하게 쓰라는 말이 지나치면 유아용 읽기 책처럼 쓰라는 말로 들릴 수 있다.

먼저 목수의 비유를 들어 이 질문에 대답해보자. 그런 다음 작가란 어떤 사람이며 어떻게 자기 정체성을 지킬 것인가 하는 문제에 대해 생각해보자.

자기 글에 문제가 많다는 것을 알고 있는 사람은 거의 없다. 군더더기와 애매한 표현이 많아서 뜻이 제대로 전달되지 않는다고 말해주는 이가 없었기 때문이다. 여러분이 여덟 장짜리 글을 써서 나에게 제출했는데 내가 그것을 네 장으로 줄이라고 한다면 여러분은 아우성을 치며 그럴 수 없다고 할 것이다. 그래도 집에 돌아가서 그렇게 해보면 글이 훨씬 나아졌음을 알게 될 것이다. 그다음엔 더 어려운 과제를 준다. 그것을 세 장으로 줄이는 것이다.

요는 글에 다시 살을 붙일 수 있기 전까지 가능한 한 줄여야 한다는 것이다. 그러기 위해서는 필수적인 연장이 무엇인지, 그것이 어떤 구실을 하는지 알아야 한다. 목수의 비유를 들어보자면, 먼저 나무를 말끔하게 톱질해 못을 박을 줄 알아야 한다. 그런 다음에야 취향에 따라 모서리를 비스듬하게 하거나 우아한 장식을 달거나 할 수 있다. 그러나 절대 잊지 말아야 할 것은, 일에는 기본적인 원칙이 있다는 점이다. 못이 약하면 집이 무너지게 마련이다. 동사가 약하고 단어의 조합이 엉성하면 문장은 산산이 부서지게 마련이다.

톰 울프나 노먼 메일러 같은 작가들은 뛰어난 집을 지었다. 하지만 이들은 그만한 실력을 갖추기 위해 여러 해 동안 노력했으며, 마침내 멋진 탑과 공중정원처럼 우리는 꿈도 꾸지 못한 장식을 완성했을 때 자신이 무엇을 하고 있는지 잘 알았다. 누구도 하룻밤 만에 톰 울프가 될 수는 없다. 그건 톰 울프도 마찬가지다.

그러니 먼저 못질하는 법부터 배우자. 그래서 자신이 지은 것이 튼튼하고 쓸 만하면 거기에 만족하자.

하지만 여러분은 곧 독자에게 특별하게 보이는 '문체'를 갖고 싶어 할 것이다. 그래서 문체라는 것이 마치 유행품 가게에서 산 화사한 빛깔의 장식으로 단어들을 치장하는 것인 양, 화려한 비유와 번지르르한 수식어를 구사하려 애쓴다. 그러나 글

좋은 글쓰기의 원칙

쓰기에는 유행품 가게가 없다. 문체는 글 쓰는 사람 고유의 것이다. 그의 머리털이—대머리이면 머리털이 없는 것이—그의 일부이듯 말이다. 문체를 덧붙이려는 것은 가발을 쓰는 것과 같다. 언뜻 보기에는 더 젊고 잘생겨 보인다. 하지만 다시 보면—가발을 쓴 사람은 반드시 다시 보게 된다—영 어색하다. 그가 말쑥해 보이지 않는다는 것이 아니다. 분명 그는 말쑥해 보이지만, 우리는 가발을 만든 사람의 솜씨에 놀랄 뿐이다. 요컨대 그 사람이 자신으로 보이지 않는다는 것이다.

글을 애써 꾸미려는 것이 문제다. 그러다 보면 자신만의 것을 잃고 만다. 어깨에 힘이 들어가면 독자들이 금방 알아차리게 마련이다. 독자들은 진실한 목소리를 듣고 싶어 한다. 그러므로 가장 기본적인 원칙은 자기 자신이 되어야 한다는 것이다.

하지만 이만큼 지키기 어려운 원칙도 없다. 이 원칙을 따르자면 생리적으로 불가능한 두 가지를 동시에 해야 하기 때문이다. 긴장을 푸는 동시에 자신감을 가져야 하는 것이다.

글을 쓰는 사람에게 긴장을 풀라는 것은 탈장 검사를 받는 동안 긴장을 풀라는 것과 같다. 자신감을 갖는 것도 쉽지 않다. 글을 쓰려고 앉아 있는 사람이 자세가 얼마나 굳어 있는지 보라. 먹을 것이나 마실 것을 찾아 일어서는 때는 또 얼마나 많은가. 글쓰기를 피하고자 온갖 구실을 다 찾으려 한다. 나는 신문사 시절 원고 마감이 다가오면 몸이 필요로 하는 정도보다 훨씬 자주 냉수기 있는 곳을 들락거렸다.

이런 비참한 일을 겪지 않으려면 어떻게 해야 할까? 불행히도 아직은 치료법이 발견되지 않았다. 그저 여러분이 혼자가 아니라는 위로밖에 해줄 수 없겠다. 언젠가는 나아질 것이다. 때로는 너무 엉망이어서 도저히 다시는 글을 쓸 수 없을 것 같을 때도 있다. 우리 모두 그런 날들을 겪어왔고, 앞으로도 더 많이 겪을 것이다.

하지만 절망의 나날은 최소한으로 줄이는 것이 좋을 테니, 긴장을 푸는 문제로 다시 돌아가 보자.

여러분이 글을 쓰기 위해 앉아 있다고 해보자. 여러분은 자기 글이 어느 정도 길이가 되지 않으면 시시해 보일 거로 생각한다. 글이 인쇄되어 나오면 얼마나 멋질지 상상해보기도 한다. 그 글을 읽을 모든 사람에 대해서도 생각한다. 권위 있고 무게 있는 글이 되려면 문체가 화려해야 한다는 생각도 한다. 그러자니 긴장하지 않을 수 없다. 아직 글은 시작도 못 했지만 완성된 글에 대한 대단한 책임감 때문에 몹시 초조하다. 그래도 해볼 만하다고 결의를 다지고는, 웬만한 노력으로는 나올 수 없는 화려한 표현을 궁리하며 글쓰기에 뛰어든다.

결과는 첫 문단부터 재앙이다. 기계에서 뽑아낸 듯한 일반적인 문장의 연속이다. 도무지 사람이 쓴 글 같지 않다. 둘째 문단도 나을 게 없다. 그러다 셋째 문단에서 인간적인 면이 조금 드러나다가, 비로소 넷째 문단이 되어서야 제 목소리가 나오기 시작한다. 긴장이 서서히 풀리는 것이다. 편집자가 글의 처음 서너 문단 또는 몇 장을 모두 날려버리고 글쓴이의 목소리

좋은 글쓰기의 원칙

가 드러나기 시작하는 문단을 처음으로 잡는 경우가 얼마나 많은지 알면 놀랄 것이다. 그런 첫 문단은 인간미가 없고 장식적일 뿐 아니라 실제로 아무것도 말하지 않는다. 그저 근사한 도입을 노린 자의식 가득한 시도일 뿐이다. 내가 편집자로서 언제나 찾고 있는 문장은 "나는 그날을 결코 잊지 못할 것이다" 같은 것이다. 그런 문장을 발견하면 "야, 사람이다!"라는 말이 절로 나온다.

글쓴이는 확실히 일인칭으로 쓸 때 가장 자연스러워 보인다. 글쓰기는 종이 위에서 이루어지는 두 사람 사이의 친밀한 거래이며, 거기에 인간미가 담겨 있는 만큼 성공을 거두게 마련이다. 그래서 나는 사람들에게 일인칭으로 쓰라는 이야기를 자주 한다. '나'와 '우리' 같은 단어들이 알아서 잘해줄 것이라고 말이다.

"내가 생각하고 느끼는 바를 말하는 '나'란 누구죠?"라고 묻는 사람들도 있다.

"그럼 당신이 생각하는 바를 말하지 '않는' 당신은 누구죠?"하고 나는 되묻는다. "단 하나의 당신이 있을 뿐이에요. 아무도 당신과 똑같이 생각하고 느끼지 않아요."

"그렇지만 사람들이 내 생각에 관심이 있을까요?" 또 이렇게도 말한다. "좀 별나 보여야 하지 않을까요?"

"당신이 흥미로운 이야기를 들려주면 관심을 보일 겁니다. 그러니까 자연스럽게 나오는 대로 말하세요."

그런데도 글을 쓰는 사람들이 '나'를 쓰게 하는 것은 쉬운 자기 자신을 팔자.

그러면 자신만의 주제가 호소력을 발휘할 것이다.

자기 자신과 자기 생각을 믿자.

글쓰기는 자아의 행위다.

자아를 인정하고 그 에너지를 활용해

앞으로 나아가자.

일이 아니다. 그들은 자기감정이나 생각을 드러내기 위해서는 무슨 특별한 권리라도 있어야 하는 것처럼 여긴다. 아니면 자기중심적이거나 품위가 없어 보인다는 것이다. 학계에 있는 사람들이 특히 그렇다.

글에서 '나'가 허락되지 않는 경우가 많다는 점은 인정한다. 신문 기사에서는 '나'를 쓰지 않는다. 잡지도 마찬가지다. 기업이나 기관에서 집으로 보내는 여러 보고서도 그렇다. 대학에서도 학기 말 리포트나 논문에서는 '나'를 쓸 수 없다. 문학 교사들은 문어적인 '우리'("우리는 백경을 상징으로 사용한 멜빌에서…") 말고는 일인칭 대명사를 쓰지 못하게 한다. 이 가운데는 타당한 것도 많다. 신문 기사는 당연히 객관적인 사실을 알리는 것이어야 한다. 나는 또 학생들이 작품의 내적 가치와 외부 자료를 평가하는 훈련을 충분히 거치지 않은 채 쉽게 자기 의견으로 도피하는 것—"나는 햄릿이 멍청하다고 생각한다"—을 허락하지 않는 교사들에게 동감한다. '나'는 방종이나 타협이 될 수 있다.

그러나 우리는 자신을 있는 그대로 드러내기 두려워하는 사회에 살고 있다. 우리에게 후원을 청하는 기관들이 보내오는 소책자의 목소리는 놀라울 정도로 서로 닮았다. 병원, 학교, 도서관, 박물관, 동물원 같은 그런 기관들은 모두 분명 서로 다른 꿈과 이상을 가진 사람들이 만들고 운영하는 곳일 텐데도 말이다. 그 사람들은 모두 어디로 갔을까? "주도되고 있습니다", "우선순위가 정해졌습니다" 같은 비인간적인 수동태 문장들 사이에서 그들을 찾기란 쉬운 일이 아니다.

'나'가 허락되지 않아도 글쓴이의 개성이 잘 전해질 수 있다. 정치 칼럼니스트 제임스 레스턴은 칼럼에서 '나'를 쓰지 않았지만, 나는 그가 어떤 사람인지 잘 알 수 있었다. 다른 많은 에세이스트와 기자도 마찬가지다. 좋은 글쓴이는 글 바로 뒤에서 자신을 드러낸다. '나'가 허락되지 않는다면 적어도 '나'를 생각하면서 쓰거나, 초고를 일인칭으로 쓴 다음 '나'를 빼면 된다. 그러면 비인간적인 문체에 온기가 돌 것이다.

문체는 심리와 연관되며, 글쓰기는 깊은 심리적 뿌리를 갖고 있다. 우리가 스스로를 특정한 방식으로 드러내는 것도, 또는 '작가의 블록'(writer's block. 영감이나 창의력 부족 등으로 작가가 일시적으로 글을 쓰지 못하는 상태) 때문에 스스로를 표현하지 못하는 것도 어느 정도 무의식과 관계가 있다. 작가의 블록은 작가의 수만큼이나 다양하니, 나로서는 그것을 해결하려 애쓸 생각이 없다. 이 책은 짧고, 나는 지그문트 프로이트가 아니다.

그러나 내가 보기에는 '나'를 피하는 새로운 이유가 있다. 사람들이 되도록 불리한 처지에 빠지려 하지 않기 때문이다. 한 세대 전만 해도 미국의 지도자들은 자신의 신념과 견해를 분명히 밝혔다. 그러나 오늘날의 지도자들은 그런 운명을 피하고자 힘든 말 잔치를 벌인다. 그들이 텔레비전 인터뷰에서 자신의 태도를 명확히 밝히지 않으면서 질문을 교묘히 빠져나가는 모습을 보라. 포드 대통령이 자신의 재정 정책이 효과를 발휘할 것이라고 기업인들을 안심시키던 모습이 기억난다. "우리는

좋은 글쓰기의 원칙

달마다 더욱 밝아지는 구름만을 볼 수 있을 것입니다." 나는 이 말을 여전히 구름이 꽤 짙다는 뜻으로 이해했다. 포드의 문장은 아무것도 말하지 않으면서도 유권자를 안심시킬 만할 정도로 애매했다.

그 뒤를 이은 정부들도 별 위안을 주지 못했다. 1984년 국방부 장관 캐스퍼 와인버거는 폴란드 위기(바웬사가 이끄는 자유노조의 노동운동을 소련을 등에 업은 공산정권이 탄압하면서 일어난 갈등)에 대해 이렇게 말했다. "심각한 우려를 할 만한 지속적인 근거가 있으며, 상황은 계속 심각합니다. 상황이 계속해서 심각할수록 심각한 우려를 할 만한 근거는 더 많을 것입니다." 부시 대통령은 1989년 자동소총에 대한 입장을 밝혀달라는 질문에 이렇게 대답했다. "특정 종류의 총기류를 금지할 수 있다고 생각하는 다양한 집단이 있습니다. 저는 그런 상태에 있지 않습니다. 저는 깊이 우려하고 있는 상태에 있습니다."

하지만 내 생각에 역대 최고의 챔피언은 1970년대에 주요 장관직을 네 가지나 지낸 엘리엇 리처드슨이다. 그의 알쏭달쏭한 어록 가운데 어느 것부터 들어야 할지 난감하지만, 먼저 이 말을 한번 보자. "그렇기는 하지만, 종합적으로 고려할 때, 소수자에 대한 우대조치는, 제 생각에, 제한적인 성공을 거두었습니다." 길지 않은 문장을 다섯 번이나 끊어 썼다. 나는 현대의 공적 담화에서 가장 애매한 문장으로 이 문장에 1등 상을 주고 싶다. 그에 필적하는 것으로, 공장 조립공정 노동자들의 무료함을 해결할 방법에 대한 그의 다음과 같은 분석도 있다. "그래서,

결국, 저는 제가 처음에 언급한 바 있는 확고한 신념에 도달하게 되었습니다. 그것은 이 주제가 최종 판단을 내리기에는 너무도 새롭다는 것입니다."

그게 확고한 신념이라고? 나이 든 권투선수처럼 이리저리 피하기만 하는 지도자들은 자신감을 불러일으키지 못한다. 글쓰는 사람도 마찬가지다. 자기 자신을 팔자. 그러면 자신만의 주제가 호소력을 발휘할 것이다. 자기 자신과 자기 생각을 믿자. 글쓰기는 자아의 행위다. 자아를 인정하고 그 에너지를 활용해 앞으로 나아가자.

누구를 위해 글을 쓰는가

자신의 정체성을 지키는 문제 다음으로 또 하나의 문제가 여러분에게 닥칠 것이다. "누구를 위해 쓰는가?"

근본적인 문제인 만큼 근본적인 답이 있다. 자신을 위해 쓴다. 엄청난 수의 청중을 머릿속에 그리지 말자. 그런 청중은 없다. 독자들은 모두 서로 다른 사람이다. 편집자들이 어떤 종류의 글을 출판하고 싶어 할지, 사람들이 어떤 글을 읽고 싶어 할지는 생각하지 말자. 편집자와 독자는 막상 글을 읽을 때까지 자신들이 무엇을 읽고 싶은지 모른다. 게다가 그들은 언제나 새로운 것을 찾고 있다.

갑자기 유머를 쓰고 싶은 충동을 느낀다면, 그것이 독자에게 통할지 어떨지는 걱정하지 말자. 재미있을 것 같으면 일단 쓰고 보자(빼는 것은 누구나 할 수 있지만, 쓰는 것은 여러분만이 할 수 있다). 글은 무엇보다 스스로의 즐거움을 위해 쓰는 것이다. 그러니 여러분이 글을 쓰면서 재미를 느낀다면, 그 글을 읽는 독자들도 재미를 느낄 것이다. 어쩌다 둔한 사람들이 길을 잃더라도 어쩔 수 없는 일이다.

이 말이 모순으로 들릴지도 모른다. 앞에서 나는 독자는 산만한 주의나 졸음 때문에 언제 날아갈지 모르는 조급한 새라고 경고한 바 있다. 그런데 지금은 자신을 위해 써야 하며 독자가 따라오든 말든 걱정할 것 없다고 이야기하고 있다.

지금 나는 두 가지 서로 다른 문제를 이야기하고 있다. 하나는 기능이고, 다른 하나는 태도다. 전자는 정확한 기술을 익히는 문제이고, 후자는 자기 개성을 표현하기 위해 그 기술을 어떻게 사용하느냐의 문제다.

엉성한 기술 때문에 독자를 잃는다면 변명의 여지가 없다. 기술적인 부분을 소홀히 한 탓에 독자가 도중에 존다면 잘못은 여러분에게 있다. 하지만 독자가 여러분을 좋아하느냐, 여러분이 말하는 내용이나 방식을 좋아하느냐, 여러분의 유머 감각이나 인생관에 호의를 가지느냐 하는 보다 큰 문제에 대해서는 독자를 걱정하지 말자. 여러분은 여러분이고 독자는 독자다. 서로 잘 맞을 수도 있고 그렇지 않을 수도 있는 일이다.

이 말도 모순으로 들릴지 모른다. 독자를 잃지 않도록 조심하면서 어떻게 독자의 견해를 신경 쓰지 않을 수 있는가? 분명히 말하지만, 그 둘은 서로 다른 문제다.

먼저 연장 다루는 법을 열심히 익히자. 간소하게 쓰고, 가지를 치고, 가지런히 정돈하자. 이것을 기계적인 일로 생각하면 문장은 금세 더 명료해진다. 물론 이런 일은 결코 면도나 머리 감기처럼 기계적이지는 않다. 연장을 다루는 여러 가지 방식을 언제나 염두에 두고 있어야 하기 때문이다. 그러나 적어도 여러 분의 문장은 확고한 원칙 위에 세워질 것이고, 독자를 잃을 가 능성은 줄어들 것이다.

그다음은 창조적인 일, 곧 자신을 표현하는 것이다. 긴장을 풀고 하고 싶은 말을 하자. 문체는 바로 여러분 자신이므로, 자 신에게 충실하기만 하면 군더더기와 부스러기에 묻혀 있던 문 체가 서서히 드러나 날이 갈수록 두드러질 것이다. 한두 해 만 에 자신만의 문체, 자신만의 목소리가 굳어지지는 않을 것이다. 자신만의 개성을 발견하는 데 시간이 걸리듯 자신만의 문체를 발견하는 데도 시간이 걸리며, 그런 다음에도 문체는 나이가 들면서 변하게 마련이다.

하지만 나이야 어떻든 글을 쓸 때는 자기 자신이 되자. 나 이가 들어서도 여전히 이삼십대의 열정을 지니고 글을 쓰는 사 람들이 있다. 확실히 그런 이들은 생각이 젊다. 나이 든 작가들 가운데는 자신을 계속해서 우려먹는 사람들도 있다. 그들의 문 체는 비밀 정보를 장황하고 따분하게 만들어놓은 것과도 같다. 많은 대학생이 삼십 년도 더 된 졸업생들처럼 생기 없는 글을 쓴다. 대화로 편히 나눌 만한 이야기가 아니면 글로 쓰지 말자. 일상적인 대화에서 '참으로'(indeed)나 '더욱이'(moreover) 같은 말을 하는 사람이 아니라면 그런 단어는 쓰지 말자.

독자가 공감하든 말든 개의치 않고 종이 위에 자신의 열정 과 별난 생각을 즐겁게 펼쳐놓는 작가들을 보자. 먼저 읽을 글 은 E. B. 화이트가 2차 대전이 한창이던 1944년에 쓴 「암탉」에서 발췌한 것이다.

달걀과 달리 닭은 도시에서 자란 사람들에게 별로 대접받지 못했다. 그러나 지금은 암탉이 인기다. 전쟁 때문에 후방의 사랑을 독차지한 암탉은 회의 자리에서 칭송받고, 모든 열차의 흡연 칸에서 칭찬받고 있다. 암탉의 소녀 같은 몸가짐과 호기심 어린 습관은 어제까지만 해도 암탉을 별 볼 일 없는 뜨내기로 여기던 많은 농부의 화젯거리가 되었다.

　1907년에 시작된 암탉에 대한 내 애정은 좋은 시절이나 나쁜 시절이나 조금도 변함이 없었다. 우리 관계가 항상 지키기 쉬운 것은 아니었다. 조심스레 구획된 교외에 살던 어린 시절에는 언제나 이웃과 경찰을 신경 쓰면서 내 닭들을 지하 조직의 신문처럼 엄중히 지켜야 했다. 나중에 시골에 사는 어른이 되었을 때는 내 오랜 친구를 촌극에서 막 튀어나온 우스꽝스러운 소품처럼 여기는 도시의 친구들을 신경 써야 했다. (…) 친구들의 경멸에 나는 오히려 암탉에게 더 애착을 느꼈다. 나는 가족들이 공공연히 비웃는 신부에게 충실한 신랑처럼 내 암탉에게 계속 충실했다. 그러나 이제는 내가 도시 사람들의 떠들썩한 열광에 미소를 머금을 차례다. 갑자기 암탉을 사회적으로 떠받든 도시 사람들이 새로 발견한 환희와 지식에 대해, 뉴햄프셔레드니 와이언도트니 하는 여러 품종의 매력에 대해 호들갑을 떠는 것을 듣고 있노라면, 암탉이 오래전 인도의 정글이 아니라 어제 뉴욕 교외에서 갓 부화한 게 아닌가 싶기까지 하다.

암탉을 치는 사람에게 가금류에 관한 이야기는 무엇이든 흥미진진하고 매혹적이다. 봄이면 나는 농업 잡지를 펴들고 앉아 눈을 게슴츠레 뜨고 병아리 우리 만드는 방법에 대한 옛날이야기를 읽는다.

내가 전혀 관심이 없는 주제에 관한 이야기이지만 무척 재미있게 읽게 된다. 문체의 간소한 아름다움이 좋은 것이다. 리듬도 좋고, 예상치 못한 신선한 단어들도 좋고, 와이언도트 같은 구체적인 종 이름이나 병아리 우리 같은 구체적인 용어도 좋다. 그러나 무엇보다 내가 이 글을 좋아하는 것은, 1907년까지 거슬러 올라가는 닭에 대한 사랑 이야기를 부끄럼 없이 들려주는 작가 때문이다. 인간미와 온기가 담긴 이 글은 세 문단만 읽어도 암탉을 사랑하는 이 사람에 대해 많은 것을 알 수 있다.

이번에는 문체 면에서 화이트와 거의 정반대에 있는 작가의 글을 한번 보자. 이 작가는 간소한 문장을 신성시하지 않으며, 화려한 단어를 즐긴다. 하지만 확고한 견해를 지니고 자기 생각을 분명히 말한다는 점에서 두 사람은 형제와 같다. 다음 글은 1925년 여름에 있었던 악명 높은 '원숭이 재판'—테네시주에서 수업 시간에 진화론을 가르친 존 스코프스에 대한 재판—에 관한 H. L. 멩켄의 기사다.

테네시주 데이턴에서 이단자 스코프스에 대한 재판이 있던 날, 날씨가 무더웠음에도 나는 기꺼이 그곳에 내려갔다. 그곳에서 복음주의 기독교가 여전히 성업 중인지 눈으로 직접 확인하고 싶었기 때문이다. 경건한 사람들의 부단한 노력에도 불구하고 합중국의 대도시들에서 복음주의 기독교는 지금 암 선고를 받고 몸져누워 있다. 주일학교 교사라는 사람들이 몰래 라디오를 듣고 배운 재즈 솜씨로 불이 붙어도 꿈쩍도 하지 않을 것 같던 다리를 흔들어댄다. 청소년기로 접어든 학생들은 아프리카 선교 봉사에 동참함으로써 호르몬을 증식시키는 데는 더 이상 관심을 보이지 않는 대신 이성 친구를 껴안는 데서 위안을 찾는다. 폭도들이 스코프스를 처형이라도 할 기세인 이곳 데이턴조차 무도덕주의의 냄새가 짙게 풍겼다. 마을의 교회 아홉 곳은 주일에도 자리가 절반이나 비어 있었고, 뜰은 잡초로 뒤덮여 있었다. 이곳에 거주하는 목사 두세 명만이 간신히 신앙으로 생계를 이어가고 있었다. 나머지는 판탈롱 바지의 우편 주문을 받거나 인근 딸기밭에서 일을 해야 했고, 어떤 사람은 이발사가 되었다는 말도 들었다. (…) 마을에 도착한 지 딱 십이 분 만에 나는 한 기독교인에게 끌려가다시피 하여 옥수수 위스키와 코카콜라를 반씩 섞은 컴벌랜드 레인지라는 술을 맛보아야 했다. 나에게는 몹시 부담스러운 양이었지만, 데이턴의 근본주의자들은 모두 불룩한 배를 쓰다듬고 눈을 굴려 가며 맛있게 술을 들이켜고 있었다. 그들은 모두 창세기에 열광하는 이들이었지만, 절대 금주

좋은 글쓰기의 원칙

를 주장하는 사람치고는 혈색이 너무 좋았다. 중심가를 경쾌
하게 걸어가는 예쁜 여자를 보기라도 하면 그들은 여자깨나
밝히는 영화배우마냥 넥타이가 매여 있어야 할 자리를 더듬
곤 했다.

글의 속도감으로 보나 불손함으로 보나 멩켄다운 글이다.
그의 책 어디를 펼쳐보아도 그가 이 나라 사람들의 위선적인
경건함에 불을 지르는 모습을 쉽게 찾을 수 있다. 자기네 영웅
과 교회와 교훈적인 법—특히 금주법—을 거룩함으로 채색하
려는 미국인들의 경향은 그에게는 마르지 않는 위선의 샘이었
다. 그는 기독교 신자들과 성직자들을 어김없이 얼간이와 사기
꾼으로 묘사했으며, 정치인들과 대통령들에게는 특히 강력한
공격을 퍼부었다. "대천사 우드로"(미국의 28대 대통령 우드로 윌
슨을 말한다)에 대한 그의 묘사를 보면 지금도 불이 활활 타오
르는 것 같다.

멩켄이 1920년대에 그런 이단 행위를 하고도 무사했던 것
은 기적과도 같다. 당시는 영웅 숭배가 미국의 종교였으며, 분노
에 찬 독선적인 바이블 벨트(Bible Belt. 보수적인 복음주의 개신
교 신도가 많은 지대를 가리키는 멩켄의 조어)가 전국에 걸쳐 있
다. 그럼에도 그는 그 시대를 꿋꿋이 버텨냈으며, 더 나아가 당
대의 가장 존경받고 영향력 있는 언론인이 되었다. 그가 후배
작가들에게 끼친 영향은 헤아릴 수 없을 정도이며, 그의 시사
적인 글들은 지금 보아도 마치 어제 쓴 것처럼 생생하다.

그가 인기를 얻은 것은, 그의 화려한 언어 구사력을 별도로 하면, 그가 자신을 위해 쓰면서 독자가 어떻게 생각할지는 전혀 신경 쓰지 않았기 때문이다. 그의 글에 표현된 유쾌한 자유분방함을 즐기기 위해 반드시 그의 적대감을 공유할 필요는 없다. 멩켄은 소심하지도 않았고 입장을 애매하게 흐리지도 않았다. 그는 독자에게 비굴하게 고개를 조아리지도 않았고 누구에게 아첨하지도 않았다. 그런 작가가 되려면 용기가 있어야 한다. 존경받고 영향력 있는 언론인이 태어나려면 그런 용기가 필요하다.

우리 시대로 와서, 이번에는 제임스 헌든의 『고국 땅에서 살아남는 법』(*How to Survive in Your Native Land*)에서 발췌한 부분을 보자. 이 책은 그가 캘리포니아에서 중학교 교사로 일한 경험을 쓴 것이다. 헌든의 책은 적어도 내가 보기에 미국에서 나온 교육에 관한 진지한 책 가운데 교실의 실태를 가장 잘 포착하고 있다. 그의 문체는 다른 문장가들만큼 뛰어나진 않지만, 그의 목소리는 진실하다. 책은 이렇게 시작한다.

피스턴 이야기부터 하는 게 좋겠다. 피스턴은 겉으로 보자면 빨간 머리에 덩치는 보통이고 통통한 8학년 학생이었다. 그러나 성격은, 한마디로 말하면 고집이 셌다. 자세히 들여다볼 것도 없이, 피스턴은 하기 싫은 일은 하지 않았고, 하고 싶은 일은 했다.

그것이 그다지 큰 문제는 아니었다. 피스턴은 괴물 그림을 그리고 등사지에 도안을 긁어서 찍어내거나 이따금 무서운 이야기 쓰기를 좋아했고—어떤 아이들은 그를 귀신이라고 불렀다—그게 지겨울 때는 복도를 돌아다니거나 이따금 (들은 바로는) 여학생 화장실을 들여다보거나 했다.

우리는 서로 마주치는 일이 적었다. 한번은 다들 앉아서 내 이야기를 들으라고 한 적이 있었다. 아이들이 복도에서 하는 행동에 관해서였다. 나는 아이들에게 자유롭게 나다녀도 된다고 허락하고 있었고, 단지 너무 소란을 피워서 내가 다른 교사들에게 군소리를 듣는 일만 없도록 하라고 했다(나는 그걸 지적할 생각이었다). 아이들이 앉는 게 문제였다. 나는 모두 앉지 않으면 이야기를 시작하지 않기로 마음먹었다. 피스턴은 계속 서 있었다. 나는 다시 앉으라고 했다. 피스턴은 듣지 않았다. 나는 지금 내가 말하고 있지 않느냐고 했다. 피스턴은 듣고 있다는 시늉을 했다. 나는 그런데 왜 앉지 않느냐고 물었다. 피스턴은 앉기 싫다고 했다. 나는 꼭 앉았으면 좋겠다고 했다. 피스턴은 그건 자기랑은 상관없는 일이라고 했다. 나는 그래도 앉으라고 했다. 피스턴은 왜냐고 했다. 나는 내가 그렇게 말했기 때문이라고 했다. 피스턴은 싫다고 했다. 나는 당장 앉아서 내가 하는 말을 들으라고 했다. 피스턴은 듣고 있다고 했다. 듣긴 하겠지만 앉지는 않겠다고 했다.

학교에서는 이런 일이 자주 일어난다. 교사는 한 가지 문제에만 매달린다. 나는 늘 그랬듯 전에 없던 자유를 주었다가 피해를 보았고, 아이들은 여느 때처럼 그걸 잘 이용했다.

교무실에 커피를 마시러 갔다가 누군가에게 '당신' 반의 누구 누구가 '이집트'에 관한 '내' 수업 도중 가장 '중요한' 부분에서 '내' 반 아이들에게 '인상을 쓰고' '손가락으로 욕을 하고' '허락 없이' 교실 밖으로 나갔다는 이야기를 듣는 건 유쾌한 일이 아니다. 교사는 편향된 말을 할 수도 있고, 아이들 대부분은 그것을 받아들이고 자리에 앉게 마련이지만, 이따금 어떤 아이가 복종을 거부함으로써 교사를 일깨우기도 한다. (…) 나라면 이럴 때 어떻게 할까? 우리 스스로에게 물어보아야 한다.

한 문장에서 쉬운 말과 어려운 말을 같이 쓰고, 인용부호 없이 인용하는 사람은 자기가 무얼 하고 있는지 아는 사람이다. 기교가 없는 것 같지만 실은 기교 가득한 이런 문체는 헌든의 목적에 잘 들어맞는다. 가치 있는 일을 하는 사람들의 글에서 자주 나타나는 잘난 체를 피할 수 있기 때문이다. 또 이런 문체에는 유머와 상식이 노다지처럼 묻혀 있다. 헌든은 좋은 교사 같고 친구가 되면 좋을 것으로 보인다. 하지만 그는 궁극적으로 자신을 위해, 즉 한 사람의 청중을 위해 글을 쓴다.

'누구를 위해 쓰는가?' 이 장을 시작하면서 던진 이 질문을 달갑지 않게 받아들인 독자도 있었으리라. 그들은 나는 과연 누구를 위해 쓰는지 말해보라고 하고 싶었을 것이다. 대답하기가 좀 곤란하다. 나만을 위해서는 아닌 것 같다.

　　　　　　　　　　　　　좋은 글쓰기의 원칙

알아두어야 할 것들

2

통일성을 지키는 방법

글은 써야 는다. 그거야 당연한데, 이 말이 당연한 것은 그것이 사실이기 때문이다. 글쓰기를 배우는 유일한 방법은 강제로 일정한 양을 정기적으로 쓰는 것이다.

신문사에서 매일 글 두세 편을 써야 하는 일을 하면 여섯 달 안에 훨씬 잘 쓰게 될 것이다. 반드시 좋은 글을 쓰게 되는 것은 아니다. 여전히 군더더기와 진부한 표현이 가득할 수 있다. 하지만 종이 위에 언어를 펼쳐 놓는 힘과 자신감이 생기고 일반적인 문제를 알게 될 것이다.

모든 글쓰기는 결국 문제 해결의 문제이다. 어디서 사실을 수집하느냐의 문제일 수도, 자료를 어떻게 정리하느냐의 문제일 수도 있다. 접근법이나 태도, 어조나 문체의 문제일 수도 있다. 무엇이건 간에 그것은 부딪쳐서 해결해야 하는 문제이다. 때로는 정답을, 또는 아무런 답도 찾지 못해 절망하는 수도 있다. '아흔 살까지 산다고 해도 이 골치 아픈 문제에서 벗어날 수 없을 거야'라고 생각할지도 모른다. 나도 종종 그런 생각을 했다.

그러다 결국 문제를 해결하는 때가 오는데, 그것은 내가 맹장 수술을 오백번째 하는 외과의사와 같기 때문이다. 많이 겪어봤다는 말이다.

통일성은 좋은 글쓰기의 닻과 같다. 그러니 먼저 통일성에 대해 잘 이해하자. 통일성은 독자의 주의가 흩어지지 않게 해준다. 그뿐만 아니라 질서에 대한 독자의 무의식적인 요구를 충족시켜주며, 독자에게 모든 게 제대로 돌아가고 있다는 안심을 주기도 한다. 그러니 많은 변수 가운데 자기 것을 하나 골라 그것에 충실해지자.

하나 선택할 만한 것은 대명사를 통일하는 것이다. 참여자로서 일인칭으로 쓸 것인가, 아니면 관찰자로서 삼인칭으로 쓸 것인가? 아니면 헤밍웨이에 푹 빠진 스포츠 기자들의 사랑인 이인칭으로 쓸 것인가? ("당신은 이것이 기자석에서 당신이 본 거인들의 대결 중에서 가장 스릴 넘치는 대결임이 분명하다는 것을, 당신이 한낱 풋내기가 아니었다는 것을 알았다").

또 하나는 시제의 통일이다. 사람들은 대개 과거시제를 쓰지만("나는 얼마 전에 보스턴에 갔다"), 어떤 사람들은 현재시제를 쓰기도 한다("나는 군용열차의 식당칸에 앉아 있고, 기차는 보스턴으로 들어가고 있다"). 왔다 갔다 하는 것은 바람직하지 않다. 한 가지 시제만을 쓰라는 말은 아니다. 시제는 글 쓰는 사람이 여러 단계의 시간을, 그러니까 과거부터 가상의 미래까지를 다룰 수 있게 한다("보스턴역에서 어머니에게 전화를 걸었을 때, 나는 내가 갈 것이라고 미리 편지를 했었더라면 어머니가 나를 기다리고 있었으리라는 것을 깨달았다"). 그러나 도중에 아무리 자주 앞뒤로 시선을 던지더라도 독자에게 주로 이야기할 시제는 선택해야 한다.

다른 하나는 분위기의 통일이다. 『뉴요커』(The New Yorker)가 부단히 발전시켜온 평상적인 목소리로 이야기할 수도 있다. 심각한 사건에 관해 설명하거나 중요한 사실을 제시하기 위해 어느 정도 공식적인 어투를 쓸 수도 있다. 두 가지 모두 받아들일 만하다. 사실 어떤 어투라도 괜찮다. 하지만 두세 가지를 섞어서는 안 된다.

그런 치명적인 오류는 절제하는 법을 배우지 못한 사람들의 글에서 흔히 볼 수 있다. 여행기가 두드러진 예의 하나다. "아내 앤과 나는 언제나 홍콩에 가보고 싶었다"라고 글은 시작한다. 그러다 글쓴이가 추억에 들뜨기 시작한다. "지난봄의 어느 날, 항공사의 포스터를 보다가 갑자기 내가 말했다. '가자!' 아이들도 다 컸다." 나아가 그는 도중에 하와이에 잠시 들렀던 일이며, 홍콩의 공항에서 환전하고 호텔을 찾으면서 있었던 재미있는 일을 친절하게 묘사한다. 좋다. 그는 진짜 여행으로 우리를 안내하는 진짜 사람이고, 우리는 쉽게 그와 아내에게 감정이입할 수 있다.

그러다 갑자기 글은 여행 광고로 바뀐다. "홍콩은 호기심 많은 관광객에게 매혹적인 체험을 많이 선사해준다. 주룽 지구에서 그림 같은 배를 탈 수도 있고, 복잡한 항구를 빠르게 가로질러 가는 수많은 삼판선을 넋을 놓고 바라볼 수도 있으며, 밀수와 음모의 소굴이라는 화려한 역사를 가진 유명한 마카오의 골목길을 하루 동안 훑어볼 수도 있다. 급경사를 올라가는 신기한 기차를 타볼 수도 있고…." 그러다 우리는 그와 아내의 이야기로 다시 돌아가 그들이 중국 식당에서 식사하기 위해 애쓰는 모습을 보게 되는데, 여기까지도 다 좋다. 누구나 음식에 관심이 있으며, 우리는 개인의 모험담을 듣고 있다.

그러다 글은 또 갑자기 가이드북이 된다. "홍콩에 가기 위해서는 유효한 여권이 있어야 한다. 하지만 비자는 필요 없다. 간염 접종은 꼭 필요하며, 장티푸스 예방접종에 대해서도 의사와 상의하는 것이 좋다. 홍콩의 기후는 7월과 8월만 빼면 무난한 편이며…." 글 쓰는 사람은 어딘가로 가버렸고, 그의 아내도 사라져버렸다. 아마 우리도 조만간 그럴 것이다.

삼판선이나 간염 접종 이야기가 들어가서는 안 된다는 말이 아니다. 문제는 글쓴이가 어떤 글을 쓸지, 독자에게 어떻게 접근할지를 전혀 정하지 않았다는 데 있다. 그는 전달하려는 소재의 종류에 따라 여러 가지 모습으로 우리에게 다가온다. 그가 소재를 통제하는 것이 아니라 소재가 그를 통제하고 있다. 그가 통일성에 신경을 더 썼다면 이런 일은 없었을 것이다.

그러니 글을 시작하기 전에 스스로 기본적인 질문을 몇 가지 던져보자. 예를 들면 이런 식이다. 어떤 자격으로 이야기할 것인가? (보고자? 정보 제공자? 보통 사람?) 어떤 시점과 시제를 사용할 것인가? 어떤 문체로 쓸 것인가? (비개인적인 기록 문체로? 사적이면서도 격식 있게? 사적이면서 자유롭게?) 소재

알아두어야 할 것들

에 대해 어떤 태도를 취할 것인가? (깊이 개입해서? 한발 물러서서? 비판적으로? 비꼬듯이? 즐겁게?) 어느 정도로 다룰 것인가? 어떤 점을 강조할 것인가?

마지막 두 질문은 특히 중요하다. 대개 작가들은 완벽함에 대한 콤플렉스가 있다. 그들은 자기 글이 결정판이 되어야 한다는 의무감 같은 것을—주제와 자신의 명예, 그리고 글쓰기의 신에 대해—갖고 있다. 갸륵한 충동이긴 하지만, 글쓰기에서 결정판이란 없다. 여러분이 오늘 완벽하다고 생각하는 것도 내일이면 완벽하지 않을 수 있다. 사실 하나하나를 전부 밝히려는 이들은 이내 자기가 무지개를 좇고 있으며 절대 차분히 앉아서 글을 쓸 수 없다는 것을 알게 된다. 누구도 무언가에 '대한' 책이나 글을 쓸 수는 없다. 톨스토이는 전쟁과 평화에 대한 책을 쓸 수 없었고, 멜빌은 고래잡이에 대한 책을 쓸 수 없었다. 그들은 특정한 시간과 장소, 그리고 그 시간과 장소에 있는 특정한 인물들에 대해서만 썼다. 이를테면 어떤 고래를 좇는 한 사람에 대해 쓴 것이다. 모든 글쓰기는 시작하기 전에 먼저 범위를 좁혀야 한다.

작게 생각하자. 주제의 어느 귀퉁이를 베어 먹을 것인지 결정한 다음 그것을 잘하는 데 만족하자. 이는 의욕과 사기의 문제이기도 하다. 너무 부담스러운 과제는 열의를 고갈시킨다. 열의는 여러분이 계속 나아갈 수 있게 해주고 독자를 계속 붙들어두게 해주는 것이다. 여러분의 흥이 빠져나가기 시작하면 독자가 가장 먼저 알아차리게 마련이다.

다음은 어떤 점을 강조할 것인가이다. 좋은 글은 하나같이 독자에게 한 번도 해보지 못했던 흥미진진한 생각 하나를 던진다. 두 가지나 다섯 가지가 아니라 단 하나의 생각이다. 그러므로 독자의 마음에 어떤 점 하나를 남길 것인지 결정해야 한다. 그러면 여러분이 어떤 길을 따라가야 할지, 그리고 어떤 목적지에 도달해야 할지 더 잘 판단할 수 있을 것이다. 더불어 어조와 태도를 정하는 데도 도움이 될 것이다. 어떤 점은 진지하게, 어떤 점은 차분하게, 어떤 점은 유머를 써서 강조하는 것이 좋다.

통일성에 관한 판단이 섰다면, 그 틀 안에 넣을 수 없는 소재란 없다. 홍콩을 여행한 이가 자신과 아내가 겪은 일을 직접 말하듯이 쓰기로 했다면, 그는 주룽 지구의 배나 그곳 날씨에 대해 말하고 싶은 모든 것을 이야기로 묶어내는 자연스러운 방법을 찾을 수 있었을 것이다. 그의 개성과 목적은 손상되지 않았을 것이고, 글은 일관성을 지킬 수 있었을 것이다.

가끔은 이런 중요한 결정을 내리고 나서 나중에야 그게 옳지 않았다는 것을 알게 되는 경우가 있다. 소재가 글 쓰는 이를 예상치 못한 방향으로 이끌어가기 시작하고, 그러면서 다른 어조로 쓰는 게 더 편하게 느껴지는 것이다. 그건 정상이다. 글쓰기는 예상치 못한 생각이나 기억을 주렁주렁 열어준다. 그게 좋다고 생각하면 그 흐름을 거스르지 말자. 소재가 여러분을 예상치 못한 지형으로 끌고 가더라도 감이 좋으면 소재를 믿자. 자기 문체를 적절히 조정해가면서 발길 닿는 대로 가보는 것이다. 미리 구상한 계획에 갇힐 필요는 없다. 글쓰기에서는 청사

알아두어야 할 것들

진이 절대적이지 않다.

그러면 글의 둘째 부분이 첫 부분과 아귀가 맞지 않게 마련이다. 하지만 적어도 스스로는 어느 부분이 자기 본능에 더 충실한지 알 것이다. 손질만 좀 하면 된다. 처음으로 돌아가서 분위기와 문체가 일관되게 고쳐 쓰면 된다.

고쳐 쓰는 것을 부끄러워할 필요는 없다. 가위와 풀, 또는 워드프로세서는 글 쓰는 사람의 자랑스러운 연장이다. 아무리 뒤로 돌아가 다시 맞추는 일이 있다고 해도, 모든 것이 전체 구조물 안에 잘 맞아들어가야 한다는 점을 잊지 말자. 그렇지 않으면 그 구조물은 금방 무너지고 만다.

시작하고 끝내는 방법

어떤 글에서건 가장 중요한 문장은 맨 처음 문장이다. 첫 문장이 독자를 둘째 문장으로 끌고 가지 못하면 그 글은 죽은 것이다. 그리고 둘째 문장이 독자를 셋째 문장으로 끌고 가지 못하면 마찬가지로 그 글은 죽은 것이다. 이렇게 독자가 완전히 걸려들 때까지 한 문장 한 문장 끌고 가는 것이 글의 가장 결정적인 부분인 도입부이다.

도입부는 얼마나 길어야 할까? 한두 문단? 네댓 문단? 정답은 없다. 어떤 도입부는 좋은 미끼가 있는 문장 몇 개만으로 독자를 낚아챈다. 몇 장을 느릿느릿 나아가면서 꾸준히 독자를 끌어당기는 경우도 있다. 글마다 문제가 다를 수 있다. 따라서 가장 확실한 방법은 실제로 그것이 통하는지 보는 것뿐이다. 여러분의 도입부가 가능한 모든 도입부 가운데 최상은 아닐지도 모른다. 하지만 소기의 목적을 달성했다면 그것으로 감사하고 앞으로 계속 나아가자.

도입부의 길이는 때로는 독자에 따라 정해지기도 한다. 문

　　　　　　　　　알아두어야 할 것들

학 비평을 읽는 독자들은 필자가 만연체로 시작할 것을 예상하며, 필자를 따라 마지막 지점까지 느긋하게 에둘러 가기를 즐긴다. 하지만 독자가 계속 붙어 있으리라는 기대는 금물이다. 독자들은 자신을 위한 게 무엇인지 금방 알 수 있기를 원한다.

따라서 도입부는 금방 독자를 붙잡아 계속 읽게 만들어야 한다. 참신함, 진기함, 역설, 유머, 놀라움, 비범한 아이디어, 흥미로운 사실, 질문으로 독자를 유혹해야 한다. 독자의 옆구리를 찌르고 소매를 끌어당기는 것이라면 무엇이든 좋다.

또 도입부는 어느 정도 실질적인 역할을 해야 한다. 이 글을 왜 썼으며 왜 이 글을 읽어야 하는지 독자에게 구체적으로 알려주어야 한다. 그렇다고 너무 이성적으로 호소하지는 말자. 독자를 조금 더 꾀어 계속 호기심을 갖게 하기만 하면 된다.

그렇게 계속 나아가자. 모든 문단은 앞선 문단을 부연해주는 것이어야 한다. 자세한 설명을 덧붙이는 데 신경을 더 쓰고, 독자를 즐겁게 해주는 배려는 덜 해도 된다. 그러나 매 문단의 마지막 문장에는 특별히 신경을 써야 한다. 다음 문단으로 넘어가기 위한 중요한 발판이기 때문이다. 특별히 유머나 놀랄 만한 것을 살짝 가미해보자. 독자를 미소 짓게 만들면 적어도 한두 문단은 더 읽도록 붙든 셈이다.

그러면 속도는 다르지만, 똑같이 긴장감을 유지하는 도입부 몇 가지를 보자. 먼저 내가 쓴 칼럼 두 편을 든다. 『라이프』 (Life)와 『룩』(Look)에 실렸던 글인데, 독자들의 말에 따르면 주로 이발소, 미용실, 비행기, 병원 대기실에 있는 잡지다("얼마 전에 머리를 깎으러 갔다가 선생님 글을 봤어요"). 내가 이 말을 하는 것은, 정기간행물은 책상 스탠드 아래보다는 헤어드라이어 아래에서 읽는 경우가 훨씬 많다는 사실을 강조하기 위해서이다. 글 쓰는 이가 시간을 낭비할 겨를이 별로 없다는 것이다.

먼저 살펴볼 것은 「그런 닭 소시지는 안 된다」라는 글의 도입부이다.

나는 가끔 핫도그에 뭐가 들어가는지 궁금했다. 지금은 알지만, 차라리 모르는 편이 나았다.

아주 짧은 두 문장이다. 하지만 둘째 문단으로 넘어가지 않으면 안 될 것 같다.

문제는 핫도그 소시지에 닭고기를 쓸 수 있도록 조건을 완화해달라는 가금류 업계의 요청에 따라 농무부가 핫도그 소시지의 성분—법적으로 가능한 모든 것—을 발표하면서 시작되었다. 과연 이 프랑크소시지의 나라에서 닭 소시지는 행복을 찾을 수 있을까?

이 칼럼의 바탕이 되는 사건을 설명해주는 문장 하나. 그리고 완만한 어조를 회복하기 위한 살짝 비틀기 하나.

이 문제에 관한 농무부 설문조사에서 나온 주로 적대적인 답변 1,066개로 판단하건대, 이는 절대 있을 수 없는 일이다. 한 여성의 다음과 같은 답변이 대중의 뜻을 가장 잘 나타낸다. "전 새고기는 안 먹어요."

또 하나의 사실과 또 한 번의 미소. 운 좋게도 이런 재미있는 인용 거리를 구했을 때는 꼭 써먹을 방법을 찾자. 이어서 글은 농무부가 핫도그에 들어갈 수 있다고 밝힌 성분을 구체적으로 열거한다. "소, 양, 돼지, 염소의 횡격막, 심장, 식도 (…) 근육 가운데 먹을 수 있는 부분"은 포함되지만 "입술이나 코, 귀에 있는 근육"은 포함되지 않는다.

여기서부터 글은 가금류 업계의 이해와 소시지 업계의 이해 사이의 충돌에 관한 이야기로 발전하고, 이어서 미국인들은 핫도그와 조금만 닮은 것이면 무엇이든 먹을 것이라는 이야기까지 나아간다. 마지막에는 미국인들이 자기가 먹는 것에 무엇이 들어가는지 모를 뿐 아니라 관심도 없다는 게 더 큰 문제라는 사실을 암시한다. 문체는 시종 격의 없고 유머를 가미하고 있다. 하지만 내용은 기발한 도입부에 이끌려 들어간 독자들이 예상한 것보다 더 심각한 것으로 드러난다.

「하느님 감사합니다」라는 글의 도입부는 이보다 더 느리며, 유머보다는 호기심으로 독자를 유혹한다.

어떤 합리적인 기준으로 보더라도, 뉴욕 쿠퍼즈타운에 있는 야구박물관과 명예의 전당에 전시된 느릅나무 뿌리껍질 조각—투수 벌리 그라임즈의 고향인 위스콘신주 클리어레이크 산—을 두 번, 아니 한 번이라도 보고 싶어 하는 사람은 없을 것이다. 거기에 붙어 있는 설명에 따르면 이것은 그라임즈가 경기 중에 씹었던 것으로, "스핏볼[spitball. 공에 침을 묻혀 예측할 수 없는 방향으로 휘게 만드는 것]을 던질 때 침이 많이 나오게 하기 위한 것이었다." 지금 미국에서는 재미없는 이야기로 들릴지도 모르겠다.

　하지만 야구팬들은 합리적인 기준으로 판단할 수 없다. 우리는 경기의 사소한 부분 하나하나에 집착하며, 한번 본 선수들에 대한 기억을 평생토록 간직한다. 그러니 선수들과 다시 만나게 해주는 물건치고 우리에게 시시한 건 없다. 나는 홈플레이트를 향해 교묘히 날아가던 그의 침 묻은 공을 기억하는 세대인 만큼, 그 나무껍질을 발견하고는 그것이 무슨 로제타석이라도 되는 듯이 열심히 들여다보았다. '저것 때문에 그럴 수 있었군.' 나는 그 이상한 유물을 뚫어져라 바라보며 그렇게 생각했다. '느릅나무라! 끝내주는데.'

　이것은 내가 이 박물관을 돌아다니다가 마주친 내 소년 시절의 수백 가지 추억 가운데 하나일 뿐이다. 아마 우리의 과거로 떠나는 사적인 순례로는 이 박물관만한 것이 없을 것이다. (…)

　이제 독자가 제대로 걸려들었으니 작가가 할 일 가운데 가장 힘든 부분은 끝났다.

이런 도입부를 소개하는 이유는 작가의 문체가 아니라 작가가 발견한 특이한 사실이 글을 살리는 경우가 종종 있다는 것을 보여주기 위해서이다. 나는 오후 내내 박물관에서 메모하며 향수에 젖어 루 게릭의 라커와 바비 톰슨의 승리의 배트를 존경스럽게 바라보았다. 나는 자이언츠 홈구장인 폴로 그라운드에서 가져온 특별관람석에 앉아, 브루클린 다저스의 홈구장인 에베츠 필드에서 가져온 홈플레이트에 스파이크 없는 내 구두 바닥을 파묻고는 도움이 될 만한 설명은 모조리 베껴 썼다.

"이것은 테드가 베이스를 주유하는 여행을 마치면서 홈플레이트를 밟았던 신발이다." 이것은 테드 윌리엄스가 인생의 마지막 타석에서 홈런을 친 유명한 시합 때 신었던 신발에 대한 설명이다. 이 신발은 옆이 썩어서 터진 월터 존슨의 신발에 비하면 상태가 훨씬 좋았다. 하지만 이 신발에 대한 설명은 야구광들의 기대에 딱 들어맞는 것이었다. "마운드에 올라가 공을 던질 때는 발이 편해야 하는 법이다." 위대한 월터는 그렇게 말한 바 있다.

박물관은 5시에 문을 닫았고, 나는 내 기억과 조사가 충분하다고 생각하며 모텔로 돌아갔다. 그러나 다음 날 아침 나는 본능에 이끌려 한 번 더 박물관을 찾았고, 그제야 벌리 그라임즈의 느릅나무 뿌리껍질을 발견할 수 있었다. 틀림없이 이상적인 도입부가 될 것 같았다. 나는 지금도 그렇게 생각한다.

이 이야기에서 배울 점이 있다면, 언제나 써야 할 것보다 많은 자료를 모아야 한다는 것이다. 글의 힘은 가장 도움이 되

도입부는

금방 독자를 붙잡아 계속 읽게 만들어야 한다.

참신함, 진기함, 역설, 유머, 놀라움, 비범한 아이디어,

흥미로운 사실, 질문으로 독자를 유혹해야 한다.

독자의 옆구리를 찌르고 소매를 끌어당기는 것이라면

무엇이든 좋다.

는 일부분을 추려내기 위한 여분의 자료가 얼마나 많으냐에 비례한다. 평생 자료만 수집하지 않는다면 말이다. 어느 시점에는 조사를 마치고 글쓰기를 시작해야 하는 것이다.

또 하나는 뻔한 자료를 보고 뻔한 사람들을 인터뷰하지만 말고 어디서나 자료를 찾아야 한다는 것이다. 길거리의 간판과 온갖 잡동사니 글을 보자. 포장지와 장난감 설명서, 약품 설명과 담벼락의 낙서를 읽어보자. 전기회사, 전화회사, 은행에서 매달 쏟아져나오는 정산서의 여백을 메우기 위해 괜히 써놓은 자부심 가득한 문구를 읽어보자. 메뉴와 카탈로그와 각종 정기간행물을 읽어보자. 신문의 눈에 잘 띄지 않는 틈새, 예컨대 일요일 부동산 섹션 같은 곳에 관심을 가져보자(사람들이 어떤 테라스를 원하는지 보면 사회의 풍조를 알 수 있다). 우리가 매일 보는 세상의 풍경은 모호한 메시지와 의미로 가득 차 있다. 그런 것들에 관심을 두자. 그것들은 사회적인 의미만 지니는 게 아니다. 다른 누구와도 다른 도입부를 쓸 수 있는 기발한 것들이 많다.

도입부에서 두 번 다시 보고 싶지 않은 것이 여러 가지 있다. 하나는 미래의 고고학자다. "미래의 어떤 고고학자가 우연히 우리 문명의 유적을 발견한다면, 그는 주크박스를 보고 뭐라고 생각할까?" 나는 벌써 그가 지겨워졌다. 그가 아직 여기에 오지도 않았는데 말이다. 화성에서 온 방문객도 지겹다. "화성에서 온 생물체가 지구에 착륙한다면, 그들은 옷이라곤 거의 걸치지 않은 지구인 무리가 모래밭에서 살갗을 굽고 있는 것을 보고 깜짝 놀랄 것이다.""얼마 전 어느 날"이나 지난 토요일 오후에 우연히 일어난 놀라운 사건도 지겹다. "얼마 전 어느 날 조그만 납작코 소년 하나가 자기 개 테리를 데리고 뉴저지주 퍼래머스 야외에서 산책하고 있었다. 그때 소년은 땅에서 풍선 같이 생긴 이상한 물체가 솟아오르는 것을 보았다." 공통점 운운하는 도입부도 아주 지겹다. "스탈린, 맥아더, 비트겐슈타인, 셔우드 앤더슨, 보르헤스, 구로사와 아키라의 공통점은 무엇일까? 그들이 모두 서부영화를 좋아했다는 것이다." 이제 미래의 고고학자와 화성인과 납작코 소년은 제발 은퇴시키자. 참신한 인식이나 구체적인 사실을 드러내자.

조앤 디디온이 쓴 「로스앤젤레스38의 로메인7000」라는 글의 도입부를 한번 보자.

로스앤젤레스의 로메인7000가(街)는 레이먼드 챈들러와 더실 해밋[1930년대의 유명한 하드보일드 작가들]을 숭배하는 사람들에게는 친숙한 구역이다. 그곳은 할리우드의 아랫자락, 선셋 대로의 남쪽, '모델스튜디오'와 창고와 2가구 방갈로가 모여 있는 중산층 슬럼 지역이다. 패러마운트, 컬럼비아, 데실루, 새뮤얼골드윈 스튜디오가 가까이 있어 이 일대에 사는 사람들 가운데 상당수는 영화업계와 약간이라도 연관이 있다. 한때 그들은 이를테면 영화 팬들의 사진을 현상해주기도 했고, 진 할로의 매니큐어리스트를 알기도 했다. 로메인7000 그 자체는 빛바랜 영화 야외 세트 같다. 모던아트 스타일로 모서리를 둥글게 만든 파스텔 톤 건물에, 창문은 이제는 판자로 막히거나 닭장 철망이 대어져 있으며, 입구에는 먼지 뽀얀 협죽도 나무 사이로 '어서 오세요'라고 쓴 고무 매트가 있다.

하지만 실제로 이곳에 오는 사람은 거의 없다. 로메인7000은 하워드 휴스의 소유이며 문이 잠겨 있기 때문이다. 휴스의 '통신본부'가 이곳 해밋-챈들러 나라의 무딘 햇빛 아래 있는 것을 보면 인생이 정말 시나리오와 같다는 생각이 든다. 휴스의 제국은 우리 시대 세계 유일의 산업단지였다. 그의 사업은 기계 제조, 해외 유전개발 기기 자회사, 맥주 양조, 두 개의 항공사, 막대한 부동산, 대형 영화 스튜디오, 전자회사 및 미사일 사업을 망라하는 것이었고, 이 모든 것을 『빅 슬립』(*The Big Sleep*)[레이먼드 챈들러의 유명한 하드보일드 소설]에 나오는 인물의 수완을 가진 한 사람이 운영했다.

우연히도 내가 사는 곳은 로메인7000에서 멀지 않은데, 나는 이따금 차로 이곳을 지나갈 때마다 으레 콘월 지방을 찾은 아서왕 연구가 같은 기분이 되곤 한다. 나는 하워드 휴스의 전설에 흥미가 많았다. (…)

이 글이 우리를 끌어당기는 비결은 애수와 퇴색한 매혹을 지닌 사실들을 조금씩 쌓아나가는 데 있다. 그래서 우리는 하워드 휴스가 어떻게 사업을 꾸려갔는지 언뜻 엿볼 수 있게 해주는 스핑크스의 힌트를 계속 기대하게 된다. 할리우드의 창문에 닭장 철망이 대어져 있지 않던 시절, 루이스 마이어나 세실드 밀이나 대릴 재녁 같은 막대한 권력을 가진 거물들이 그 닭장을 지배하던 시절로 우리를 안내하기 위해서는 진 할로의 매니큐어리스트를 안다는 것만으로는 너무나 빈약하며, 아무도 환영하지 못하는 환영 인사가 적힌 고무 매트는 황금시대의 기이한 유물에 불과하다. 우리는 그다음을 알고 싶어 계속 읽어나간다.

또 한 가지 방법은 있었던 일을 그냥 이야기하는 것이다. 너무나 단순하고 소박한 방법이어서 종종 그런 방법이 있다는 사실을 잊곤 한다. 하지만 이야기체는 독자의 주의를 붙들어두는 가장 오래되고 강력한 방법이다. 누구나 이야기를 듣고 싶어 하기 때문이다. 자기가 가진 정보를 이야기 형식으로 전달할 방법을 찾아보자. 다음에 인용할 도입부는 현대에 발굴된 가장 놀라운 고대 유물 가운데 하나인 사해문서의 발견에 관한 에드먼드 윌슨의 이야기이다. 윌슨은 무대를 차리느라 시간을 낭비하지 않는다. 이 글은 경험이 부족한 사람들이 흔히 쓰는 '일어나서 잠들 때까지'라는 형식—낚시 여행이 자명종 소리로 시작해 해 질 녘에 끝나는 식—이 아니다. 윌슨은 바로 휙 하고 미끼를 던져 우리를 낚아채버린다.

1947년 초봄 어느 날, '늑대 무하메드'라 불리는 베두인 소년이 사해 서쪽 연안의 절벽 가까운 곳에서 염소들을 돌보고 있었다. 그는 길 잃은 염소를 쫓아 절벽을 오르다 전에 본 적이 없는 동굴을 발견했다. 소년은 무심코 동굴 속에 돌을 던져보았다. 그런데 뭔가가 깨어지는 이상한 소리가 들렸다. 소년은 겁을 먹고 달아났지만, 잠시 후 다른 소년과 함께 다시 와서 동굴에 들어가보았다. 동굴 안에는 질그릇 조각들이 흩어져 있고, 그사이에 큰 흙 단지 몇 개가 있었다. 사발같이 생긴 뚜껑을 열어보니 아주 고약한 냄새가 올라왔다. 단지 안에 있는 시커멓고 기다란 덩어리들에서 나는 냄새였다. 두 소년은 그 덩어리들을 동굴 밖으로 들고나왔다. 그것은 기다란 아마포로 감싸여 있었고, 역청이나 밀랍으로 보이는 검은 층이 덮여 있었다. 그것을 벗겨내자 기다란 문서가 나왔다. 꿰매어 잇댄 얇은 천에 세로로 줄줄이 뭔가가 적혀 있었다. 곳곳이 바래고 문드러져 있었지만 대체로 상당히 깨끗한 상태였다. 보아하니 아랍 글자는 아니었다. 둘은 그게 뭘까 궁금해하며 그 문서들을 가지고 갔다.

이 베두인 소년들은 밀수업자 무리에 속해 있었다. 이들은 트랜스요르단(요르단 왕국의 옛 이름)의 염소나 다른 물건들을 팔레스타인에 몰래 파는 일을 했다. 그들은 세관원들이 총을 들고 지키는 요르단 다리를 우회하기 위해 남쪽으로 한참 멀리 돌아서 다녔고, 물건을 강물에 띄워 옮겼다. 지금 그들은 가진 물건을 암시장에 팔기 위해 베들레헴으로 가는 길이었다. (…)

그러나 도입부를 쓰는 확실한 규칙이란 없다. 독자가 떠나가도록 내버려두지 않는다는 대원칙 아래, 자기가 쓰는 대상과 자기 자신에게 가장 잘 어울리는 방식으로 주제에 접근하면 된다. 때로는 첫 문장에서 모든 이야기를 다 할 수도 있다. 다음은 기억할 만한 책 일곱 권의 첫 문장이다.

태초에 하느님이 천지를 창조하셨다.

—『성경』

지금은 그리스도 탄생 이전 55년이라 부르는 로마력 699년 여름, 갈리아 지방 총독 가이우스 줄리우스 카이사르는 영국에 눈독을 들이고 있었다.

— 윈스턴 처칠,
『영어 사용 국민의 역사』(A History of the English Speaking Peoples)

이 퍼즐을 맞춰보면 여러분은 우유와 치즈, 달걀과 육류와 생선과 콩, 시리얼과 채소와 과일과 뿌리채소류 등 우리의 일일 필수 영양소가 든 먹거리를 발견할 수 있을 것이다.

— 이르마 S. 롬바우어, 『요리의 즐거움』(Joy of Cooking)

마누스섬 원주민들에게 세상은 테두리가 위로 들린 거대한 접시와 같으며, 가운데 초호(礁湖)에 있는 그들의 마을에는 말뚝 위에 세운 집들이 조수의 변화에도 흔들리는 일 없이 다리 긴 새들처럼 서 있다.

— 마거릿 미드, 『마누스 족 생태 연구』(Growing Up in New Guinea)

알아두어야 할 것들

그 문제는 미국 여성들의 마음속에 오랫동안 묻혀 있었다.

— 베티 프리던, 『여성의 신비』(*Feminine Mystique*)

오 분, 또는 십 분도 되지 않아 나머지 세 사람이 그녀에게 전화를 걸어 무슨 일이 일어났는지 들었느냐고 물었다.

— 톰 울프, 『필사의 도전』(*The Right Stuff*)

당신은 당신이 안다고 생각하는 것보다 많이 알고 있다.

— 벤저민 스폭, 『아기와 아이 돌보기』(*Baby and Child Care*)

여기까지는 글을 어떻게 시작할 것인가에 대한 약간의 조언이었다. 이제부터는 글을 어떻게 마칠 것인지에 대해 이야기해볼까 한다. 글을 언제 끝맺을지 아는 것은 흔히 생각하는 것보다 훨씬 더 중요하다. 마지막 문장을 선택하는 데는 첫 문장을 고민할 때만큼 많은 생각이 필요하다.

정말로 그런지 믿기 어려울지도 모른다. 독자들이 처음부터 여러분에게 달라붙어 캄캄한 모퉁이든 울퉁불퉁한 지형이든 상관없이 잘 따라왔다면, 분명 끝이 눈에 보이는 데서 여러분을 떠나지는 않을 것이다. 하지만 분명 떠날 수도 있는데, 그것은 끝으로 보이던 것이 신기루로 드러났기 때문이다. 끝날 듯하면서 절대 끝나지 않는 결론이 계속 이어지는 목사의 설교처럼, 끝나야 할 곳에서 끝나지 않는 글은 질질 끌다가 결국 실패한다.

글쓰기에서 놀라움은 가장 기분 좋은 요소이다.

뭔가가 여러분을 놀라게 한다면

그것은 여러분의 글을 읽는 사람들도 놀라게,

그리고 기쁘게 할 것이다.

여러분이 이야기를 마무리 지으며 그들을 떠나보낼 때는

특히 더 그렇다.

우리는 대개 어릴 때 작문 선생에게 모든 이야기는 서론, 본론, 결론을 갖추어야 한다고 주입받았다. 예전에 작문할 때, 힘들게 앞으로 걸어 나가면서 길 곳곳에 로마 숫자(I, II, III)로 된 말뚝을 박아 글의 구성을 갖추었던 것을 기억할 것이다. 잠시 샛길로 빠지면 그보다 낮은 개념의 숫자(IIa, IIb)를 쓰기도 했지만, 그러다가도 결국엔 언제나 III으로 가서 여정을 요약해야 했다.

자기 이야기에 자신감이 없는 초등학생이나 고등학생은 그래도 괜찮다. 그러면서 어떤 글이든 논리적 구조가 있어야 한다는 것을 배우기 때문이다. 그것은 학생뿐 아니라 누구나 알아야 할 가르침이다. 전문 작가도 가끔 자기도 모르게 엉뚱한 길을 한참 헤매는 때가 있기 때문이다. 하지만 좋은 글을 쓰고 싶다면 종결부, 즉 III의 무시무시한 손아귀에서 벗어나야 한다.

여러분이 "요약하자면 ~라고 할 수 있다"라는 문장을 쓰고 있다면 이제 III에 도달했음을 알 수 있다. "그렇다면 우리는 ~로부터 무엇을 얻을 수 있었는가?"라는 질문도 마찬가지다. 이런 문장은 여러분이 앞에서 자세하게 말한 것을 압축해서 되풀이하겠다는 신호다. 이제 독자의 관심은 줄어들고, 여러분이 지금까지 쌓아온 긴장감도 무너지기 시작한다. 그래도 여러분은 신성한 형식에 충성을 맹세하도록 한 여러분의 작문 선생님에게 충실할 것이다. 그래서 요약하자면 뭐라고 할 수 있는지 독자에게 상기시켜주고, 이미 예를 들어 얻은 통찰을 한 번 더 얻어낸다.

그러나 독자는 심상찮은 삐걱거림을 감지한다. 그들은 여러분이 무엇을 하려고 하는지, 여러분이 그것을 얼마나 지겨워하는지 금방 눈치챈다. 그들은 참을 수 없는 분노를 느낀다. 마무리를 어떻게 지을지 왜 좀 더 생각해보지 않았는가? 독자가 너무 아둔해서 요점을 파악하지 못할 테니 친절하게 요약해주겠다는 건가? 그래도 여러분은 계속해서 삐걱거린다. 하지만 독자는 다른 선택을 한다. 읽기를 관두는 것이다.

이는 마지막 문장의 중요성을 잊지 말아야 하는 부정적인 이유이다. 마지막 문장을 언제 써야 할지 모르면 마지막 단계까지 탄탄하게 짜온 글을 망쳐버릴 수 있다. 반면 긍정적인 이유는, 좋은 마지막 문장 또는 마지막 문단은 그 자체로 즐겁다는 것이다. 좋은 끝맺음은 독자들을 기분 좋게 하고 글에 여운을 남긴다.

완벽한 종결부는 독자들을 살짝 놀라게 하면서도 더없이 적절해 보여야 한다. 독자들은 글이 그렇게 빨리, 갑자기, 그렇게 끝나리라고는 예상하지 못했지만, 곧 그것이 적절하다는 것을 알아차린다. 글의 종결부는 희극에서 한 장의 마지막 대사와도 같다. 한참 어떤 장면을 보고 있는데(우리 생각이지만) 어떤 배우가 재미있거나 엉뚱하거나 날카로운 이야기를 하고는 갑자기 불이 꺼져버리는 것이다. 우리는 한 장이 끝난 것을 알고 깜짝 놀라지만, 이내 그 재치 있는 마무리에 감탄하게 된다. 우리를 즐겁게 하는 것은 극작가의 완벽한 절제다.

글쓰기에서 이것을 간단히 규칙화하면 이렇다. 멈출 준비

　　　　　　　　　　알아두어야 할 것들

가 되면 멈추어야 한다. 모든 사실을 알리고 지적하고 싶은 점을 다 언급했으면 가장 가까운 출구를 찾아야 한다.

겨우 몇 문장으로 마무리가 되는 경우도 있다. 이상적으로 종결부는 글의 주제를 요약하면서 아주 적절하거나 뜻밖이어서 놀라움을 주는 한 문장으로 끝나야 한다. 다음 예문에서 H. L. 멩켄이 캘빈 쿨리지 대통령을 평가하는 글을 어떻게 마무리하는지 보자. 그는 대통령이 "소비자"에게 어필했던 것은 그의 "정부가 거의 통치한 바가 없었기" 때문이고, "그래서 제퍼슨의 이상이 마침내 실현되었으며, 제퍼슨주의자들이 기뻐했다"고 말한다.

가장 괴로운 것은 백악관이 평화로운 기숙사일 때가 아니라 어설픈 사도 바울이 지붕 위에 올라가 이래라저래라 소리칠 때다. 하딩을 제외하면 쿨리지 빅시 앞으로는 한 명의 '세계의 수호자'가 있었으며, 뒤로는 두 명이 더 있었다. 〔각각 미국의 28대 대통령 우드로 윌슨, 31대 허버트 후버, 32대 프랭클린 루스벨트 대통령을 가리킨다〕 계몽된 미국인들이 그들 중 하나와 또 하나의 쿨리지 사이에서 선택해야 한다면 과연 잠시라도 주저할까? 그가 물러나서 신날 건 없었지만, 두통거리 또한 없었다. 그는 아무 생각이 없었으며, 따라서 별 골칫거리도 아니었다.

이 다섯 문장은 금방 독자를 떠나보내면서 생각할 거리를 남긴다. 쿨리지가 아무 생각이 없었기 때문에 골칫거리도 아니었다는 생각은 즐거운 여운을 남기지 않을 수 없다.

내가 흔히 쓰는 방법은 이야기를 한 바퀴 빙 돌려서 첫 부분의 메아리를 끝에서 들려주는 것이다. 그것은 내 대칭 감각을 만족시키고, 함께 시작한 여행을 여운과 함께 마무리 지음으로써 독자에게 즐거움을 준다.

하지만 대개 가장 효과적인 방법은 인용이다. 지금까지 한 이야기로 되돌아가 결말과 관련이 있거나 재미있거나 예상치 못한 마지막 설명을 덧붙여주는 것을 찾아보자. 때로는 인터뷰하거나 글을 쓰는 도중에 그런 것이 불쑥 튀어나오기도 한다. 나는 인터뷰하다 종종 '그래, 이게 내가 마지막에 할 말이지!'하고 생각할 때가 있다. 우디 앨런이 나이트클럽에서 일인극을 하면서 미국 특유의 신경증 환자로 막 자리매김하고 있던 1960년대 중반, 나는 처음으로 그의 등장을 알리는 긴 글을 잡지에 썼다. 그 글은 다음과 같이 끝맺는다.

앨런은 이렇게 말한다. "사람들이 그저 제 농담을 즐기기보다는 한 사람으로서 저와 관계를 맺으러 온다면, 그래서 제 이야기를 듣고 싶어 다시 찾아온다면, 제가 무슨 이야기를 하든 저는 성공한 겁니다." 그를 다시 찾는 발길로 보자면 그는 성공했다. 우디 앨런은 '관계 맺기'의 대가이며, 특유의 유머로 오랫동안 인기를 끌 것이 분명해 보인다.

하지만 그에게도 나름의 문제는 있다. 미국의 일반 대중과 공감하고 관계를 맺지 못하고 있는 것이다. 그는 이렇게 말한다. "제 어머니가 그루초 마르크스[유명한 코미디언 형제 마르크스 브라더스 가운데 셋째. 그의 유대식 농담은 우디 앨런에게 큰 영향을 미쳤다]를 너무 닮았다는 게 고민이죠."

저 멀리 들판에서 아무도 예상치 못했던 말이 들려온다. 그 놀라움은 대단하다. 어떻게 완벽한 마무리가 아닐 수 있겠는가? 글쓰기에서 놀라움은 가장 기분 좋은 요소이다. 뭔가가 여러분을 놀라게 한다면 그것은 여러분의 글을 읽는 사람들도 놀라게, 그리고 기쁘게 할 것이다. 여러분이 이야기를 마무리지으며 그들을 떠나보낼 때는 특히 더 그렇다.

여러 가지 형식

3

문학으로서의 논픽션

몇 년 전 어느 주말에 버펄로시의 여성 작가 모임이 개최하는 작가 회의에 초청받은 적이 있다. 그 여성들은 자기 일에 무척 진지한 사람들이었고, 그들이 쓴 책과 글은 탄탄하고 유용한 것들이었다. 그들은 나에게 주중에 행사 홍보를 위한 라디오 토크쇼에 출연해달라고 부탁했다. 그들은 사회자와 함께 스튜디오에 있고 나는 뉴욕에 있는 내 아파트에서 전화를 받으면 된다는 것이었다.

약속한 저녁이 되자 전화가 울렸고, 사회자가 씩씩하고 명랑한 목소리로 인사했다. 그는 스튜디오에 아름다운 여성 세 분이 나와 있으며, 우리 모두에게 지금의 문학에 대해 어떻게 생각하는지, 그리고 문학가를 꿈꾸는 청취자들에게 어떤 조언을 해줄 수 있는지 듣고 싶다고 했다. 이렇게 의욕에 찬 첫인사가 우리들 사이에 돌덩이처럼 툭 떨어졌고, 아름다운 세 여성은 아무 말도 하지 못했다. 나는 당연한 반응이라고 생각했다.

침묵이 길어지자 결국 내가 말했다. "저는 '문학'이니 '문학적'이니 하는 말을 여기서는 더 쓰지 말았으면 좋겠습니다." 내가 알기에 사회자는 우리가 어떤 작가이고 우리가 무엇을 토론하고 싶어 하는지 어느 정도 들은 바가 있었다. 하지만 그는 다른 기준을 알지 못했다. "지금 미국에서 문학을 한다는 것이 어떤 것인지 한 분씩 말씀해주시죠." 다시 침묵이 길어지자 내가 말했다. "우린 글 쓰는 일에 관해 이야기하려고 여기 나왔습니다."

그는 내 말을 이해하지 못한 채 우리 모두가 문학의 거인이라고 알고 있는 헤밍웨이, 솔 벨로, 윌리엄 스타이런 같은 작가들의 이름을 댔다. 우리는 그런 작가들은 우리의 본보기가 아니었다고 말하고, 대신 루이스 토머스, 조앤 디디온, 개리 윌스 같은 사람들의 이름을 댔다. 그는 그 이름들을 들어본 적이 없었다. 여성 중 한 명이 톰 울프의 『필사의 도전』을 언급했지만, 그는 들어본 적이 없었다. 우리는 일상적인 문제와 관심을 포착하는 그런 작가들의 능력을 흠모한다고 말했다.

"하지만 여러분도 문학적인 글을 쓰고 싶지 않나요?" 우리의 사회자가 말했다. 세 여성은 자신들의 일에 충분히 만족하고 있다고 말했다. 프로그램은 다시 침묵에 빠졌다. 그러자 사회자가 청취자들의 전화 질문을 받기 시작했는데, 모두가 글 쓰는 일에 관심이 있었고 우리가 어떻게 글을 쓰는지 알고 싶어 했다. "그래도 고요한 밤이면 위대한 소설을 쓰는 꿈을 꾸게 되지 않습니까?" 사회자가 청취자 몇 사람에게 물었다. 청취자들은 그렇지 않았다. 그들은 고요한 밤은 물론이고 다른 때에

여러 가지 형식

도 그런 꿈을 꿔본 적이 없었다. 별 볼 일 없는 라디오 토크쇼였다.

이 이야기는 논픽션을 쓰는 사람이 흔히 마주치는 상황을 요약해서 보여준다. 우리가 사는 세상에 대해 글을 쓰고, 자기가 사는 세상에 대해 글을 쓰는 방법을 학생들에게 가르치는 우리 같은 사람들은 종종 시대착오적인 오해에 부딪히곤 하는데, 그것은 소설이나 시처럼 19세기에 '문학'으로 인정된 형식만이 그 정의상 문학이 될 수 있는 생각이다. 그러나 사실 작가들이 쓰고자 하는 것, 출판사와 잡지사가 출간하려 하고 독자들이 요구하는 것의 상당수는 논픽션이다.

이러한 변화를 입증하는 사례는 많다. 그 가운데 하나가 '이달의 책 클럽'의 역사다. 1926년에 해리 셔먼이 이 단체를 만들었을 때, 미국인들은 새로운 좋은 문학을 거의 접하지 못하고 『벤허』(Ben-Hur) 같은 시시한 책을 읽고 있었다. 우체국이 있는 마을이면 서점이라 할 만한 곳이 있을 거라고 생각한 셔먼은 전국 각지의 독자들을 선정해 최고의 신간들을 보내주기 시작했다.

그가 보낸 책은 대부분 소설이었다. 1926년부터 1941년까지 '이달의 책 클럽'이 선정한 목록은 주로 소설가들로 채워졌다. 엘렌 글래스고, 싱클레어 루이스, 버지니아 울프, 존 골즈워디, 엘리너 와일리, 이그나치오 실로네, 로저먼드 레이먼, 이디스 워튼, 서머싯 몸, 윌라 캐더, 부스 타킹턴, 이자크 디네센, 제임스 굴드 커즌즈, 손턴 와일더, 시그리드 운세트, 어니스트 헤밍웨이, 윌리엄 사로얀, 존 P. 마퀀드, 존 스타인벡 등등. 당시는 미국에서 '문학'이 절정을 이루던 시기였다. 1940년 영국 전투 초기를 다룬 『미니버 부인』(*Mrs. Miniver*)이라는 소설이 나오기 전까지 '이달의 책 클럽' 회원들은 2차대전이 다가오고 있다는 소식을 거의 듣지 못했다.

그러나 진주만 공습으로 모든 것이 변했다. 2차대전으로 인해 미국인 700만이 해외로 나가서 새로운 장소와 문제와 사건에 눈을 떴다. 전쟁 후에는 텔레비전의 보급으로 그런 경향이 더 강해졌다. 매일 저녁 자기 집 거실에 앉아서 현실을 눈으로 본 사람들은 소설가의 느린 리듬과 암시적인 진술에 대한 인내심을 잃어버렸다. 하룻밤 사이에 미국은 사실에 집착하는 나라가 되어버렸고, 1946년 이후로 '이달의 책 클럽' 회원들은 주로 논픽션을 요구하기 시작했다.

잡지도 같은 물결에 휩쓸렸다. 클래런스 버딩턴 켈랜드, 악태버스 로이 코언 등 주로 미들네임을 쓰는 작가들의 단편소설을 독자들에게 떠먹여주던 『새터데이 이브닝 포스트』(*Saturday Evening Post*)는 1960년대 초에 그 비율을 뒤집어 지면의 90퍼센트를 논픽션에 할애하고, 애독자들이 버림받았다고 느끼지 않도록 미들네임을 쓰는 작가의 단편소설 한 편을 실었다. 논픽션 황금기의 시작이었다. 『라이프』에는 매주 뛰어난 논픽션이 실렸고, 『뉴요커』는 레이첼 카슨의 『침묵의 봄』(*Silent Spring*)이나 트루먼 커포티의 『인 콜드 블러드』(*In Cold Blood*) 같은 획기적인 작품들을 실어 현대 미국 글쓰기를 한층 발전시켰으며,

『하퍼스』(*Harper's*)에는 노먼 메일러의 『밤의 군대』(*Armies of the Night*) 같은 뛰어난 글이 실렸다. 논픽션은 미국의 새로운 문학이 되었다.

오늘날 독자들은 진지하고 품위 있는 글을 쓰는 사람들 덕분에 과거와 현재를 불문하고 삶의 모든 영역에 접근할 수 있다. 인류학, 경제학, 사회사 같은 학문적인 분야도 이제는 논픽션 작가들과 폭넓은 호기심을 가진 독자들의 영역이 되었다. 이런 분야들과 함께 최근 미국 저술계에서 돋보이는, 역사와 전기를 결합한 책들도 이런 사실 문학의 범주에 보탤 수 있다. 예를 들자면 끝이 없다. 사실적인 정보를 박력 있고 명쾌하고 인간미 있게 전달하는 모든 작가가 포함될 수 있을 것이다.

나는 지금 소설이 죽었다고 말하는 것이 아니다. 소설가는 분명 다른 작가들이 갈 수 없는 비밀의 장소, 즉 심오한 감성과 내면의 삶 속으로 우리를 데려가준다. 내 말은 단지 논픽션이 저널리즘의 다른 이름일 뿐이며 저널리즘은 지저분한 것이라고 말하는 속물근성을 참을 수 없다는 것이다. 문학을 재정의하는 김에 저널리즘도 재정의해보자. 저널리즘은 독자층을 불문하고 정기간행물에 처음 실리는 글을 가리킨다. 루이스 토머스의 『세포의 삶』(*Lives of a Cell*)과 『메두사와 달팽이』(*The Medusa and the Snail*)도 처음에는 『뉴잉글랜드 저널 오브 메디슨』(*New England Journal of Medicine*)에 실린 에세이였다. 역사적으로 미국에서는 좋은 저널리즘이 곧 좋은 문학이 되었다. H. L. 멩켄, 링 라드너, 조지프 미첼, 에드먼드 윌슨, 그 밖에 미국의 많은 주요 작가들은 문학계에서 떠받들어지기 전에 먼저 저널리스트로 활동했다.

결국 작가는 자신에게 가장 편한 길을 가야 한다. 글쓰기를 배우는 사람들에게 그 길은 대개 논픽션이다. 논픽션은 자기가 알고 있는 것과 관찰할 수 있는 것, 발견할 수 있는 것에 관해 쓸 수 있게 해준다. 젊은 사람들과 학생들에게는 특히 더 그렇다. 그들은 자기 삶과 관계가 있거나 자기에게 맞는 주제에 대해 훨씬 더 적극적으로 쓴다. 자기가 가장 잘 쓸 수 있고 가장 잘 배울 수 있는 분야가 논픽션이라면 그것이 열등한 장르라고 생각하지 말자. 구분해야 할 것은 좋은 글과 나쁜 글뿐이다. 형식이 어떻든, 그것을 무어라 부르든 좋은 글은 좋은 글이다.

인터뷰: 사람에 대한 글쓰기

사람들이 말하게 하자. 그들의 삶에서 가장 흥미롭고 생생한 이야기를 이끌어내는 방법을 익히자. 그 사람이 자기 생각과 경험을 자신의 말로 직접 들려주는 것만큼 글쓰기를 생동감 있게 해주는 것은 없다.

여러분이 아무리 뛰어난 문장가라 하더라도, 그가 직접 한 말이 여러분의 글보다 더 낫다. 그의 말에는 그의 고유한 말투와 억양이 묻어 있고, 그 지역 특유의 화법과 그 직업 특유의 용어가 들어 있다. 또 그의 열의도 담겨 있다. 그는 작가라는 필터를 거치지 않고 독자에게 직접 이야기하는 사람이다. 작가가 끼어드는 순간 다른 모든 사람들의 경험은 간접적인 것이 되어버린다.

인터뷰하는 법을 배우자. 어떤 형식의 논픽션이든 글 안에 넣을 수 있는 인용의 수가 많을수록 글은 생기를 띤다. 때로는 너무 건조해서 독자들이 졸지 않을까 걱정하며 글을 시작하는 경우도 있을 것이다. 예컨대 어떤 공공기관의 역사나 폭풍우용 배수시설 같은 지역의 현안을 다루는 글이라면 그럴 수도 있다.

하지만 용기를 잃지 말자. 인간적인 부분을 찾아보면 해법을 발견할 수 있을 것이다. 아무리 따분한 기관이라도 자기 일에 대한 강한 애착과 풍부한 지식을 지닌 사람들이 있게 마련이다. 모든 폭풍우용 배수시설 뒤에는 그것을 설치하는 데 미래가 달린 정치인과, 그 구역에 오랫동안 살면서 그곳이 물에 떠내려갈지도 모른다고 생각하는 멍청한 입법자들에게 화가 잔뜩 나 있는 과부가 있게 마련이다. 이런 사람들을 찾아서 이야기를 들어보면 따분하지 않을 것이다.

나 역시 이런 경험이 많다. 여러 해 전에 나는 뉴욕공공도서관의 요청으로 5번가의 본관 건립 오십 주년 기념을 기념하는 작은 책을 하나 쓰게 되었다. 겉으로 보기엔 대리석 건물과 수백만 권의 곰팡내 나는 책에 관한 이야기가 될 것 같았다. 하지만 그런 외관의 이면에서 나는 재미있는 사실을 찾을 수 있었다. 이 도서관에는 열아홉 개의 전문 분과에 각각 한 명씩 큐레이터가 있어서, 워싱턴이 서명한 고별 연설부터 75만 장의 영화 스틸 사진까지 온갖 보물과 진기한 물건들을 관리하고 있었다. 나는 큐레이터들을 하나하나 인터뷰해 이 도서관이 어떤 물건들을 소장하고 있고, 새로운 지식을 따라잡기 위해 어떤 것들을 모으고 있으며, 각각의 공간을 어떻게 활용하고 있는지 알아보기로 했다.

나는 과학기술분과가 미국 특허청 다음으로 많은 특허를

소장하고 있으며, 그래서 이곳이 뉴욕 특허 전문 변호사들의 별장이나 마찬가지라는 사실을 알게 되었다. 그런가 하면 이곳은 자신이 영구운동기관을 거의 완성했다고 생각하는 사람들이 매일같이 몰려드는 곳이기도 했다. 담당 큐레이터는 이렇게 말한다. "다들 뭔가를 발명하고 있어요. 하지만 그런 사람들은 찾고 있는 게 무엇인지 절대 말하지 않아요. 우리가 특허권을 가로챌 거라고 생각하는지도 모르죠." 알고 보니 이 건물 전체가 학자와 검색자와 뭔가에 미친 사람들이 섞여 있는 곳이었다. 내 이야기는 얼핏 보아서는 한 기관의 연대기 같지만 실은 사람들에 대한 이야기였다.

나는 런던의 경매회사인 소더비에 대한 긴 글을 쓸 때도 같은 식으로 접근했다. 소더비 역시 몇 개의 영역으로 나뉘어 있었다. 은제품, 도자기, 미술품 등의 영역에 각각 담당 전문가가 있었으며, 그들은 뉴욕도서관과 마찬가지로 대중의 변덕에 기대 살고 있었다. 전문가들은 마치 작은 대학의 학과장 같았으며, 하나같이 내용으로나 말하는 방식에서나 독특한 일화들을 갖고 있었다.

"우리는 미코버[찰스 디킨스의 소설 『데이비드 카퍼필드』에 나오는 공상적이고 낙천적인 인물]처럼 그냥 여기에 앉아서 기다립니다." 가구 부문 책임자인 R. S. 타임웰이 말했다. "얼마 전에는 케임브리지 근처에 사는 한 노부인이 편지를 보내서는, 2,000파운드를 마련하고 싶은데 자기 가구가 그만한 값어치가 있는지 한번 와서 봐달라고 하더군요. 그래서 가서 봤더니, 값나갈 만한 물건이 전혀 없었습니다. 저는 집을 나설 요량으로 이렇게 물었지요. '제가 본 게 전부인가요?' 부인은 가정부 방만 빼고는 그렇다고 대답하더군요. 굳이 보여줄 필요가 없을 것 같아서 보여주지 않았다면서요. 그런데 그 방에는 부인이 담요를 넣어두는 아주 훌륭한 18세기 옷장이 하나 있었습니다. 저는 부인에게 말했습니다. '걱정하실 필요 없습니다. 저 옷장만 파시면 되겠군요.' 그러자 부인이 이렇게 말하더군요. '하지만 그건 안 돼요. 담요를 둘 데가 없잖아요.'"

나도 걱정할 필요가 없었다. 이 사업을 운영하는 괴상한 학자들과 다락방에서 꺼낸 물건들을 가지고 매일 아침 그곳으로 몰려드는 사람들의 이야기를 듣고 글에 필요한 인간적인 디테일을 충분히 얻었기 때문이었다.

1966년에 사십 주년을 맞은 '이달의 책 클럽'의 역사를 써달라는 부탁을 받았을 때도 그다지 재미있는 일이 없으리라 생각했다. 하지만 나는 울타리 양쪽에서 신랄하고 인간적인 요소를 발견할 수 있었다. 언제나 심지가 굳은 심사위원들이 책을 선택했고, 마찬가지로 단호한 가입자들은 좋아하지 않는 책을 받으면 바로 돌려보냈다. 나는 천 페이지가 넘는 초창기 심사위원들 다섯 명(헤이우드 브룬, 헨리 사이들 캔비, 도러시 캔필드, 크리스토퍼 몰리, 윌리엄 앨런 화이트)의 인터뷰 기록을 받았고, 거기에 창립자인 해리 셔먼과 당시 활동 중이던 심사위원들과의 인

　　　　　　　　　여러 가지 형식

터뷰도 덧붙였다. 그 결과물은 미국인들의 독서 취향이 어떻게 변해왔는지에 관한 사십 년치의 사적인 기억이 되었고, 책들은 나름의 생명을 지니면서 내 이야기의 등장인물이 되어주었다.

도러시 캔필드는 이렇게 말했다. "『바람과 함께 사라지다』 (Gone With the Wind)의 엄청난 성공을 기억하는 사람들이라면, 이 작품이 처음에는 단순히 남북전쟁과 그 여파에 대한 엄청나게 길고 자세한 이야기로만 받아들여졌다는 사실을 상상하기 어려울 거예요. 우리는 작가에 대해 들어본 적도, 이 책에 대한 다른 사람의 의견을 들어본 적도 없었죠. 인물의 성격 묘사가 그다지 설득력이 없어서 선정하는 데 어려움이 있었어요. 하지만 다음에 무슨 일이 일어날지 궁금해서 페이지를 넘기지 않을 수 없게 하는 매력이 있었죠. 누군가 이런 말을 했던 게 기억나는군요. '글쎄요, 사람들이 좋아하지 않을지도 모르지만, 돈을 들인 것 이상의 재미를 준다는 건 누구도 부인하지 못할 겁니다.' 이 책이 엄청난 성공을 거둔 건 다른 사람들뿐 아니라 우리에게도 놀라운 일이었죠."

훌륭한 논픽션 작가라면 사람들의 머릿속에 감추어져 있는 이런 정보들을 끄집어낼 수 있어야 한다. 그런 능력을 기르기 위한 가장 좋은 방법은 사람들을 많이 인터뷰해보는 것이다. 인터뷰 자체가 가장 잘 알려진 논픽션 형식의 하나인 만큼, 일찌감치 마스터해야 한다.

그렇다면 어떻게 시작해야 할까? 먼저 어떤 사람을 인터뷰할지 정해야 한다. 여러분이 대학생이라면 룸메이트는 피하자. 물론 여러분의 룸메이트가 정말 대단한 친구일 수도 있겠지만, 다른 사람들이 듣고 싶어 하는 이야기는 별로 많지 않을 것이다. 논픽션 글쓰기를 연마하기 위해서는 먼저 자기가 사는 동네, 도시, 나라 같은 실제 세계로 들어가야 하며, 자신의 글이 실제로 책이나 잡지에 실린다는 생각으로 접근해야 한다. 어떤 매체에 실을 글인지 가정해보는 것도 도움이 된다. 독자들이 읽고 싶어 하는, 매우 중요하거나 흥미롭거나 특이한 일을 하는 사람을 주인공으로 고르자.

그 사람이 꼭 은행장이어야 할 필요는 없다. 동네 피자가게나 슈퍼마켓이나 미용학원의 주인이어도 좋다. 매일 아침 바다로 나가는 어부, 어린이 야구 리그의 감독, 간호사도 좋다. 푸줏간에서 일하는 사람이나 빵 만드는 사람도 좋고, 찾을 수만 있다면 촛대 만드는 사람도 좋다. 여러분이 사는 지역에 남녀의 성별이 왜 둘로 나뉘었는지에 대한 옛 신화를 들려주는 여성들이 있는지 찾아보자. 간단히 말해, 독자의 삶의 한구석을 건드릴 수 있는 사람을 고르자는 것이다.

인터뷰 실력은 할수록 늘게 마련이다. 난생처음 인터뷰를 하면 안절부절못하는 것이 당연하다. 말하기 쑥스러워하거나 자기 생각을 분명하게 표현하기 어려워하는 사람에게 자꾸 말을 시키는 것도 마음 편한 일이 아니다. 하지만 그런 기술은 상당 부분 기계적인 것이며, 나머지는 본능이다. 어떻게 긴장을 풀어주고 언제 말을 끌어낼지, 언제 들어야 할지, 언제 멈출지를 직감으로 아는 것이다. 이것도 직접 겪어봐야 배울 수 있다.

기본적으로 인터뷰에 필요한 것은 종이와 잘 깎은 연필 몇 자루다. 너무 당연해서 무례한 조언인가? 하지만 얼마나 많은 사람들이 연필 없이, 아니면 부러지는 연필 한 자루만 가지고, 아니면 잘 나오지 않는 펜 한 자루만 가지고, 또는 받아 쓸 종이도 없이 무모하게 사냥감에 다가가는지 알면 깜짝 놀랄 것이다. 사람들을 찾아 돌아다니는 논픽션 작가에게 '준비'는 보이스카우트에게만큼이나 꼭 필요한 표어다.

그러나 노트북은 필요할 때까지 치워두는 것이 좋다. 속기용 필기판을 들고 나타난 낯선 이만큼 사람을 긴장시키는 것도 없다. 먼저 서로에 대해 알아가는 시간이 필요하다. 한동안은 담소를 나누면서 인터뷰할 사람이 어떤 사람인지 가늠해보고, 그 사람이 여러분을 신뢰하게 만들자.

사전 조사를 하지 않은 채로 인터뷰하러 가서는 안 된다. 지역 의원을 인터뷰한다면 그 사람의 선거 전력에 대해 미리 알아보자. 여배우를 만난다면 어떤 연극이나 영화에 출연했는지 알고 가자. 미리 알아두었어야 할 사실을 질문하면 무성의해 보인다. 질문 목록을 미리 만들어두자. 그래야 인터뷰 도중에 분위기가 썰렁해지는 당혹스러운 상황을 피할 수 있다. 목록이 필요하지 않을 수도 있다. 더 나은 질문이 떠오르거나 인터뷰 대상자가 예상치 못한 방향으로 갈 수도 있기 때문이다. 이럴 때는 직관으로 밀고 나가는 수밖에 없다. 대상자가 주제를 심하게 벗어났다면 다시 끌고 들어오고, 만약 새로운 방향이 더 좋다면 준비해온 질문은 잊고 그냥 따라가자.

인터뷰를 처음 하는 사람들은 자기가 대답을 강요하는 건 아닌지, 남의 사생활을 침해하는 건 아닌지 하는 두려움에 움츠러들기 쉽다. 하지만 이런 두려움은 근거 없는 것이다. 보통 사람들은 누가 자기를 인터뷰하고 싶다고 하면 오히려 기뻐한다. 대부분의 사람은 자신의 꿈과는 달리 조용한 인생을 살아가고 있기 때문에, 자기 이야기를 듣고 싶어 하는 낯선 사람을 만나면 그 기회를 적극적으로 붙잡으려 한다.

그렇다고 반드시 인터뷰가 잘 된다는 것은 아니다. 인터뷰를 한 번도 해본 적이 없어서 서투르고 수줍어하는 사람을 만날 수도 있고, 그래서 쓸만한 이야기를 전혀 듣지 못할 수도 있다. 그럴 때는 다른 날에 다시 찾아가면 더 나아질 것이다. 그러다 보면 인터뷰를 즐기게 될 테고, 또 그것이 여러분이 억지로 싫은 일을 강요하지 않는다는 증거가 될 것이다.

필요한 도구에 대해 조금 더 이야기해보자. 녹음기를 쓰는 건 어떨까? 녹음기를 틀어놓고 연필이나 종이 따위는 잊어버리면 편리하지 않을까?

녹음기는 분명 사람들의 말을 포착하는 데는 가장 뛰어난 기계다. 문화적인 이유나 개인적인 이유로 대화를 받아 적을 수 없는 사람들에게는 특히 그렇다. 특히나 사회사나 인류학 같은 분야에서 녹음기는 더없이 귀중한 도구다. 나는 스터즈 터클의 『고난의 시대: 대공황기의 구술사』(Hard Times: An Oral History *of the Great Depression*) 같은 책을 좋아한다. 이 책은 그가 평범한 사람들과 한 인터뷰를 녹음해 그것을 적절하게 다듬은 것이다. 나는 문답 인터뷰를 녹음해서 풀어 쓴 잡지 기사도 좋아한다. 그런 글에는 자발성이 있고, 글 위에 웅크려 광을 내는 작가가 없어 신선함이 느껴진다.

하지만 엄밀히 말해 이것은 글쓰기가 아니다. 이것은 질문을 던지고 옮겨 쓴 답변을 가지치기하고 잇고 다듬는 과정이며, 엄청난 시간과 노동이 필요한 일이다. 한 번도 끊어지지 않고 정확하게 이야기한 것 같은 교양 있는 사람들도 녹음된 것을 풀어보면 말의 모래밭에서 길을 잃고 헤매다 단 한 문장도 제대로 마무리하지 못하기 일쑤이다. 귀는 문법적인 잘못을 용납해주지만 눈은 그렇지 않다. 녹음기를 쓰면 간단할 것 같아도 그렇지가 않다. 바느질이 엄청나게 많이 필요하다.

하지만 내가 되도록 녹음기를 사용하지 말라고 하는 이유는 주로 실용적인 것이다. 녹음기는 늘 휴대하지는 않기 때문에 위험할 수 있다. 그보다는 연필이 갖고 다니기 더 쉽다. 또 녹음기가 제대로 작동하지 않을 수도 있다. 기자가 '정말 대단한 이야기'를 녹음해왔다면서 재생 버튼을 눌렀는데 아무 소리도 안 나는 때만큼 김빠지는 경우도 없다. 또 가장 중요하게는, 글 쓰는 사람은 자기 소재를 눈으로 보아야 하기 때문이다. 인터뷰 내용이 테이프에 있으면 계속 기계에만 달라붙어 찾지도 못할 대단한 말을 뒤지려고 테이프를 뒤로 돌렸다가 앞으로 돌렸다가 멈췄다가 다시 돌렸다가 하면서 안절부절못하기 쉽다. 글 쓰

인터뷰 대상자에 대한 윤리적 의무는
그의 입장을 정확히 나타내는 것이다.

그러나 그다음 의무는 독자에 대한 것이다.
독자는 가장 꽉 짜인 이야기를 들어야 한다.

는 사람이 되자. 그러니 말을 받아쓰자.

나는 인터뷰할 때 잘 깎은 B연필을 쓴다. 나는 다른 사람과 무언가를 주고받는 것이 좋다. 나는 가만히 앉아서 기계에 일을 시키기보다는 직접 '일을 하고 있는' 모습을 보이는 것이 좋다. 내가 녹음기를 많이 쓴 적이 딱 한 번 있는데, 재즈 음악가 윌리 러프와 드와이크 미첼을 다룬 책 『미첼과 러프』(*Mitchell & Ruff*)를 쓸 때였다. 나는 두 사람을 잘 알았지만 백인 작가가 흑인의 이야기를 쓰려면 그 음색을 제대로 담아내야 할 의무가 있다고 생각했다. 러프와 미첼이 다른 영어를 쓴다는 말이 아니다. 그들은 훌륭하고 힘 있는 영어를 구사하지만, 또한 남부 흑인 특유의 단어와 숙어를 써서 말에 질감과 유머를 가미하기도 한다. 나는 그런 말들을 놓치고 싶지 않았다. 녹음기는 그것을 모두 포착했으며, 덕분에 나는 두 사람의 말을 제대로 옮길 수 있었다. 인터뷰 대상자의 본모습을 훼손할 수도 있는 상황이라면 녹음기 사용을 고려해보자.

그런데 받아 적기에는 큰 문제가 하나 있다. 인터뷰 대상자가 대개 받아 적는 사람보다 빨리 말한다는 것이다. 그가 B 문장으로 넘어가고 있는데 여러분은 아직도 A 문장을 적고 있다. 이럴 때 여러분은 A 문장을 포기하고 그를 따라 B 문장으로 넘어간다. 내면의 귀로 A 문장의 나머지 부분을 붙잡으려 하면서 C 문장이 완전히 건너뛰어도 좋을, 시간을 벌 수 있는 문장이기를 바란다. 하지만 불행히도 이제 주제는 한창 빠르게 내달리고 있다. 마침내 그는 여러분이 한 시간 동안 끌어내려고 했던 이야기를 전부, 그것도 마치 처칠과도 같은 웅변으로 말하기 시작한다. 여러분 내면의 귀는 사라지기 전에 붙잡으려 애쓰는 문장들로 꽉 막혀버린다.

이럴 땐 잠깐 멈춰달라고 하자. 그냥 "잠깐만 기다려주세요"라고 하고 나서 따라잡을 때까지 쓰면 된다. 여러분이 그렇게 열심히 쓰는 것은 제대로 인용하기 위해서이다. 자기 말이 잘못 인용되기를 바라는 사람은 아무도 없다.

연습하다 보면 더 빨리 쓸 수 있게 되고 짧게 줄여 쓸 줄도 알게 된다. 자주 사용하는 단어의 축약형을 만들어내기도 하고 짧은 연결 어구는 생략하기도 한다. 인터뷰가 끝나면 그 즉시 놓친 단어들 가운데 기억나는 것들을 전부 채우고 맺지 못한 문장을 완성하자. 대개는 아직 기억할 수 있는 범위 안에서 맴돌고 있게 마련이다.

집에 돌아가면 알아보기 힘들게 휘갈겨 놓은 것을 타이핑해서 이미 모아둔 자료와 함께 정리해두자. 이렇게 하면 인터뷰 내용에 더 쉽게 접근할 수 있을 뿐 아니라, 급히 적어둔 수많은 말을 차분히 살펴보고 그 사람이 정말로 무슨 말을 했는지 알 수 있다.

그러다보면 그 사람이 재미없거나 적절하지 않거나 반복되는 이야기를 많이 했음을 알게 될 것이다. 중요하거나 생기 있는 문장들을 골라내자. 힘들게 전부 받아 적었으니 노트에 있는 말을 모두 사용하고 싶은 유혹에 빠지는 것도 당연하다. 하지만 그것은 방종이다. 독자에게 똑같은 수고를 강요할 수는 없는 일이다. 여러분이 할 일은 핵심을 뽑아내는 것이다.

그렇다면 인터뷰한 사람에 대한 의무는 어떻게 되는 걸까? 그의 말을 어디까지 잘라내고 바꿀 수 있을까? 이것은 처음 인터뷰를 마친 모든 이들을 난처하게 만드는 질문이다. 그럴 수밖에 없다. 하지만 두 가지 기준을 명심하면 답은 그리 어렵지 않다. 간결함과 페어플레이가 그것이다.

인터뷰 대상자에 대한 윤리적 의무는 그의 입장을 정확히 나타내는 것이다. 그가 문제의 양면을 조심스럽게 따져보았는데 여러분이 어느 한 면만 인용해 그가 그쪽 입장을 지지한다는 인상을 준다면 여러분은 그의 말을 잘못 전달한 것이다. 또는 맥락을 벗어나는 말을 인용하거나 그럴싸한 말만 골라내고 진지한 보충 설명을 덧붙이지 않아 뜻을 잘못 전달할 수도 있다. 여러분은 한 사람의 명예와 평판을, 아울러 여러분 자신의 명예와 평판을 다루고 있다.

그러나 그다음 의무는 독자에 대한 것이다. 독자는 가장 꼭 짜인 이야기를 들어야 한다. 대화할 때 사람들은 대개 상관없거나 사소한 말을 두서없이 덧붙이게 마련이다. 재미있는 부분도 많지만, 그래도 사소한 건 어쩔 수 없다. 인터뷰는 낭비 없이 요점을 짚는 한에서만 탄탄할 수 있다. 따라서 여러분의 노트 5쪽에 나오는 언급이 2쪽, 그러니까 인터뷰 앞부분에서 지적한 문제를 부연하고 있다면, 뒤의 문장을 앞으로 가져와 앞의 문장을 뒷받침하도록 이어주는 것이 모두를 위하는 일이다. 이는 실제 인터뷰 진행의 진실성을 어기는 것일 수는 있지만,

그가 한 말의 의도에는 진실한 일이다. 여러 가지 방법을 쓸 수 있다. 취사선택하거나, 삭제하거나, 줄이거나, 순서를 바꾸거나, 마지막을 위해 하나를 남겨두거나 해도 좋다. 단, 페어플레이가 되어야 한다는 것만 분명히 하자. 단어를 함부로 바꾸지 말고, 문장을 잘못 잘라서 문맥을 왜곡하지 말자.

정말로 단어를 바꾸면 안 될까? 정확히 말하면, 그렇기도 하고 그렇지 않기도 하다. 말하는 사람이 단어를 신중하게 고르는 사람이라면 여러분은 직업적 자부심을 가지고 그의 말을 그대로 인용해야 한다. 대부분의 인터뷰 진행자가 이 문제를 적당히 넘어가려 한다. 대충 비슷하면 괜찮다고 생각한다. 그러나 괜찮지 않다. 자기가 절대 쓰지 않는 말이 자기 말로 인쇄되어 나온 것을 보고 싶어 하는 사람은 아무도 없다. 하지만 말이 너무 너덜너덜하면, 다시 말해 문장 끝이 흐리거나 생각이 뒤죽박죽이거나 말이 너무 엉켜서 이해할 수 없을 때는 작가가 말을 정리하고 끊어진 연결고리를 이어주는 수밖에 없다.

때로는 인터뷰 대상자의 말에 너무 충실해지려다 함정에 빠지기도 한다. 그의 말을 받아 적은 그대로 글로 옮기려는 것이다. 심지어 자신이 그런 충실한 필사자가 된 것에 만족감을 느끼기도 한다. 그러나 나중에 자기가 쓴 것을 편집하다 보면 인용한 부분 여러 군데가 말이 되지 않는 것이 보인다. 처음에 들었을 때는 너무도 적절한 표현 같아서 더 생각해보지도 않았는데, 다시 생각해보니 표현이나 논리에 구멍이 있는 것이다. 그런 구멍을 그냥 두는 것은 독자에게나 말한 사람에게나 실례

여러 가지 형식

다. 그리고 여러분에게는 불명예다. 그럴 때는 대개 뜻을 분명하게 해주는 단어 한두 개를 덧붙이기만 하면 된다. 아니면 같은 내용을 명료하게 표현한 다른 인용을 노트에서 찾으면 된다. 인터뷰한 사람에게 전화해도 좋다. 그가 한 말 중에서 몇 가지만 확인하고 싶다고 하자. 여러분이 이해할 수 있을 때까지 다른 말로 표현해달라고 하자. 인용에 갇히지 말자. 무엇이든 여러분이 이해하지 못하는 것을 그냥 내버려두지 말자.

이제는 인터뷰 글을 구성하는 문제를 생각해보자. 도입부는 그 사람이 왜 읽을 만한 가치가 있는지 독자에게 확실히 보여주어야 한다. 그가 우리의 시간과 주목을 요구하는 까닭은 무엇인가? 그다음은 그의 말과 여러분의 글이 균형을 이루게 만들자. 인용이 서너 문단씩 이어지면 단조로운 느낌이 든다. 인용은 여러분이 안내하는 가운데 간헐적으로 등장할 때 더욱 생기가 넘친다. 글쓴이는 여러분이다. 권리를 넘겨주지 말자. 여러분의 등장은 유용한 역할을 해야 한다. 긴 인용문을 나누어주는 것만이 여러분의 역할이라고 외치는 듯한 썰렁한 문장을 끼워 넣는데 그치지 말자("그는 가까이 있는 재떨이에 파이프를 털었다. 그의 손가락은 꽤 길었다", "그녀는 멍하니 샐러드를 끼적거리고 있었다").

인용할 때는 바로 인용문으로 시작하자. 누가 뭐라고 했다는 식으로 생기 없게 시작하지 말자.

나쁜 예: 스미스 씨는 자신이 "일주일에 한 번은 시내에 가서

오랜 친구들과 점심 먹기"를 좋아한다고 했다.

좋은 예: "저는 일주일에 한 번은 시내에 가서 오랜 친구들과
점심 먹기를 좋아하지요"라고 스미스 씨는 말했다.

둘째 문장은 활력이 있고, 첫 문장은 죽어 있다. "스미스 씨
는 ~라고 했다"고 하는 것만큼 죽은 표현이 없다. 많은 독자가
거기에서 읽기를 멈춘다. 그가 그런 말을 했으면 직접 그렇게
말하도록 내버려두자. 그래야 문장이 더 따뜻하고 인간미가 있
다.

마지막으로, "그는 ~라고 말했다"와 같은 표현을 찾으려고
너무 애쓰지 말자. 반복을 피하려는 목적만으로 그가 역설하
거나 단언하거나 훈계하게 만들지 말자. "그는 ~라고 미소 지
었다"나 "그는 ~라고 빙긋 웃었다" 같은 표현도 쓰지 말자. 나
는 누가 미소 짓는 것을 들어본 적이 한 번도 없다. 독자의 눈
은 어차피 "그는 ~라고 말했다"는 건너뛰게 마련이니 너무 법
석 떨 필요 없다. 다양성을 살리고 싶다면 이야기의 성격이 바
뀌는 부분을 포착하는 동의어를 택하자. "~라고 지적했다", "~라
고 설명했다", "~라고 대답했다", "~라고 덧붙였다" 같은 말들은
모두 특정한 의미를 전달한다. 하지만 그가 주장하기만 할 뿐
방금 한 말에 대한 보충 설명을 하지 않는데도 "그는 ~라고 덧
붙였다"라는 표현을 쓰지는 말자.

사실 이런 기술적인 측면에는 한계가 있다. 좋은 인터뷰
는 결국 필자에게 달려 있다. 여러분이 인터뷰하는 사람이 항

여러 가지 형식

상 여러분보다 그 주제에 대해 더 많이 알기 때문이다. 이렇게 불리한 상황에서 오는 불안을 극복하는 방법에 대해서는 17장 '즐거움, 두려움, 자신감'에서 더 설명할 것이다.

인용을 적절히 사용하는 문제는 두 번의 큰 사건 때문에 뉴스에서도 중요하게 다루어졌다. 하나는 재닛 맬컴이 『뉴요커』에서 정신과의사인 제프리 M. 매슨의 말을 인용하면서 특정 부분을 날조해 명예훼손 판결을 받은 일이었고, 또 하나는 조 맥기니스가 상원의원 에드워드 M. 케네디의 전기 『마지막 형제』(The Last Brother)에서 그를 직접 인터뷰한 적이 없으면서 "그의 관점이리라 내가 짐작한 바를 근거로 특정 장면과 사건에 관해 기술했다"고 털어놓은 사건이었다. 이렇게 사실을 흐리고 허구를 날조하는 행위는 다른 주의 깊은 논픽션 작가들을 괴롭히는 경향이다. 하지만 사실 이는 양심적인 기자에게도 불확실한 문제다. 적절한 기준을 제시하기 위해 조지프 미첼의 글을 예로 들어보자. 미첼이 1938년부터 1965년까지 『뉴요커』에 쓴 뛰어난 글에서 보여준 말끔한 인용문 처리는 매우 인상적이다. 뉴욕의 부둣가에서 일하는 사람들을 주로 다룬 그 글들은 내 세대 논픽션 작가들에게 커다란 영향을 미쳤다.

미국 논픽션의 고전으로 손꼽히는 『항구의 밑바닥』(The Bottom of the Harbor)이라는 책으로 묶인 미첼의 글 여섯 편은 1940년대 말부터 1950년대 초에 걸쳐 『뉴요커』에 터무니없이 불규칙적으로 연재되었다. 어떤 때는 몇 년 만에 실리기도 했다. 때로는 이 잡지사에서 일하는 친구들에게 그의 글이 언제 실리는지 물어보기도 했는데, 그들도 언제가 될지 짐작조차 하지 못했다. 그들은 그의 글이 모자이크 작업이라는 점을 나에게 상기시켜주었다. 게다가 그는 딱 맞는 조각을 발견할 때까지는 조각을 맞추지 않는다는 것이었다. 마침내 새 글이 실렸을 때, 나는 그가 왜 그토록 오래 걸렸는지 알 수 있었다. 그것은 정확히 딱 들어맞는 조각이었다. 미첼의 글 가운데 내가 가장 좋아하는 「헌터 씨의 무덤」을 읽었을 때의 흥분은 아직도 잊을 수 없다. 이 글은 '샌디그라운드'(Sandy Ground)라 불리던 스태튼섬의 굴 따는 흑인들이 모여 살던 19세기 마을의 마지막 생존자인 87세의 흑인 감리교도를 다룬 것이었다. 『항구의 밑바닥』으로 과거는 미첼의 작품에 애수와 역사적인 분위기를 더해주는 주요 특징이 되었다. 그가 주로 다룬 노인들은 기억을 지키는 사람들, 전 시대의 뉴욕과 당시를 이어주는 살아 있는 연결 고리였다.

포크위드(미국자리공)라는 식물에 대한 조지 H. 헌터의 이야기를 인용하는 다음 문단은 흥미로운 디테일을 서서히 늘려나간다는 점에서 「헌터 씨의 무덤」의 여러 긴 인용의 전형이다.

"봄에 처음 싹이 날 때는 어린싹이 먹기에 좋아. 아스파라거스 같은 맛이 나지. 샌디그라운드에 사는 노부인들은 옛날 남부 출신이라서, 포크위드 싹을 먹으면 피가 깨끗해진다고 믿었어. 내 어머니도 그랬어. 봄이 되면 꼭 어머니는 숲에 가서

　　　　　　　　여러 가지 형식

포크위드 싹을 따오라고 하셨지. 나도 그렇게 믿어. 그래서 봄이면 생각날 때마다 그걸 따다가 요리하지. 내가 그걸 그렇게 좋아한다는 건 아니야. 실은 난 먹으면 가스가 차거든. 하지만 그걸 먹으면 지나간 날들이 생각나. 어머니 생각이 나게 해. 그리고 스태튼섬의 이쪽 숲으로 내려가면, 마치 미지의 땅 깊은 데로 들어온 것 같아. 그렇지만 아서킬로를 따라서 아든가 근처까지 조금만 올라가보면 가끔 뉴욕의 마천루 꼭대기가 보이는 모퉁이가 나오지. 제일 높은 마천루들만, 그것도 꼭대기만 말이야. 날씨가 아주 맑아야 해. 그럴 때나 잠깐 볼 수 있다가 금방 사라져버려. 그 길모퉁이가 바로 옆에 작은 늪이 있는데, 이 늪가가 내가 알기론 포크위드 따기에 제일 좋은 곳이야. 올봄 어느 날 아침에 그걸 좀 따러 갔더니, 글쎄 자네도 알겠지만, 올해는 봄이 늦어서 포크위드가 하나도 안 났더군. 피들헤드도 자랐고 골든클럽, 스프링뷰티, 스컹크 캐비지, 블루엣도 났는데 포크위드만 없지 뭔가. 그래서 이리저리 찾아다니다가, 실수로 그만 발을 헛디뎌버렸어. 무릎까지 진흙에 빠져버렸지. 그렇게 진흙탕에서 잠깐 버둥거리다가 정신을 차리고 문득 고개를 들어보았더니, 저기 멀리, 한참을 떨어진 곳에서 뉴욕의 마천루 꼭대기가 아침 햇살에 빛나고 있는 거야. 생각도 못 했지. 아주 놀랍더군. 성경에 나오는 장면 같았어."

이제는 헌터 씨가 정말로 이 말을 한 번에 다 했다고 생각하는 사람은 없을 것이다. 미첼이 상당히 많이 이어붙인 것이다. 하지만 나는 헌터 씨가 그런 이야기를 어느 순간에는 다 했으리라는 것을 의심하지 않는다. 모든 단어와 어구의 변화는 그의 것이리라. 이 인용문은 그가 직접 한 말로 들린다. 미첼이 그의 관점을 '짐작'해서 그 장면에 관해 쓴 것이 아니다. 그는 어느 날 오후 나절에 그와 함께 묘지 주변을 둘러본 것처럼 각색해서 썼지만, 그가 끈기와 정중한 태도와 섬세한 연마로 유명하다는 것을 잘 아는 나로서는, 그가 적어도 일 년 동안은 여기저기를 돌아다니고 이야기하며, 글을 고쳐쓰기를 거듭했을 것이라고 짐작한다. 나는 이토록 질감이 풍부한 글을 읽어보지 못했다. 미첼의 '오후'에는 실제 오후의 느긋한 분위기가 있다. 헌터 씨는 뉴욕항의 굴 따기 역사, 샌디그라운드의 세대 변천, 여러 집안과 그 이름, 식물 가꾸기와 요리, 들꽃과 과일, 새와 나무, 교회와 장례, 변화와 쇠퇴에 대해 반추하고, 산다는 게 무엇인지에 대해 많은 것을 이야기했다.

나는 「헌터 씨의 무덤」을 논픽션이라고 부르는 데 아무 문제가 없다고 생각한다. 미첼은 지나간 시간의 진실을 변경하긴 했지만, 이야기를 압축하고 초점을 맞추는 극작가의 특권을 활용해 독자에게 이해하기 쉬운 틀을 제공했다. 만일 그가 이 이야기를 실제 시간에 맞추어서 했다면, 즉 그가 스태튼섬에서 보낸 몇 날 몇 달을 그대로 묘사했다면, 그는 어떤 사람이 여덟 시간 동안 자는 모습을 찍은 앤디 워홀의 여덟 시간짜리 영화와 같은 멍멍한 진실에 도달했을 것이다. 그는 세심한 조작을 통해 논픽션을 예술의 경지에 올려놓았다. 하지만 그는 헌터 씨의 진실을 절대 조작하지 않았다. 어떤 '짐작'도 '날조'도 없었다. 그는 페어플레이했다.

요컨대 이것이 내 기준이다. 나는 인용을 어느 정도 조작하거나 생략하지 않고는 괜찮은 인터뷰 글을 쓰기가 불가능하다는 것을 안다. 절대 조작하거나 생략하지 않는다고 주장하는 작가는 믿을 수 없다. 그러나 어느 쪽도 나름의 진실이 있다는 점을 알아야 한다. 엄격한 사람들은 조지프 미첼이 사실을 소설가처럼 다루었다고 할 것이다. 진보적인 사람들은 미첼이 1960년대 게이 테일리즈와 톰 울프 같은 작가가 고안해낸, 꼼꼼한 조사에 가상의 대화와 감정을 가미해 세련된 이야기를 만들어내는 허구적 기법인 '뉴저널리즘'을 수십 년 앞서 사용한 선구자라고 말할 것이다. 둘 다 부분적으로 맞는 말이다.

잘못인 것은 인용을 날조하거나 '누가 어떻게 말했을 것이라고 짐작하는 것이다. 글쓰기는 공적인 신뢰를 담보로 한다. 글쓰기의 소재가 될 수 있는 진짜 사람들이 사는 멋진 세계를 다루는 것이야말로 논픽션 작가들의 특권이다. 그런 사람들의 말을 다룰 때는 마땅히 귀중한 선물을 다루듯 해야 한다.

여행기: 장소에 대한 글쓰기

사람에 관해 쓰는 법을 익혔으면 다음은 장소에 관해 쓰는 법이다. 사람과 장소는 논픽션을 지탱하는 두 기둥이다. 모든 인간사는 어딘가에서 일어나며, 독자는 그곳이 어떤 곳인지 알고 싶어 한다.

어떤 경우에는 사건의 무대를 한두 문단 정도로 스케치하는 것으로 충분하다. 하지만 그보다는 이야기에 질감을 더하기 위해 그 지역 전체의 분위기를 환기해야 할 때가 더 많다. 예컨대 그리스의 섬에서 어떻게 배를 타고 다녔고 로키산맥을 어떻게 올랐는지 회상하는 여행기 같은 형식에는 세부적인 묘사가 주가 된다.

비중과는 상관없이 상대적으로 쉬워 보일지도 모른다. 그러나 사실은, 안됐지만 대단히 어려운 일이다. 여행기가 어려운 것은 프로든 아마추어든 작가들이 대부분 이 분야에서 자신의 최악의 작품을, 나아가 한마디로 끔찍한 작품을 써내는 것을 보면 알 수 있다. 끔찍한 작품은 끔찍한 인간적인 결함과는 관계가 없다. 오히려 열의가 지나친 탓이다. 여행에서 돌아왔다고 해서 금방 따분한 사람이 되어버리는 건 아니다. 그는 여행이 너무 즐거웠기 때문에 우리에게 전부 들려주고 싶은 것이다. 그런데 '전부'는 우리가 원하는 게 아니다. 우리는 다만 일부를 듣고 싶을 뿐이다. 그의 여행이 다른 사람과 달랐던 것은 무엇일까? 그는 우리가 모르는 무엇을 말해줄 수 있을까? 우리는 그가 디즈니랜드의 탈것 전부를 묘사하거나 그랜드캐니언이 장관이라거나 베네치아에 운하가 있다고 설명하는 것을 듣고 싶은 것이 아니다. 디즈니랜드의 탈것에 누가 끼었다거나 그랜드캐니언의 장관 속으로 누가 뛰어들었다거나 하는 이야기라야 들을 만하다.

어떤 장소에 갔을 때 자신이 그곳에 처음 와본 사람인 것처럼 느끼거나, 그곳에 대해 그런 생각을 처음 해본 사람인 것처럼 느끼는 것은 자연스러운 일이다. 충분히 있을 수 있다. 우리가 끊임없이 어딘가로 여행을 떠나고 우리의 경험을 확인하는 것은 바로 그 때문인지도 모른다. 런던탑에 가서 헨리 8세의 아내들을 생각하지 않거나 이집트에 가서 피라미드의 규모와 역사에 감동하지 않는 사람이 누가 있을까? 하지만 그것은 다른 수많은 사람들이 이미 섭렵한 일이다. 글을 쓰는 여러분은 화자를, 즉 새로운 문물과 소리와 향취에 취한 여행자를 시종일관 강력하게 통제해야 하며, 독자에게 객관적인 시선을 유지해야 한다. 여러분이 여행 중에 한 모든 것을 기록한 글은 그것이 여러분의 여행이었기에 스스로를 매료시킨다. 하지만 그것

우리는 다만 일부를 듣고 싶을 뿐이다.

그의 여행이 다른 사람과 달랐던 것은 무엇일까?

그는 우리가 모르는 무엇을 말해줄 수 있을까?

결국 어떤 장소에 생기를 불어넣는 것은

인간의 활동이다.

누가 무엇을 하느냐가

그 장소에 나름의 성격을 부여하는 것이다.

이 독자까지 매료시킬 수 있을까? 그럴 수 없을 것이다. 단순히 디테일을 모아놓기만 해서는 독자의 관심을 얻을 수 없다. 디테일에는 의미가 있어야 한다.

또 하나의 큰 함정은 문체다. 여행기처럼 감상적이고 재미없는 상투어가 많이 쓰이는 글도 없다. 일상 회화에서는 차마 쓰기가 꺼려지는 표현들, 예를 들어 '경이로운'(wondrous), '점점이 깔린'(dappled), '장밋빛'(roseate), '이름 높은'(fabled), '질주하는'(scudding) 같은 말들이 여기서는 매우 흔하다. 하루 동안 본 경치 가운데 절반은 '멋들어진'(quaint) 것들이다. 특히 풍차나 지붕 있는 다리가 그렇다. 멋들어진 걸로 무슨 특허라도 받은 것 같다. 언덕에 있는 마을은 언제나 둥지를 틀고(nestled) 있고—그렇지 않다고 쓴 글은 본 적이 없다—시골은 대개 반쯤 사라진 샛길들이 점점이 널려(dotted) 있다. 무대가 유럽이면 으레 역사가 시려 있는(history-haunted) 강을 따라 말이 끄는 짐마차가 따가닥따가닥 지나가는 소리에 잠을 깬다. 마치 종이 위에 깃대 펜이 사각거리는 소리가 들리는 듯하다. 이 세계는 옛것이 새것을 만나는 세계다. 옛것이 옛것을 만나는 경우는 절대 없다. 또 이 세계는 생기 없던 것들이 활기를 되찾는 세계다. 길가의 가게들은 미소를 짓고, 건물들은 위용을 자랑하고, 폐허는 손짓하고, 지붕 위의 굴뚝은 먼 옛날의 노래를 부른다.

또한 여행기투는 '흥미로운'(attractive), '매력적인'(charming), '낭만적인'(romantic) 같은, 곰곰이 따져보면 아무 뜻도 없거나 사람에 따라 뜻이 달라지는 부드러운 단어들을 많이 쓰는 문제다. "그 도시는 매력이 있다"라고 쓰는 것은 도움이 안 된다. 차밍스쿨 원장이 아닌 이상 누가 매력(charm)을 정의할 수 있겠는가? '낭만'은 또 어떤가? 이런 것들은 보는 사람에 따라 달라지는 주관적인 개념이다. 어떤 사람에겐 낭만적인 해돋이가 다른 사람에겐 숙취로 고생하는 이른 아침을 의미할 수 있다.

그런 것들을 극복하면서 장소에 대해 잘 쓰려면 어떻게 해야 할까? 두 가지 원칙으로 요약할 수 있다. 하나는 문체의 문제이고, 또 하나는 내용의 문제이다.

먼저 단어 선택에 주의하자. 어떤 문구가 금방 떠오른다면 깊이 회의해보자. 그런 문구는 여행기에 단단히 자리매김한 수많은 진부한 표현 가운데 하나이기 쉬우니, 쓰지 않도록 각별히 노력해야 한다. 경이로운 폭포를 묘사하기 위해 찬란하고 서정적인 문구를 짜내려고 애쓰지 말자. 기껏해야 자기답지 않기에 부자연스러워 보일 것이고, 자칫하면 잘난 체하는 것처럼 보일 수도 있다. 참신한 단어와 이미지를 찾도록 노력하자. '무량하다'(myriad) 같은 말과 그 동류는 시인들에게 주자. '동류'(ilk)도 누구 다른 사람에게 줘버리자.

내용도 주의 깊게 가려 쓰자. 해변을 묘사한다면 "바닷가에는 곳곳에 바윗돌이 널려 있었다"거나 "때때로 갈매기가 날았다"고는 쓰지 말자. 바닷가는 대개 바윗돌이 널려 있고 갈매기가 날아다니게 마련이다. 잘 알려진 사실은 모두 지워버리자. 파도가 인다거나 모래가 하얗다는 말도 하지 말자. 좀 더 의미

여러 가지 형식

있는 것을 찾아보자. 이야기하기 위해 중요한 것이어도 좋고, 생생하거나 특이한 것도, 재미있거나 즐거운 것도 좋다. 유용한 역할을 하기만 하면 된다.

다양한 작가들의 예를 들어보자. 기질적으로는 크게 다를지 몰라도 그들이 고른 디테일의 힘으로 보면 아주 비슷한 글들이다. 먼저 인용하는 글은 조앤 디디온의 「황금빛 꿈을 꾸는 이들」이라는 글에서 발췌한 것이다. 이 글은 캘리포니아주 샌버너디노 밸리에서 일어난 섬뜩한 범죄에 대한 것으로, 아래에 인용한 전반부에서 작가는 마치 차를 타고 가듯 우리를 도시 문명에서 멀리 떨어진, 루실 밀러의 폭스바겐이 알 수 없이 불에 탄 외딴 도로변으로 안내한다.

여기는 전화로 신앙상담을 하기는 쉬워도 책 한 권을 사기는 어려운 캘리포니아다. 바짝 빗어 올린 머리와 카프리 바지의 고장, 소녀들의 인생에서 보장된 것이라곤 무도회복 같은 새하얀 웨딩드레스와 킴벌리니 셰리니 데비니 하는 이름의 아기, 그리고 이혼한 뒤 미용학교로 돌아가는 것뿐인 고장이다. "우린 그냥 좀 정신 나간 아이들이었을 뿐이야." 그들은 후회 없이 그렇게 말하며 미래만을 바라본다. 이 황금의 땅에서 미래는 언제나 밝아 보인다. 누구도 과거를 기억하지 않기 때문이다. 이곳은 늘 뜨거운 바람이 불고, 옛 방식은 아무런 의미가 없으며, 이혼율이 전국의 두 배이고, 서른여덟 명 가운데 한 명이 트레일러에 사는 곳이다. 이곳은 어딘가에서 오는 모든 이, 추위와 과거와 옛 방식을 떠나온 모든 이를 위한 마지막 정거장이다. 이곳에서 그들은 그들이 아는 유일한 기준인 영화와 신문에서 그들을 위한 새로운 라이프스타일을 찾으려 애쓴다. 루실 마리 맥스웰 밀러의 경우는 그런 새로운 스타일의 타블로이드판 기념비이다.

먼저 배넌스트리트를 상상해보자. 그 사건이 일어난 곳이 바로 배넌이기 때문이다. 배넌으로 가기 위해서는 먼저 샌버너디노에서 66번 도로인 풋힐대로를 따라 서쪽으로 달려 산타페 조차장과 포티윙크스 모텔을 지나야 한다. 그리고 벽토를 바른 원뿔 모양의 인디언 오두막 열아홉 채로 된 모텔("인디언 오두막에서 자고 돈을 아끼세요")을 지난다. 폰태나 드래그시티와 폰태나 교회, 핏스탑어고고를 지난다. 카이저스틸을 지나, 쿠카몽가를 통과해 카푸카이 레스토랑 바와 커피숍까지 간다. 66번 도로와 카닐리언로가 만나는 지점이다. '금단의 바다'라는 뜻인 카푸카이에서 카닐리언로를 따라 올라가면 구획 표시 깃발들이 세찬 바람에 휘날린다. "반 에이커 농장! 스낵바! 온천! 95달러 인하!" 이는 갈피를 잃은 꿈들의 흔적, 뉴캘리포니아의 잡동사니다. 그러나 잠시 뒤면 카닐리언로의 이런 간판들은 점점 사라지고, 집들은 더 이상 밝은 파스텔 빛이 아니라 포도를 심고 닭을 치는 사람들이 사는 빛바랜 방갈로로 바뀐다. 언덕이 가팔라지면서 오르막길이 되면 그런 방갈로조차 드문드문 보인다. 황량하고 울퉁불퉁하고, 유칼립투스와 레몬 나무가 줄지어 서 있는 이곳이 바로 배넌

여러 가지 형식

스트리트다.

단 두 문단으로 우리는 벽토를 바른 인디언 오두막과 이동
주택과 하와이식 로맨스가 있는 뉴캘리포니아의 볼품없는 풍경
뿐 아니라 그곳에 정착한 사람들의 불안정한 생활과 겉치레까
지 느낄 수 있다. 통계수치와 이름과 간판 같은 모든 디테일이
유용한 역할을 하고 있다.

구체적인 디테일은 존 맥피의 장기이기도 하다. 장인의 혼
이 담긴 그의 많은 작품 가운데 알래스카를 다룬 『그 땅으로
들어가다』(Coming into the Country)에는 새로운 주도(州都) 후보
지를 물색하는 과정을 다룬 부분이 있다. 맥피는 단 몇 문장만
으로 지금의 주도가 사람들이 살기에 불편하고 입법자들이 좋
은 법을 만들기에도 좋은 곳이 아니라는 느낌을 우리에게 심어
준다.

주노시의 사람들은 길에서 고개를 숙이고 달려가다가도 가
끔 바람 때문에 멈칫하곤 한다. 길에는 주 의회 의원들이 일
하러 갈 때 붙잡고 가라고 난간이 설치되어 있다. 지난 몇 년
동안 시내 뒷산에는 여러 번 새 풍속계가 설치되었다. 시속
200마일까지 잴 수 있는 기계였다. 하지만 풍속계는 남아나
지 않았다. '타쿠'라고 부르는 강한 바람이 풍속계 바늘을 한
계까지 돌려 기계를 박살 내버렸던 것이다. 날씨가 항상 그
렇게 나쁜 것은 아니다. 하지만 주노는 날씨의 지배 아래 만

들어진 도시이다. 건물들은 촘촘하게 붙어 있고, 길은 유럽의 도시들처럼 좁으며, 시가지는 산자락에 달라붙어 바다를 마주하고 있다. (…)

해리스가 주도를 옮겨야 한다고 생각한 것은〔알래스카주 상원에서 보낸〕 그 두 해 동안의 일이었다. 회기가 1월에 시작되어 3개월 넘게 계속되자 해리스는 "그곳에 처박혀 있다는 완벽한 고립감"을 느끼기 시작했다. "사람들이 찾아올 수가 없었어요. 우리에 갇힌 거나 마찬가지였죠. 우리는 매일 냉정한 로비스트들하고 이야기나 할 뿐이었어요. 매일 같은 사람들뿐이었죠. 통풍을 시켜줄 필요가 있었어요."

보통 미국인들의 경험과는 동떨어진 도시의 특이함이 선명하게 나타나 있다. 의원들에게 가능한 한 가지 방법은 수도를 앵커리지로 옮기는 것이었다. 적어도 그곳으로 가면 사람들이 고립된 도시에 살고 있다고 느끼지는 않을 터였다. 맥피는 그 핵심을 뽑아내어 디테일 면에서나 은유 면에서나 뛰어난 한 문단으로 만들었다.

앵커리지가 어떤 곳인지 모르는 미국인은 거의 없을 것이다. 도시가 만원을 이루면서 KFC를 몰아낸 곳이면 어디나 앵커리지와 같기 때문이다. 앵커리지에서는 흔히 개척이라는 미명하에 도시를 가꾸기보다 개발을 우선시한다. 그러나 앵커리지는 개척지가 아니다. 이 도시는 사실상 주변 환경과는 거의 관계가 없다. 앵커리지는 바람을 타고 온 미국의 씨앗이다. 엘패소를 커다란 쿠키 커터로 찍어 누른다면 앵커리지 같은 것이 튀어 오를 것이다. 앵커리지는 트렌턴의 북쪽 끄트머리요, 옥스나드의 중심부요, 데이토너비치에서 바다가 보이지 않는 구역인 셈이다. 압축된, 급조된 앨버커키와도 같다.

맥피가 한 일은 주노와 앵커리지에 대한 '아이디어'를 포착한 것이다. 여행기를 쓰는 여러분이 해야 할 일은 자신이 다루는 장소에 대한 핵심적인 아이디어를 발견하는 것이다. 미시시피강에 관해 쓰고자 했던 숱한 작가들이 수십 년에 걸쳐—흔히 성서적인 분노를 품고서—미국의 경건한 중심부를 흐르는 강대한 이 고속도로의 정수를 포착하려 애써왔다. 하지만 조너선 레이반만큼 그 일을 간단명료하게 잘 해낸 사람은 없다. 그는 이 강에 닥친 대규모 홍수로 침수된 중서부 여러 주를 둘러보고 다음과 같이 시작하는 글을 썼다.

서부에서 비행기를 타고 미니애폴리스로 가다보면 신학적인 생각을 하지 않을 수 없다.
미네소타의 거대하고 평평한 농장들은 자로 잰 듯한 격자 모양으로 변화 없이 펼쳐져 있고, 자갈 깔린 길과 도랑이 토지 경계를 따라 가로세로로 직선으로 뻗어 있다. 농장도 사각형, 밭도 사각형, 집도 사각형이다. 사람들 머리 위를 덮은 지붕을 들어 올릴 수 있다면 가족들이 사각형 방의 정중앙에 놓인 사각 테이블에 앉아 있는 모습을 볼 수 있을 것이다. 이런 직각의, 똑바른 생각만 하는 루터파 개신교의 땅에서 자연은 벗겨지고, 깎여나가고, 파이고, 혹사당하고, 억압당한다. 이런 모습을 보노라면 옥수수와 콩이 마구 뒤섞여 자라는 밭의 얼룩덜룩한 색깔과 반항적인 곡선이 그리워진다.

하지만 직선으로만 뻗어 있는 이곳에는 그런 밭을 만드는 농부가 없다. 풍경은 사람들의 이런 끔찍한 정확성을 과시하는 거대한 광고물처럼 우리의, 그리고 신의 눈앞에 펼쳐져 있다. 마치 여기에는 재미있는 일이라곤 없다고 말하는 듯이. 우리는 철저하고 올바른 사람들이라고, 천국의 적임자라고 말하는 듯이.

그러다 이 풍경 속으로 강이 들어온다. 장기판 위에 불편하게 뻗어 있는 굵직한 뱀의 그림자처럼. 시커먼 진흙과 시가 모양의 초록빛 섬들을 가득 품고 음험하게 굽어 있는 이 미시시피강은 마치 하느님을 두려워하는 중서부 사람들에게 회개하지 않고 굴하지 않는 본성에 대한 가르침을 주기 위해 이곳에 놓여 있는 것처럼 보인다.

미시시피강 언저리에 사는 사람들은 강에 관해 이야기할 때 대개 자신의 성(性)을 붙인다. 수문 관리인은 "강을 무서워할 줄 알아야 해. 안 그러면 그에게 혼찌검이 나지"라고 말한다. 간이식당의 여종업원은 "그녀는 심술궂어요. 여기 사람들을 많이도 잡아먹었지"라고 말한다. 강이 우리 안에 있다고 엘리엇이 말했을 때(그리고 바다가 우리를 둘러싸고 있다고),

그는 미시시피강에 관한 진실을 아주 평범한 방식으로 정확히 보여준 것이었다. 사람들은 진흙투성이로 요동치는 이 강을 자기 내면의 격동을 상징하는 것으로 본다. 그들이 다른 지역 사람들에게 이 강의 변덕스러움에 대해, 곤란과 파괴를 즐기는 취향에 대해, 홍수와 익사에 대해 자랑할 때 그들의 목소리에는 이런 어조가 깔려 있다. '나한테도 그런 속성이 있지…. 나는 강의 마음을 알아.'

논픽션 작가로서 미국에서 산다는 것보다 더 큰 행운이 있을까? 미국이란 나라는 끝을 알 수 없이 다양하고 경이롭다. 여러분이 쓰는 글의 배경이 도시든 시골이든, 동부든 서부든 어디나 독특한 모습과 사람들과 문화적 전통이 있다. 그런 특징들을 찾아내자. 다음의 세 인용은 서로 너무나 다른 미국의 세 지방을 묘사하고 있다. 그렇지만 각각의 글쓴이가 전해주는 정확한 이미지 덕분에 우리는 실제로 그곳에 있는 듯한 느낌을 받을 수 있다. 잭 아게로스의 「딕과 제인에게 가는 길: 푸에르토리코 순례기」에서 따온 첫째 글은 작가가 소년 시절을 보낸 뉴욕의 동네를 묘사하고 있다. 그곳은 한 블록 안에 다른 여러 나라가 존재할 수 있는 곳이다.

반마다 영어를 전혀 못 하는 아이가 열 명은 있었다. 흑인, 이탈리아인, 푸에르토리코인끼리는 사이가 좋았다. 하지만 서로가 사는 동네에 놀러 갈 수는 없었다. 때로는 각자의 블록 안에서도 자유롭게 돌아다닐 수가 없었다. 109번가의 경우, 가로등 기둥 서쪽은 라틴아메리카계의 일류들이, 동쪽은 내가 속한 '클럽'인 세네카족이 살았다. 영어를 모르는 아이들은 유명한 스페인 노래에서 따온 '머린 타이거'라는 이름으로 불렸다. '머린 타이거'와 '머린 샤크'는 수많은 푸에르토리코 이민자를 싣고 산후안에서 뉴욕으로 온 배의 이름이다.

우리 동네에는 나름의 경계가 있었다. 3번대로 동쪽으로는 이탈리아인, 5번대로 서쪽으로는 흑인이며, 남쪽으로는 103번가에 '쿠니스힐'이라는 언덕이 있었다. 이 언덕 정상에 올라가면 이상한 일이 벌어졌다. 미국이 시작되는 것이다. 언덕 남쪽으로 '미국인'들이 살았기 때문이다. 딕과 제인은 죽지 않았다. 그들은 살아서 더 나은 동네에서 잘살고 있었다.

우리 푸에르토리코 아이들이 제퍼슨 공원 풀장에 수영하러 가면 이탈리아 아이들과 싸움이 붙어서 얻어터질 위험이 있다는 것은 알고 있었다. 할렘의 라밀라그로사 교회에 가면 흑인 아이들과 싸움이 붙어서 얻어터질 위험이 있다는 것도 알고 있었다. 그런데 쿠니스힐에 가려면 혐오하고 더러워하는 시선을, "너희들, 이 동네에서 뭐 하는 거야?"라거나 "너희들 소속으로 돌아가"라는 말을 경찰에게 들을 각오를 해야 했다.

우리 소속이라니! 나는 작문 시간에 미국에 관해 썼다. 내가 테니스를 칠 줄 모른다고 해도 나는 센트럴파크의 테니스 코트에 갈 수 있지 않은가? 딕이 테니스 치는 모습을 볼 수도

여러 가지 형식

없단 말인가? 이 경찰관들은 나를 위해 일하는 게 아닌가?

이번에는 텍사스 동부, 아칸소주와의 경계에 있는 작은 도시로 가보자. 『텍사스먼슬리』(*Texas Monthly*)에 연재된 프루던스 매킨토시의 글이다. 나는 이 잡지를 즐겨 읽는다. 그녀를 비롯한 텍사스 작가들이 맨해튼 한가운데 사는 나를 텍사스주의 구석구석으로 데려가주기 때문이다.

나는 어렸을 때 내가 텍사스적이라고 믿었던 것들 가운데 상당수가 실은 남부적이라는 것을 점차 알게 되었다. 텍사스 사람들이 소중히 여기는 신화들은 내가 사는 지역과는 별 관계가 없었다. 나는 층층나무니 멀구슬나무니 백일홍이니 미모사 같은 것들은 알았어도 블루보닛이나 인디언페인트브러시 같은 꽃은 몰랐다. 4개 주 박람회와 로데오가 우리 도시에서 열린 적은 있었지만 나는 말 타는 법은 전혀 배운 적이 없었다. 카우보이모자나 부츠를 평상복으로 입고 다니는 사람도 보지 못했다. 나는 자기 땅이 올드맨 누구누구의 어디라는 농부들을 알기는 했어도, 자기 소의 마크를 정문 위에 걸어두는 대목장주는 알지 못했다. 우리 도시의 길들은 무슨 무슨 우드, 파인, 올리브, 대로라고 했지 과달루페나 라바카라고 부르지는 않았다.

더 서쪽에 있는 머록필드까지 가보자. 모하비 사막에 있는 이곳은 미국에서 가장 험하고 황량한 곳으로, 톰 울프가 『필사의 도전』 앞부분에서 멋지게 묘사한 바와 같이 공군이 한 세대 전에 음속 돌파 시험을 할 때 썼던 곳이다.

무슨 화석의 풍경 같았다. 다른 지역들이 진화할 때 오랫동안 혼자 남겨진 땅처럼. 곳곳에 말라붙은 거대한 호수들이 가득했고, 그중 제일 큰 것은 로저스 호수였다. 세이지브러시를 제외하면 유일한 식물이라곤 선인장과 일본 분재를 합쳐놓은 것 같은 식물계의 변종인 조슈아트리뿐이었다. 생기 없는 진초록색에 가지는 지독히 비틀린 모양인 이 나무는 황혼녘이면 화석 같은 황무지에 관절염 앓는 마귀처럼 검은 윤곽을 드러내며 서 있었다. 여름이면 당연하다는 듯이 기온이 40도까지 올라가고, 말라붙은 호수 바닥이 모래로 덮이고, 프랑스 외인부대 영화에 나오는 폭풍과 모래바람이 몰아치곤 했다. 밤이면 기온이 거의 영하로 떨어졌고, 12월이면 비가 내리기 시작해 호수에 빗물이 몇 센티미터씩 고였다. 그러면 무슨 썩은 선사시대 새우 같은 것들이 진흙 사이로 기어 나왔고, 갈매기들이 이 꿈지락거리는 조그만 것들을 잡아먹기 위해 바다와 산을 넘어 100마일 이상을 날아왔다. 대개 직접 보지 않고서는 좀처럼 믿으려 하지 않는 광경이었다.

( )

몇 센티미터 고인 물을 바람이 여기저기로 굴리고 나면 호수 바닥은 매끈하고 반반해졌다. 봄이 되어 물이 다 증발하고 햇빛에 단단하게 구워진 호수 바닥은 이제까지 알려진 것 가운데 가장 훌륭하고 자연스러우며 실수를 용납할 여유 면적이 가장 넓은 비행장이 되었다. 이는 머록에서 벌어질 일의 성격을 고려할 때 가장 바람직한 점이었다.

바람, 모래, 회전초, 조슈아트리를 제외하고 머록에 있는 것이라곤 원통을 반으로 자른 모양의 격납고 두 동과 급유 펌프, 콘크리트 활주로 하나, 타르지를 씌운 판잣집 몇 채와 텐트뿐이었다. 장교들은 '막사'라고 써놓은 판잣집에서 지냈고, 계급이 낮은 이들은 텐트에서 지내느라 밤이면 얼어 죽고 낮이면 쩌 죽을 판이었다. 이 시설로 가는 모든 길목에는 군인들이 보초를 서는 초소가 있었다. 이 버림받은 곳에서 공군이 벌인 일은 초음속 제트기와 로켓 비행기를 개발하는 것이었다.

이런 종류의 여행기를 써보는 연습을 하자. 그렇다고 모로코나 몸바사까지 가야 하는 것은 아니다. 주변의 쇼핑몰이나 볼링장, 탁아소도 좋다. 다만 어느 장소건 그곳만의 특별한 점을 발견할 수 있을 만큼은 자주 가보아야 한다. 그 특별함은 대개 그 장소와 그곳에 사는 사람들이 조합된 것이다. 집 근처 볼링장이라면 내부 분위기와 주로 찾아오는 사람들, 외국의 어느 도시라면 고대의 문화와 현재의 주민들이 그 특별함을 이룰 것이다. 그것을 찾자.

그런 일에 특히 능했던 사람이 영국의 작가 V. S. 프리쳇이었다. 뛰어나고 다재다능한 그 논픽션 작가가 이스탄불에 가서 무엇을 찾아내는지 한번 보자.

이스탄불은 너무나 많은 상상을 불러일으키는 도시다. 그래서 대부분의 여행자들은 현실을 접하고 충격을 받는다. 우리는 마음속에서 술탄을 끄집어낼 수 없기 때문에 그들이 보석박힌 푹신한 의자에 다리를 포개고 앉아 있는 모습을 실제로 보기를 내심 기대한다. 우리는 하렘에 관한 이야기들을 기억한다. 그러나 진실은, 이스탄불에는 그 지리적인 위치 외에는 아무런 부귀영화도 없다는 것이다. 이곳은 그저 가파르고 시끄럽고 자갈 깔린 언덕 도시다. (…)

가게들은 주로 천, 옷, 스타킹, 신발을 판다. 그리스 상인들은 옷감을 펼쳐 들고 사람들에게 달려들고, 터키 상인들은 가만히 기다린다. 짐꾼들이 소리를 지르고, 누구나 소리를 지른다. 말이 나르는 짚단에 부딪혀 길가에 나가떨어지기도 한다. 그런 와중에 터키의 기적적인 광경 가운데 하나를 볼 수도 있다. 사슬 세 줄로 매단 놋 쟁반을 태연하게 들고 가는 청년의 모습이 그것인데, 쟁반 한가운데에는 홍차를 담은 작은 유리잔이 있다. 그는 차를 한 방울도 흘리지 않으면서 혼잡한 거리를 요리조리 빠져나가 가게 현관 계단에 앉아 있는 주인에게 간다.

터키에는 두 종류의 사람이 있다. 바로 쟁반을 들고 다니는 사람과 앉아 있는 사람이다. 터키인들만큼 여유만만하게, 노련하게, 근사하게 앉아 있는 사람들도 없다. 터키인은 자

여러 가지 형식

기 몸의 어느 한 부분도 남기지 않고 앉는다. 얼굴마저도 앉는다. 마치 사라이부르누에 있는 궁전의 술탄들로부터 대대로 앉는 기술을 전수받은 듯하다. 터키인들은 자기 가게나 사무실에 손님을 초대해 대여섯 명씩 함께 앉아 있기를 무척이나 즐긴다. 그렇게 앉아서 손님의 나이, 결혼 여부, 아이들의 성별, 친척 수, 또 어디서 어떻게 사는지 점잖게 몇 마디 물어본다. 그러면 손님도, 앉아 있는 다른 사람들처럼 리스본이나 뉴욕이나 셰필드에서는 절대 들어보지 못할 쩌렁쩌렁한 소리로 헛기침하고는 함께 침묵에 빠져드는 것이다.

나는 "얼굴마저도 앉는다"라는 표현이 특히 좋다. 짧은 표현이지만 너무 기발해서 읽는 사람을 놀라게 한다. 이 말은 또 터키에 대해 많은 것을 이야기해준다. 나는 터키에 다시 가게 되면 그렇게 앉아 있는 사람들을 보지 않고는 못 배길 것이다. 프리쳇은 간단한 통찰 하나로 한 나라 전체의 특징을 포착해냈다. 이는 다른 나라에 대한 글을 잘 쓰기 위해서도 필수적이다. 하찮아 보이는 것에서 중요한 것을 뽑아내자.

영국인들은 (프리쳇이 상기시키듯이) 글쓴이가 장소에서 무언가를 뽑아내는 것보다 장소가 글쓴이로부터 무언가를 뽑아내는 것으로 더 유명한 독특한 형식의 여행기에서 뛰어난 실력을 발휘해왔다. 새로운 광경은 작가에게 다른 곳에서는 얻을 수 없는 새로운 생각을 자극한다. 어떤 여행이 견문을 넓혀주는 것이 되려면, 그것은 고딕 성당이 어떻게 생겼고 프랑스 와

인이 어떻게 만들어지는지에 대한 지식을 넓혀주는 것 이상이어야 한다. 사람들이 어떻게 일하고 어떻게 노는지, 어떻게 아이를 키우는지, 어떻게 신을 숭배하는지, 어떻게 살다 어떻게 죽는지에 대한 이런저런 생각을 이끌어내야 한다. 베두인 사람들 사이에 들어가 살았던 T. E. 로렌스, 프레야 스타크, 윌프레드 테시거처럼 아라비아의 사막에 미쳤던 영국의 학자 겸 모험가들이 쓴 책은 혹독하고 외딴 환경에서 생존하는 가운데 얻은 상념들에서 묘한 힘을 끌어낸다.

그러니 장소에 대한 글을 쓸 때는 그곳에서 최고의 것을 뽑아내려 노력하자. 하지만 순서가 반대가 되어야 한다면, 그 장소가 여러분의 내부에서 최고의 것을 뽑아내도록 하자. 미국인이 쓴 여행책 가운데 가장 뛰어난 것은 『월든』이다. 그러나 소로가 읍내에서 벗어난 거리는 1마일밖에 되지 않는다. 결국 어떤 장소에 생기를 불어넣는 것은 인간의 활동이다. 누가 무엇을 하느냐가 그 장소에 나름의 성격을 부여하는 것이다. 사십년이 지났지만 나는 아직도 제임스 볼드윈이 『다음번의 불』(The Fire Next Time)에서 그린, 할렘의 교회에서 설교를 하는 한 소년의 체험을 생생하게 떠올릴 수 있다. 나는 지금도 일요일 아침에 그 교회에 있던 사람들의 기분이 어땠을지 상상해보곤 한다. 그것은 볼드윈이 공동의 믿음과 감정에 대한 단순한 묘사를 뛰어넘어, 소리와 리듬이라는 문학적인 차원으로까지 나아갔기 때문이다.

여러 가지 형식

그 교회는 무척 감동적이었다. 나는 그 흥분에서 헤어나는 데 긴 시간이 걸렸다. 하지만 의식하지 못하는 가장 내밀한 차원에서는 결코 그 흥분에서 벗어나지 못했고, 그럴 수도 없을 것이다. 그런 음악은, 그런 드라마는 다시없을 것 같았다. 성인들은 기뻐하고, 죄인들은 신음하며, 탬버린은 광분하고, 그 모든 목소리가 하나가 되어 주님의 이름을 외쳤다. 기진맥진하면서도 한편으로 의기양양하고 거룩한, 그 다채로운 이들. 주님의 은혜에 대한 절망감을 눈에 보일 듯, 손에 잡힐 듯 생생하게 전하는 애절한 그 목소리와 같은 것을 나는 다시 듣지 못했다. 때때로 경고도 없이, 레드벨리 같은 사람들이 증언한 것처럼 교회를 가득 채우고 뒤흔드는 그런 불과 흥분을 나는 다시 보지 못했다. 때때로 설교 도중에 어떤 기적에 의해 교회와 내가 하나가 되어 '말씀'을 전하고 있다는 느낌을 받았을 때의 그 권능과 영광에 버금가는 것을 나는 다시 겪지 못했다. 그들의 고통과 기쁨은 나의 것이었고, 나의 고통과 기쁨은 그들의 것이었다. "아멘!", "할렐루야!", "주님!", "그의 이름을 찬양하라!", "설교하라 형제여!" 그들의 외침은 혼자서 말하는 나를 지탱하고 격려했고, 결국 우리는 함께 제단 아래에서 번민과 기쁨으로 울고 노래하고 춤을 추었다.

그 장소에 관한 글이 이미 많이 있다고 해서 주눅들 필요는 없다. 여러분이 그곳에 관해 쓸 때까지 그곳은 여러분의 장소가 아니다. 나는 사람들이 아주 많이 찾는 유명한 관광지 열다섯 곳을 다룬 『미국의 명소』(*American Places*)라는 책을 쓰기로 했을 때 스스로 그렇게 다짐했다.

그 열다섯 곳은 미국의 이상과 꿈을 상징하는, 미국의 아이콘이라 할 만한 장소였다. 그중 아홉 곳은 슈퍼 아이콘이라 할 러시모어산, 나이아가라 폭포, 알라모 성채, 옐로스톤 공원, 진주만, 마운트버넌, 콩코드와 렉싱턴, 디즈니랜드, 록펠러센터였다. 또 다섯 곳은 미국 특유의 것을 연상시키는 장소인 해니벌, 미시시피강의 두 신화와 이상적인 어린 시절을 창조한 마크 트웨인이 소년 시절을 보낸 미주리, 남북전쟁이 끝난 곳인 애퍼매턱스, 라이트 형제가 비행기를 발명해 천재와 아이디어의 나라 미국의 상징이 된 키티호크, 미국 소도시의 상징으로 아이젠하워가 태어난 캔자스 대평원 지대 도시인 애빌린, 자기 계발과 성인 교육에 관한 미국인의 생각 대부분을 배태해낸 뉴욕주 북부 마을인 셔토쿠아였다. 단 한 군데만이 새로운 성지였는데, 그곳은 남부 민권운동 때 희생된 이들을 기리는, 앨라배마주 몽고메리에 있는 마야 린의 민권운동 기념비였다. 나는 그중 록펠러센터 말고는 아무 데도 가본 적이 없었고, 그 역사에 대해서도 전혀 알지 못했다.

나는 러시모어산에서 대통령의 얼굴들을 올려다보고 있는 관광객들에게 "어떠세요?"라고 물어보는 방법은 쓰지 않았다. 그들의 주관적인 말("정말 대단하네요!")이 나에게 유용한 정보가 되지 않을 것을 잘 알기 때문이었다. 대신에 나는 그곳의 관리인들에게 가서 이렇게 물어보았다. 당신은 러시모어산에 한

여러 가지 형식

해 200만 명이 찾아오는 이유(또는 알라모에 매년 300만 명이 찾아오는 이유, 콩코드 다리에 100만 명이 찾아오는 이유, 해니벌에 25만 명이 찾아오는 이유)가 무엇이라고 생각합니까? 이 많은 사람들은 대체 무엇을 찾고 있는 걸까요? 내 목표는 각각의 장소가 가진 의도를 찾는 것, 즉 내가 예상하거나 바라는 것이 아니라 '그곳'이 어떤 곳이 되고자 했는지를 알아내는 것이었다.

공원 관리인, 큐레이터, 사서, 상인, 노인, 텍사스 공화당원의 딸, 마운트버넌 여성연합 사람 등 그곳의 사람들과 인터뷰하면서 나는 미국의 참모습을 찾아 나선 작가들을 기다리고 있는 가장 풍부한 광맥에 접근할 수 있었다. 그것은 그곳에서 일하는 사람들에게는 일상적인 이야기이지만, 타지 사람들의 필요를 채워주기에 충분했다. 다음은 세 곳의 관리인들이 내게 들려준 이야기다.

러시모어산: "오후가 되어서 햇살이 그림자를 짙게 드리울 때면 말이죠." 산지기인 프레드 뱅크스가 말했다. "저 네 사람의 눈이 저를 똑바로 쳐다보고 있는 것 같은 느낌을 받아요. 어디를 가든지 말이죠. 꼭 제가 무슨 생각을 하는지 제 마음속을 들여다보는 것 같아서, 내가 지금 제 몫을 제대로 하고 있는지 죄책감을 느끼게 됩니다."

키티호크: "키티호크에 오는 사람들 절반은 항공 분야와 연관이 있는 사람들이에요. 뿌리를 찾아서 오는 거죠." 관리책

임자인 앤 칠드리스가 말했다. "우리는 윌버 라이트와 오빌 라이트 형제의 사진을 정기적으로 갈아 주어야 해요. 방문객들이 하도 만져서 얼굴이 닳아버리기 때문이죠. 라이트 형제는 고등학교도 제대로 나오지 못한 아주 평범한 청년들이었어요. 하지만 그들은 최소한의 돈으로 아주 짧은 시간에 특별한 일을 해냈죠. 우리 모두의 생활 방식을 바꿔버린 그 엄청난 성공을 보면서 저는 '과연 나도 그만큼 엄청난 걸 만들어낼 정도로 영감을 받고 열심히 일할 수 있을까?'하는 생각을 해요."

옐로스톤 공원: "국립공원을 찾는 건 미국 가정의 전통입니다." 공원지기인 조지 B. 로빈슨이 말했다. "그리고 누구나 아는 공원이 바로 옐로스톤이지요. 다른 숨은 이유도 있습니다. 제 생각엔, 사람들에게는 자신들이 진화해온 장소와 다시 연결되고 싶어 하는 본연의 욕구가 있는 것 같습니다. 제가 여기서 확인한 것은 아주 최근의 것과 아주 오래된 것 사이의 가까운 유대입니다. 둘 다 기원에 가까운 것들이지요."

이 책에서 정서적인 울림이 느껴지는 부분은 주로 다른 사람들의 말이다. 감성적이고 애국적으로 보이기 위해 내가 따로 꾸며내기될 필요는 없었다. 광내기에 유의하자. 성스럽고 유서 깊은 장소에 관해 쓴다면, 광을 내는 일은 다른 이에게 맡기자. 내가 진주만에 갔을 때의 일이다. 나는 1941년 12월 7일 일본

군에 의해 침몰당한 전함 애리조나호에서 아직도 매일 1갤런 정도의 기름이 새어 나온다는 사실을 그때 처음 알았다. 나중에 관리책임자인 도널드 매지와 인터뷰했을 때, 그는 일을 처음 맡았을 때 키가 114센티미터 이하인 아이들은 애리조나 기념관에 입장할 수 없게한 방침을 자신이 뒤집었다고 회고했다. 아이들이 다른 관광객들의 관람에 '부정적인 영향'을 줄 수 있다는 것이 입장 금지의 이유였다.

"저는 아이들이 어리다고 해서 이 전함이 무엇을 나타내는지 모른다고 생각하지 않습니다." 매지는 내게 말했다. "아이들은 기름이 새는 것을 보면, 그러니까 배가 아직도 피를 흘리고 있는 것을 보면 그 의미를 기억할 겁니다."

회고록: 나에 대한 글쓰기

글 쓰는 사람이 택할 수 있는 주제 가운데 자신이 가장 잘 아는 것은 바로 자기 자신, 다시 말해 자신의 과거와 현재, 자기 생각과 감정이다. 그러나 그것은 여러분이 가장 피하고 싶은 주제이기도 할 것이다.

대학의 작문 수업에 초청될 때마다 나는 학생들에게 제일 먼저 이렇게 묻는다. "여러분의 문제는 무엇인가요? 여러분의 관심거리는 무엇인가요?" 메인주에서부터 캘리포니아주까지 어딜 가나 대답은 똑같다. "우리는 선생님이 바라는 걸 써야 해요." 정말이지 힘 빠지는 말이다.

"좋은 선생은 그런 걸 바라지 않아요"라고 나는 학생들에게 말해준다. "어떤 선생도 같은 주제에 대해 같은 사람이 쓴 복사본 스물다섯 개를 원하지 않아요. 우리가 찾는 것, 눈에 번쩍 띄었으면 하는 것은 개성입니다. 뭐가 되었건 여러분만의 독특한 것을 찾는 겁니다. 자기가 아는 것, 자기가 생각하고 있는 것에 관해 쓰세요."

하지만 그들은 그러지 못한다. 그렇게 해도 된다는 허락을 받지 못했다고 생각한다. 나는 그들이 날 때부터 그런 허락을 받았다고 생각한다.

중년이라고 해서 다르지 않다. 작가들의 모임에 가면 아이들을 다 키워놓고 이제 글쓰기를 통해 자기 삶을 정리해보려는 여성들을 만나게 된다. 나는 자기에게 가장 친숙한 개인적인 이야기를 써보라고 권한다. 그러면 그들은 이렇게 항변한다. "우리는 편집자들이 바라는 걸 써야 해요." 다른 말로 하면 이렇다. "우린 선생님이 바라는 걸 써야 해요." 왜 그들은 자신이 가장 잘 아는 자신의 경험과 감정에 관해 쓰는 데 남의 허락을 받아야 한다고 생각하는 것일까?

다른 세대는 어떤지 한번 보자. 저널리스트인 내 친구는 평생 훌륭한 글을 써왔지만, 그의 글은 모두 다른 사람들에 관해 설명하는, 간접적인 소재를 바탕으로 한 것이었다. 요즘 들어 그 친구는 자기 아버지 이야기를 자주 한다. 친구의 아버지는 보수적인 캔자스주에서 외롭게 자유주의적인 주장을 펴던 목사였는데, 친구가 사회적 양심이 강한 것은 바로 그런 아버지 덕분이었다. 몇 년 전에 나는 그에게 언제쯤이면 아버지를 포함해 자신의 삶에서 정말 중요한 부분에 대한 글을 쓰기 시작할 거냐고 물어본 적이 있다. 그는 조만간이라고 말했지만, 그날은 계속 미뤄졌다.

친구가 65세가 되자 나는 그를 들볶기 시작했다. 인상 깊게 읽은 회고록 몇 권을 보내주고서야 마침내 그가 아침에 시

좋은 회고록을 쓰기 위해서는
자기 삶의 편집자가 되어야 한다.
흩어져 있는 기억과 가물가물한 사건들에
이야기의 형태와 구성을 부여해야 한다.
회고록은
진실을 창조해내는 기술인 것이다.

간을 내서 글을 써보겠다고 했다. 이제 그는 전에는 결코 이해하지 못했던 아버지에 대해, 그리고 자기 자신에 대해 너무나 많은 것을 발견했다면서, 자신이 시작한 여행이 얼마나 큰 해방감을 주는지 모르겠다고 이야기한다. 그는 그런 말을 할 때마다 "전에는 용기가 없었어"라거나 "전에는 시도해보기가 두려웠어"라고 이야기한다. 다른 말로 하면, '허락을 받지 못했다'고 생각했다는 것이다.

왜 그렇게 생각할까? 미국은 '거친 개인주의'의 땅이 아니었던가? 이제 그 잃어버린 땅과 잃어버린 개인주의를 되찾자. 여러분이 작문 교사라면, 학생들에게 자기 삶에 관해 써도 된다고 가르치자. 여러분이 작가라면, 스스로에게 자신에 대해 써도 된다고 허락하자.

여기서 '허락'(permission)이란 '관대하다'(permissive)는 뜻이 아니다. 나는 조잡한 솜씨에 대한 인내심이 없다. 말하고 싶은 대로 다 말해버리는 장황한 1960년대식 문체는 참아줄 수가 없다. 이 나라에서 근사한 경력을 쌓고 싶다면 근사한 영어를 쓸 줄 알아야 한다. 하지만 '누구를 위해' 쓰느냐 하는 문제에 관해서라면, 다른 사람의 환심을 사려고 애쓸 필요는 없다. 여러분이 의식적으로 교사나 편집자를 위해 쓴다면, 결국 누구를 위한 글도 되지 않을 것이다. 하지만 여러분 자신을 위해 쓴다면, 여러분이 바라는 독자를 만나게 될 것이다.

자기 삶에 대한 글은 물론 나이와 관계가 있다. 선생님이 바라는 걸 써야 한다는 말은 실은 별로 할 말이 없다는 뜻이기도 하다. 방과 후의 생활이란 게 워낙 텔레비전과 쇼핑몰이라는 두 개의 인공적인 현실에 갇혀 있어 단조롭기 짝이 없다는 것이다. 그렇지만 글쓰기라는 육체적 행위는 나이와 상관없는 강력한 탐색의 과정이다. 과거를 뒤지다 보면 꼭 필요한 순간에 딱 들어맞는, 잊어버리고 있던 사건을 발견하고 깜짝 놀랄 때가 있다. 기억은 여러분의 다른 샘이 모두 말라버렸을 때 언제나 좋은 소재가 된다.

하지만 허락이란 양날의 칼이어서, 다음과 같은 보건국의 경고문을 꼭 명시해야만 한다. '자신에 대한 지나친 글쓰기는 작가와 독자의 건강에 해로울 수 있습니다.' 자아와 자기 본위는 종이 한 장 차이다. 자아는 건강한 것이다. 자아 없이 작가는 먼 길을 갈 수 없다. 그러나 자기 본위는 방해물이다. 그러나 이 장에서 자기 본위에 대해 이러쿵저러쿵 수다를 떨 여유는 없다. 여기서는 원칙만 다시 확인해두기로 하자. 회고록의 모든 요소는 글 안에서 적절한 역할을 해야 한다. 자신감과 즐거움을 가지고 자신에 관해 쓰자. 하지만 사람, 장소, 사건, 일화, 생각, 감정과 같은 모든 디테일이 이야기를 꾸준히 밀고 나아가게 하자.

회고록의 형식에 대해서도 생각해보자. 나는 회고록이면 가리지 않고 읽는다. 나는 논픽션의 형식 가운데 회고록만큼 인생의 온갖 드라마와 고통, 유머, 의외성에 대해 깊이 있게 다루는 형식은 없다고 생각한다. 내가 가장 생생하게 기억하는 책 중에는 회고록이 많다. 안드레이 애시먼의 『이집트를 떠나

여러 가지 형식

며』(Out of Egypt), 마이클 J. 알런의 『망명자들』(Exiles), 러셀 베이커의 『성장』(Growing up), 비비언 고닉의 『집요한 애착』(Fierce Attach-ments), 피트 해밀의 『술 마시는 인생』(Drinking Life), 모스 하트의 『제1막』(Act One), 존 하우스먼의 『예행연습』(Run-Through), 메리 카의 『거짓말쟁이 클럽』(The Liars'Club), 프랭크 매코트의 『안젤라의 유골』(Angela's Ashes), 블라디미르 나보코프의 『기억이여 말하라』(Speak, Memory), V. S. 프리쳇의 『문밖의 택시』(A Cab at the Door), 유도라 웰티의 『어느 작가의 시작』(One Writter's Beginnings), 레너드 울프의 『성장』(Growing)이 그런 책들이다.

회고록이라는 형식이 힘이 있는 것은 초점이 좁기 때문이다. 인생 전체를 다루는 자서전과는 달리 회고록은 인생 전체를 바탕으로 하되 그 대부분을 무시한다. 회고록 작가는 이를테면 어린 시절처럼 삶에서 각별히 강렬했던 시기나, 전쟁과 같은 사회적 격변에 둘러싸였던 한 부분으로 우리를 데려간다. 러셀 베이커의 『성장』은 상자 속의 상자다. 이 책은 대공황으로 파괴된 한 가족의 이야기를 배경으로 한 소년의 성장 이야기이다. 여기서 이야기의 힘은 역사적 맥락에서 비롯한다. 나보코프의 『기억이여 말하라』는 내가 읽은 회고록 가운데 가장 근사한 것으로, 차르 시대 상트페테르부르크에서 보낸 황금 같은 소년 시절—러시아 혁명으로 영영 끝나 버리고 말 개인 교사와 여름 별장의 세계—을 되돌아보는 이야기다. 이는 특정한 시간과 공간만을 다루는 글쓰기의 하나다. V. S. 프리쳇의 『문밖의 택시』

는 찰스 디킨스 같은 분위기의 어린 시절에 대한 회상으로, 런던 가죽 제조공의 암울한 도제 생활이 마치 19세기 이야기 같은 느낌을 준다. 하지만 프리쳇은 그것을 자기 연민 없이, 심지어 꽤 명랑하게 묘사하고 있다. 우리는 그가 태어난 특정한 시대와 나라와 계급이 그의 어린 시절과 뗄 수 없이 얽혀 있음을, 그리고 그것이 나중에 놀라운 작가가 된 그의 삶의 중요한 부분이었음을 알 수 있다.

그러니 회고록을 쓰려면 생각을 좁히자. 회고록은 인생의 요약이 아니라 삶을 들여다보는 창이다. 선택적이라는 점에서는 사진과 아주 비슷하다. 어쩌면 흘러간 일들을 내키는 대로, 심지어 무작위적으로 떠올린 것처럼 보일 수도 있다. 하지만 그렇지 않다. 회고록은 잘 계산된 구성물이다. 소로는 『월든』의 원고를 팔 년에 걸쳐 일곱 번이나 새로 썼다. 미국의 회고록 가운데 이보다 더 공들여 나온 것은 없다. 좋은 회고록을 쓰기 위해서는 자기 삶의 편집자가 되어야 한다. 흩어져 있는 기억과 가물가물한 사건들에 이야기의 형태와 구성을 부여해야 한다. 회고록은 진실을 창조해내는 기술인 것이다.

이 비밀 가운데 하나는 디테일이다. 소리, 냄새, 노래 제목 등 어떤 종류의 디테일이든 삶의 한 부분을 보여주는 데 도움이 되기만 하면 된다. 먼저 소리에 주목해보자. 다음은 놀랍도록 얇은 책 안에 풍무한 회상을 가득 담은 유도라 웰티의 『어느 작가의 시작』 첫 부분이다.

미시시피주 잭슨의 노스캉그리스가에 있는 우리 집은 1909년 내가 삼남매 중 맏이로 태어나 괘종시계 만할 때까지 자란 곳이다. 홀에는 수수한 미션 스타일의 참나무 괘종시계가 있었는데, 그 종 치는 소리가 거실이며 식당, 부엌, 식품 저장실, 그리고 계단통까지 울렸다. 밤이 되면 그 소리는 우리 귀에까지 찾아왔고, 때로는 베란다 침실에서 자는 우리를 깨우기도 했다. 부모님의 침실에도 그 소리에 화답하는 작은 시계가 있었다. 부엌 시계는 시간만 보여주는 것이었지만, 식당 것은 기다란 체인에 추가 달린 뻐꾸기시계였다. 어렸을 때 내 동생은 의자를 받치고 찬장 꼭대기까지 올라가서 그 체인에 고양이를 잠시 매다는 데 성공한 적도 있었다. 나는 웰티 가문의 세 형제가 미국으로 오기 전인 1700년대에 스위스에 살았던 아버지의 오하이오 집안이 이 시계들과 관련이 있는지 없는지는 모른다. 하지만 우리는 모두 평생 시간을 의식하면서 살았다. 이것은 적어도 미래의 소설가를 위해서는 좋은 일이었다. 다른 무엇보다도 먼저 연대기에 대해 철저하게 배울 수 있었으니까. 그것은 내가 알지 못하는 사이에 배운 많은 것들, 그래서 필요할 때 이미 가지고 있었던 것들 가운데 하나였다.

아버지는 배울 게 있고 신기한 도구면 무엇이든 좋아했다. 아버지가 물건을 보관하는 곳은 '도서관 책상'의 서랍이었는데, 이 책상에는 접어놓은 지도 위에 놋쇠 장식이 붙은 망원경이 놓여 있었다. 저녁을 먹은 뒤에 앞뜰에서 달이나 북두칠성을 보거나 월식을 관찰하기 위한 것이었다. 크리스마스나 생일, 여행 때 갖고 다닐 수 있는 접이식 코닥 카메라도 있었다. 서랍 뒤쪽에는 돋보기와 만화경, 까만 상자에 든 자이로스코프가 있었다. 아버지는 우리 앞에서 팽팽하게 당긴 줄 위에 이 자이로스코프를 올려놓고 이리저리 춤추는 모습을 보여주었다. 금속 고리와 열쇠로 이루어진 퍼즐 같은 것도 있었는데, 우리는 아무리 천천히 설명을 들어도 풀 수가 없었다. 아버지는 기발한 물건에 거의 아이 같은 애정을 지닌 분이었다. 한번은 식당 벽에 기압계가 설치되었는데, 그건 우리에겐 거의 필요 없는 물건이었다. 아버지는 날씨와 기상에 대해 시골 소년 같은 정확한 지식을 갖고 있었다. 아버지는 아침에 일어나면 제일 먼저 밖으로 나가 앞문 계단에 서서 앞을 내다보고는 코를 킁킁거렸다. 아버지는 꽤 훌륭한 일기 예보 자였다.

"글쎄, 난 절대 아니야." 어머니는 스스로 무척 만족스러운 듯이 그렇게 말하곤 했다. (…)

덕분에 나는 아주 민감한 기상 감각을 갖게 되었다. 여러 해가 지나 내가 소설을 쓸 때, 대기의 상태는 처음부터 중요한 역할을 했다. 불안정한 대기가 불러일으키는 날씨와 내면의 동요는 극적 형식에서 서로 연결되어 나타났다.

이 글이 유도라 웰티의 출발에 대해 얼마나 쉽게 알려주는지 주목하자. 우리는 그녀가 태어난 집이 어떤 곳인지, 아버지가 어떤 사람인지 금방 떠올릴 수 있다. 그녀는 괘종소리와 함께 계단을 오르내리며 우리를 미시시피의 유년 시절로 데려간다.

앨프리드 케이진은 냄새를 통해 독자를 브루클린의 브라운스빌 지역에서 보낸 그의 어린 시절로 이끈다. 나는 오래전 케이진의 『도시의 보행자』(*A Walker in the City*)를 처음 읽었을 때부터 매우 감각적인 회고록이라고 생각했다. 아래는 어떻게 하면 코로 글을 잘 쓸 수 있는지 보여주는 좋은 사례일 뿐 아니라, 장소에 대한 감각—그의 이웃과 유산에 개성을 부여해주는—을 창조해내는 작가의 능력에 의해 회고록이 얼마나 더 빛날 수 있는지를 보여준다.

금요일 저녁에 내가 가장 좋아한 것은 컴컴하고 텅 빈 거리였다. 이날 유대인들은 '신부'처럼 안식과 경배의 날을 맞이했다. 이날은 돈에 손대는 것도, 일과 여행도, 집안일도, 심지어 불을 켜고 끄는 것도 금지되었다. 유대인들이 괴로운 마음을 이기고 평정을 찾는 오래된 방법이었다. 다른 아이들이 크리스마스 불빛을 기다리듯이, 나는 금요일 저녁이면 길거리가 컴컴해지기를 기다렸다. (…) 3시가 지나 집에 돌아오면 오븐에 구워지고 있는 커피 케이크의 따스한 향기와 무릎을 꿇고 주방 바닥을 닦고 있는 어머니의 모습이 나를 다정하게 감싸주었다. 그러면 내 모든 감각이 집 안에 있는 모든 물건 하나하나를 감싸는 듯했다. (…)

내가 가장 기대하는 순간은 6시, 아버지가 테레빈유와 니스 냄새를 열게 풍기고 은빛 페인트 자국이 빛나는 얼굴로 일터에서 돌아올 때였다. 아버지는 부엌으로 이어지는 길고 어두운 복도에 외투를 걸어두었는데, 한쪽 주머니에는 대개 접어놓은 『뉴욕 월드』(New York World)가 있었다. 그러면 내 머릿속의 이스트강 너머에서 나를 부르는 모든 것들이 갓 찍어낸 신문의 냄새와 1면의 지구 모양에서 시작되곤 했다. 이 신문은 내게 브루클린 다리에 대한 특별한 연상을 심어주었다. 『월드』를 찍어내는 곳은 다리가 내려다보이는 파크로의 초록빛 돔 아래였다. 뉴욕항의 상쾌하고 짠 공기가 복도에서 풍기는 페인트 냄새와 눅눅한 신문지 냄새에 섞여 내 주변을 맴돌았다. 나는 아버지가 매일 『월드』로 바깥세상을 우리 집으로 가져온다고 느꼈다.

케이진은 마침내 브루클린 다리를 건너 미국 문학 비평계의 대표적인 인물이 된다. 하지만 그의 삶에서 중심을 차지한 것은 장편소설이나 단편소설, 시 같은 일반적인 문학 장르가 아니라 그가 '개인사'라 부르는 회고록, 특히 그가 소년 시절에 발견한 월트 휘트먼의 남북전쟁 일기인 『자선일기』(Specimen Days)와 시집 『풀잎』(Leaves of Grass), 소로의 『월든』과 일기, 그리고 『헨리 애덤스의 교육』(The Education of Henry Adams) 같은 '개인적인 미국의 고전'이었다. 케이진을 흥분시켰던 것은 휘트먼과 소로와 애덤스가 일지, 일기, 편지, 회고록 같은 친숙한 형식을 과감하게 활용해 미국 문학계에 자리매김했다는 점이었다. 그래서 그도 러시아계 유대인의 아들인 자신의 개인사를 통해 미국과 '소중한 인연'을 만들 수 있었다.

여러분도 여러분의 브루클린 다리를 건너기 위해 여러분의 개인사를 이용할 수 있다. 회고록은 미국 이민자의 삶을 포착하기에 적합한 형식이며, 모든 이민자의 아들과 딸이 자기 문화 특유의 목소리를 전해줄 수 있는 형식이다. 다음은 엔리케 행크 로페스의 「바침바로 돌아가서」에서 발췌한 부분으로, 버려진 과거와 두고 온 고국이 지닌 강력한 힘을 보여주는 전형적인 글이다. 그 힘이 회고록이라는 형식에 강력한 감성을 불어넣고 있다.

나는 멕시코 치와와주의 바침바라는 작은 마을 출신의 '포초'다. 아버지는 그곳에서 판초 비야 군(軍)과 함께 싸웠다. 그는 판초 비야 군의 유일한 이등병이었다.

'포초'는 보통 멕시코에서 경멸적인 뜻으로 쓰이는 말인데(간단히 정의하자면, '포초'는 개새끼 같은 미국놈 행세를 하는 멕시코 멍청이를 말한다), 나는 이 말을 대단히 특수한 뜻으로 쓴다. 나에게 이 단어는 '뿌리 뽑힌 멕시코인'이란 뜻이며, 그것은 내 평생의 모습이기도 하다. 나는 미국에서 자라고 교육을 받았지만, 온전히 미국인이라고 느껴본 적이 단 한 번도 없다. 그리고 멕시코에 있을 때는 때때로 내가 엔리케 프레실리아노 로페스 이 마르티네스 데 세풀베다 데 사피엔이라는 이상한 멕시코 이름을 가진 추방된 미국놈 같다는 느낌이 든다. 사람들은 날 보고 문화적으로 잡종인 멕시코인 아니면 분열증에 걸린 먹물 미국인이라고 할지도 모른다.

어쨌든 그런 분열은 오래전에 시작되었다. 바로 아버지와 판초 비야의 부대가 결국에는 비야를 패배시킨 멕시코 정부군의 진격을 피해 국경 너머로 달아나면서부터였다. 아버지가 떠난 며칠 뒤, 어머니와 나는 덮개 없는 작은 마차를 타고 뜨거운 사막을 건너 텍사스주 엘패소에서 아버지와 합류했다. 혁명군들이 매일 엘패소로 몰려들어 일자리가 엄청나게 부족하고 불안정해질 것이 분명해지자, 우리는 다시 짐을 싸고 어렵사리 덴버로 가는 차를 탔다. 아버지는 원래 시카고로 가고 싶어 했다. 시카고라는 이름이 멕시코 말처럼 들렸기 때문이다. 하지만 어머니가 모아둔 적은 돈으로는 콜로라도주까지 가는 표도 구할 수 없었다.

거기서 우리는 스페인어를 쓰는 사람들이 모여 사는 빈민가에 자리를 잡았다. 그곳 사람들은 스스로를 스페인계 미국인이라고 불렀는데, 멕시코에서 형제들이 갑자기 이주해오는 게 못마땅했는지 우리를 '수루마토스'('남부 사람'이라는 뜻의 속어)라는 경멸적인 말로 불렀다. (…) 우리 수루마토스는 빈민가 안에 있는 한 동네에 다닥다닥 붙어 살았다. 아버지가 판초 비야의 유일한 이등병이었다는 사실을 내가 뻐서티세 깨달은 것도 여기였다. 친구들 몇몇은 확실히 병장이나 상병의 아들이긴 했지만, 대부분은 대위, 소령, 대령, 심지어 장군

　　　　　　　　　　　여러 가지 형식

의 아들이었다. (…) 판초 비야의 위업이 항상 우리 집 대화의 주제였던 탓에 내 원통함은 더했다. 내 어린 시절에는 온통 그의 존재가 그림자를 드리우고 있었다. 우리는 거의 매일 저녁 식탁에 앉아 이런 전투, 저런 전술, 무슨 로빈 후드의 선행 같은 대단한 이야기를 몇 번이나 들어야 했다. (…)

우리에게 뿌리에 대한 자각을 더 깊이 심어주길 바랐었는지, 부모님은 우리에게 멕시코 혁명의 유명한 노래 두 곡인 〈아델리타〉와 〈그들은 바침 바로 대포를 가져왔다〉를 가르쳐 주었다. 이십 년이 지나서도(내가 하버드 법학대학원에서 썩고 있을 때) 나는 찰스강을 따라 걷다가 나도 모르게 "그들이 바침바로 대포를 가져왔네, 바침바로, 바침바로"라고 흥얼거리곤 했다. 이 사무치는 노래에서 기억나는 부분은 이게 전부였다. 나는 바침바에서 태어나긴 했지만 그곳을 언제나 허구 속의, 가공의, 루이스 캐럴 풍의 이름으로 여겼다. 그래서 팔 년 전 처음으로 멕시코에 돌아갔을 때, 나는 치와와 남쪽의 어느 네거리에서 "바침바 18km"라고 씌어 있는 낡은 도로 표지판을 보고 할 말을 잃고 말았다. 나는 속으로 외쳤다. 그게 진짜 존재하는 거였구나, 바침바는 진짜 마을 이름이었어! 포장이 엉망인 좁은 길을 나는 차를 마구 몰아 달렸다. 유년 시절부터 노래하던 그 고장을 향해.

캘리포니아주 스톡턴으로 이민 온 중국인의 딸인 맥신 홍 킹스턴의 경우, 낯선 땅에서 학교에 다니는 아이에게 가장 핵심적인 경험은 수줍음과 당황스러움이었다. 그녀의 책 『여성 전사』(*The Woman Warrior*)에서 인용한, '목소리 찾기'라는 적절한 제목이 붙은 다음 글에서 킹스턴이 미국에서 겪은 유년 시절의 괴로운 경험과 감정을 얼마나 생생하게 기억하는지 보자.

유치원에 가서 처음으로 영어를 해야만 했을 때, 나는 말을 잃었다. 지금도 말문이 막힐 때나 수치스러울 때면 내 목소리는 두 갈래로 갈라져버린다. 그냥 "헬로"라고 말하고 싶을 때, 계산대에서 쉬운 질문을 할 때, 버스 기사에게 길을 물어볼 때조차 그렇다. 그대로 얼어붙어버리는 것이다. (…)
　침묵의 첫 한 해 동안 나는 학교에서 아무에게도 말하지 않았다. 화장실에 간다는 말도 하지 않았다. 그러다 유치원을 중퇴해버렸다. 언니도 삼 년 동안 아무 말도 하지 않았다. 놀이터에서도 점심시간에도 벙어리가 되었다. 다른 중국 여자아이들도 있었지만, 대부분 우리보다 빨리 극복했다. 나는 침묵을 즐겼다. 처음에는 내가 말을 한다거나 유치원을 마치게 될 것이라는 생각이 들지 않았다. 집에서는 말을 했고, 같은 반의 중국 아이 한두 명에게도 말을 했다. 몸짓을 섞기도 하고 농담을 하기도 했다. 내가 장난감 받침접시에 엎질러진 물을 마셔버렸더니 모두가 손가락질하며 깔깔 웃었고, 나는 더 그렇게 했다. 나는 미국인들이 그런 그릇에 담긴 물을 마시지 않는다는 걸 몰랐다. (…)
　학교가 불행이 되고, 침묵이 불행이 된다는 것을 말해야 한

　　　　　　　　　　　　여러 가지 형식

다고 생각한 게 그때였다. 나는 말하지 않았고, 말하지 않을 때마다 마음이 불편했다. 그래도 1학년 때는 큰 소리로 책을 읽었는데, 내 목에서 나는 소리는 거의 들리지도 않게 속삭이듯 끽끽거렸다. "더 크게"하고 선생님이 말하면 그 소리에 놀라 다시 목소리가 기어들어가버렸다. 다른 중국 여자아이들도 말을 하지 않았기 때문에 나는 침묵이 중국 여자아이와 관계가 있다고 생각했다.

어린 시절의 그 속삭임은 이제 우리에게 지혜와 유머를 전해주는 작가의 목소리가 되었고, 나는 우리가 그런 목소리를 들을 수 있는 것이 고맙다. 중국계 미국인 여성이 아니라면 중국인 소녀가 갑자기 미국의 유치원에 내던져져 미국인이 되어야만 하는 것이 어떤 기분인지 말해줄 수 없을 것이다. 회고록은 미국의 일상생활에서 고통이 될 수 있는 문화적 차이를 이해하는 방법이기도 하다. 다음에 인용할 루이스 P. 존슨의 에세이 「내 인디언 딸에게」에 묘사된 정체성 찾기에 대해 생각해보자. 그는 포타와토미 오타와 부족의 마지막 추장으로 알려진 이의 증손자로, 미시간에서 자랐다.

서른다섯인가 되던 무렵, 나는 인디언 주술 의식에 관한 이야기를 들었다. 예전에 아버지가 그런 의식에 참석했었기 때문에, 나는 내 전통의 일부를 찾는다는 커다란 호기심과 이상한 기쁨을 느끼며 의식을 준비했다. 대장간을 하는 친구에게 부탁해 창을 하나 만들기도 했다. 창날은 날카롭고 시퍼렇게 반짝였고, 손잡이에 달린 깃털은 화사하고 늠름했다.

인디애나 남부의 어느 흙먼지 날리는 장터에서, 나는 백인들이 인디언 복장을 한 것을 보았다. 그들은 '취미생활자'였다. 주말이면 인디언 차림으로 가장행렬을 하는 것이 그들의 취미이고 여가였던 것이다. 나는 내 창이 우스꽝스럽다고 느끼며 그 자리를 떴다.

이 주말의 당황스러운 경험과 거기에 담긴 유머에 대해 내가 다른 사람에게 말할 수 있게 된 것은 몇 년 뒤의 일이었다. 어쨌거나 나를 일깨운 것은 그 주말이었다. 나는 내가 누구인지 모르고 있었다. 나는 인디언 이름도 없었고, 인디언 말을 하지도 못했고, 인디언의 관습도 알지 못했다. 오타와 말로 개를 뭐라고 부르는지 어렴풋이 알기는 했지만, 그건 아기들이 쓰는 '카기'라는 말이었다. 나중에야 나는 그 말이 '무카기'의 준말이라는 걸 알았다. 내 이름을 받던 의식에 대한 기억은 그보다 더 희미했다. 흙먼지를 일으키며 내 주변에서 춤을 추는 다리들만 기억날 뿐이었다. 그게 어디였지? 내 이름이 뭐였지? 어머니에게 물어보니 "수와쾃"이라고 했다. "나무가 자라는 곳이지."

그게 1968년이었다. 나는 자신이 누구였는지 알려고 하는 이 땅의 유일한 인디언이 아니었다. 다른 이들이 있었다. 그들에겐 진짜 인디언 주술 의식이 있었고, 나는 결국 그들을 찾아냈다. 우리는 함께 과거를 찾았다. 내 탐색은 1978년 워싱턴까지 행진한 '가장 긴 행군'(the Longest Walk) 행사에서 완결되었다. 이제 나는 인디언이라는 게 어떤 의미인지 알기 때문에 그걸 모르는 이들을 보면 깜짝 놀란다. 물론 우리는 별로 많이 남아 있지 않다. 보통 인생에서 보통 인디언을 아는 보통 사람을 만날 가능성은 꽤 희박하다.

회고록에서 가장 중요한 요소는 당연히 사람이다. 소리와 냄새와 노래와 베란다 침실은 거기까지 이끌어주기만 할 뿐이다. 이제는 여러분의 삶을 거쳐 간 사람들을 불러내야 한다. 왜 그들이 기억에 남아 있는가? 그들이 어떤 기질을, 어떤 특이한 버릇을 가지고 있기에?

잔잔함과 유쾌함이 교차하는 존 모티머의 회고록 『난파선에 매달려서』(Clinging to the Wreckage)에 등장하는 맹인 변호사인 그의 아버지는 회고록에 등장하는 특이한 인물의 전형이라 할 수 있다. 그 자신도 변호사이면서 『베일리의 럼폴』(Rumpole of the Bailey)로 유명한 왕성한 작가인 모티머에 따르면, 그의 아버지는 시력을 잃고도 "아무 일도 없었던 것처럼 변호사 일을 계속하겠다고 했다." 그래서 어머니가 소송 요지를 읽어주고 서류를 작성하는 일을 맡았다.

어머니는 법정에서 재판장만큼이나 유명한 인물이 되었다. 어머니는 얼룩무늬 등나무 지팡이로 바닥을 딱딱 두드리며 걷는 아버지를 이 법정 저 법정으로 안내했고, 아버지가 무어라 소리를 질러도 묵묵히 미소를 짓곤 했다. 이 나라에 정착한 전쟁 초기부터 어머니는 매일 집에서 14마일 떨어진 헨리역까지 아버지를 차로 모시고 가 기차에 태워드렸다. 윈스턴 처칠같이 검은 재킷에 줄무늬 바지, 빳빳하게 세운 칼라와 나비넥타이 차림에 부츠에다 짧은 각반까지 차고서 구석 자리에 꼿꼿이 앉은 아버지는 어머니에게 그날 처리할 이혼 사건의 증거를 크고 또렷한 목소리로 읽게 했다. 기차가 메이든헤드 부근에서 멈춰 설 무렵이면 일등실은 불륜 행위에 대한 사립 탐정의 상세한 보고를 읽는 어머니의 목소리에 정적에 잠겼다. 어머니가 얼룩진 침대 시트와 어지러이 흩어져 있는 남녀의 옷가지, 자동차 안에서의 비행에 대한 묘사 부분에서 목소리를 낮추면 아버지는 "큰 소리로, 캐시!"하고 외쳤고, 덕분에 같은 칸에 탄 사람들은 계속 흥미진진한 이야기를 들을 수 있었다.

그러나 우리는 회고록에서 가장 흥미로운 인물이 바로 그것을 쓴 사람이기를 바란다. 인생의 고개와 골짜기에서 글쓴이가 무엇을 배웠는지 궁금하기 때문이다. 버지니아 울프는 회고록, 일지, 일기, 편지 같은 개인적인 글을 부지런히 쓰면서 자기 생각과 감정을 정리했다. (의무적인 편지를 쓰다가 셋째 문단에 이르러서야 편지를 받는 사람에게 정말로 하고 싶은 말이 무엇인지 깨달을 때가 얼마나 많은가.) 버지니아 울프가 평생에 걸쳐 쓴 그

여러 가지 형식

글들은 비슷한 천사와 악마와 씨름하는 다른 여성들에게 커다란 도움이 되었다. 케네디 프레이저는 그렇게 자신에게 힘이 되었던, 학대받은 어린 시절을 다룬 울프의 책을 떠올리면서 자신의 회고록을 시작한다. 그녀의 글은 그 정직성과 예민함으로 우리를 사로잡는다.

내 삶이 너무나 괴로워 다른 여성 작가들의 삶을 책으로 읽는 것이 얼마 안 되는 도움 가운데 하나였던 때가 있었다. 나는 불행했고, 그래서 수치스러웠다. 내 인생이 실패했다고 느꼈다. 삼십대 초반의 몇 해 동안 나는 안락의자에 앉아 다른 사람들의 인생을 읽었다. 때로는 다 읽자마자 처음부터 끝까지 다시 읽기도 했다. 그 경험은 믿을 수 없을 만큼 강렬했으며, 누군가 창문으로 나를 들여다보지나 않을지 두려워하는 것 같은 은밀함으로 다가왔다. 지금도 나는 이 여성 작가들의 소설이나 시―그들이 삶을 예술의 형태로 갈고닦아 우리에게 보여주는―만 읽은 척해야 할 것 같은 기분이 든다. 하지만 그건 거짓이다. 내가 정말 좋아한 것은 사적인 메시지였다. 진실만을 말하는 일기와 편지, 자서전과 전기였다. 그때 나는 몹시 외로웠고, 완전히 고립되어 내 속에만 빠져 있었다. 나는 나를 구해줄 이 모든 낮은 목소리의 합창이, 진짜 사는 이야기가 필요했다. 이 여성 작가들은 내 어머니나 자매 같았다. 이미 상당수는 세상을 떠났지만, 그들은 내 혈육보다도 더 큰 구원의 손길을 뻗어주었다. 다른 많은 사람들과 마찬가지로, 나는 스스로를 새롭게 하기 위해 젊어서 뉴욕으로 왔었다. 그리고 많은 현대인들, 특히 현대의 여성들과 마찬가지로 인생의 무대에서 쫓겨나버렸다. (…) [작가로서의] 성공은 물론 나에게 희망을 주었지만, 내가 제일 좋아한 것은 절망적인 장면이었다. 나는 나에게 도움이 될 실마리를 모으며 방향을 찾고 있었다. 내가 특히 고마움을 느낀 것은 이 여성들의 은밀하고 수치스러운 부분, 예를 들어 낙태와 잘못된 결혼, 그들이 먹은 약과 술 같은 고통의 흔적이었다. 그리고 무엇이 그들을 레즈비언으로 살게 했는지, 또는 동성애자인 남성이나 아내가 있는 남성과 사랑하게 했는지 하는 것이었다.

개인사를 쓸 때 여러분이 줄 수 있는 가장 큰 선물은 바로 자기 자신이다. 자신이 스스로에 관해 쓸 수 있도록 허락하자. 그리고 그 일을 즐기자.

여러 가지 형식

과학과 기술: 설명하는 글쓰기

대학 교양학부 작문 시간에 학생들에게 과학을 주제로 글을 쓰라고 하면 여기저기서 신음이 터져 나온다. "제발, 과학은 안 돼요!" 학생들은 모두 과학에 대한 두려움이 있었다. 다들 어렸을 때 화학 선생님이나 물리 선생님에게 '과학 머리'가 없다는 말을 들었던 것이다.

성인 화학자나 물리학자나 엔지니어에게 리포트를 써내라고 하면 경악에 가까운 반응이 돌아온다. "안 돼요, 제발 글은 쓰라고 하지 마세요!" 그들 역시 다들 글쓰기를 두려워했다. 어렸을 때 작문 선생님에게 '글재주'가 없다는 말을 들었던 것이다.

둘 다 평생을 따라다니는 괜한 두려움이다. 이 장에서 나는 그런 두려움을 덜어주고자 한다. 원리는 간단하다. 글쓰기는 작문 선생이 독점하는 특별한 언어가 아니라는 것이다. 글쓰기는 종이 위에서 생각하는 행위다. 생각이 명료한 사람이면 누구나 깔끔한 글을 쓸 수 있다. 편견을 걷어내고 보면 과학도 결국 많은 글쓰기의 주제 가운데 하나일 뿐이다. 글쓰기도 편견을 걷어내고 보면 결국 과학자가 지식을 전달하는 방법 가운데 하나일 뿐이다. 둘 중에서 내가 가졌던 것은 과학에 대한 두려움이었다. 나는 누구에게나 화학을 가르칠 수 있다는 명성을 얻으며 3대에 걸쳐 학생들 사이에서 전설로 통했던 여선생님의 화학 수업에서 낙제한 적이 있다. 지금도 나는 『내 인생과 역경』(My Life and Hard Times)에서 제임스 서버가 기억하는, 벽의 콘센트에서 "보이지 않는 전기가 온 집안에 뚝뚝 떨어지고 있다"고 생각하는 그의 할머니와 별반 다르지 않다. 하지만 작가로서 나는 과학과 기술도 일반인이 알기 쉽게 쓸 수 있다는 것을 배웠다. 그것은 단지 한 문장 뒤에 또 하나의 문장을 놓는 문제일 뿐이다. 하지만 이 '뒤에'가 중요하다. 질서정연한 문장을 쓰기 위해 이만큼 노력해야 하는 분야도 흔치 않다. 근사한 도약이나 암시적인 진실은 있을 곳이 없다. 사실과 추론이 지배하는 것이다.

　내가 학생들에게 내주는 과학 작문 과제는 간단하다. 무언가가 어떻게 이루어지는지 설명하라는 것이다. 문체나 품격은 중요하지 않다. 이를테면 재봉틀이 어떤 원리로 움직이는지, 펌프가 어떻게 작동하는지, 사과가 왜 땅에 떨어지는지, 눈으로 본 것을 뇌가 어떻게 아는지 알려달라는 것뿐이다. 어떤 방법도 좋으며, 이때 '과학'이란 기술, 의학, 사연 등을 모두 포괄한다.

　언론계에서 통용되는 원칙 가운데 "독자는 아무것도 모른다"라는 말이 있다. 별로 듣기 좋은 말은 아니지만, 기술에 관한 글을 쓰는 사람이라면 절대 잊지 말아야 할 말이다. 모두가 알겠거니 하는 것을 독자가 안다고 생각해서는 안 된다. 한번 설명해준 것을 독자가 계속 기억하고 있다고 생각해서도 안 된다. 비행기를 탈 때 승무원이 구명조끼 착용법을 알려주는 것을 수백 번이나 들었지만, 나는 아직도 그 방법을 확실히 모른다. 끈 사이로 팔을 집어넣기'만' 하라느니, 줄을 아래로(아니면 옆으로?) 잡아당기기'만' 하라느니, 훅하고 불기'만' 하되 너무 빨리 불지는 말라느니 하지만, 내가 확실히 아는 것은 내가 구명조끼를 너무 빨리 불어버릴 것이라는 사실뿐이다.

어떤 과정이 어떻게 이루어지는지 설명하는 것은 두 가지 이유에서 중요하다. 그럼으로써 여러분 자신이 그것이 어떻게 이루어지는지 분명히 알게 된다. 그리고 여러분이 그 과정을 분명히 알게 되기까지 했던 생각과 추론을 독자가 똑같이 거치게 된다. 나는 생각이 뒤죽박죽이었던 많은 학생에게 그런 과정이 돌파구가 되는 것을 보았다. 한번은 그런 학생 가운데 하나였던 똑똑한 예일대 2학년생이 매우 들뜬 모습으로 수업에 들어와서는, 자기가 소화기의 작동 원리에 관해 쓴 글을 읽어봐도 되겠느냐고 한 적이 있다. 학기 중까지만 해도 애매한 일반론으로 뒤범벅된 글을 써내던 학생이었다. 나는 우리가 꼼짝없이 혼돈 속으로 빠져들 것이라 확신했다. 하지만 세 종류의 소화기가 어떻게 세 종류의 불을 끄는지 명쾌하게 설명하는 그의 글은 간소하고 논리적이었다. 나는 그 학생이 하룻밤 사이에 논리 정연한 글을 쓰는 작가로 변한 것에 무척 고무되었다. 3학년을 마칠 무렵, 그는 내가 쓴 어떤 책보다도 많이 팔린 실용서를 썼다.

그 외에도 머릿속이 복잡하던 학생이 같은 치료 과정을 통해 명쾌한 글을 쓰게 되는 경우는 많았다. 한번 시도해보자. 과학과 기술에 관한 글쓰기의 원리는 다른 모든 글쓰기에도 적용된다. 그 원리란, 아무것도 모르는 독자를 한 걸음 한 걸음 이끌어 그들이 소질이 없다고 생각하거나 머리가 나빠서 이해할 수 없을 거로 생각하던 주제를 이해할 수 있게 해주는 것이다.

과학에 관한 글쓰기를 뒤집힌 피라미드라고 상상해보자. 독자가 가장 먼저 알아야 할 한 가지 사실을 가지고 가장 밑바닥에서 출발하자. 둘째 문장은 첫 문장을 확대하면서 피라미드를 넓히고, 셋째 문장은 둘째 문장을 확대한다. 그럼으로써 여러분은 점차 사실을 넘어 의미와 분석의 세계로 들어서며, 새로운 발견으로 이미 알려져 있던 사실이 어떻게 바뀌는지, 그것이 연구에 어떤 길을 열어주는지, 그 연구가 어디에 적용될 수 있는지로 나아간다. 이 피라미드는 얼마든지 넓어질 수 있다. 하지만 독자는 단순한 한 가지 사실에서 출발해야만 넓은 의미를 이해할 수 있다.

좋은 사례를 하나 들어보자. 『뉴욕타임스』(*New York Times*) 1면에 실렸던 해럴드 M. 슈멕 주니어의 글이다.

(워싱턴) 캘리포니아에 3목 놀이에 재능이 있는 침팬지가 있었다. 그 침팬지의 학습 능력을 확인하고 매우 기뻐했던 조련

사들은 또 다른 발견 때문에 더욱 고무되었다. 침팬지의 뇌를 보면 침팬지가 옳은 수를 둘지 어떨지 알 수 있다는 것이었다. 침팬지의 집중 상태가 관건이었다. 훈련된 침팬지는 집중이 흐트러지지 않는 한 옳은 수를 두었다.

이 정도면 꽤 재미있는 사실이다. 하지만 왜 이게 『뉴욕타임스』 1면에 실릴 가치가 있을까? 둘째 문단은 이렇다.

중요한 것은 과학자들이 그런 상태를 알아낼 수 있다는 사실이었다. 뇌파 신호에 대한 정교한 컴퓨터 분석 덕분에 그들은 '마음의 상태'라고 부를 수 있는 것을 판별해낼 수 있게 되었다.

하지만 이런 건 전에도 가능하지 않았을까?

이것은 단순히 각성이나 수면, 또는 졸린 상태를 거칠게 탐지하는 것보다 훨씬 대단한 일이었다. 뇌의 작동을 이해하기 위한 새로운 한 걸음이었다.

왜 새로운 한 걸음일까?

캘리포니아 대학 로스앤젤레스 캠퍼스의 침팬지와 연구팀은 3목 놀이 단계를 졸업한 후에도 뇌파에 관한 연구를 계속 진행하고 있다. 이 연구는 이미 우주비행에서의 뇌 행동에 대한 놀라운 통찰을 제공하고 있다. 또한 모든 사회 문제와 가정 문제에, 나아가 인간의 학습 능력 향상에도 도움이 될 전망이다.

우주와 인간의 문제, 그리고 인지 과정. 좋다. 그보다 더 널리 응용해보라고는 요구하기 어려울 것 같다. 하지만 너무 단절된 노력이 아닐까? 그렇지가 않다.

이는 미국과 해외 전역에 있는 실험실에서 진행하고 있는 현대 뇌 연구에서 가장 흥미진진한 부분이다. 여기에 관련된 동물은 인간에서 원숭이, 쥐, 금붕어, 편형동물, 메추라기에 이르기까지 매우 다양하다.

이제 내 눈에도 전체적인 맥락이 들어오기 시작한다. 그런데 대체 목적이 무엇일까?

궁극적인 목적은 인간의 뇌, 다시 말해 아득히 먼 우주와 원자의 궁극적인 핵을 상상할 수는 있지만 스스로의 기능은 이해하지 못하는 그 놀라운 3파운드짜리 조직을 이해하는 것이다. 각각의 연구 프로젝트는 이 거대한 퍼즐의 작은 조각 하나를 밝혀내는 것이다.

여러 가지 형식

이제 나는 그 침팬지가 국제적인 연구의 스펙트럼 가운데 어느 자리를 차지하는지 알 수 있다. 이제 침팬지 연구의 성과에 대해 더 깊이 이해할 수 있을 것 같다.

3목 놀이를 배우는 침팬지의 사례에서, 아무리 숙련된 연구자라도 동물의 뇌파를 나타내는 구불구불한 선 가운데 어디가 특별한 것인지 분간해낼 수는 없었다. 하지만 컴퓨터 분석을 활용하면 침팬지가 옳은 수를 둘 것을 나타내는 것이 어떤 선이고 실수를 나타내는 것이 어떤 선인지 알아낼 수 있었다.
핵심은 존 핸리 박사가 개발한 컴퓨터 분석 시스템이었다. 항상 옳은 답을 나타내는 '마음의 상태'는 훈련된 집중 상태라고 할 수 있다. 엄청나게 복잡한 뇌파를 분석해낼 수 있는 컴퓨터 없이는 그런 상태를 나타내는 '신호'를 알아볼 수 없었을 것이다.

이 글은 이어서 이 연구가 가정 내 긴장 요인의 측정, 운전자들의 러시아워 스트레스 절감 등에도 이용될 수 있음을 길게 설명한 다음, 마지막으로 의학과 심리학의 여러 분야에서 이루어지고 있는 노력에 대해 언급한다. 그러나 글의 시작은 3목 놀이를 하는 침팬지였다. 현재 이루어지고 있는 과학 연구를 독자들이 이해할 수 있도록 도움으로써 과학 글쓰기에 대한 많은 신비를 벗겨낼 수 있다. 다시 강조하지만, 이것 역시 인간적인 요소를 찾는 일이다. 만약 침팬지 이야기만 한다고 하더라도,

적어도 진화의 사다리에서 인간에 버금가는 존재를 다루는 일
인 것이다.

　인간적 요소 가운데 하나는 자기 자신이다. 독자의 삶과 관
련이 있는 어떤 메커니즘을 설명하는 데 자신의 경험을 이용해
보자. 기억에 관한 다음 글에서 글쓴이인 윌 브래드버리가 개인
적인 실마리를 어떻게 활용해 기억이라는 복잡한 주제를 설명
하는지 살펴보자.

　지금도 나는 내 눈을 덮치기 직전의 시커먼 모래가 보이고,
실컷 울면 아픔이 가실 거라는 아버지의 침착한 목소리가 들
리고, 분노와 창피로 가슴이 타들어가는 것을 느낀다. 함께
놀던 아이가 장난감 앰뷸런스 때문에 다투다 내 얼굴에 모래
한 주먹을 뿌렸던 그 순간으로부터 삼십 년이 더 흘렀다. 하
지만 모래와 앰뷸런스의 모습, 아버지의 목소리, 그리고 상처
입은 내 마음의 고동은 아직도 선명하게 남아 있다. 그것이
내가 가진 최초의 기억, 최초의 시각적, 음성적, 감정적 파편
이다. 그리고 나는 뇌의 가장 중요한 기능인 기억에 의해 그
조각들의 모음이 바로 '나'라고 알게 되었다.

　우리가 정보를 저장하고 기억하는 이 놀라운 기능이 없다
면, 일어나고 잠자고 사물에 대한 느낌을 표현하고 복잡한 활
동을 수행하는 우리 뇌의 가장 중요한 시스템은 순간의 감각
자극을 처리하는 것만으로도 벅찰 것이다. 과거를 되새기고,
배우고, 즐기고, 필요하다면 숨길 수도 있는 진열실이 없어지

기 때문에, 자신에 대한 느낌도 가질 수 없을 것이다. 그러나 자기 행동을 이해하고 이론화하려는 수천 년에 걸친 시도 끝에, 이제 인간은 흘러가는 시간을 나누고 저장하는 신비한 과정을 조금씩 이해하기 시작하고 있다.

한 가지 문제는 기억이 무엇이며 어떤 존재가 기억을 가지는지는 알아내는 것이었다. 예를 들어, 아마 씨앗도 일종의 기억을 가지고 있다. 아마 씨앗은 한번 빛에 노출되면 다음에 빛을 쪼일 때 자신의 밀도와 감도를 바꾸어버린다. 빛과의 첫 만남을 '기억'하는 것이다. 전기회로와 유체회로는 그보다 더 복잡한 기억을 가지고 있어서, 컴퓨터에 장착하면 어마어마한 양의 정보를 저장하고 불러올 수 있다. 인간의 몸은 적어도 네 종류의 기억을 갖고 있다. (…)

괜찮은 도입이다. 누구나 까마득한 어린 시절의 기억 속에서 생생하게 떠올릴 수 있는 이미지가 있게 마련이다. 독자는 그런 저장과 회상이 어떻게 이루어지는지 궁금하지 않을 수 없다. 아마 씨앗의 예는 과연 '기억'이란 무엇인가 하는 궁금증을 심어주는 데 부족함이 없다. 그런 다음 작가는 다시 인간으로 돌아간다. 컴퓨터 회로를 만들고 네 종류의 기억을 가진 존재가 바로 인간이기 때문이다.

또 다른 인간적인 방법은 인물을 중심으로 이야기를 만들어가는 것이다. 버튼 루셰가 여러 해 동안 『뉴요커』에 연재한 '의료 연대기'의 매력이 그것이었다. 추리물 형식의 이 글에는 대개 갑자기 알 수 없는 병에 걸린 평범한 희생자와 악당을 찾기 위해 애쓰는 형사가 등장한다. 그중 한 편은 다음과 같이 시작한다.

1944년 9월 25일 월요일 아침 8시, 남루한 차림의 정처 없는 82세 노인이 허드슨 터미널 부근 데이스트리트 인도에 쓰러졌다. 숱한 사람들이 그 모습을 보았을 텐데도, 그는 몇 분 동안 복통과 헛구역질로 괴로워하며 배를 부여잡고 그 자리에 홀로 쓰러져 있었다. 시간이 지나 경찰이 왔다. 경찰은 병든 주정뱅이겠거니 생각하면서 몸을 숙여 노인을 살폈다. 이 일대에는 이른 아침에 술에 곯아떨어져 있는 부랑자들이 많기 때문이다. 하지만 그런 생각은 그리 오래가지 못했다. 노인의 코와 입술, 손가락이 새파랬던 것이다.

정오가 되자 파란 가운을 입은 사람 열한 명이 인근 병원에 들어선다. 하지만 겁낼 것 없다. 현장 역학 전문가인 오타비오 펠리테리 박사가 현장에 온 것이다. 박사는 질병예방국의 모리스 그린버그 박사에게 전화를 건다. 그리고 두 사람은 의학사에 정면으로 도전하는 듯한 증거들을 하나하나 끼워 맞춰 마침내 사건의 전모를 밝힌다. 범인은 일종의 독극물로, 일반 독물학 교과서에서는 다루지도 않는 것이었다. 루셰의 비밀은 스토리텔링의 기법만큼이나 오래된 것이다. 우리는 추적과 수수께끼의 길로 들어선다. 하지만 그는 독극물 의학의 역사에서 시작하

여러 가지 형식

거나 독물학 일반 교과서를 이야기하지 않는다. 그보다 그는 사람을 보여준다. 그것도 죽어가는 사람을.

독자에게 낯선 사실을 이해시키는 또 한 가지 방법은 친숙한 장면을 먼저 보여주는 것이다. 추상적인 원리를 머릿속으로 그려볼 수 있는 이미지로 만들어보자. 몬트리올에서 열린 엑스포67에서 선보인 혁신적인 복합주거공간 '해비타트'를 구상한 건축가 모셰 사프디는 자신의 책 『해비타트를 넘어서』(*Beyond Habitat*)에서 자연의 모양을 보면 더 나은 건축물을 지을 수 있다고 설명한다. "자연은 형태를 만들며, 형태는 진화의 부산물"이기 때문이다.

식물과 동물의 생활, 돌과 수정의 구조를 살펴보면 각각의 형태에 나름의 이유가 있음을 알 수 있다. 앵무조개는 껍질이 자라면서 머리가 입구에 끼지 않도록 진화했다. 결과적으로 앵무조개는 나선 모양을 이루면서 성장하며, 이것을 그노몬 성장이라 한다. 이는 앵무조개에게 수학적으로 가능한 유일한 성장 방법이다.

특정한 소재에서 힘을 얻을 때도 같은 이치가 적용된다. 독수리의 날개, 특히 그 뼈의 내부 구조를 보자. 그것은 아주 정교한 삼차원의 기하학무늬를 이루는 일종의 공간구조물로, 양 끝으로 갈수록 굵어지는 매우 가는 뼈들로 이루어져 있다. 독수리에게 생존을 위해 중요한 문제는 체중을 늘리지 않으면서 날개의 힘을 늘리는 것이다(독수리가 날 때 날개를 굽히는 운동량은 엄청나다). 체중이 늘면 그만큼 운동성이 떨어진다. 그래서 독수리는 진화를 통해 우리가 상상할 수 있는 가장 효율적인 구조를 갖추었다. 그것이 바로 뼈의 입체적인 공간구조이다.

"각각의 생명에는 형태의 반응이 있다"고 사프디는 말한다. 그는 단풍나무와 느릅나무는 온대기후에서 살아남기 위해 햇빛을 최대한 흡수할 수 있는 넓은 잎을 가졌고, 올리브나무는 수분을 유지하고 열을 흡수하지 않기 위해 잎이 잎자루를 축으로 회전하며, 선인장은 스스로가 빛을 따라 수직으로 돈다고 한다. 사프디는 모든 복잡한 원리를 간단한 사례로 설명한다.

경제와 생존은 자연의 두 키워드다. 그 맥락을 알지 못하면 기린의 목은 비경제적으로 길어 보인다. 하지만 기린의 먹이가 대부분 높은 나무 위에 있다는 사실에 비추어보면 그것은 경제적이다. 우리가 이해할 때의 아름다움, 그리고 우리가 자연 안에서 탄복하는 아름다움은 결코 제멋대로가 아니다.

다이앤 애커먼이 쓴 박쥐에 대한 다음 글을 보자. 우리는 대개 박쥐에 대해 세 가지 사실만을 알고 있다. 포유류이고, 우리가 싫어하는 동물이고, 밤에도 부딪히지 않고 날아다닐 수 있는 일종의 레이더를 갖고 있다는 것. 박쥐에 대해 글을 쓰려면 박쥐가 반사파를 통해 사물의 위치를 알아내는 메커니즘을

여러 가지 형식

설명할 수 있어야 한다. 다음 글에서 애커먼은 그것을 우리가 이미 알고 있는 사실과 연관 지어 쉽고 명확하게 설명해준다.

박쥐가 고주파를 사용해 먹이를 부르거나 휘파람을 분다고 생각하면 이 메커니즘을 이해하기 어렵지 않다. 인간은 이 소리를 들을 수 없다. 어리고 귀가 대단히 민감한 사람은 초당 2만 번 진동하는 소리까지 감지할 수 있지만, 박쥐는 초당 20만 번 진동하는 소리까지 낼 수 있다. 그 소리는 꾸준히 이어지는 것이 아니라 간격을 두고 초당 20~30번 반복된다. 박쥐는 그 소리가 되돌아오기를 기다렸다가 메아리가 더 크고 빨라지면 잡으려는 곤충이 가까이 날아오고 있음을 아는 것이다. 메아리와 메아리 사이의 시간으로 먹이가 어느 방향으로 어떤 속도로 이동하는지도 알 수 있다. 어떤 박쥐는 모래 위를 기어가는 딱정벌레를 감지해낼 정도로 민감하며, 어떤 박쥐는 이파리 위에 앉아 날개를 구부리는 나방의 움직임까지 감지할 수 있다.

이만하면 박쥐의 민감함에 대해 바로 이해할 수 있다. 훌륭한 사례를 몇 개 더 들어달라고 요구할 수는 없을 것 같다. 하지만 나는 감사하기보다는 감탄하고 있다. 또 이런 의문도 든다. 작가는 이 두 사례를 들기 위해 과연 얼마나 많은 사례를 모았을까? 수십 가지? 수백 가지? 자료는 언제나 충분히 준비해두자. 그러나 독자에게는 필요한 만큼만 보여주자.

박쥐는 먹이에 다가가면서 먹이의 정확한 위치를 알아내기 위해 더 빠르게 소리를 낸다. 벽에 부딪쳐 튕겨 나오는 일정하고 분명한 메아리와 바람에 나부끼는 꽃에서 되돌아오는 가볍고 변화가 많은 메아리 사이에는 질적인 차이가 있다. 세상을 향해 소리를 지르고 그 메아리를 들음으로써 박쥐는 풍경과 그 안에 있는 대상을 하나의 그림으로 구성해낸다. 그리고 이 그림은 질감, 농도, 움직임, 거리, 크기 등으로 이루어진다. 박쥐는 힘차게 노래를 부르지만, 우리가 그것을 듣지 못할 뿐이다. 박쥐가 가득한 조용한 숲에서 이런 생각을 하면 기분이 묘하다. 그들은 평생 소리를 지르며 살고 있는 것이다. 박쥐는 사랑하는 이에게도, 적에게도, 저녁거리를 보고도, 거대하고 부산한 세상을 보고도 소리를 지른다. 빠르거나 느리거나, 더 크거나 부드럽거나 하는 차이가 있을 뿐이다. 긴귀박쥐는 소리를 지를 필요가 없다. 그들은 속삭이기만 해도 또렷하게 메아리를 들을 수 있다.

과학을 주제로 한 글을 쉽게 쓰는 또 하나의 방법은 과학자가 아닌 일반인처럼 쓰는 것이다. 앞에서 말한 자기 자신이 되는 것과 같은 문제다. 건조하고 현학적인 문체를 많이 쓰는 학술적인 분야라고 해서 명료하고 참신한 글을 쓸 수 없는 것은 아니다. 로렌 아이슬리는 『광대한 여행』(*The Immense Journey*)에서 자연에 일방적으로 압도당하기를 거부하는 박물학자로서 우리에게 자신의 지식뿐 아니라 열정까지도 전해준다.

나는 오랫동안 낙지에 대해 감탄해왔다. 두족류는 매우 오래
되었고, 무쌍하게 형태를 바꿔왔다. 그들은 가장 영리한 연체
동물이며, 그들이 뭍으로 올라오지 않은 것은 우리에게는 아
주 다행스러운 일이다. 그러나 육지로 올라온 것들도 있다.

무서워할 필요는 없다. 그 동물 중 일부는 괴상한 것이 사
실이지만, 내 생각에 그런 상황은 오히려 고무적이다. 자연은
바쁘게 실험 중이고, 여전히 역동적이다. 또 자연은 데본기의
물고기 한 마리가 마침내 밀짚모자를 쓰고 두 다리로 걷는 인
간이 되었다고 해서 만족하지도 완성되지도 않는다. 이런 자
연에서 우리는 어떤 확신을 얻을 수 있다. 대양이라는 수조
속에는 지금도 발효하고 성장하는 것들이 있다. 이런 사실을
아는 것은 유익한 일이며, 과거가 있는 만큼 미래가 있다는
사실을 안다는 것도 유익한 일이다. 단 하나 유익하지 않은
것이 있다면, 그것은 그 속에서 인간 자신의 역할을 지나치게
확신하는 것이다.

아이슬리의 재능은 과학자로 살아간다는 것이 어떤 것인지
생생하게 알려주는 데 있다. 그의 글에는 박물학자의 자연에
대한 사랑이 일관되게 흐른다. 루이스 토머스의 글에 나타나는
세포생물학자의 세포에 대한 사랑도 마찬가지다. 토머스 박사
는 『세포의 삶』이라는 근사한 책에서 이렇게 썼다. "텔레비전을
보고 있으면 마치 우리가 사방에서 인간을 노리는 세균들에게
둘러싸여 절체절명의 위기에 처해 있으며, 감염과 죽음을 막기

위해서는 화학 기술로 그것들을 계속 죽여 없애야만 한다고 생각하게 된다. 우리는 코, 입, 겨드랑이, 은밀한 부위, 심지어는 전화기 속까지 탈취제를 섞은 분무기를 마구 뿌려댄다." 그러나 그는 우리의 이런 피해망상에도 불구하고 "우리는 어마어마한 미생물의 세계에서는 상대적으로 작은 관심거리에 불과하다"고 말한다. "수막염균과 접촉한 사람은 설사 화학적인 처치를 받지 못했다 하더라도 사람과 접촉한 불행한 수막염균보다 생명을 잃을 위험이 훨씬 적다."

루이스 토머스는 과학자도 누구 못지않게 글을 잘 쓸 수 있다는 사실을 과학적으로 증명했다. 글을 잘 쓰기 위해 '작가'가 될 필요는 없다. 우리는 레이첼 카슨이 환경운동의 시초가 된 책 『침묵의 봄』을 썼기 때문에 그녀가 작가라고 생각한다. 하지만 카슨은 작가가 아니라 글을 잘 쓰는 해양생물학자였다. 그녀가 글을 잘 쓴 것은 생각이 뚜렷하고 자기 주제에 대한 열정이 있었기 때문이다. 찰스 다윈의 『비글호 항해기』(The Voyage of the Beagle)는 자연사 분야의 고전일 뿐 아니라 생생하고 힘 있는 문장들로 가득한 문학의 고전이기도 하다. 여러분이 과학이나 기술을 전공하는 학생이라면, 문학 전공자만이 문학을 독점한다고 단정하지 말기 바란다. 모든 과학 분야에는 각각의 훌륭한 문학이 있다. 관심이 있는 분야에서 글을 잘 쓰는 과학자들의 작품을 읽어보자. 이를테면 프리모 레비의 『주기율표』(The Periodic Table), 피터 메더워의 『플라톤의 국가론』(Pluto's Republic), 올리버 색스의 『아내를 모자로 착각한 남자』

(*The Man Who Mistook His Wife for a Hat*), 스티븐 제이 굴드의
『판다의 엄지』(*The Panda's Thumb*), S. M. 울람의 『어느 수학자
의 모험』(*Adventures of a Mathematician*), 폴 데이비스의 『현대
물리학이 발견한 창조주』(*God and the new physics*), 프리먼 다
이슨의 『무기와 희망』(*Weapons and Hope*) 등이 그것이다. 이런
사람들을 글쓰기의 본보기로 삼자. 그들이 기술적인 전문용어
를 피하는 방식, 난해한 과정을 누구나 머릿속에 그릴 수 있는
것과 연관 짓는 방식, 그들의 일관된 스타일을 배우자.

   다음은 『사이언티픽 아메리칸』(*Scientific American*)에 실린
「트랜지스터의 미래」라는 글이다. 글쓴이는 물리학 박사이자 반
도체 및 정보처리 시스템의 전문가인 로버트 W. 키즈이다. 물리
학 박사학위를 가진 사람들의 98퍼센트는 실험실의 세균배양
접시를 벗어날 정도의 글을 쓰지 못하는데, 그것은 그들이 그렇
게 할 수 없기 때문이 아니라 그렇게 하려고 하지 않기 때문이
다. 그들은 물리학 실험실에서 사용하는 것과 같은 정밀한 도
구인 언어를 사용하는 법을 배우려 하지 않는다. 키즈는 다음
과 같이 운을 뗀다.

   나는 1,000만 개나 되는 트랜지스터가 들어 있는 컴퓨터로 이
   글을 쓰고 있다. 이는 한 사람이 갖기에는 엄청나게 많은 수
   의 부품이다. 하지만 그것들은 하드디스크, 키보드, 모니터,
   케이스보다 값이 덜 나간다. 반면에 스테이플 1,000만 개는
   컴퓨터 한 대 값은 될 것이다. 트랜지스터가 이렇게 싸진 것

은 지난 사십 년 동안 엔지니어들이 점점 더 많은 트랜지스터를 하나의 실리콘 회로판에 새겨넣는 법을 알아냈기 때문이다. 그래서 일정한 제조단계의 비용이 점점 더 많은 수의 장치에 분산될 수 있게 된 것이다.

이런 추세는 과연 얼마나 더 지속될 수 있을까? 학자들과 업계의 전문가들은 소형화를 더 이상 지속할 수 없는 어떤 물리적 한계가 존재한다는 이야기를 여러 차례 해왔다. 그리고 그만큼 여러 번 그 반대의 사실 때문에 난처해져야 했다. 실리콘에 조립할 수 있는 트랜지스터의 양에는 그런 한계가 없다. 그 양은 트랜지스터가 발명된 뒤로 사십육 년 동안 여덟 자릿수까지 증가해왔다.

이 글의 순차적인 스타일에 한 번 더 주목해보자. 글쓴이는 논리적인 단계에 따라 한 문장 한 문장 순서대로 하고자 하는 이야기를 들려주고 있다. 그는 스스로 즐겁게 쓰기 때문에 재미있는 글을 쓰고 있다.

지금까지 나는 물리적인 세계의 여러 면모를 보여주는 여러 작가의 글을 인용했다. 그들은 자기 자신과 자기 전문분야와 자기 독자들 사이에서 인간미라는 공통의 고리를 찾았다. 여러분도 어떤 분야든 같은 교감을 얻어낼 수 있다. 순차적인 글쓰기의 원칙은 독자를 새롭고 어려운 영역으로 안내해야 하는 모든 분야에 적용된다. 생물학과 화학이 정치, 경제, 윤리, 종교와 서로 얽혀 있는 온갖 영역을 생각해보라. 에이즈, 낙태,

여러 가지 형식

석면, 약물 중독, 유전자 접합, 노인병, 지구 온난화, 의료, 핵에너지, 환경오염, 독성 폐기물, 스테로이드, 유전자 복제, 대리모 같은 수십 가지 문제가 있다. 이런 분야에 대해 거의 배운 바가 없는 우리 같은 사람들이 시민으로서 근거 있는 선택을 하려면 그 분야 전문가들의 명쾌한 글이 꼭 필요하다.

지금까지의 이야기를 요약해주는 사례 하나로 이 장을 마무리하자. 1993년 신문에서 전미잡지상(National Magazine Awards) 소식을 읽던 나는 중요한 보도 분야 수상자에 『애틀랜틱먼슬리』(The Atlantic Monthly)나 『뉴스위크』(Newsweek)나 『뉴요커』나 『배니티 페어』(Vanity Fair) 같은 헤비급들을 제치고 『IEEE 스펙트럼』(IEEE Spectrum)이라는 한 번도 들어보지 못한 잡지가 선정된 것을 보고 놀랐다. 알고 보니 이 잡지는 회원이 32만 명이나 되는 '전기전자기술자협회'(IEEE)의 기관지였다. 이 잡지의 편집자인 도널드 크리스천슨에 따르면, 한때 이 잡지에 실리는 글은 적분부호와 약어로 가득 차 다른 엔지니어도 이해할 수 없을 정도였다고 한다. 그는 이렇게 말한다. "IEEE 내에는 서른일곱 개의 분과가 있습니다. 뭔가를 말로 설명할 수 없으면 우리끼리도 서로 이해할 수가 없지요."

크리스천슨이 32만 명의 엔지니어들이 어렵지 않게 읽을 수 있도록 만들어간 잡지는 일반 독자들도 다가갈 수 있는 것이 되었다. 내가 읽어본 수상작인 글렌 조펫의 「이라크는 어떻게 핵폭탄을 역설계했는가」도 그랬다. 이 글은 내가 본 가장 훌륭한 탐사보도이자, 공공지식을 제공하는 논픽션 가운데 가장

언론계에서 통용되는 원칙 가운데

"독자는 아무것도 모른다"라는 말이 있다.

별로 듣기 좋은 말은 아니지만,

기술에 관한 글을 쓰는 사람이라면 절대 잊지 말아야 할 말이다.

모두가 알겠거니 하는 것을 독자가 안다고 생각해서는 안 된다.

뛰어난 것이었다.

탐정소설처럼 구성된 이 글은 이라크가 거의 핵폭탄을 만들어내는 단계에 이른 프로그램을 사찰하고 그들이 어떻게 거기까지 근접할 수 있었는지를 설명해내려는 국제원자력기구(IAEA)의 노력을 그리고 있다. 따라서 이 글은 과학사를 다룬 글이기도 하고 정치적인 기록이기도 하다. 이 글은 정치적으로 꽤 민감한데, 그것은 이라크의 연구가 IAEA의 공개 원칙을 위반하며 이루어졌으며—사담 후세인이 몰락할 때까지 계속 그랬던 것 같다—폭탄 제조에 사용된 재료 중 상당수가 미국을 포함한 여러 선진국으로부터 불법으로 입수한 것이기 때문이다. 『스펙트럼』의 이 기사는 바그다드 남부의 알투와이타라는 연구단지에서 수행하고 있던 EMIS(전자기 동위원소 분리법)라는 기술에 초점을 맞추고 있다.

EMIS 프로그램은 국제원자력기구를 비롯한 서방 정보기관들을 깜짝 놀라게 했다. 이 기술이 있으면 진공실에서 전자석으로 우라늄 이온의 흐름을 바꿀 수 있다. 우라늄238 이온은 우라늄235 이온보다 더 무겁기 때문에 덜 휘어지는데, 이 약간의 차이를 이용해 핵분열성 우라늄235를 분리할 수 있다. 그러나 국제원자력기구 사찰팀의 현장조사 책임자였다가 최근 은퇴한 레슬리 손은 "이론에서 아주 효율적인 과정이 실제에서는 몹시 난잡할 수 있다"고 말한다. 실제로 우라늄238 이온의 일부는 우라늄235와 완전히 분리되지 않으며, 이온의 흐름은 통제하기 어려울 수 있다.

좋다. 여기까지는 아주 명쾌하다. 그런데 그 과정이 왜 난잡하단 말일까? 이온의 흐름은 왜 통제하기 어려울까? 그는 자신이 앞 문단에서 독자들을 어디까지 데려왔는지, 그들이 무엇을 알고 싶어 하는지 절대 잊지 않는다.

두 동위원소 물질은 각각 컵 모양의 흑연 용기에 쌓인다. 하지만 두 용기에 담긴 물질은 전자석에 미치는 힘과 전자석의 온도에 약간의 변화만 생겨도 쉽게 흩어져버린다. 그래서 실제로는 이 물질들이 온통 진공실 내부에 튀기 십상이며, 몇십 시간 조작한 후에는 반드시 내부를 청소해야만 한다.

이 정도면 왜 난잡한지 이해할 수 있다. 그렇다면, 결국 이 과정은 성공적이었을까?

수백 개의 전자석과 수천만 와트의 전력이 필요하다. 예컨대 맨해튼 프로젝트 당시 테네시주 오크리지에 있던 Y-12 EMIS 시설은 캐나다 전체 전력보다 많은 양의 전기와 미국의 은 비축량 전체를 사용했다. 은은 전자석을 감는 데 쓰인다(구리는 전쟁 때문에 다른 곳에 사용되고 있었다). 그런 문제 때문에 미국의 과학자들은 핵무기 제조에 필요한 많은 농축물질을 만들어내기 위해 EMIS에 의존할 나라는 없으리라 믿었다. (…)

여러 가지 형식

이라크의 EMIS 프로그램 발견은 한 편의 흥미진진한 스파이 소설과도 같았다. 최초의 단서는 투와이타의 이라크군에 억류된 미국인 인질들의 옷에서 나왔다. 인질들이 석방되자 정보기관에서는 그들의 옷을 분석했는데, 여기서 칼루트론(EMIS)에서만 만들어낼 수 있는 동위원소 농축물이 포함된 극미량의 핵물질 샘플이 발견되었던 것이다. (…)

"느닷없이 살아 있는 공룡을 발견한 것 같았죠." IAEA의 이라크 사찰팀 부대표인 드메트리오스 페리코스가 말했다.

첨단 기술을 이야기하면서도 작가는 결코 인간적인 면모를 잃지 않는다. 이것은 과학에 대한 이야기가 아니라 과학을 하는 사람들—비밀 폭탄 제조자들과 최첨단 수사팀—에 대한 이야기이다. 공룡의 비유는 누구나 이해할 수 있는 훌륭한 비유다. 공룡이 더 이상 존재하지 않는다는 것은 어린아이들도 다 아는 사실이다.

훌륭한 탐정소설에서 빠질 수 없는 요소로서, 이 글은 사찰의 최종적인 목적이었던 결론을 향해 간다. 그것은 이라크가 "무기 수준의 물질을 생산하는 데 그치지 않고 동시에 그 물질을 활용한 무기를 만들어내기 위해" 애썼다는 사실을 밝혀내는 일이었다.

핵폭탄의 기본적인 두 형태는 포신 장치(gun device)와 내폭 무기(implosion weapon)이다. 후자는 설계와 제작이 훨씬 어렵지만 같은 양의 핵분열성 물질로 더 큰 폭발을 일으킨다. IAEA 사찰단은 이라크가 포신 장치 제작을 추진하고 있다는 증거를 발견하지 못했다. 대신 그들이 내폭 장치에 자금과 자원을 집중했으며, 상당히 발전된 내폭 설계를 개시했음이 분명하다고 말한다.

내폭 장치가 대체 무엇일까? 더 읽어보자.

내폭 장치는 재래식 폭발물로 충격파를 일으켜 핵분열성 물질을 물리적으로 압축한다. 그러면 바로 그 순간 중성자가 방출되어 초고속의 핵분열 연쇄반응, 즉 핵폭발이 시작된다. 내폭 장치를 구성하는 주요 부분은 점화 시스템, 폭발 장치, 코어(core)이다. 점화 시스템에는 재래식 폭발물을 터뜨리기 위한 크리톤이라는 진공 튜브 기반의 고에너지 방출 장치가 달려 있으며, 폭발 장치에는 내파하는 충격파를 중성자 기폭제가 있는 핵분열성 코어에 정확히 집중시키는 렌즈가 있다. IAEA는 이라크가 이들 각 분야에서 진전을 이루었다는 상당한 증거를 수집했다.

위 문단은 압축에 대한 설명에서 내파 장치와 그 세 가지 구성 요소에 대한 설명으로 나아가는 순차적이고 촘촘한 글쓰기를 보여준다. 이제 궁금한 것은 이것이다. 그런데 IAEA는 어떻게 증거를 수집했을까?

여러 가지 형식

이라크가 캘리포니아 샌마르코스의 CSI 테크놀로지 사로부터 크리톤을 입수하려 했다는 사실은 1990년 3월 이라크인 두 명이 런던의 히스로 공항에서 체포되면서 세상에 알려졌다. 미국과 영국의 세관이 개입된 18개월에 걸친 '스팅' 작전의 결과였다. 하지만 이라크는 그보다 몇 해 전에 미국의 다른 회사들로부터 무기 제조가 가능한 수준의 축전기를 입수해 자체적으로 축전기를 생산할 수 있게 되었다. (…)

『스펙트럼』으로 마무리해보자. 쉽게 설명할 수 있거나 쉽게 찾아볼 수 있는 몇 개의 기술 용어(크리톤, 핵분열)만으로 이런 복잡한 과학적인 주제에 대해 분명하고 힘 있는 글을 쓸 수 있다면, 여러분처럼 과학을 두려워하는 모든 글쓴이들과 글쓰기를 두려워하는 모든 과학자들도 어떤 주제에 대해서도 명료하고 힘 있는 글을 쓸 수 있을 것이다.

비즈니스: 업무와 관련된 글쓰기

만약 여러분이 업무와 관련해 무언가를 써야 한다면, 이 장은 여러분을 위한 것이다. 과학 분야와 마찬가지로 이런 글쓰기에서도 두려움이 큰 문제이며, 인간미와 명료한 생각이 해결의 큰 실마리이다.

　이 책은 글쓰기에 관한 책이지만 작가만을 위한 것은 아니다. 이 책에 나오는 원칙들은 일상적인 업무 속에서 글쓰기를 해야 하는 모든 이에게 적용된다. 메모, 업무 서신, 운영 보고서, 재무 분석, 마케팅 제안서나 상사에게 제출하는 문서, 팩스, 이메일, 포스트잇 등, 사무실에서 일상적으로 볼 수 있는 온갖 서류가 모두 글쓰기의 한 형태이다. 이 모든 글쓰기를 진지하게 보자. 사실을 기술하거나 회의 내용을 요약하거나 생각을 조리 있게 보여주는 능력에 따라 사람들의 출세가 좌우되는 경우가 숱하게 많다.

　사람들은 대부분 사업체, 은행, 보험회사, 법률회사, 정부 기관, 학교, 비영리조직 같은 조직에 소속되어 일한다. 그 가운데 많은 수가 조직의 관리자이며, 그들의 글은 바깥으로 공개된다. 주주에게 연설하는 사장, 절차상의 변화를 설명하는 은행장, 학부모에게 보낼 소식지를 쓰는 학교장이 그런 예다. 그들은 대개 글쓰기를 너무 두려워해서, 그들의 글에서는 인간미라고는 도무지 찾아볼 수 없다. 그들의 조직도 마찬가지다. 그런 곳이 '진짜' 사람들이 날마다 출근해서 일하는 '진짜' 직장이라는 사실을 상상하기란 힘들다.

하지만 조직에서 일한다고 해서 조직처럼 글을 쓸 필요는 없다. 조직도 온기를 띨 수 있고, 관리자도 인간이 될 수 있다. 명료하게, 잘난 체하지 않으면서 정보를 전달할 수 있다. '수익성' 같은 추상적인 표현이나 '활용'(utilization), '이행'(implementation) 같은 라틴어에서 유래한 단어, 또 "사전 사업성 조사 과정이 문서화 단계에 이르렀다"처럼 그 말만 들어서는 뭘 어떻게 한다는 건지 알 수 없는 생기 없는 문구보다는 실제 인물에 독자들이 친근감을 느낀다는 사실만 기억하면 된다.

전도서에 나오는 유명한 구절을 현대의 관료적이고 난삽한 표현으로 고쳐 쓴 조지 오웰만큼 이 점을 잘 지적한 사람도 없을 것이다. 다음은 원래의 구절이다.

나는 세상에서 또 다른 것을 보았다. 빠르다고 해서 달리기에서 이기는 것은 아니며, 용사라고 해서 전쟁에서 이기는 것도 아니더라. 지혜가 있다고 해서 먹을 것이 생기는 것도 아니며, 총명하다고 해서 재물을 모으는 것도 아니며, 배웠다고 해서 늘 잘되는 것도 아니더라. 불행한 때와 재난은 누구에게나 닥친다. 〔원문은 킹 제임스 성경이며, 번역은 표준새번역 판을 따랐다〕

오웰이 고쳐 쓴 글은 다음과 같다.

당대의 현상에 대해 객관적으로 고찰해보면, 경쟁적 활동에서의 성공과 실패는 절대 내재적 역량에 상응하는 경향을 드러내지 않으며, 상당량의 예측 불가능한 요소가 반드시 고려되어야만 한다는 결론에 이르게 된다.

먼저 두 글의 인상을 비교해보자. 앞의 글은 쉽게 읽을 수 있다. 단어가 쉽고 글에 여유가 있다. 또 직접 말하는 것 같은 리듬이 느껴진다. 뒤의 글은 답답한 구절들 때문에 숨이 턱턱 막힌다. 생각이 장황하다는 것이 당장 드러난다. 이렇게 숨 막히는 말로 표현된 생각을 따라가고 싶은 턱이 없다. 독자들은 아예 읽지도 않는다.

다음으로 두 글이 하고 싶은 이야기가 무엇인지 살펴보자. 둘째 글에서는 '달리기'와 '전쟁', '먹을 것'과 '재물' 같은 단어의 쉽고 생생한 이미지가 사라져버렸다. 그 대신 딱딱하고 맥없는 일반적인 명사들이 어색하게 나열되어 있다. 또 그가 무엇을 했는지, 운명의 변덕스러움이라는 중요한 삶의 신비에 대해 무엇을 깨달았는지도 사라졌다.

여러 가지 형식

이런 병폐가 업무와 관련된 글을 쓰는 사람들 사이에 얼마나 널리 퍼져 있는지 예를 들어보자. 먼저 학교장들의 예를 들텐데, 이는 그들이 문제가 가장 심각해서가 아니라(실제로 그렇지 않다) 어쩌다 먼저 그런 사례를 발견했기 때문이다. 내가 하고자 하는 이야기는 언어가 인간미를 잃고 조직의 책임자가 하는 이야기를 아무도 이해하지 못하는 모든 조직의 사람들에게 적용된다.

학교장들과의 만남은 코네티컷주 그리니치의 교육감인 어니스트 B. 플리시먼의 전화를 받으면서 시작되었다. 그는 이렇게 말했다. "선생님이 오셔서 우리의 글쓰기 습관을 '탈전문화' 해주셨으면 좋겠습니다. 학교 제도의 맨 윗자리에 있는 우리들부터 글쓰기를 다듬지 않으면 아이들에게 글쓰기를 가르칠 수 없을 테니까요." 그는 학교에서 쓰는 전형적인 글을 자료로 보내주겠다고 했다. 먼저 내가 그 자료들을 분석한 다음 워크숍을 하면 좋겠다는 생각이었다.

인상적이었던 것은 플리시먼 교육감과 그 동료들이 기꺼이 상처 입을 각오를 했다는 점이었다(원래 상처받기 쉬운 것에는 특유의 힘이 있다). 우리는 만날 약속을 잡았고, 곧 두툼한 봉투가 배달되었다. 관내 열여섯개 초·중·고등학교에서 학부모에게 보낸 소식지였다.

소식지는 활기차고 격의 없어 보였다. 분명 이 학교들은 학생들의 가정과 친근한 대화를 나누려고 노력하고 있었다. 하지만 처음부터 싸늘한 문구들("평가 절차를 우선시했습니다", "세부 일정을 일부 변경했습니다")이 눈에 띄었다. 어떤 교장은 "향상된 긍정적 학습환경"을 제공하겠다고 했다. 학교가 생각만큼 부드럽게 소통하지 못하고 있음이 분명했다.

나는 그 자료들을 꼼꼼히 읽고 좋은 예와 나쁜 예로 나누었다. 약속한 날 아침 그리니치에 가보니, 열심히 배울 자세를 갖춘 교장과 교무주임 사십 명이 모여 있었다. 나는 그들이 체면이 깎일 각오를 하고 이런 과정에 참여한 것에 감탄했다고 말했다. 왜 아이들이 글을 제대로 쓰지 못하느냐를 두고 온 나라가 떠들썩한 가운데, 폴리시먼 교육감은 내 경험으로는 처음으로 아이들만 글을 엉망으로 쓰는 게 아니라는 것을 인정했다.

내가 교장들에게 강조한 것은, 학부모들은 아이가 다니는 학교를 운영하는 이들도 자기와 같은 보통 사람이기를 바란다는 점이었다. 보통 사람들은 잘난 체하는 말투나 사회과학자들이 보통 사람들이 쉽게 알아듣지 못하게 하려고 만들어낸 온갖 유행어를 수상쩍게 여긴다. 나는 부디 자연스럽게 쓰라고 당부했다. 글과 말은 곧 스스로를 드러내기 때문이다.

나는 그들이 학부모들에게 어떻게 비치는지 한번 들어보라고 했다. 나는 미리 몇몇 나쁜 사례를 골라 학교와 교장의 이름을 바꾸어 복사해두었고, 그중 몇 개를 큰 소리로 읽어주었다. 그들이 자기 글을 쉬운 말로 바꿔 쓸 수 있었는지는 잠시 후에 볼 것이다. 내가 읽어준 첫 사례는 다음과 같았다.

학부모님께

여러 가지 형식

저희는 학부모님들께서 의견을 제시하실 기회를 추가로 제공하기 위해 특별전화통신제도를 수립했습니다. 저희는 금년 동안 이 통신의 목적에 대해 부단히 강조할 것이며, 그것을 달성하기 위해 다양한 수단을 활용할 것입니다. 학부모라는 각별한 위치에서 보내주시는 여러분의 의견은 저희가 여러분 자녀의 필요에 부응하는 교육 계획을 계획하고 이행하는 데 도움이 될 것입니다. 학부모와 교사 사이의 개방적인 대화, 피드백, 정보의 공유는 저희로 하여금 여러분의 자녀와 가장 효과적인 방식으로 학습을 진행할 수 있도록 해줄 것입니다.

학교장

조지 B. 존스

학부모 의견치고는 좀 별날지 모르겠지만, 나는 이런 종류의 통신문은 절대 받고 싶지 않다. 내가 듣고 싶은 이야기는 그저 학부모가 선생님에게 더 쉽게 전화할 수 있도록 학교에서 배려할 것이며, 아이가 학교에서 어떻게 지내는지 전화로 자주 이야기를 나누었으면 한다는 것이다. 그러나 학부모들은 쓸데없는 말만 듣는다. "특별전화통신제도", "통신의 목적에 대해 부단히 강조", "교육 계획을 계획하고 이행하는" 같은 표현이 과연 필요한가. "개방적인 대화, 피드백, 정보의 공유"는 같은 말을 세 가지로 다르게 표현한 것일 뿐이다.

존스 교장은 분명 좋은 의도로 글을 썼고, 그의 계획은 우리 모두가 바라는 바다. 아무개 학생이 지난 화요일 놀이터에서 불미스러운 사고를 저지르기는 했지만, 사실은 얼마나 우수한 아이인지를 전화로 이야기할 수 있다는 것이다. 하지만 나라면 존스 교장같이 말하는 사람에게 전화를 걸지 않을 것이다. 사실 그의 글은 사람이 쓴 것 같지 않다. 어쩌면 컴퓨터가 쓴 것인지도 모른다. 그는 자기 자신이라는 풍부한 자원을 활용하지 못하고 있다.

내가 고른 또 한 가지 사례는 학년 초에 학부모에게 보낸 학교장 인사였다. 이 글은 판이한 두 문단으로 이루어져 있다.

포스터는 근본적으로 좋은 학교입니다. 특정 과목이나 학습법의 영역에서 도움이 필요한 학생은 특별한 관심을 받게 됩니다. 새 학년을 맞아 저희는 한층 향상된 긍정적 학습환경을 제공하고자 합니다. 학생과 교사는 학습에 도움이 되는 분위기 속에서 공부해야 합니다. 광범위하고 다양한 교재가 필요합니다. 개별 능력과 학습 스타일에 대한 세심한 관심이 요구됩니다. 우리 모두가 모든 아이들에게 바람직한 교육 목표를 인식하고 있어야 합니다.

우리 아이들을 위한 올해의 계획을 잘 알아두시기를 바라며, 궁금하신 점이나 자녀에게 특별히 필요한 점이 있으면 저희에게 알려주시기를 바랍니다. 저는 새 학년이 되고 처음 몇 주간 많은 학부모님들을 만났습니다. 부디 계속 들러주셔서 여러분 소개도 해주시고 학교에 관해서도 이야기해주시기를 바랍니다. 우리 모두에게 아주 생산적인 한 해가 되기를 기대

합니다.

학교장

레이 B. 도슨

둘째 문단에서 사람을 만나게 되니 반갑다. 첫 문단에서 말하는 이는 교육자이다. 나는 둘째 문단에 나오는 도슨이라는 실제 인물이 좋다. 그는 부드럽고 편안하게 이야기한다. "잘 알아두시기를 바라며", "저희에게 알려주시기를 바랍니다", "저는 ~ 만났습니다", "이야기해주시기를 바랍니다" 같은 표현이 그렇다.

이와는 대조적으로 첫 문단에 등장하는 교육자 도슨은 절대 '나'라는 말을 쓰지 않는다. 심지어 '나'라는 존재가 있다는 인상조차 비치지 않는다. 그는 직업상 쓰는 전문용어에 기대 자신이 학부모들에게 사실 아무것도 이야기하지 않고 있다는 사실을 알아차리지도 못한다. '학습법 영역'은 무엇이며 '과목'과는 어떻게 다른가? '한층 향상된 긍정적 학습 환경'은 무엇이며 '학습에 도움이 되는 분위기'와는 어떻게 다른가? '광범위하고 다양한 교재'는 무엇인가? 연필, 교과서, 슬라이드 말인가? '학습 스타일'은 정확히 무엇을 가리키는가? 어떤 '교육 목표'가 '바람직'한 것인가?

둘째 문단은 한마디로 부드럽고 인간적이다. 첫 문단은 현학적이고 모호하다. 이는 내가 그 뒤로도 여러 차례 발견한 패턴이었다. 인간적인 이야기를 전할 때는 교장들도 인간미 있게 쓸 줄 알았다.

학교 앞 교통량이 다시 늘어나는 것 같습니다. 될 수 있으면 하교 시간에 아이들을 태우러 오실 때 학교 뒤편으로 와주시기를 바랍니다.

학교 식당에서의 올바른 행동에 대해 아이들과 대화를 나눠주시면 고맙겠습니다. 아이들이 식사할 때의 행동을 보면 매우 놀라실 것입니다. 점심값 외상이 있는지도 이따금 확인해주시기를 바랍니다. 아이들이 돈을 아주 늦게 갚는 경우가 있습니다.

하지만 교육을 어떻게 하겠다고 설명할 때는 그런 인간적인 면모가 자취도 없이 사라져버렸다.

이 자료를 보시면 프로그램의 목표와 목적이 규명되어 있고 각각에 우선순위가 매겨져 있음을 아실 수 있을 것입니다. 목적에 대한 평가 절차 역시 수긍할 만한 기준에 근거해 설정되었습니다.

위의 연습 문제를 실시하기에 앞서 학생들은 다지선다형 문제에 거의 노출되지 않았습니다. 학생들이 현재 학습하고 있는 단원과 관련된 연습문제의 활용은 시험 점수가 확인해주는 바와 같이 매우 긍정적인 효과를 가져왔다고 생각됩니다.

여러 가지 형식

내가 좋은 사례와 나쁜 사례를 읽어주자 교장들은 진정한 자신과 교육자로서 자신의 차이가 무엇인지 알아듣기 시작했다. 문제는 그 차이를 어떻게 줄이느냐였다. 나는 내가 신조로 삼고 있는 원칙 네 가지를 알려주었다. 바로 명료함, 간소함, 간결함, 인간미였다. 능동태를 쓰고 개념 명사를 피해야 한다고도 했다. 덧붙여, 웬만한 이야기는 쉬운 말로도 쓸 수 있으니 교육 분야에서 쓰는 특수한 용어에 기대지 말라는 말도 했다.

모두 기본적인 원칙이었지만 교장들은 여태 한 번도 들어본 적이 없다는 듯이 열심히 받아 적었다. 정말 들어본 적이 없거나, 적어도 오랫동안 못 들었을 수도 있다. 아마도 그래서 관료적 산문체가 그렇게 부자연스러워졌는지도 모른다. 관리자가 일정한 지위에 오르고 나면 아무도 그에게 단순한 평서문의 아름다움을 환기해주지 않고, 그의 글이 온통 잘난 체하는 일반화로 가득 차 있다고 이야기해주지도 않는다.

마지막으로 워크숍은 실제 연습으로 이어졌다. 나는 복사물을 나눠주고 문제가 많은 문장을 고쳐보라고 했다. 순간 분위기가 험악해졌다. 그들은 처음으로 적과 마주한 것이다. 연습장에 글을 끼적이다가 벅벅 그어버리는가 하면, 아예 아무것도 못 쓰는 사람도 있고, 종이를 구겨버리기는 사람도 있었다. 그러고 있으니 정말 작가들 같아 보였다. 실내를 가득 채운 지독한 침묵 속에서 이따금 줄을 그어 문장을 지우거나 종이를 구기는 소리만이 들렸다. 그런 소리마저 작가들 같았다.

시간이 지나면서 그들은 슬슬 긴장을 풀었고, 일인칭을 쓰고 능동 동사를 사용하기 시작했다. 한동안은 긴 단어와 모호한 명사에서 벗어나지 못했다. 그러나 문장은 서서히 인간미를 띠기 시작했다. "목적에 대한 평가 절차 역시 수긍할 만한 기준에 근거해 설정되었습니다"라는 문장을 고쳐보라고 하자 한 사람이 "연말에 성과를 평가하겠습니다"라고 썼다. 또 한 사람은 "얼마나 잘 되었는지 보겠습니다"라고 했다.

그런 게 학부모가 원하는 쉬운 말이다. 주주가 투자한 기업에, 고객이 은행에, 미망인이 사회보장기관에 원하는 것도 그것이다. 그들에게는 인간적인 접촉에 대한 깊은 갈망과 허풍에 대한 거부감이 있다. 최근에 나는 한 컴퓨터용품 회사로부터 '고객님들께'라는 제목의 편지를 받았다. 글은 이렇게 시작했다. "3월 30일부로 저희는 최종 사용자 주문 입력 및 공급 위탁 처리를 새 텔레마케팅 센터로 이관합니다." 나는 한참 후에야 그들이 800 전화번호[한국의 080에 해당하는 무료전화]를 마련했으며, 최종 사용자가 나라는 것을 알 수 있었다. 명료하고 인간적인 글을 쓰려고 노력하지 않는 조직은 고객과 돈을 잃게 마련이다. 기업체의 임원들을 위해 달리 표현하자면, 목표한 예상 수익에 도달하지 못하게 마련이다.

어느 대기업이 고객에게 배포하는 사외보에서 잘난 체하는 문장으로 인간미를 내팽개치는 예를 하나 들어보자. 사외보의 목적은 단 하나, 고객에게 도움이 되는 정보를 주는 것이다. 그 사외보는 이렇게 시작한다. "기업들은 미래의 처리량이 언제 처리 능력을 초과할지를 산정하는 용량 계획 기법에 점점 의존하고 있습니다." 이 문장은 고객을 전혀 배려하지 않는다. 이 문장은 고객이 머릿속에 그려볼 수 없는 '용량'과 '능력' 같은 비인간적인 단어 때문에 딱딱하게 굳어 있다. 용량 계획 기법이 대체 뭔가? 무슨 용량을 누가 계획한다는 말인가? 둘째 문장은 다음과 같다. "용량 계획은 의사 결정 과정에 객관성을 더해줍니다." 죽은 단어들이 더 늘어났다. 셋째 문장은 이렇다. "경영진은 정보 시스템 자원의 핵심 영역에서 의사결정에 대한 참여를 더욱 강화하게 됩니다."

고객은 문장 하나를 읽을 때마다 멈추고 해석해야 한다. 이 사외보는 헝가리어로 쓴 것이나 마찬가지다. 고객은 용량 계획 기법에 대한 첫 문장부터 씨름해야 한다. 해석해보자면, 용량 계획 기법은 언제 컴퓨터가 감당할 수 있는 것보다 더 많은 일을 떠맡게 될지 알려준다는 것이다. 둘째 문장 "용량 계획은 의사 결정 과정에 객관성을 더해줍니다"는 결정을 내리기 전에 이 사실을 알아야 한다는 뜻이다. 의사결정 참여 강화에 대한 셋째 문장은, 시스템에 대해 많이 알수록 시스템이 더 잘 굴러간다는 뜻이다. 그밖에 다른 뜻으로도 해석할 수 있다.

하지만 고객은 계속 해석에 매달리느니 곧 다른 회사를 알아본다. 그는 이렇게 생각할 것이다. "이 사람들 똑똑한 줄 알았는데 왜 자기들이 뭘 하는지도 말을 못 하지? 그렇게 똑똑하지는 못한 모양이군." 사외보는 이렇게 이어진다. "미래 비용 회피를 통해 생산성이 제고되었습니다." 비용이 하나도 들지 않았으니 물건값이 공짜라는 뜻 같다. 그다음에는 "시스템은 기능성

조직에서 일한다고 해서

조직처럼 글을 쓸 필요는 없다.

조직도 온기를 띌 수 있고, 관리자도 인간이 될 수 있다.

명료하게, 잘난 체하지 않으면서 정보를 전달할 수 있다.

"사전 사업성 조사 과정이 문서화 단계에 이르렀다"처럼

그 말만 들어서는 뭘 어떻게 한다는 건지 알 수 없는

생기 없는 문구보다는 실제 인물에 독자들이 친근감을 느낀다는

사실만 기억하면 된다.

을 지니고 제공됩니다"라고 보장한다. 말인즉 그것이 작동한다는 뜻이다. 부디 그러길 바란다.

마지막에는 얼핏 인간미가 엿보인다. 사보의 필자는 이 시스템에 만족한 어느 고객에게 왜 이 시스템을 선택했는지 물어본다. 그는 회사의 서비스에 대한 평판이 좋아서였다고 대답한다. 그는 이렇게 말한다. "컴퓨터는 잘 만든 샤프 같은 거죠. 어떻게 작동하는지는 몰라도 고장이 나면 누가 고쳐주기를 바라니까요." 언어(편안한 단어들)로 보나 머릿속에 그림이 그려지는 디테일(샤프)로 보나 인간미로 보나, 앞서 나왔던 그 많은 쓰레기에 비해 얼마나 산뜻한가? 그는 기술적인 과정을 누구나 잘 아는 사실, 즉 뭔가가 고장 났을 때 수리하는 사람을 기다리는 경험과 연관 지어서 그 차가움을 없앴다. 언젠가 뉴욕 지하철에서 본 한 표지판은 거대한 관료 시스템도 주민들에게 인간미를 담아 이야기할 수 있음을 보여주었다. "지하철을 정기적으로 이용하신다면 한 번도 들어보지 못한 열차를 가리키는 표지판을 보셨을지도 모릅니다. 그것은 늘 이용하시던 열차의 새 이름일 뿐입니다."

그러나 미국의 실업계는 쉬운 말을 편안하게 사용하는 곳이 아니다. 글 한 줄 한 줄에 허영이 너무 많이 들어가 있다. 지위가 높건 낮건 관리자들은 문체가 단순하면 생각이 단순하다는 관념에 사로잡혀 있다. 사실 단순한 문체는 고된 노력과 사고의 결과다. 문체가 엉망인 글을 쓴 사람은 자기 생각을 제대로 가다듬지 못할 정도로 생각이 뒤죽박죽이거나 오만하거나 게으른 사람이다. 글은 여러분에게 거래나 돈이나 선의를 제공할 누군가에게 여러분을 알릴 유일한 기회일 수 있다는 사실을 명심해야 한다. 글이 현란하거나 거만하거나 모호하면 여러분도 그런 사람으로 낙인찍힐 것이다. 글을 읽은 사람으로서는 어쩔 수 없는 일이다.

나는 그리니치의 교장들과 만난 후로 마찬가지로 글을 어렵게 쓰는 악습을 고쳐달라고 부탁한 몇몇 대기업과 워크숍을 해보면서 미국 실업계의 실정을 더 자세히 알게 되었다. 그들은 "이제는 우리끼리 주고받는 메모도 이해하지 못하겠어요"라고 말했다. 나는 회사 내·외부용으로 엄청난 양의 글을 써내는 사람들과 함께 조사를 시작했다. 내부용 문건은 주로 직원들에게 사내 소식을 알리고 소속감을 주기 위한 사보와 소식지이며, 외부용 문건은 주주들에게 보내는 번지르르한 잡지와 연례 보고서, 경영자의 연설문, 보도자료, 소비자용 제품설명서 등이다. 대부분이 인간미라고는 찾아볼 수 없었고, 해석 자체가 불가능한 것도 많았다.

소식지에 등장하는 전형적인 문장은 다음과 같다.

앞서 언급한 개선 사항과 동시에 NCP와 연동하여 작동하는 프로그램 제품인 시스템 지원 프로그램에도 변화가 있음을 알립니다. 추가적인 기능상의 발전사항으로는 동적 재설정 기능과 시스템 간 통신이 있습니다.

이런 글을 쓰는 사람이 즐거울 리가 없으니 읽는 사람도 즐거울 리가 없다. 이건 외계인의 언어다. 내가 직원이라면 이런 식으로 사기를 높이려는 노력에 고무되지 않을 것이다. 아예 읽기를 그만둬버릴 것이다. 나는 기업의 필자들에게 그런 훌륭한 업적의 이면에 있는 사람들을 찾아가야 한다고 했다. "새 시스템을 구상한 엔지니어에게 가보세요. 아니면 그걸 설계한 사람이나 조립한 기술자를 찾아가보세요. 그리고 어떻게 그런 아이디어를 떠올렸는지, 그걸 어떻게 조립했는지, 실제 세상의 실제 사람들이 그걸 어떻게 쓸지 그들의 입으로 이야기하게 해보세요." 어떤 조직이든 인간적인 온기를 띠려면 사라진 '나'를 찾아야 한다. 잊지 말자. 어떤 이야기에서든 '나'라는 사람이 제일 흥미로운 요소라는 것을.

기업의 필자들은 자신들도 엔지니어를 자주 만나봤지만, 그들이 쉬운 말을 쓰도록 할 수가 없었다고 했다. 그들은 전형적인 예를 몇 가지 들었다. "서브 시스템 지원은 VSAG나 TNA가 있어야 가능합니다" 같은 엔지니어들의 말은 온통 약어투성이여서 알아들을 수가 없었다. 나는 엔지니어가 쉽게 설명할 때까지 계속해서 찾아가라고 했다. 그들은 엔지니어가 남들이 알아듣기 쉽게 이야기하려 들지 않는다고 했다. 너무 쉽게 이야기하면 동료들에게 바보로 보인다는 것이었다. 나는 중요한 것은 사실과 독자이지 엔지니어의 허영이 아니라고 말했다. 그리고 필자로서 자신감을 갖고 권한을 포기하지 말라고 당부했다. 그들은 말은 쉬워도 여러 단계에 걸쳐 서면 보고를 하고 결재를 받아야 하는 기업의 위계 구조에서는 실천하기 어려운 일이라고 대답했다. 그들 내면에 잠재된 두려움을 느낄 수 있었다. 회사에서 해오던 대로 하자, 인간미 때문에 공연히 일자리를 잃을지도 모를 일을 하지는 말자는 심리였다.

고위 관리자도 마찬가지로 자신이 중요한 이야기를 한다는 인상을 주고자 하는 욕심의 희생자였다. 한 회사에서 경영진이 중간관리자 이하 직원들과 관심사를 나눌 수 있도록 월간 소식지를 내고 있었는데, 소식지 매호 분사 부사장(여기서는 그를 토머스 벨이라고 부르겠다)의 훈시 내용이 눈에 띄었다. 매달 실린 그의 글로 판단하건대, 그는 아무 내용도 없는 장광설만 늘어놓으며 잘난 체하는 작자였다.

내가 그렇게 말하자 필자들은 토머스 벨은 절대 그런 사람이 아니라 훌륭한 중역이라고 했다. 그가 직접 쓴 게 아니라 누가 대필을 해주었다는 것이었다. 나는 그렇다면 벨 씨가 몹쓸 일을 당하는 셈이니, 필자들이 매달 그를 찾아가서 (필요하다면 녹음기를 들고) 그가 집에서 부인과 이야기하는 것처럼 말할 때까지 기다려야 한다고 했다. 미국의 경영자들은 대부분 자기 이름으로 나가는 글이나 자기가 연설할 내용을 직접 쓰지 않는다. 그들은 자신의 개성을 드러낼 기회를 포기하고 있다. 사장이나 회사가 차가워 보인다면, 그것은 그들이 부풀려지고 메말라가는 것을 스스로 묵인하기 때문이다. 첨단 기술에 사로잡힌 나머지 좋든 나쁘든 자신이 가진 가장 강력한 도구가 말이라는 사실을 잊어버리는 것이다.

조직에서 글을 쓸 때는 어떤 일을 하든 어떤 지위에 있든 자기 자신을 잃지 말아야 한다. 그러면 인조인간들 사이에서 진짜 사람으로 돋보일 것이다. 어쩌면 그 모습을 보고 토머스 벨이 자기 글을 직접 쓰게 될지도 모른다.

비평: 예술에 대한 글쓰기

우리 일상을 풍성하게 해주는 예술은 주변에서 쉽게 만날 수 있다. 우리는 직접 연기를 하고 춤을 추고 그림을 그리고 시를 쓰고 악기를 연주하기도 하고, 콘서트홀이나 극장이나 박물관이나 미술관을 찾아가기도 한다. 또 사람들은 예술에 관한 글을 읽고 싶어 한다. 예술이 어디에서 이루어지느냐와는 상관없이 문화적인 흐름에 뒤떨어지지 않으려 하는 것이다.

그런 기능의 일부는 저널리즘의 몫이다. 교향악단의 신임 지휘자를 인터뷰하거나 건축가나 큐레이터와 함께 새 박물관을 둘러보는 글을 쓰는 법은 이 책에서 다루는 다른 형식의 글과 다르지 않다. 새 박물관을 어떻게 설계하고 어떻게 건축비를 조달하고 어떻게 건물을 지었는지 쓰는 것은 이라크인들이 어떻게 원자탄을 거의 완성하는 단계까지 갔는지 설명하는 것과 원칙적으로 같다.

그러나 예술 속으로 들어가서 쓰는 것, 이를테면 새 작품이나 공연을 평가하고 뭐가 좋고 나쁜지 판단하는 것에는 특별한

여러 가지 형식

기술과 지식 체계가 필요하다. 간단히 말해, 비평가가 되어야 한다. 사실 어느 정도 글을 쓰는 사람이라면 누구나 비평가가 되고 싶어 한다. 작은 신문사의 기자들은 편집국장에게 지역 문화회관에서 공연할 피아니스트나 발레단이나 순회극단을 취재해오라는 지시를 받는 순간을 꿈꾼다. 그 순간이 오면 그들은 대학에서 힘들게 배운 '직관'이니 '감수성'이니 '카프카적인'이니 하는 단어를 과시하거나, 지역 사람들에게 자기가 '앙트르샤'[발레에서 뛰어오르는 동안 두 발을 교차하는 동작]와 '글리산도'[두 음 사이를 미끄러지듯이 연주하는 기법]를 분간할 수 있다는 것을 보여주려 한다. 입센의 작품에서 입센이 생각했던 것보다 더 많은 상징을 찾아낼 수도 있을 것이다.

이것은 충동적인 것에 지나지 않는다. 비평은 저널리스트가 가장 근사하게 폼을 잴 수 있는 무대이며, 위트에 대한 명성이 생겨나는 곳이기도 하다. 교묘한 표현들이 풍부한 미국 특유의 언어 표현은 도로시 파커나 조지 S. 코프먼 같은 사람들이 만들어낸 것이며, 무능한 삼류 배우를 희생양으로 삼아 이름을 날리고 싶은 유혹은 성자가 아니고서는 이겨내기 힘들다. 나는 코프먼이 영화 〈일리노이의 에이브 링컨〉(Abe Lincoln in Illinois)에서 주연을 맡은 레이먼드 매시의 과장된 연기를 두고 "매시는 암살당하기 전까지 만족을 모를 것이다"라고 넌지시 말한 것을 특히 좋아한다.

하지만 진정한 위트는 흔한 게 아니다. 궁수가 활을 한 번 제대로 쏘려면 천 개쯤 되는 화살이 발밑에 떨어지게 마련이다.

또한 진지한 비평을 쓰려는 사람에게 위트는 지나치게 안이한 접근법이기도 하다. 날카로운 표현 가운데 살아남는 것은 대개 무자비한 것들이기 때문이다. 카이사르를 칭찬하기보다는 매장시켜버리기가 훨씬 더 쉽다. 클레오파트라도 마찬가지다. 하지만 어떤 연극이 왜 좋은지 진부하지 않은 말로 설명하는 것은 이 분야에서 가장 어려운 일이다.

그러니 비평이 쉽게 명예를 얻는 길이라고 착각하지 말자. 게다가 비평은 흔히 알려진 것처럼 대단한 권력이 따르는 일도 아니다. 아마 『뉴욕타임스』의 연극 비평 담당 정도는 되어야 작품 하나를 죽이거나 살릴 수 있을 것이다. 공기 속으로 사라져버려 다시는 똑같은 것을 들을 수 없는 소리의 집합에 관해 쓰는 음악 비평가에게는 권력이 거의 없다. 문학 비평가는 도무지 이해할 수 없는 감수성을 지닌 다니엘 스틸 같은 작가가 베스트셀러 순위에 떡하니 자리 잡는 것을 막지 못했다.

그러므로 '비평가'(critic)와 '평자'(reviewer)를 구분해야 한다. 평자는 신문이나 유명 잡지에 글을 쓰기는 하지만 주로 업계의 소식을 다룬다. 이를테면 방송계나 영화계의 신작, 또는 출판계의 경우 홍수처럼 쏟아져 나오는 요리책, 건강서, 실용서, 구술을 바탕으로 한 책, 선물용 책 같은 상품들을 소개하는 것이다. 미학적 판단을 내리기보다는 소식을 전하는 것이 평자가 하는 일이다. '새 텔레비전 시리즈가 무슨 내용일까?', '그 영화가 아이들이 보기에는 너무 야하지 않을까?', '그 책이 내 성생활을 정말 개선해줄까?', '그 책이 초콜릿무스 만드는 법을 제대

　　　　　　　　　　　　여러 가지 형식

로 가르쳐줄까?' 하고 궁금해하는 보통 남녀의 대리인이 되어야 하는 것이다. 만약 여러분이 영화를 보거나 베이비시터를 선택하거나 오래전에 약속한 중요한 저녁 식사를 근사한 레스토랑에서 해야 한다면 무엇을 알고 싶어 할지 한번 생각해보자. 분명 그런 평은 새로 막을 올린 체호프 원작 공연을 비평하는 것보다 훨씬 쉽고 자연스럽게 써야 할 것이다.

하지만 좋은 평과 좋은 비평에 모두 적용할 수 있는 몇 가지 원칙은 제시할 수 있다.

먼저, 비평가는 자신이 평가하는 매체에 애정을 가져야 한다. 영화는 죄다 시시하다고 생각한다면 영화에 관해 써서는 안 된다. 독자는 지식과 열정과 편애를 키워줄 영화광의 글을 읽을 권리가 있다. 비평가가 모든 영화를 다 좋아할 필요는 없다. 비평이란 한 사람의 의견일 뿐이니까. 그러나 비평가는 모든 영화를 보러 갈 때 그 영화를 좋아하게 되기를 바라야 한다. 즐거울 때보다 실망할 때가 더 많다면, 그것은 그 영화가 최선의 가능성을 달성하지 못했기 때문이다. 이는 무엇이든 곱지 않게 보는 것을 자랑으로 삼는 비평가의 경우와는 전혀 다르다. 그는 '카프카적인'이라는 단어를 입 밖에 내는 것보다도 더 빨리 싫증을 느낀다.

둘째, 줄거리를 너무 많이 이야기하지 말아야 한다. 독자가 그것이 재미있을지 판단할 수 있을 정도로만 알려주어야지 독자의 즐거움을 앗아갈 정도여서는 안 된다. 단 한 문장만으로도 그런 일이 벌어질 수 있다. "이 영화는 장난꾸러기 요정 옷을 입힌 세 고아의 도움을 얻어 금 항아리를 숨겨두고 사는 인색한 과부를 혼내주는 기발한 아일랜드 사제의 이야기이다." 나는 이 문장을 읽고 영화를 꼭 봐야겠다는 충동을 느낄 수가 없었다. 연극으로나 영화로나 그런 '꼬마 녀석들'이 나오는 비슷한 이야기를 이미 실컷 보았기 때문이었다. 하지만 나처럼 별나게 굴지 않는 사람들이라면 이 영화를 보러 몰려들 수도 있다. 그렇더라도 줄거리를 구구절절 다 이야기해서, 특히 다리 밑에 사는 괴물이 등장하는 재미있는 부분까지 다 알려줘서 그들의 즐거움을 빼앗지는 말자.

셋째, 구체적인 디테일을 이용하자. 일반적이어서 아무 뜻도 전달하지 못하는 일반적인 표현을 피하자는 것이다. "이 연극은 언제나 매혹적이다"라는 문장은 전형적인 비평가의 문장이다. 그러나 어째서 매혹적이란 말인가? 매혹적인 것에 대한 개인의 생각은 다른 사람들과는 다를 수 있다. 몇 가지 예를 들어서 독자가 나름의 기준으로 판단하게 하자. 다음은 조지프 로지가 감독한 영화에 대한 두 편의 글에서 따온 문장이다.

품위와 절제를 드러내기 위해 영화는 저속함을 거부하고 열정의 부재를 취향으로 착각한다.

이 문장은 모호하며, 영화의 분위기를 슬쩍 느끼게 해주기는 하지만 머릿속에 그려볼 수 있는 이미지를 전혀 전해주지 않는다.

로지는 램프 갓에서 불길한 조짐을 찾아내고 테이블 세팅에서 의미를 발견해낸다.

이 문장은 정확하다. 우리는 이 영화가 어떤 종류의 예술영화인지 알 수 있다. 카메라가 계산된 움직임으로 가족의 식탁 위를 천천히 돌아가는 모습이 보이는 듯하다.

서평의 경우에는, 필자가 쓴 말을 그대로 살려 쓰자. 톰 울프의 문체가 화려하고 특이하다고 하지 말고, 화려하고 특이한 문장을 몇 개 인용해 그것이 얼마나 기발한지 독자가 판단하게 하자. 연극평을 쓸 때 무대장치가 인상적이라고만 하지 말자. 무대장치가 어떻게 다양한 분위기를 연출하는지, 조명이 얼마나 기발한지, 어떻게 기존의 무대장치와 달리 배우들이 입장하고 퇴장하기 쉽게 하는지 설명하자. 극장에서 여러분이 앉았던 자리에 독자를 앉히자. 그리고 여러분이 본 것을 그들에게 보여주자.

마지막으로 주의할 점은, 모든 비평가의 화살통 속에 쓸데없이 많은 공간을 차지하고 있는 '넋을 빼놓는,' '눈이 번쩍 뜨이는' 같은 황홀한 수식어를 피하는 것이다. 좋은 비평에 필요한 것은 여러분이 보고 생각한 것을 표현할 수 있는 간결하고 생생한 문체다. 현란한 표현은 『보그』(Vogue)가 최근 발견한 기막힌 장소를 공개할 때 즐겨 쓰는 이런 문장을 연상시킨다. "진짜 최고로 매혹적인 코주멜의 아담한 해변에 관한 정보 긴급 입수!"

비교적 간단한 규칙에 대해서는 이쯤 해두자. 그렇다면 비평이란 무엇인가?

비평은 진지하고 지적인 행위다. 그것은 진지한 예술 작품을 평가하고 그 작품을 같은 매체 또는 같은 예술가의 다른 작품들이라는 큰 맥락 속에 놓는 것이다. 이는 고상한 가치를 추구하는 작품만을 비평의 대상으로 삼아야 한다는 뜻이 아니다. 미국 사회와 미국인의 가치관을 논하기 위해 〈법과 질서〉(Law & Order) 같은 상업적인 텔레비전 드라마를 택할 수도 있다. 하지만 비평가들은 대개 시시한 이야기에 시간을 허비하지 않으려 한다. 그들은 스스로 학자라고 생각하며, 그들의 흥미를 끄는 것은 그 분야의 지적 유희이다.

따라서 여러분이 비평가가 되고 싶다면, 먼저 전문으로 하려는 매체의 문헌들을 섭렵해야 한다. 가령 연극 비평가가 되고 싶다면 좋든 나쁘든 옛날 것이든 지금 것이든 가능한 한 모든 연극을 다 보아야 한다. 고전을 대본으로 읽거나 재공연되는 것을 보고 과거를 따라잡아야 한다. 셰익스피어와 쇼, 체호프와 몰리에르, 아서 밀러와 테네시 윌리엄스를 알아야 하며, 그들이 어떻게 새로운 지평을 열었는지 알아야 한다. 위대한 배우와 연출가들을 연구해야 하고, 그들의 방식이 어떻게 남달랐는지 알아야 한다. 미국 뮤지컬의 역사도 알아야 한다. 특히 제롬 컨과 거슈윈 형제와 콜 포터, 로저스와 하트와 해머스타인, 프랭크 레서와 스티븐 손드하임, 아그네스 드밀과 제롬 로빈스를 알아야 한다. 그래야 새 연극이나 뮤지컬을 이전의 전통 속

여러 가지 형식

에 놓고 모방자와 개척자로 구분할 수 있다.

　다른 모든 예술에 대해서도 같은 예를 들 수 있다. 로버트 올트먼의 전작들을 보지 않고 그의 새 영화를 평하는 비평가는 진지한 영화팬에게는 별 도움이 되지 않는다. 음악 비평가라면 바흐와 팔레스트리나, 모차르트와 베토벤뿐 아니라 쉰베르크와 아이브즈와 필립 글래스에 대해서도, 즉 이론가와 이단아와 실험자에 대해서도 알아야 한다.

　분명 나는 지금보다 세련된 독자들을 염두에 두고 있다. 비평가는 자신과 독자가 공유하는 지식의 영역을 예상할 수 있다. 윌리엄 포크너가 남부 출신 소설가라는 사실을 굳이 말할 필요는 없다. 남부 작가의 첫 소설을 평하면서 포크너의 영향을 논할 때 여러분이 정말로 해야 하는 일은 자신의 도발적인 생각을 지면에 펼쳐놓아 독자들이 맛볼 수 있게 하는 것이다. 독자들이 그 의견에 동의하지 않을 수도 있다. 하지만 그것 역시 지적 유희의 일부다. 어쨌거나 그들은 여러분의 새로운 생각과 여러분이 결론에 도달하기까지의 여정을 즐긴 것이다. 우리가 훌륭한 비평가들을 좋아하는 것은 그들의 의견뿐 아니라 그들의 개성 때문이다.

　좋은 비평가와 함께 여행하는 즐거움을 주기로는 영화만 한 매체가 없다. 비평가와 독자가 공유하는 영역이 매우 넓기 때문이다. 영화는 우리의 일상과 태도, 기억과 신화와 서로 얽혀 있으며, 그런 연결을 만들어준 것 역시 비평가들이다(〈카사블랑카〉(Casablanca)의 대사 네 구절은 『바틀릿의 유명 인용문』

(*Bartlett's Familiar Quotations*)에도 실려 있다). 비평가가 제공하는 전형적인 서비스는, 팬들에게 미처 알려지지 않은, 은하계에서 막 도착한 새 스타가 영화 장면 장면에서 펼치는 연기를 잠시 고정해 우리가 주목하게 해주는 것이다. 몰리 해스켈은 메릴 스트리프가 캠핑 여행에서 자기 아기를 죽인 혐의로 유죄를 선고받는 호주 여인으로 출연하는 영화 〈어둠 속의 외침〉(A Cry in the Dark)을 평하면서, 그녀가 "괴상한 가발과 희한한 의상과 외국 악센트로 위장하기를 즐기며, 관객의 동정을 살 수 있는 정상적인 범위를 벗어난 여인을 연기하기를 즐긴다"는 점에 주목한다. 해스켈은 좋은 비평가답게 이런 점을 역사적인 맥락 속에 놓고 이야기한다.

옛 스타들의 아우라는 자기 감각, 즉 모든 역할에 투영되는 자신의 핵심적인 정체성에서 방출되는 것이었다. 베트 데이비스, 캐서린 헵번, 마거릿 설리번의 연기가 아무리 다양하더라도 우리는 늘 어딘가 익숙하고 친밀하며 일관된 것과 마주하고 있다는 느낌을 받았다. 그들은 우리가 알아챌 수 있는 목소리, 대사를 읽는 방식, 심지어 출연하는 영화마다 일관되게 나타나는 어떤 표정을 갖고 있었다. 그래서 코미디언들은 그들을 흉내 낼 수 있었고, 사람들은 그것을 확실히 알아보고 반응을 보이거나 아예 못 알아보거나 둘 중 하나였다. 그런데 메릴 스트리프는 카멜레온처럼 그녀의 고정적인 특징이 포착될 정도로 한 자리에 오래 머물지 않아 사람들이 그런 반응

여러 가지 형식

을 할 여지를 없앤다.

베트 데이비스는 역할의 경계를 넓히기 위해 의상에 의지하거나(〈버진 퀸〉(The Virgin Queen)) 시대에 기대기도 했다(〈올드 메이드〉(The Old Maid)). 하지만 그녀는 언제나 베트 데이비스였고, 아무도 다른 것을 기대하지 않았다. 그녀도 메릴 스트리프처럼 호감이 가지 않고 도덕적으로 애매모호한 배역을 감행했었다. 그중 가장 뛰어난 것은 〈편지〉(The Letter)에서 맡은, 위험한 연인을 냉혹하게 살해하고도 뉘우치지 않는 농장 안주인 역할이었다. 메릴 스트리프와 차이가 있다면, 베트 데이비스는 역할 속에 녹아들어 자신의 열정을 쏟아부었다는 점이다. 그녀가 연기한 여주인공은 메데이아처럼 차갑고 도도하고 무자비하지만—그래서 아카데미가 그녀가 받아야 마땅한 오스카상을 〈키티 포일〉(Kitty Foyle)에서 더 부드럽고 온순한 역할을 맡은 진저 로저스에게 줬는지도 모른다—그녀는 내면의 불꽃으로 우리를 감응시켰다. 메릴 스트리프처럼 자기 역할로부터 안전한 거리를 유지하는 여배우가 그런 절정과 (…) 심연을 오가는 것을 상상하기란 어려운 일이다.

이 글은 할리우드의 과거와 현재를 교묘하게 연결 지어 메릴 스트리프의 포스트모던한 신선함에 관해 설명하는 동시에 베트 데이비스에 대해 알아야 할 모든 것에 대해서도 이야기해 준다. 조금 더 확대해서 생각하자면, 이 비평은 데이비스와 함께 스타 시스템의 황금기 시절을 주름잡았으며 흥행만 된다면 배역 때문에 미움을 사도 개의치 않았던 조앤 크로퍼드나 바버라 스탠윅 같은 거물급 배우 세대 전체에 관해 이야기해준다.

다른 매체 이야기로 넘어가서, 이번엔 마이클 J. 알런이 1960년대 중반에 쓴 텔레비전 비평 칼럼집 『거실의 전쟁』(*Living-Room War*)에서 뽑은 글을 한번 살펴보자.

흔히 베트남전을 '텔레비전 전쟁'이라 부른다. 이 전쟁이 최초로 주로 텔레비전을 통해 사람들에게 전해진 전쟁이기 때문이다. 사람들은 참으로 열심히 텔레비전을 본다. 그들은 코미디 배우 딕 반 다이크를 보며 그의 친구가 된다. 사려 깊은 뉴스 진행자 쳇 헌틀리를 보고 그가 사려 깊은 줄 알며, 재치 있는 사회자 데이비드 브링클리를 보고 그가 재치 있다고 생각한다. 또 그들은 텔레비전을 통해 베트남을 본다. 그것은 아이가 복도에서 무릎을 꿇고 열쇠 구멍을 통해 두 어른이 방 안에서 싸우는 모습을 들여다보는 것과 비슷하다. 열쇠 구멍은 아주 조그맣고, 그래서 그 속의 인물들은 흐릿하며 대부분이 시야를 벗어나 있다. 목소리는 뜻을 알 수 없을 정도로 불분명하고, 상황에서 느껴지는 위협은 의미를 알 수 없이 단절되어 있다. 일부만 보이는 팔꿈치는 남자의 재킷이고(이 남자는 누구일까?), 일부만 보이는 얼굴은 여자의 얼굴이다. 아, 그녀는 울고 있다. 눈물이 보인다. (목소리는 희미하게 이어진다.) 눈물이 한 방울 떨어진다. 두 방울. 세 방울. 두 번의 폭격. 네 번의 소탕 작전. 여섯 번의 정부 성명. 그토록 고운 여자를. 다

여러 가지 형식

른 어른을 살펴보려 하지만 헛수고다. 아, 열쇠 구멍은 너무 작고 그는 아무리 애를 써도 시야에 들어오지 않는다. 보라! 끼 장군[응우옌까오끼. 남베트남의 총리와 부통령을 지냈으며, 사이공 함락이 임박하자 미국으로 망명했다]의 모습이 보인다. 보라! 티콘데로가호로 무사히 귀환하는 비행기들이 보인다. 나는 (때로) 텔레비전 방송을 내보내는 사람들이 전쟁을 어떻게 생각하는지 궁금하다. 그들은 우리에게 열쇠 구멍만큼의 시야만을 허락해주기 때문이다. 우리는 그들에게 방송 전파를 제공했고, 지금 이 중대한 시기에 그들은 우리에게 이 열쇠 구멍만큼의 시야만을 돌려주었다. 정말로 그들은 우리 같은 아이들이 계속 버려봐야 볼 수 있는 거라고는 따로따로 스쳐 보이는 팔꿈치며 얼굴, 물결치는 옷자락(다른 한 사람은 대체 누굴까?)이다라고 생각하는 것일까?

이 비평은 최고다. 멋지고 비유적이고 우리를 불편하게 만든다. 이 글은 우리의 신념 체계를 건드리고 그것을 다시 생각하지 않을 수 없게 한다. 비평은 대개 그래야 한다. 우리의 눈길을 *끄는* 것은 열쇠 구멍이라는 적확하고도 신비한 은유다. 그러나 한 나라의 가장 강력한 매체가 자국이 수행하고 또 확대하고 있는 전쟁에 대해 자국민들에게 어떻게 이야기했느냐 하는 근본적인 질문은 그대로 남는다. 이 칼럼은 미국인 대부분이 아직 베트남전쟁을 지지하던 1966년에 연재되었다. 만일 텔레비전이 열쇠 구멍을 넓혀 물결치는 옷자락뿐 아니라 잘려나간

목과 불에 타버린 아이를 보여주었더라면 사람들은 더 일찍 전쟁 반대로 돌아섰을까? 답을 알아보기에는 너무 늦었다. 하지만 적어도 비평가 한 사람은 유심히 지켜보고 있었다. 비평가는 우리가 자명하다고 여기는 진실이 더 이상 진실이 아닐 때 그것을 가장 먼저 알려주는 사람이어야 한다.

어떤 예술 분야는 다른 것보다 글로 포착하기가 더 어렵다. 그중 하나는 주로 동작으로 이루어지는 무용이다. 우아한 도약과 피루엣〔발레에서 한 발끝으로 도는 동작〕을 어떻게 다 따로따로 분석할 수 있겠는가? 또 하나는 음악이다. 음악은 귀를 통해 받아들이는 예술이지만, 비평가는 독자가 눈으로 읽는 글로써 그것을 묘사해야 한다. 그들은 기껏해야 부분적으로만 성공할 수 있을 뿐이며, 많은 음악 비평가는 오랫동안 이탈리아어 전문용어라는 울타리 뒤에 숨어왔다. 어느 피아니스트의 '루바토'〔자유로운 연주속도〕가 조금 지나치다는 점을 언급하기도 하고, 어느 소프라노의 '테시투라'〔음역〕가 조금 높다고 지적하기도 하는 식으로 말이다.

하지만 이런 덧없는 선율의 세계에서도 좋은 비평가는 좋은 글로 알기 쉽게 설명할 수 있다. 1940년부터 1954년까지 『뉴욕 헤럴드 트리뷴』(New York Herald Tribune)의 음악 비평가였던 버질 톰슨이 그런 사람이었다. 작곡가이면서 학식과 교양이 풍부했던 그는 자기 글을 읽는 이들이 진짜 사람이라는 사실을 절대 잊지 않았다. 그는 열정으로 독자를 사로잡았으며, 그의 문체에는 뜻밖의 기쁨이 가득했다. 또 그는 두려움이 없

　　　　　　　　　여러 가지 형식

는 사람이었다. 그가 활동하는 동안에는 제아무리 성스러운 암소도 느긋하게 풀을 뜯을 수 없었다. 그는 음악가들 역시 진짜 사람이라는 것을 절대 잊지 않았으며, 거장들을 인간적인 수준으로 끌어내리는 데 주저함이 없었다.

토스카니니가 빠르기와 리듬, 음색의 쾌적함이라는 문제에서 옳았는지 틀렸는지에 대해 서로 논하는 음악가들이 드물다는 것은 특이한 일이다. 다른 음악가들과 마찬가지로, 그는 훌륭할 때도 많았지만 실수할 때도 많았다. 그러나 그보다 더 중요한 점은, 곡을 성공시키는 그의 능력은 변함이 없었다는 사실이다. 그는 청중의 주의가 흩어질 것 같으면 당당하게 템포를 올리고 정확도를 희생하고 기본적인 리듬을 무시해가면서 음악이 자기 지휘봉처럼 계속해서 돌아가게 했다. 어떤 곡이 반드시 특정한 의미를 지닐 필요는 없다. 모든 곡이 청중들에게서 자발적인 호응을 끌어내면 되는 것이다. 이것이 내가 '열광 기법'이라고 부르는 것이다.

'루바토'나 '테시투라'같은 말도 없고 맹목적인 영웅 숭배도 없다. 그러면서도 토스카니니가 위대해진 데는 흥행사적 기질도 큰 몫을 했다는 사실을 포착하고 있다. 그 분석이 너무 천박해서 불쾌하다는 팬은 그의 '서정적인 음색'이나 '오케스트라의 '투티'(다 같이 합주하는 것)가 이 거장을 흠모하는 이유라고 계속 생각하면 된다. 나는 톰슨의 분석이 옳다고 생각하며, 아마 토스카니니도 그의 의견에 동의할 것이다.

비평의 윤활유 가운데 하나는 유머다. 유머는 비평가가 작품을 비딱하게 바라보고 그 자체로 즐거움을 주는 글을 쓸 수 있게 한다. 그러나 비평은 단순히 위트로 뒤통수를 몇 번 치는 정도가 아니라 유기적인 한 편의 글이 되어야 한다. 제임스 미처너의 책은 오랫동안 비평가들에게 악평의 여지를 주지 않았다. 특유의 진지함을 지닌 그의 책들은 난공불락에 가까웠다. 하지만 존 레너드는 미처너의 『서약』(The Covenant)을 평하면서 은유를 통해 그를 간접적으로 공격했다.

제임스 A. 미처너에 대해 반드시 말해야 하는 것은, 그가 여러분을 갈수록 지치게 만든다는 점이다. 그는 여러분을 멍하게 만들어 묵종시킨다. 단조로운 산문이 마치 패퇴하는 군대처럼 여러 페이지에 걸쳐 시야를 건너 행진한다. 그것은 진부함에서 경건함으로 나아가는 '대이동'(Great Trek. 영국의 남아프리카 케이프 식민지 지배에서 탈출한 보어인들의 집단적 대이동)이다. 건성으로 페이지를 읽어나가는 독자의 심정은 음질리카지의 공격과 보어전쟁 당시 영국의 '초토화' 정책이 휩쓸고 지나간 남아프리카처럼 황막하다.

하지만 미처너는 신발처럼 성실하다. 『서약』에서 그는 『하와이』(Hawaii)나 『센테니얼』(Centennial)이나 『체서피크』(Chesapeake)처럼 장기적인 관점을 취한다. 그의 이야기는 만오천 년 전에서 시작해 1979년 말에서 멈춘다. 그는 우리가 원하든 말든 우리에게 남아프리카를 이해시키려 한다. 그가 엄격하고 공정한 정신으로 드러내는 네덜란드인들의 관점처럼 그는 완강하다. 그는 자신만의 악천후를 견디며, 사실(事實)의 소 떼를 쓰러질 때까지 계속 몰고 간다.

300쪽가량을 넘어가면 독자는 한숨을 내쉬며 손을 든다. 물론 만일 우리가 책 한 권을 붙들고 일주일을 지낼 심산이었다면, 미처너 씨의 책과 함께 분류되어 있지 않은 프루스트나 도스토옙스키의 작품을 골랐어야 할 것이다. 하지만 돌이킬 수 없는 일이다. 이 책은 소설이라기보다는 고역에 가깝다. 우리는 우리 어깨 위에 올라탄 교육자에 채찍질을 당하는 셈이다. 그 배움이 우리에게 유익하긴 하겠지만 말이다.

분명 미처너는 속이지 않고, 우리는 그에게 많은 것을 배운다. 그의 서약은 하느님과의 서약이 아니라 백과사전과의 서약이다. 가령 만 오천 년 전 아프리카의 덤불 속에서 산(San)족이 독화살을 쐈다면, 그는 그 화살에 대해 자세히 설명하고 그 독이 어떤 독인지 밝힐 것이다.

좋은 비평은 어떻게 시작해야 할까? 여러분은 당장 독자들을 눈앞에 있는 특별한 세계로 안내할 준비를 해야 한다. 독자들이 아무리 교육을 많이 받은 사람이라 하더라도 미리 알려주고 상기시켜야 할 사실들이 있게 마련이다. 독자들을 무작정 물속으로 떠밀어놓고 알아서 헤엄쳐나가기를 기대할 수는 없는 노릇이다. 먼저 물을 데워줄 필요가 있다.

문학 비평이 특히 그렇다. 이미 워낙 많은 것들이 앞서 존재했기 때문에, 모든 작가는 조류를 따라가든 그것을 거슬러 가든 그 기나긴 흐름 속에 있는 것이다. 20세기의 시인 가운데 T. S. 엘리엇보다 더 혁신적이고 영향력 있는 사람은 없었다. 하지만 신시어 오지크가 『뉴요커』에 쓴 비판적 에세이에서 언급한 바와 같이, 1988년 그의 탄생 백 주년은 놀라우리만치 일반의 관심을 끌지 못하고 지나가버렸다. 그녀는 요즘 대학생들이 그녀 세대에서 T. S. 엘리엇이 차지한 "매머드급의 예언자적 위상"에 대해 알지 못한다고 지적한다. "영원과 같았던 문학의 시대에, 〔우리에게〕 T. S. 엘리엇은 (…) 해와 달처럼 창공에 붙박인 불멸의 불빛이나 다름없는, 천정(天頂) 그 자체와 같은 거인이었다."

오지크는 그녀의 대학 시절의 문학적 풍경 속으로 우리를 손짓해 그녀가 펼쳐놓을 이야기의 경이로움을 이해하게 만든다. 물 데우는 솜씨가 보통이 아니다.

엘리엇의 시로 들어서는 문은 쉽게 열리지 않았다. 그의 시구와 주제는 이해하기 쉽지 않았다. 하지만 젊은 사람들은 낯선 매력에 유혹당하고 즐거운 권태의 고삐에 묶여 그 문 속으로 뛰어들었다. "4월은 가장 잔인한 달." 음침한 운율로 시작하는 엘리엇의 목소리가 학생들의 축음기에서 나선형을 그리며 울려 퍼졌다. "죽은 땅에서 라일락을 키워내고, 추억과 욕정을 뒤섞고." 단조롭고, 정확하고, 일정하고, 메마르고, 놀랍도록 고음이고, 음산하니 활기 없는 근사한 영국 악센트가 경건한 영문학과 교실과 기숙사를 맴돌았다. 기숙사 방마다 벽에 피카소 그림이 붙어 있었고, 넋 나간 듯 사춘기의 마지막 시기를 보내고 있던 젊은 가슴들 속에는 파운드와 엘리엇과 『율리시스』(Ulysses)와 프루스트가 마구 뒤섞여 있었다. 시를 읊는 목소리는 시인 자신처럼 마치 사제와도 같았다. 공허한 비애를 느끼게 하는 그 비인격적인 목소리는 이 나라의 캠퍼스 곳곳에 로봇의 녹음 소리처럼 굽이쳤다. "샨티 샨티 샨티", "쾅 하고서가 아니라 흐느끼면서", "메마른 달의 한 노인", "바짓자락을 접어 입을까". 이런 구절들은 1940년대와 1950년대에 처음 자기 시를 쓰면서 엘리엇의 음조를, 그 절제, 무게, 신비, 그 사무치는 거리감과 어쩔 수 없는 절망감을 모방했던, 문학적 열정으로 가득 찬 이들에게는 경건한 찬양과도 같았다.

이 문단에서 드러나는 기억의 구체성과 학자적 까다로움, 또 미국의 캠퍼스 곳곳에 엘리엇을 거대한 물리적 현존으로 불러내는 솜씨는 눈부시기까지 하다. 우리는 독자로서 고위 사제가 맞이하는 절정의 순간, 다시 말해 강림을 위한 완벽한 순간으로 되돌아간다. 많은 학자들은 오지크의 에세이를 좋아하지 않았다. 그녀가 대시인의 명성 추락을 과장했다는 것이다. 하지만 나는 오히려 그 점이 그녀의 글을 정당화한다고 생각한다. 전투적인 활력이 없는 문학 비평은 쓸 필요가 없으며, 유익한 학문적 논쟁만큼 재미있는 관전 거리도 별로 없다.

오늘날 저널리즘에는 비평의 사촌뻘 되는 것들이 여럿 있다. 신문이나 잡지의 칼럼, 개인적인 에세이, 사설, 비평 에세이 등이 그것이다. 여기서 비평가는 어떤 책이나 문화현상에서 시작해 더 큰 문제로 뻗어나간다(고어 비달은 이 형식에 상당한 대담성과 유머를 불어넣었다). 좋은 비평을 결정하는 원리는 이런 형식의 글에도 똑같이 적용된다. 예컨대 정치 칼럼니스트는 정치를 사랑해야 하며, 실처럼 엉켜 있는 정치의 오랜 역사를 사랑해야 한다.

하지만 그 모든 형식의 공통점은 그것이 개인적인 의견이라는 점이다. '우리'를 주어로 하는 사설도 분명 '나'라는 한 사람이 쓴 것이다. 가장 중요한 것은 자신의 의견을 확고하게 표현하는 것이다. 마지막 순간에 얼버무리면서 힘을 빼지 말자. 일간지 사설이 가장 맥 빠질 때는 마지막 문장이 "새 정책이 효과적일지 판단하기에는 아직 이르다"라거나 "그러한 결정의 효력은 아직 더 두고 보아야 할 것이다"라는 식으로 끝나는 경우다. 아직 판단하기 이르면 그런 일로 독자를 귀찮게 하지 말아야 한다. 아직 더 두고 볼 일이라는데, 사실 모든 일은 더 두고 봐야 한다. 자신감을 갖고 자기주장을 하자.

여러 해 전 내가 『뉴욕 헤럴드 트리뷴』의 사설을 쓸 때의 일이다. 당시에 그 면의 논설주간은 텍사스 출신의 L. L. 엥겔킹이라는 우람하고 화를 잘 내는 사람이었는데, 나는 겉치레가 없고 에둘러 쓰는 것을 싫어하는 점 때문에 그를 존경했다. 우리는 매일 아침 모여서 다음 날 사설에 무엇을 쓸지, 우리가 어떤 입장을 취할지 의논했다. 확실한 입장을 취할 수 없는 경우도 꽤 많았는데, 특히 라틴아메리카 전문가였던 한 필자가 그랬다.

"우루과이 쿠데타는 어떻게 될까요?"하고 논설주간이 묻는다.

그러면 이 필자는 이렇게 대답한다. "경제 발전을 나타내는 것일 수도 있고, 정치적 상황 전반을 불안정하게 만들 수도 있죠. 제 생각엔 긍정적인 면을 언급한 다음에…"

그러자 이 텍사스 사나이가 말을 자른다. "글쎄요, 어쨌든 양다리에 다 쉬하지는 맙시다."

그는 자주 이렇게 당부했는데, 그것은 내가 들어본 조언 가운데 가장 세련되지 못한 것이었다. 하지만 오랜 기간 비평과 칼럼을 쓰는 동안, 그것은 내게 다른 무엇보다 훌륭한 조언이 되어주었다.

유머: 즐거움을 위한 글쓰기

유머는 논픽션 작가의 비밀병기다. 그것이 비밀인 것은, 유머가 중요한 사실을 전달하는 가장 훌륭하고 때로는 유일한 도구라는 점을 아는 작가가 매우 드물기 때문이다.

이 말이 역설로 들릴지도 모르겠다. 여러분 혼자만 그런 게 아니다. 유머를 쓰는 작가들은 많은 독자들이 자기가 무엇을 하려는지 모른다는 생각을 갖고 산다. 어떤 기자가 내가 『라이프』에 어떤 패러디를 쓴 것을 보고 어떻게 그런 글을 쓰게 되었는지 전화로 물어본 적이 있다. 마지막에 그는 이렇게 물었다. "당신을 유머 작가라고 불러도 될까요? 아니면 당신도 진지한 글을 쓴 적이 있나요?"

답은 이렇다. 여러분이 유머를 쓰려고 한다면, 여러분이 하는 일은 모두 진지한 것이다. 많은 미국인이 이 점을 잘 이해하지 못한다. 우리는 유머 작가들이 시시한 농담이나 일삼을 뿐 진정한 작업을 해본 적이 없다고 생각한다. 퓰리처상은 어니스트 헤밍웨이나 윌리엄 포크너처럼 문학가로 보증된(누가 보증하느지는 모르겠지만) 진지한 작가들에게 돌아간다. 이 상이 조지 에이드, H. L. 멩켄, 링 라드너, S. J. 페럴먼, 아트 버크월드, 줄스 파이퍼, 우디 앨런, 개리슨 킬러처럼 장난만 치는 듯한 사람들에게 돌아가는 경우는 좀처럼 없다.

하지만 그들은 장난을 치는 게 아니다. 그들은 헤밍웨이나 포크너 같은, 이 나라를 있는 그대로 마주하게 해주는 국보들만큼이나 진지하다. 그들에게 유머는 긴급한 작업이다. 그것은 보통 작가들이 보통의 방식으로는 잘 표현하지 못하는, 또는 표현한다 해도 너무 평범해서 아무도 읽지 않는 중요한 사실을 특별한 방식으로 말하는 것이다.

강력한 시사만화 한 편은 근엄한 사설 백 편의 가치가 있다. 개리 트루도의 연재만화 『둔즈베리』(*Doonesbury*) 한 편은 천 마디의 도덕적 설교와 맞먹는다. 소설 『캐치-22』(Catch-22)나 영화 〈닥터 스트레인지러브〉(Dr. Strangelove) 한 편은 전쟁을 있는 그대로 보여주는 수많은 책과 영화보다 더 힘이 있다. 이 두 편의 코믹한 작품은 우리를 모조리 날려버릴 수 있는 군사적 심성에 대해 경고하려는 모든 이들에게 지금도 중요한 기준점이 된다. 조지프 헬러와 스탠리 큐브릭은 전쟁의 광기를 포착하기 위해 진실을 과장했고, 그래서 우리는 그것을 광기로 인식할 수 있다. 이럴 때 농담은 농담이 아니다.

이렇게 광적인 진실을 과장해 그것이 광적으로 보이게 하는 것이 바로 진지한 유머 작가들이 하는 일이다. 그들이 어떻게 그런 신비로운 작업을 해나가는지 예를 들어보자.

유머는

언어를 제대로 구사하는 작가들에게만 주어지는,

사물을 보는 특별한 시각이다.

우스꽝스러운 삶에 관해 쓰는 것이 아니다.

그들은 본질적으로 진지한 삶에 대해 쓰지만,

진지한 희망이 운명의 장난에 의해 조롱받는 영역에

눈길을 준다.

1960년대의 어느 날, 나는 미국 여성의 절반이 갑자기 헤어롤을 머리에 달고 다닌다는 사실을 깨달았다. 희한한 신종 유행병이었다. 더욱 어리둥절했던 것은, 대체 언제 그것을 머리에서 떼어놓는지 알 수가 없다는 것이었다. 슈퍼마켓이든 교회든 데이트든, 어딜 가든 헤어롤을 달고 다니는 것만 같았다. 그렇다면 이 놀라운 머리를 하지 않는 놀라운 때는 대체 언제란 말인가?

나는 이 현상에 대해 어떻게 쓸지 일 년 동안 생각했다. "예의 없는 짓"이라거나 "이 여성들은 자존심도 없단 말인가"라고 쓸 수도 있었을 것이다. 하지만 그렇게 하면 설교가 되어버린다. 설교는 곧 유머의 죽음이다. 작가는 풍자나 패러디, 아이러니, 난센스 같은 코믹한 장치를 찾아 자신의 진지함을 위장해야 한다.

다행히도 내 끈질긴 관심은 마침내 보상을 받았다. 나는 우연히 신문 가판대를 지나치다가 헤어스타일에 관한 네 가지 잡지가 나란히 비치되어 있는 것을 보았고, 망설임 없이 네 권을 다 샀다(가판점 주인은 깜짝 놀랐다). 그것은 오로지 헤어스타일만을 다루는 저널리즘의 세계였다. 헤어롤의 정교한 위치에 대한 그림 설명이 있었고, 한 소녀가 헤어롤 문제로 편집진에게 조언을 구하는 칼럼이 있었다. 바로 나에게 필요한 것이었다. 나는 『헤어컬』(Haircurl)이라는 가공의 잡지를 만들어 패러디 편지와 답장을 썼다. 『라이프』에 실린 그 글은 이렇게 시작한다.

헤어컬 귀하

저는 열다섯 살이고 친구 중에서는 좀 예쁜 편이에요. 저는 점보 사이즈의 베이비핑크 헤어롤을 하고 다녀요. 이 년 반 사귄 남자친구가 있는데, 걔는 제가 헤어롤을 안 한 걸 한 번도 본 적이 없거든요. 그런데 얼마 전에 헤어롤을 안 하고 나갔다가 걔랑 엄청 싸웠어요. 머리가 작아 보인다는 거예요. 나보고 난장이라고, 내가 자기를 속였다고 막 화내더라구요. 어떻게 하면 그 아이의 마음을 돌릴 수 있을까요?

뉴욕 스펑크에서 상심 드림

상심 양에게

그런 어리석은 짓을 한 본인을 탓할 수밖에 없겠네요. 최근의 『헤어컬』 조사에 따르면, 미국 여성의 94퍼센트가 하루에 21.6시간, 일 년에 359일을 머리에 헤어롤을 달고 있다고 해요. 상심 양은 조금 달라 보이려고 했다가 남자친구를 잃은 거죠. 우리가 추천하는 슈퍼 점보 헤어롤을 구해서 달아 보세요(상심 양이 좋아하는 베이비핑크색도 있답니다). 상심 양의 머리는 훨씬 커 보일 테고, 두 배는 더 예뻐 보일 거예요. 다시는 벗지 마세요.

헤어컬 귀하

남자친구가 제 머리칼 만지는 걸 좋아해요. 그런데 문제는 걔 손가락이 헤어롤에 자꾸 낀다는 거예요. 며칠 전에는 그것 때

여러 가지 형식

문에 엄청 창피한 일이 있었어요. 둘이 극장에서 영화를 보는데, 어쩌다 남자친구 손가락이 두 개나 헤어롤에 껴서 안 빠지는 거예요. 걔 손이 제 머리에 딱 붙은 채로 극장을 나가는데 어찌나 민망하던지. 집에 가는 버스에서도 사람들이 막 웃으면서 쳐다보더라구요. 다행히 미용실에 연락이 돼서, 사람이 도구를 들고 집까지 와서 불쌍한 남자친구를 구할 수 있었죠. 남자친구는 어찌나 화가 났던지 제가 이 요상한 헤어롤을 계속 달고 다니면 다시는 절 만나지 않겠다고 해요. 전 그건 좀 심한 것 같지만, 남자친구는 장난이 아닌 것 같아요. 절 좀 도와주세요.

버펄로에서 광란 드림

버펄로의 광란 양에게
안타깝지만 남자친구가 머리카락을 헝클어뜨려도 손가락이 끼지 않는 헤어롤은 아직 개발되지 않았어요. 하지만 이런 불만이 자꾸 나오고 있어서 헤어롤 업계에서도 이 문제를 해결하기 위해 노력하고 있답니다. 그건 그렇고, 제리에게 벙어리장갑을 끼라고 하면 어떨까요? 그러면 광란 양도 행복해질 테고 남자친구도 안전할 테니까요.

내가 쓴 글은 이것 말고도 많았다. 어쩌면 그래서 레이디 버드 존슨(린든 존슨 대통령의 부인으로 도시와 고속도로 등의 환경 미화운동에 관심이 많았다)의 '미화 운동'에 조금이나마 기여했을

지도 모른다. 어쨌든 중요한 것은, 이런 글을 읽고 나면 다시는 헤어롤을 전과 똑같이 볼 수 없다는 것이다. 유머에 자극을 받아 전에는 당연하게 여겼던 일상의 별난 무언가를 새로운 눈으로 보게 되는 것이다. 주제는 별로 중요하지 않다. 헤어롤이 우리 사회를 망치는 건 아닐 테니까. 하지만 적절한 유머를 찾을 수만 있다면, 이 방법은 중요하든 아니든 어떤 주제에도 쓰일 수 있다.

1968년에서 1972년까지 오 년간 『라이프』에 글을 쓰면서 나는 군사력 과잉이나 핵실험 같은 주제를 다루는 글에서도 유머를 썼다. 한 칼럼은 파리에서 열린 베트남 평화회담에서 일어난 테이블 모양에 대한 사소한 시비를 다루었다. 9주에 걸친 논쟁으로 상황이 너무 험악해져 있었기 때문에 우스개가 아니면 접근하기 어려웠다. 그래서 나는 내가 평화를 위해 매일 밤 식탁의 모양을 바꾸거나, 의자 높이를 낮추어 사람들의 '지위'를 낮추거나, 의자를 돌려놓아 다른 사람들이 그들을 '인식'하지 않아도 되게 하는 등의 다양한 노력을 기울이는 이야기를 썼다. 그것은 정확히 당시 파리에서 일어나고 있는 일이기도 했다.

그런 글이 통한 것은 패러디하고 있는 형식에 충실했기 때문이었다. 유머는 심한 과장으로 보일 수도 있다. 하지만 헤어롤 편지는 문체나 사고방식 면에서 실제 잡지 같은 형식으로 보이지 않았다면 성공하지 못했을 것이다. 또 유머에서는 절제가 매우 중요하다. 너무 과장된 이름을 붙이거나 같은 농담을 두세 번씩 하지 말자. 독자들의 수준을 믿고 나머지는 걱정하지 말자.

내가 『라이프』에 쓴 칼럼들은 독자들을 웃게 했다. 하지만 그것은 심각한 목적을 가진 글이었다. 이를테면 '지금 제정신이 아닌 일이 벌어지고 있다. 삶의 질을 훼손하는, 또는 삶 자체를 위협하는 일이 벌어지고 있는데도 모두가 아무 일도 아닌 것처럼 여기고 있다'라고 말하는 것이었다. 오늘날은 기이한 일도 하룻밤이면 아무것도 아닌 일이 되어버린다. 유머 작가는 그것이 여전히 기이한 일이라고 이야기하려는 것이다.

평화 유지라는 명목으로 노스캐롤라이나의 한 대학에 군인과 탱크가 깔리고, 헬리콥터가 최루가스를 뿌려 버클리의 학생들을 강제 해산하던 1960년대 말의 학생소요 때 빌 몰딘이 그린 풍자만화가 있다. 한 어머니가 "하나뿐인 아들을 제발 캠퍼스에서 구해주세요"라며 징집위원회에 애원하는 모습을 그린 것이었다. 이는 당시의 광기를 몰딘의 방식으로 폭로한 만평이었다. 그는 정곡을 찔렀다. 그의 만평이 실린 지 얼마 되지 않아 실제로 켄트 주립대학의 학생 네 명이 사망한 것이다.

매주 타깃이 바뀌긴 하겠지만, 유머 작가가 맞서 싸울 새로운 광기와 위험이 부족해지는 일은 결코 없을 것이다. 린든 존슨이 베트남에서 끔찍한 전쟁을 치르다 정계에서 물러나게 된 데에는 줄스 파이퍼와 아트 버크월드도 한몫했으며, 조지프 매카시 상원의원과 부통령 스피로 애그뉴가 물러난 데에는 월트 켈리의 연재만화 『포고』(Pogo)도 영향을 미쳤다. H. L. 멩켄은 높은 자리에 있는 위선자들을 엄청나게 끌어내렸고, 토머스 내스트의 만화는 태머니홀의 '보스' 트위드[19세기 미국 보스 정치의 전형인 태머니홀의 우두머리였던 윌리엄 트위드를 말한다]를 거꾸러 뜨리는 데 영향을 미쳤다. 모트 살은 미국이 조용히 안정을 누리려던 1950년대 아이젠하워 시대에 깨어 있었던 유일한 희극 배우였다. 많은 사람들이 살을 냉소주의자로 보았지만, 그는 스스로를 이상주의자라고 생각했다. 그는 이런 말을 한 적이 있다. "내가 누군가를 비판한다면, 그것은 내가 나쁜 것을 바꿀 좋은 세상에 대한 희망을 품고 있기 때문이다. 나는 비트제너레이션[1950년대 미국에서 대두한 보헤미안적 문학 예술가 세대]처럼 '난 개입하지 않을 테니 딴 데 가보시오'라고 말하지 않는다. 나는 여기 있으며 개입한다."

진지한 유머를 쓰고 싶다면 "나는 여기 있으며 개입한다"라는 말을 신조로 삼자. 유머 작가는 흔히 사람들이 생각하는 것보다 시사적인 문제에 깊이 뛰어든다. 그들은 대중과 대통령이 듣고 싶지 않은 것을 말하기 위해 기꺼이 자신의 비위에 맞지 않는 일을 해야 한다. 아트 버크월드와 개리 트루도는 매주 한 번 용감한 일을 감행한다. 그들은 일반 칼럼니스트들은 차마 할 수 없지만 할 필요가 있는 말을 한다. 다행인 것은 정치인들은 유머에 능하지 않기 때문에 일반 대중들보다 더 어리둥절해한다는 것이다.

하지만 유머는 시사 문제 외에도 쓰임이 많다. 유머는 일상생활에서 겪는 집, 가족, 일터 등과 관련한 오래된 문제에 대해

여러 가지 형식

생각하게 해준다. 언젠가 나는 『블론디』(Blondie)의 작가 칙 영을 인터뷰한 적이 있다. 그가 이 일간 및 일요판 연재만화를 사십 년에 걸쳐 1만 4,500회를 연재했을 때였다. 나는 전 세계에 6,000만 독자를 둔 가장 유명한 연재만화의 작가인 그에게 장수 연재의 비결이 무엇인지 물어보았다.

그는 이렇게 대답했다. "단순하기 때문이지요. 내 만화는 누구나 하는 네 가지 일을 바탕으로 합니다. 자고, 먹고, 가정을 꾸리고, 돈을 버는 일이죠." 이 네 가지 주제에 대한 코믹한 변주는 실제 삶만큼이나 다양하다. 대그우드(여주인공인 블론디의 남편)가 사장인 디더스에게 돈을 조금이라도 더 받아내려는 노력은 언제나 더 쓰려는 블론디의 노력으로 상쇄된다. "저는 대그우드를 사람들에게 익숙한 세상 속에 붙들어두려고 애쓰죠. 그는 골프 같은 특별한 일은 절대 하지 않습니다. 찾아오는 사람들도 전부 보통 가정에서 볼 수 있는 그런 사람들이에요."

내가 영의 네 가지 주제를 언급한 것은, 아무리 괴상해 보일지라도 유머는 기본적으로 사실을 바탕으로 한다는 점을 말하기 위해서이다. 유머는 나름의 허약한 물질대사를 통해 살아가는 독립된 생물이 아니다. 그것은 언어를 제대로 구사하는 작가들에게만 주어지는, 사물을 보는 특별한 시각이다. 그들은 본질적으로 우스꽝스러운 삶에 관해 쓰는 것이 아니다. 그들은 본질적으로 진지한 삶에 대해 쓰지만, 진지한 희망이 운명의 장난에 의해 조롱받는 영역에 눈길을 준다. 스티븐 리콕은 그것을 "우리의 열망과 성취 사이의 이상한 부조화"라 불렀다. E.

B. 화이트도 같은 이야기를 했다. "나는 '유머 작가'라는 말을 좋아하지 않는다. 그 말은 오해를 불러일으키는 것 같다. 유머는 특별한 작가들의 진지한 작업의 부산물이다. 나는 어니스트 헤밍웨이보다는 돈 마퀴스에게, 드라이저보다는 페럴먼에게 더 많이 영향을 받았다."

그래서 나는 유머 작가를 위해 몇 가지 원칙을 제시하고자 한다. 먼저 정확한 언어를 쓰는 기술을 익히자. 마크 트웨인부터 러셀 베이커에 이르기까지, 유머 작가들은 먼저 뛰어난 작가들이다. 괴상한 것을 추구하지 말고, 너무 평범해 보이는 것은 무시하자. 실제 사실에서 찾아낸 재미가 독자들을 더 크게 감동하게 한다. 마지막으로, 억지로 웃기려 하지 말자. 유머의 기본은 놀라움이다. 독자를 놀라게 하는 일은 그렇게 자주 있지 않다.

작가에게는 안타까운 일이지만, 유머는 주관적이고 종잡을 수 없다. 같은 유머를 두 사람이 똑같이 재미있어하지는 않는다. 한 잡지에서 시시하다고 거절한 글을 다른 잡지에서는 보물이라며 싣는 경우도 많다. 거절의 이유 또한 종잡을 수 없다. 편집자로서는 "안 통할 것 같다"고밖에 말할 수 없다. 때로는 그런 글을 조금 수정해서 통하는 것으로 만들 수도 있다. 하지만 대개는 버려진다. E. B. 화이트는 이렇게 말했다. "유머도 개구리처럼 해부할 수 있다. 하지만 유머는 해부 과정에서 죽어버리며, 그 내장은 과학적인 정신으로 무장한 사람이 아니면 역겨워 보이게 마련이다."

여러 가지 형식

나는 죽은 개구리 애호가는 아니지만, 내장을 찔러보아 거기에서 조금이라도 배울 것이 있을지 알고 싶었다. 그래서 예일 대학에서 가르치는 동안 유머 쓰기 과정을 한번 만들어보았다. 나는 수업이 계획대로 되지 않을 수도 있으며, 결국 우리가 사랑하는 것을 죽여버리게 될지도 모른다고 학생들에게 미리 경고했다. 다행히 유머는 죽지 않았고, 엄숙한 학기 말 논문이라는 사막에서 꽃을 피울 수 있었다. 덕분에 나는 다음 해에도 강좌를 계속할 수 있었다. 우리가 했던 여행을 짧게 재구성해보자.

나는 잠재적인 수강생들에게 이렇게 썼다. "저는 미국의 유머가 훌륭한 문학성을 지니고 있다는 점을 지적하고 싶습니다. 먼저 저는 몇몇 선구자들이 후대에 미친 영향을 살펴볼 것입니다. (…) 유머에서는 픽션과 논픽션의 구분이 명확하지 않지만, 저는 이 과정을 논픽션 강좌로 봅니다. 여러분은 실제로 일어난 일을 바탕으로 한 글을 쓸 것입니다. 저는 '창조적 글쓰기'나 순전한 상상의 비상이나 무의미한 기발함에는 관심이 없습니다."

처음에는 유머 작가가 광범위한 형식의 글을 쓸 수 있고 새로운 형식을 창조해낼 수도 있다는 것을 보여주기 위해 초기 작가들의 글을 읽었다. 먼저 조지 에이드가 『시카고 레코드』(Chicago Record)에 기자로 일하면서 1897년부터 연재했던 「속어로 쓰는 우화」로 시작했다. 『조지 에이드의 미국』(The America of George Ade)이라는 그의 선집의 훌륭한 서문에서 진 셰퍼드는 이렇게 썼다. "그는 종이 한 장을 펼쳐놓고 마음 편히 앉아 있다가 아이디어가 떠오르면 그것을 우화 형식으로 써나갔다. 그가 구사한 것은 당시의 언어와 흔한 문구들, 다시 말해 속어였다. 다른 표현을 쓸 줄 몰라서 그렇게 쓰는 것이 아니라는 사실을 보여주기 위해 그는 의심을 살 만한 단어나 표현은 대문자로 강조했다. 그는 사람들이 자기를 무식하다고 여기는 것을 지독히도 두려워했다."

그는 걱정할 필요가 없었다. 그 우화는 아주 유명해서 그는 1900년까지 매주 1,000달러씩을 벌어들였다. 다음은 「위대한 빛을 본 머슴 이야기」이다.〔원문에서 대문자로 강조한 단어는 따로 표시하지 않았다〕

막장 대접을 받는 피고용인이 있었다. 그는 긴 근무시간과 적은 급여를 걷어차고 직원보호조합 조직을 도왔다. 대가리보다는 노가다의 편에 선 것이다.

고용주들은 그를 진정시키기 위해 그에게 떡고물을 주었다. 그 뒤로 그는 급여명세서만 보면 땀 흘려 일했고, 덩치 크고 게으른 굼벵이들이 작업장에서 요령만 피우고 있는 것처럼 보였다. 그는 사환이 장난을 쳐도 무시하는 법을 배웠다. 9 달러 임금 인상과 여름휴가를 요구하는 착실한 늙은 부기계원에게는 만족이 곧 보배라는 시시한 소리를 읊어댔다.

하루 중에 제일 안타까운 순간은 모두가 저녁 6시에 회사를 박차고 나갈 때였다. 하루 열 시간 노동을 외친다는 건 수

여러 가지 형식

치스러운 일이었다. 토요일 반휴 운동은 노상강도 짓이나 다름없었다. 한때 노예선에서 나란히 노역하던 사람들은 그를 나으리라고 불러야 했고, 그는 그들을 죄수 취급했다. 하루는 어느 아랫것이 이 노예감독관에게 그도 한때는 월급쟁이 노동자의 친구였다는 사실을 일깨워주었다.

"그래 맞아"하고 이 윗사람은 말했다. "하지만 내가 저임금 노동자들을 위해 일할 때는 '선(善)은 연간 배당금 앞에서는 아무것도 아니다'라는 글이 붙은 멋진 테이블이 있는 중역 사무실에 들어가보지 못했지. 자네한테 쉽게 설명해줄 수 있을진 모르겠네만, 아무튼 울타리 이쪽으로 들어오면 임금 문제에 대한 새로운 시각을 갖게 된다는 점만 말해두지."

교훈: '교육적인 목적에서 모든 피고용인은 경영진이 되어야 한다.'

모든 우화가 그렇듯, 백 년이나 된 이 보석 같은 유머의 보편적인 진리는 오늘날에도 여전히 유효하다. S. J. 페럴먼은 내게 이렇게 말했다. "에이드는 제가 유머 작가가 되는 데 가장 큰 영향을 미친 작가입니다. 그에게는 사회적인 감각이 있었어요. 20세기로 접어들 무렵에 그가 인디애나주 사람들에 대해 쓴 글을 보면, 그들의 석탄 산업을 다룬 어떤 연구보다 더 사실적이죠. 그의 유머는 사람과 장소에 대한 인식에 뿌리를 두고 있었습니다. 이전의 미국 유머 작가들에게서는 볼 수 없는 신랄함이 있었어요."

에이드 다음으로 소개한 것은 "그는 '닥쳐'라고 설명했다"라는 문구로 유명한 링 라드너였다. 극적인 대화가 유머 작가에게 꽤 유용한 형식임을 보여주기 위해서이기도 했다. 그는 자신을 위해 재미 삼아 난센스 극을 썼을 테지만, 나는 그런 라드너에게 잘 넘어간다. 그러나 그는 무대에서 일어나는 일을 설명하기 위해 이탤릭체 지문을 길게 쓰는 극작의 신성한 관습을 풍자하기도 했다. 라드너의 『실내장식장이』(I Gaspiri) 1막은 인물과는 아무런 상관없는 대사 열 줄과 부적절한 이탤릭체 아홉 줄로 이루어져 있으며, "일주일이 지났음을 나타내기 위해 막을 일주일간 내린다"라는 말로 끝난다. 야구 소설인 『넌 나를 알잖아 알렉스』(You Know Me, Al)처럼, 라드너는 여러 문학 형식에서 유머를 적극적으로 활용했다. 그의 귀는 미국의 경건함과 자기기만에 민감하게 열려 있었다.

다음으로 나는 돈 마퀴스의 『아치와 미히터블』(Archy and Mehitabel)을 들었다. 그것은 이 영향력 있는 유머 작가도 메시지를 전달하기 위해 광시(狂詩)라는 정통적이지 않은 방법을 썼다는 것을 보여주기 위해서였다. 에이드가 우화를 찾아낸 것처럼, 『뉴욕 선』(New York Sun)지의 칼럼니스트였던 마퀴스는 마감 시간에 맞춰 정돈된 산문을 써내야만 하는 힘든 문제에 대한 기발한 해결책을 찾아냈다. 1916년, 그는 밤마다 그의 타자기로 자유로운 운문을 쳐내는 아치라는 바퀴벌레를 생각해냈다(시프트키를 누를 힘이 없어 소문자로만 쓰긴 했지만). 미히터블이라는 이름의 고양이와의 우정을 그린 아치의 시는 거친 겉모습만 보아서는 쉽게 알아차릴 수 없는 철학적인 성향이 있다. 미히터블이 연극계의 늙은 고양이 톰을 만나는 장면을 그린 긴 시 「늙은 배우」는 연극계의 실태를 개탄하는 나이 든 배우를 적나라하게 그리고 있다.

> 나는 연극계 고양이의
> 오랜 혈통에 속하지
> 내 할아버지는
> 포레스트 극단 소속
> 자신이 진정한 배우라 하셨지
> (…)

마퀴스는 자신이 잘 아는, 따분함을 참지 못하는 성미를 강조하기 위해 고양이를 이용했다. 그런 성미는 퇴물들에게 보편적이다. 자기 분야가 개들한테 넘어가버렸다고 불평하는 것도 마찬가지다. 마퀴스는 유머의 고전적 기능 하나를 획득한다. 약점을 조롱하기보다는 웃어버릴 수 있는 통로로 화를 배출하는 것이다.

다음으로 소개한 작가는 도널드 오그덴 스튜어트, 로버트 벤츨리, 프랭크 설리번이었다. 이들은 '자유연상' 유머의 가능성을 크게 넓힌 작가들이다. 벤츨리는 우화와 광시라는 비개인적 형식 속으로 숨어버리는 에이드나 마퀴스 같은 유머 작가들에게서는 볼 수 없던 인간적 온기와 연약함의 차원을 보여주었다.

자기 주제로 곧장 뛰어드는 데는 벤츨리만큼 뛰어난 이가 없었다.

아시시의 성 프란체스코(아니면 고행자 성 시메온. 둘 다 '성'이 붙기 때문에 자주 헷갈린다)는 새를 아주 좋아해서, 새가 그의 어깨에 앉아 있거나 손목을 쪼는 모습을 즐겨 그리게 했다. 성 프란체스코가 좋아했다면야 상관없는 일이다. 누구나 좋고 싫은 것이 있고, 내 경우엔 개가 그렇다.

그들 모두가 S. J. 페럴먼에게 길을 열어주었을 것이다. 만일 그렇다면 페럴먼은 그 빚을 기꺼이 인정했을 것이다. 그는 이렇게 말했었다. "모방하면서 배워야 합니다. 나는 1920년대 말에 라드너를(내용이 아니라 문체를) 모방한 죄로 잡혀들어갔을 수도 있습니다. 그런 영향은 서서히 사라지는 것이죠."

그러나 그가 끼친 영향은 그리 쉽게 사라지지 않았다. 1979년에 세상을 떠날 때까지 그는 반세기 이상 꾸준히 글을 쓰면서 숨 막히는 곡예처럼 언어를 구사했는데, 그 문체의 중력과도 같은 힘에 빨려들어가 다시 헤어나지 못한 작가와 배우 들이 아직도 많다. 페럴먼이 우디 앨런 같은 작가들뿐 아니라 BBC의 〈군 쇼〉(Goon Show)나 〈몬티 파이톤〉(Monty Python), 밥과 레이의 라디오 촌극, 그루초 마르크스의 번뜩이는 위트에까지 영향을 미쳤음은 굳이 탐정이 아니어도 밝혀낼 수 있다(그루초 마르크스의 경우는 페럴먼이 마르크스 브라더스의 초기 영화 몇 편의

　　　　　　　　　　　　여러 가지 형식

시나리오를 쓴 적이 있기 때문에 더 쉽게 알아낼 수 있다).

그가 발견해낸 것은, 작가는 자유연상을 통해 정상적인 것에서 터무니없는 것까지 마구 튀어 날아다니면서 그 예측할 수 없는 각도로 모든 진부한 생각을 궤멸시킬 수 있다는 사실이었다. 그는 그런 놀라움의 요소에 자신의 장기인 화려한 말장난과 풍부하고 난해한 어휘, 독서와 여행으로 얻은 박학다식함을 덧붙였다.

하지만 과녁이 없었다면 그런 유머는 오래갈 수 없었을 것이다. "모든 유머는 무언가에 대한 것이어야 합니다. 말하자면 삶의 구체성을 건드리는 것이어야 합니다"라고 그는 말했다. 그의 문체의 맛을 아는 독자들은 그의 동기를 놓쳐버릴 수도 있지만, 페럴먼의 글 끝에서는 반드시 어떤 형태의 거드름이 파멸을 맞는다. 그것은 마르크스 브라더스의 〈오페라의 밤〉(A Night at the Opera) 이후 대형 오페라가 다시는 회복될 수 없고 W. C. 필즈의 〈뱅크딕〉(The Bank Dick) 이후 은행업이 복구될 수 없는 것과 마찬가지다. 그는 허풍쟁이나 악당을 어떻게 다루어야 할지 알았다. 브로드웨이, 할리우드, 광고, 상업의 세계에서 특히 그랬다.

나는 십대 때 페럴먼의 문장을 처음 읽고 충격을 받았던 것을 지금도 기억하고 있다. 그의 문장은 전에 보았던 것들과는 전혀 달랐으며, 나를 압도했다.

기적 소리가 귀를 찢더니, 어느새 나는 그랜드센트럴역의 꿈

같은 뾰족지붕을 칙칙폭폭 벗어나고 있었다. 그러나 얼마 가지 않아 내가 기차 없이 떠났다는 사실을 깨닫고 다시 달려와 기차가 출발하기를 기다려야 했다. (…) 시카고에서 두 시간만 있으면 더 이상 그 도시를 볼 수 없을 것이었다. 그런 생각을 하니 마음이 진정되었다. 디어본스트리트 역에 새로 그을음이 앉아 있는 것을 보고는 반가운 마음이 들었다. 물론 그것이 내가 온 것과 무슨 상관이 있다고 믿을 정도로 내가 실없지는 않았지만.

여성들은 먹기보다는 싸우기를, 또는 싸우기보다는 먹기를 더 좋아하는 이 아일랜드 모험가를 사랑했다. 어느 날 밤 그는 포츠머스의 한 선술집에서 몸을 비비고 있다가 어느 건장한 포수(砲手)의 친구가 얼근하게 취해서 하는 소리를 우연히 엿들었다. (…) 다음 날 아침 36문의 대포를 갖춘 전함이 바스를 벗어나 눈 깜짝할 사이에 하류로 내려가 봄베이로 향했다. 거기에 내 증조부가 승객으로 타고 있었다. (…) 53일 뒤, 거의 보석 브로치와 사냥총으로 잡은 뇌조(雷鳥)에 의존해 살던 그는 마침내 무리수와 코사인, 광신적인 마호메트 전사단들의 신성한 도시인 이쉬페밍의 뾰족탑들을 보게 되었다.

내 수업은 이 분야의 가장 지적인 현역인 우디 앨런을 살펴보는 것으로 마무리되었다. 지금은 세 권의 책으로 묶인 앨런의 잡지 글은 지적이면서도 유쾌한 독특한 유머를 보여준다. 그

여러 가지 형식

는 죽음과 불안이라는 유명한 주제뿐 아니라 철학, 심리학, 극
작, 아일랜드 시, 텍스트 해설(「하시디즘 이야기」)이라는 엄청난
학문 분야 및 문학 형식까지 파고든다. 마피아에 관해 설명하
는 모든 글에 대한 패러디인 「조직폭력에 대한 단상」은 내가 아
는 가장 재미있는 글 가운데 하나이며, 히틀러 이발사의 회고
담 형식인 「슈미드 회고록」은 그저 자기 일만 했을 뿐인 '선량한
독일인'에게 먹이는 결정적인 잽이었다.

나는 내가 하는 일이 도덕적으로 어떤 의미를 가지는지 아
느냐는 질문을 받았다. 뉘른베르크 재판에서 말했다시피, 나
는 히틀러가 나치라는 사실을 몰랐다. 사실 나는 여러 해 동
안 그가 전화회사 일을 하는 줄 알았다. 마침내 그가 어떤 괴
물인지 알게 되었을 때는 이미 뭔가를 하기에 너무 늦었었다.
나는 가구 몇 가지의 할부금을 내고 있었다. 한번은 전쟁 막
바지에 지도자의 목 냅킨을 풀어서 작은 머리카락을 등 뒤로
조금 떨어뜨릴 생각을 하다가 마지막 순간에 겁이 나서 포기
하기도 했다.

이 장에서 소개한 짤막한 인용문들은 이 거장들의 방대한
작업과 재능의 한 단면만을 슬쩍 보여줄 뿐이다. 하지만 나는
그들이 심각한 의도와 상당한 용기를 지닌 기나긴 전통 속에서
작업했다는 사실을 학생들이 알기 바랐다. 그 전통은 이언 프
레이저, 개리슨 킬러, 프랜 레보위츠, 노라 에프런, 캘빈 트릴린,

마크 싱어 같은 작가들의 작품 속에 계속 살아 있다. 싱어는 세인트 클레어 매켈웨이, 로버트 루이스 테일러, 릴리언 로스, 올컷 기브스 등 『뉴요커』 작가들의 긴 계보를 잇는 스타다. 그는 표정 하나 바꾸지 않고, 칼자국 하나 남기지 않고 월터 윈첼(신문과 라디오에 유명인의 사생활을 즐겨 폭로한 논평가로 매카시 광풍에 일조하기도 했다) 같은 공공의 적을 거꾸러뜨렸다.

싱어의 치명적인 독은 수많은 사실과 인용(그는 악착같은 기자다), 그리고 재미를 억누르지 않는 그의 문체에서 나왔다. 그것은 『뉴요커』에 실린 개발업자 도널드 트럼프에 대한 글처럼, 일반 시민들의 인내심을 오랫동안 시험해온 악덕 사업자를 다룬 글에서 특히 잘 나타난다. 싱어는 트럼프가 "영혼이 아우성쳐도 끄떡도 하지 않는 극도의 사치를 열망했으며, 결국 그것을 성취했다"고 지적하면서 팜비치의 스파 '마얼라고'를 찾아간 이야기를 들려준다. 이곳은 1920년대에 마조리 메리웨더 포스트와 E. F. 허턴이 지은 방 118개짜리 초호화 대저택을 개조한 것이었다.

분명 트럼프의 건강관리 철학은 남성 고객들이 유난히 매력적이고 젊은 스파 종업원들을 오래 접하면 자연히 삶의 의지를 지니게 된다는 믿음에 뿌리를 두고 있었다. 그래서 그는 자신의 역할을 핵심적인 고용 결정에 대한 거부권 행사에 국한한다. 트럼프는 나를 주운동실로 안내해주었는데, 거기에는 철마다 이곳에서 재즈 연주를 몇 번 해주는 '거주 예술인'

　　　　　　　　여러 가지 형식

으로 지정된 토니 베넷이 트레드밀을 열심히 밟고 있었다. 트럼프는 또 최근에 지압요법 대학을 졸업한 "우리의 거주 의사 진저 리 사우스홀 박사"를 내게 소개했다. 진저 박사가 우리 소리가 들리지 않는 곳에서 한 회원의 아픈 척추를 지압해줄 때, 나는 트럼프에게 그녀가 어디서 수련을 받았는지 물어보았다. "잘 모르겠네요." 그가 대답했다. "베이워치 의과대던가? 그럴듯한가요? 실은 진저 박사의 사진을 본 순간 그녀의 이력서나 다른 사람의 서류는 볼 필요도 없다는 걸 알았습니다. 당신은 '그녀가 십오 년 동안 시나이산에서 훈련을 받았기 때문에 그녀를 고용했느냐'고 묻는 겁니까? 대답은 아니라는 겁니다. 이유를 말씀드리자면, 그녀가 시나이산에서 십오 년을 보낼 때쯤이면 우리는 그녀를 쳐다보고 싶지 않을 테니까요."

현재의 유머 작가 중에는 개리슨 킬러가 사회 변화에 대한 확실한 관점과 자기주장을 에둘러 전달하는 가장 창의적인 능력을 지니고 있다. 그는 새 옷을 입은 오래된 장르를 만나는 즐거움을 우리에게 선사해준다. 오늘날 흡연자에 대한 미국의 적의는 기민한 작가라면 누구나 정당하고 냉정한 글을 쓸 만한 주제다. 하지만 이런 접근은 킬러 특유의 것이다.

하이시에라 지역 도너 고개 남쪽 협곡에 있던 미국의 마지막 흡연자들은 정오 직전 헬리콥터로 정찰 중이던 연방담배요원 두 사람에게 담배연기를 발각당했다. 그중 책임자가 무전기로 지상팀을 불렀다. 위장복을 입은 여섯 명의 반흡연 기동타격대원들은 험준한 지형을 신속히 이동하여 은신 중이던 흡연자들을 포위했고, 그들을 최루탄으로 제압한 다음 8월의 뜨거운 햇볕 아래 자갈밭에 얼굴을 대고 엎드리게 했다. 모두 사십대 중반의 여자 세 명과 남자 두 명이었다. 그들은 수정헌법 제28조가 채택된 뒤로 줄곧 도주 중이었다.

킬러가 염두에 둔 장르는 존 딜린저〔미국의 전설적인 은행강도〕가 활개 치던 1930년대 이후로 미국 신문의 중요 상품이었다. 그의 글에는 갱단과 비밀경찰, 잠복근무와 총격전 같은 소재와 함께 그 장르에 대한 그의 사랑이 잘 나타난다.

킬러가 완벽한 틀을 찾아낸 또 다른 경우는 부시 정부가 저축대부업계에 베푼 긴급구제였다. 다음은 그의 글 「저축대부업계는 어떻게 구제받았나」의 첫 부분이다.

야만적인 훈족 무리가 시카고를 침략하던 날, 대통령은 아스펜에서 배드민턴을 치고 있었다. 에번스턴에 사는 이모가 있는 한 기자가 클럽하우스로 가는 대통령에게 "훈족들이 시카고를 짓밟고 있습니다, 대통령님! 한 말씀 해주시죠!"하고 외쳤다.

기습 질문을 받은 부시는 당황하지 않고 대답했다. "우리는 훈족의 상황을 아주 면밀히 주시하고 있습니다. 지금으로

　　　　　　　　여러 가지 형식

서는 고무적으로 보입니다. 하지만 몇 시간 뒤에 좀 더 확실
한 정보를 들고 다시 이야기할 수 있길 바랍니다." 대통령은
염려하는 표정이었으나 긴장하지 않았고, 확고한 용기와 통
제력을 갖고 있는 것 같았다.

이어서 이 글은 도시로 쳐들어온 야만인들이 무지막지하게
"교회와 공연장과 유적지를 불태우고 수도사와 처녀와 부교수
를 끌어내어 (…) 노예로 팔아버리고" 저축대부업계 사무실들을
장악했으며, 그런데도 부시 대통령이 아무런 반응을 보이지 않
았다고 이야기한다. "쇼핑몰 출구조사 결과 사람들이 그가 사태
에 잘 대처하고 있다고 생각하는 것으로 나타났다"는 이유 때
문이었다.

대통령은 저축대부업계에 대한 인수 기도에 개입하지 않고
1,660억 달러를 지원하기로 했다. 배상금이 아니라 단순히 일
반적인 정부 보조금 형태로 지급되는 것이기 때문에 아무 문
제가 없다는 것이었다. 그러자 훈족과 반달족은 노략질한 보
물을 싸 들고 떠나버렸고, 고트족은 미시간호 북쪽으로 배를
타고 사라져버렸다.

킬러의 풍자를 보고 나는 그를 흠모해 마지않게 되었다. 처
음에는 그 유머의 독창성에, 그다음엔 나라면 절대 표현하지
못할 방법으로 시민의 분노를 표현한 것에 경탄했다. 내가 동원

할 수 있는 유일한 것이라곤 탐욕스러운 무리가 약탈한 업계의 피해를 부시가 구제해주었기 때문에 내 손자들이 노년이 되어서까지 그 빚을 갚아야 한다는 무기력한 분노뿐이었다.

하지만 유머가 꼭 목적이 있어야 한다는 법은 없다. 시인 키츠가 딱히 말한 것은 아니지만, 순전한 난센스는 언제나 즐거운 것이다. 나는 작가가 그저 장난삼아 붕 떠 있는 모습을 보는 게 좋다. 다음에 인용하는 이언 프레이저와 존 업다이크의 최근 글은 대단히 엉뚱하다. 미국의 예전 황금기에 나온 어떤 글도 이보다 더 재미있지는 않다. 프레이저의 글 「엄마와 데이트하기」는 이렇게 시작한다.

사람들이 진정한 접촉 없이 서로 만나고 헤어지는 오늘날과 같은 빠르고 불안정한 사회에서, 어머니와의 관계는 무시할 수 없이 중요하다. 성숙하고 경험 많고 사랑을 베푸는 여인이 있다. 이 여인을 만나기 위해서는 파티나 싱글즈 바에 가야 하는 것도 아니고, 서로를 잘 알기 위해 아주 오랫동안 만나볼 필요도 없다. 둘만 있을 때도 연애 초기에 흔히 있게 마련인 긴장 없이 자연스럽게 있을 수 있다. 당신에게 필요한 것은 이런 상황을 잘 이용하려는 마음가짐뿐이다. 어머니가 당신에게 바지를 사주기 위해 같이 시내로 나간다고 하자. 먼저 어머니가 좋아하는 괜찮은 라디오 방송을 골라보자. 에어컨을 시원하게 틀어놓고 여유로운 드라이브를 즐기자. 그리고 어머니를 지긋이 바라보며 "엄마는 예전처럼 예뻐요. 내가

여러 가지 형식

그걸 왜 몰랐을까”하고 이야기해보자. 아니면 어머니가 깨끗이 빤 양말을 들고 당신 방으로 온다고 하자. 어머니의 손목을 잡아 끌어당기며 “엄마, 엄마는 내가 만나본 여자 중에서 제일 매력적인 사람이야”하고 말해보자. 그러면 어머니는 아마 장난 좀 그만하라고 할 테지만, 한 가지 확실한 건 절대 아버지에게는 말하지 않을 것이라는 사실이다. “여보, 파이퍼가 방금 나한테 수작을 걸었지 뭐예요”라고 말하기가 어려워서일 수도 있고, 남몰래 들뜬 것일 수도 있다. 하지만 이유야 어떻든, 어머니는 당신의 사랑을 세상에 말하는 것이 부끄럽지 않을 때까지 그것을 간직할 것이다.

업다이크의 「야회복」은 협곡 바닥의 바위에 닿을락 말락 하는 번지 점프와도 같지만, 독자를 불편하게 하는 진실을 담고 있다. 이 글은 J. 에드거 후버에 관한 어두운 추측뿐 아니라 미국인들의 기억 속에 남아 있는 고위직들, 즉 지금은 고인이 된 대통령과 그 각료들을 다룬다. 조금 경박해 보이기는 해도 이 글이 성공적인 것은 업다이크의 꼼꼼한 조사 덕분이다. 이름, 날짜, 패션 용어에 이르는 모든 디테일이 정확하다고 해도 좋다.

당시에 왕성하게 활동했던 우리로서는, J. 에드거 후버가 1958년 플라자 호텔에서 여자 옷을 입고 돌아다닌 적이 있다는 '뉴욕 사교계의 명사' 수전 로젠스틸의 다음과 같은 폭로를 최근 보스턴의 『글로브』(*Globe*)에서 보게 된 것은 슬픈 일이었다. "그는 아주 보풀보풀하고 주름이 잡힌 검은 드레스와 레이스 스타킹에 하이힐을 신고 검은 곱슬머리 가발을 하고 있었어요." 우리는 모두 J. 에드거가 촌스러운 아줌마 같다고 생각했었는데, 뒤 세대들은 아이젠하워 집권 2기에 여장을 즐긴 한 고관의 기묘한 화려함과 흥분을 이해하려 애쓰면서, 요란스러운 주름장식에 가발을 곁들인 촌스러운 검은 보풀 의상이 당시의 최신 유행이었다고 상상할 것이다.

무오류의 본능을 지닌 친애하는 아이크〔아이젠하워의 애칭〕라면 절대 레이스 스타킹으로 자신의 다리를 감싸지는 않았을 것이다. 나는 이브 생 로랑의 1958년 디오르 컬렉션이 있은 지 한 달이 채 못 되어 아이크가 뒤가 트인 흰색 하이힐과 가짜 쪽머리에 기막힌 코발트블루 트레피즈 드레스 차림으로 나타났던 것을 기억한다. 내 기억이 맞다면 그는 바로 그날 해병대 오천 명을 레바논으로 보냈는데, 그는 전혀 흐트러짐이 없었다. 스카프는 머리에 두르는 것이라고만 생각하던 당시에 그가 꽃무늬 실크 스카프를 목에 두른 것이 이 의상을 입었을 때였다(아니면 그 전해의 벨트 장식 A라인이었는지도 모른다). 하지만 대통령은 스커트 단에 대해서는 대단히 보수적이어서, 이브 생 로랑이 1959년에 스커트를 무릎까지 올렸을 때 의회가 이 문제에 관해 결정을 내리기를 3개월 동안 기다리다가 결국 인내심을 잃고는 서명 한 번에 발렌시아가로 바꾸어버렸다. 그 후로 정권 막바지까지 그는 긴 허리의 열은

여러 가지 형식

암갈색과 베이지색 데이드레스만을 고집했다. 반면 존 포스터 덜레스는 우아한 파자마 스타일과 약간 반짝이는 느낌의 파스텔 정장을 선호했다. 풍부한 고리 장식, 위로 빗어 올린 금발 가발, 술 달린 슬리퍼를 즐겼다. 자신의 확고한 반공산주의에도 불구하고 그는 이상하게도 붉은색을 편애했다. 믿을 만한 소식통에 따르면 한번은 셔먼 애덤스가 포스터를 옆으로 데리고 가서 골격이 우람한 사람은 화려한 색이 어울리지 않는다고 말해주었다고 하는데도 말이다. 비쿠냐 때문에 망하긴 했지만[셔먼 애덤스는 비쿠냐 털로 만든 코트를 뇌물로 받은 사실이 드러나 대통령 비서실장 자리에서 물러났다] 셔먼은 내 마음속에는 기발한 타조털 목도리와 살짝 풀을 먹인 매혹적인 레몬색 보일 천 의상을 걸친 인물로 남아 있다. (…)

결국 모든 유머 작가가 전달해야 하는 것은 즐거움이다. 그러기 위해서는 먼저 스스로 즐거워야 한다. 나는 내 수업을 듣는 예일 대학 학생들이 대담하게 쓰기를 바랐다. 먼저 나는 풍자나 패러디 같은 기존의 유머 형식을 이용하되 '나'를 사용하지 않거나 자기 자신의 경험을 써보라고 했다. 나는 신문에서 찾은 불합리한 일들을 제시하면서 수강생 모두에게 같은 주제로 글을 쓰게 했다. 학생들은 자유연상, 초현실주의, 난센스를 과감하게 활용했다. 그들은 주어진 형식 내에서 심각한 이야기를 하면서도 논리의 고리를 벗어나 재미있게 쓸 수 있다는 것을 알게 되었다. 그들은 우디 앨런의 엉뚱한 추론(non sequitur)

의 영향을 크게 받고 있었다("이 말에 랍비는 자기 머리를 마구 쥐 어박았는데, 이는 율법에 따르면 염려를 나타내는 가장 섬세한 방법의 하나이다").

4주 정도가 지나자 다들 서서히 지치기 시작했다. 학생들 은 자기가 유머를 쓸 수 있다는 것을 알았다. 하지만 매주 다른 목소리로 유머를 창작한다는 것이 힘든 일이라는 것도 알게 되 었다. 이제 속도를 늦추고 자기 삶에 대해 자기 목소리로 이야 기할 때가 되었다. 나는 이제 우디 앨런은 그만두고 다음에 또 기회가 있으면 이야기하겠다고 했다. 하지만 그날은 다시 오지 않았다.

나는 자기가 아는 것에만 매달리라는 칙 영의 원칙을 채 택하고, 유머를 자기 작품을 조용히 관통하는 맥으로 이용하 는 작가들을 읽어주기 시작했다. E. B. 화이트의 「에드나의 눈」 이라는 글이 그중 하나였는데, 이 글에서 화이트는 자신의 메인 주 농장에서 며칠 동안 허리케인 에드나가 다가온다는 거짓 소 식을 전하는 라디오 방송을 들었던 이야기를 들려준다. 이 글은 지혜와 부드러운 위트가 넘치는 완벽한 에세이다.

내가 발굴한 또 한 사람은 캐나다의 작가 스티븐 리콕이었 다. 나는 소년 시절부터 그를 아주 유쾌한 사람으로 기억하고 있었는데, 옛 친구를 다시 만날 때 종종 그렇듯 알고 보니 그 가 그냥 좀 '웃기는' 사람이 아닐지 걱정스럽기도 했다. 하지만 그의 글은 시간의 침식에도 살아남은 것들이었다. 특히 기억에 남은 글은 그가 56달러로 은행 계좌를 개설하는 이야기인 「나의 재정 경력」으로, 우리가 은행이나 도서관 같은 딱딱한 기관을 상대할 때 얼마나 난처해지는지를 보여주는 대표적인 유머이다. 리콕을 다시 읽으면서 나는 유머 작가의 또 하나의 기능이 자신을 대부분 상황에서 무기력한 희생자나 열등한 사람으로 그려내는 것이라는 점을 새삼 확인했다. 그것은 독자가 작가에 대해 우월감을 느끼거나 적어도 작가를 자기와 같은 희생자로 여기게 하는 일종의 치료법이다. 에마 봄벡이 수십 년에 걸쳐 즐겁게 증명해 보인 것처럼, 보통의 생활을 다루는 유머 작가는 소재가 떨어지는 법이 없다.

우리 수업도 그런 방향으로 진행되었다. 학생들 상당수는 가족에 관해 썼다. 도중에 부딪히는 문제는 주로 과장에서 오는 것이었고, 우리는 절제를 배우고 이미 암시된 재미있는 부분을 부연하는 문장을 잘라내면서 점차 문제를 해결해나갔다. 어려운 것은 과장을 어느 정도까지 허용할지 판단하는 일이었다. 한 학생은 할머니의 끔찍한 요리 솜씨에 관한 글을 재미있게 써왔다. 내가 칭찬하자 그 학생은 실은 할머니가 요리를 아주 잘한다고 털어놓았다. 나는 그 소리를 들으니 아무래도 글의 재미가 줄어드는 것 같아 아쉽다고 했다. 그는 무슨 차이가 있느냐고 물었다. 나는 그 글이 사실이 아닌 줄 모르고 재미있어 했으니 글에는 차이가 없지만, 이야기를 꾸며내기보다는 진실에서 출발한다면 재미가 더 오래갈 수 있을 거라고 답했다. 그것은 제임스 서버가 미국의 일류 유머 작가로 장수할 수 있었던 비결이기도 하다. 서버의 「침대가 떨어진 밤」에서 우리는 그가 사실을 약간 과장했다는 것을 안다. 하지만 우리는 그날 밤 그 다락의 침대에 무슨 일이 있었다는 것도 안다.

요컨대 우리는 수업에서 처음에는 유머를 얻기 위해 애썼고, 거기에 진실을 가미하려 했다. 그리고 마지막에는 진실을 얻으려 애썼고, 거기에 유머를 가미하고자 했다. 결국 우리는 그 둘이 서로 얽혀 있음을 깨달을 수 있었다.

글쓰기의 자세

4

글의 목소리를 듣자

나는 야구에 관한 책 한 권과 재즈에 관한 책 한 권을 썼다. 하지만 하나는 스포츠 언어로, 또 하나는 재즈 언어로 쓴다는 생각은 한 번도 해본 적이 없다. 나는 둘 다 내가 할 수 있는 최선의 언어로, 내가 늘 구사하는 문체로 쓰려고 애썼다. 두 책의 주제는 크게 다르지만, 나는 독자들이 같은 사람의 목소리로 느끼게 하고 싶었다. 그것은 야구를 다룬 '나'의 책이었고, 재즈를 다룬 '나'의 책이었다. 다른 사람들도 그들만의 책을 쓸 것이다. 내가 무엇을 쓰든, 작가로서 내가 팔 것은 나 자신이다. 그리고 여러분이 팔 것은 여러분 자신이다. 주제에 맞추기 위해 자기 목소리를 바꾸지 말자. 독자가 글에서 듣고 알아차릴 수 있는 하나의 목소리를 개발하자. 그것은 음악적인 면에서 즐거울 뿐 아니라 조잡하게 들리지 않아야 한다. 즉, 성기거나 가식적이거나 진부하게 느껴지지 않아야 한다.

먼저 성김에 대해 살펴보자.

작가에게 직접 이야기를 듣는 것처럼 편안한 글이 있다. 제임스 서버, V. S. 프리쳇, 루이스 토머스 등 그런 문체를 구사하는 대가들이 많지만, 내 생각에는 E. B. 화이트가 최고가 아닌가 싶다. 내가 늘 그의 문체를 따르려 했으니만큼 치우친 판단일 수도 있다. 흔히 그가 힘들이지 않고 글을 쓴다고 생각하지만, 사실은 그 반대다. 힘들이지 않은 듯한 이 문체는 실은 열심히 노력하고 꾸준히 갈고닦은 것이다. 문법적으로도 통사적으로도 어긋난 곳이 없고, 문장 하나하나에 최선을 다한 흔적이 엿보인다.

다음은 E. B. 화이트가 글을 시작하는 전형적인 예다.

나는 9월 중순에 며칠 밤낮을 아픈 돼지와 함께 지냈다. 그 긴 시간에 관해 이야기해야만 하는 것은, 결국 돼지는 죽고 나는 살아남았기 때문이다. 또 사정이 간단히 달라져서 이야기할 사람이 남지 않았을 수도 있기 때문이다.

너무도 수수한 문장이어서 우리가 화이트의 집 베란다에 앉아 있다는 상상마저 하게 된다. 화이트는 안락의자에 앉아 파이프 담배를 피우고 있고, 이야기는 절로 흘러나오는 것 같다. 그러나 문장을 다시 한번 살펴보자. 되는대로 들어간 것이 하나도 없다. 아주 공들여 쓴 문장이다. 문법적으로도 올바르고, 단어의 쓰임새는 쉬우면서도 정확하며, 운율은 시적이다. 힘들이지 않고 쓴 것 같으면서도 놀라운 이 문장은 따뜻한 느낌으로 우리의 무장을 해제하도록 치밀하게 고안된 것이다. 작

글쓰기의 자세

가는 확신에 찬 목소리로 이야기하며, 독자의 환심을 사려 애쓰지 않는다.

경험이 부족한 글쓴이는 이 점을 놓친다. 그들은 격의 없는 분위기를 만들려면 그냥 편하게 이야기하기만 하면 된다고 생각한다. 뒤뜰 울타리 너머로 이야기하는 마음씨 좋은 아줌마 아저씨처럼 말이다. 그들은 독자의 친구가 되고 싶어 한다. 형식적인 느낌을 주지 않으려 너무 애쓴 나머지 좋은 문장을 쓰려는 노력은 전혀 하지 않는다. 그러니 문장이 성기게 마련이다.

그런 글쓴이라면 화이트가 돼지를 간호하느라 며칠 밤을 새운 이야기를 어떻게 쓸까? 아마 이런 식이 되지 않을까?

아기돼지를 돌보느라 밤을 새워본 적이 있는가? 정말이지 밤잠깨나 설치게 된다. 지난 9월에 나는 삼 일 밤을 그 짓을 하느라 마누라는 내가 완전 제정신이 아닌 줄 알았다고 한다(물론 농담이다). 솔직히 그 일 때문에 난 아주 꿀꿀했다. 아시겠지만, 그렇게 돌보던 돼지가 죽고 말았으니 말이다. 내 상태가 얼마나 안 좋았던지 돼지가 아니라 내가 죽을 뻔했다. 내가 죽었다고 우리 돼지가 책을 쓰지는 않으리라는 건 말할 필요도 없겠지만!

이 글이 왜 끔찍한지 애써 설명할 필요는 없으리라. 한마디로 조잡하고, 진부하고, 장황하다. 언어를 깔보는 태도가 있다. 가식적이다(나는 '아시겠지만'이라고 쓰는 사람의 글은 더 읽지 않는다). 그러나 성긴 글에서 가장 딱한 점은 제대로 된 글보다 읽기가 더 어렵다는 것이다. 이런 글은 독자의 여행을 편하게 만들어주려 한 나머지 천박한 속어, 조악한 문장, 내용 없이 철학자인 체하기 같은 이런저런 방해물을 길에 늘어놓고 만다. 화이트의 글은 훨씬 읽기 쉽다. 그는 문법이라는 도구가 오랜 세월 동안 그저 우연히 살아남은 것이 아니라는 사실을 잘 안다. 문법은 독자들이 알게 모르게 크게 의지하는 버팀목이다. E. B. 화이트나 V. S. 프리쳇의 글이 너무 훌륭하다고 해서 읽기를 그만두는 독자는 아무도 없다. 하지만 글쓴이가 자신을 깔본다고 느끼면 책을 덮어버릴 것이다. 선심 쓰는 체하는 필자를 참아줄 사람은 아무도 없다.

최상의 언어에 대한, 그리고 최상의 독자에 대한 경의를 품고 쓰자. 성긴 문체를 쓰고 싶은 충동이 너무 강하다면, 자신이 쓴 글을 큰 소리로 읽어보면서 자신의 목소리가 듣기 좋은지 직접 느껴보자.

독자가 즐길 만한 목소리를 찾아내는 것은 대개는 감각의 문제다. 이런 말은 별 도움이 되지 않을 것이다. 감각이란 게 딱 부러지게 뭐라고 할 수 있는 게 아니니 말이다. 하지만 실제로 마주치면 알아볼 수는 있다. 옷에 대한 감각이 있는 여성은 멋있고 놀라울 뿐 아니라 정확한, 알맞은 옷으로 우리를 즐겁게 한다. 무엇이 통하고 안 통하는지를 아는 것이다.

글을 쓰거나 다른 창조적인 예술을 하는 사람에게 무엇을 해서는 '안' 되는지를 아는 것은 아주 중요한 감각이다. 똑같은

　글쓰기의 자세

실력을 갖춘 두 재즈 피아니스트가 있다고 해보자. 감각이 있는 한 사람은 모든 선율을 자기 이야기에 적절하게 이용하고, 감각이 없는 다른 사람은 온갖 불필요한 장식음으로 우리를 정신 사납게 한다. 감각이 있는 화가는 캔버스에 무엇이 있고 무엇이 없어야 하는지 안다. 반면에 감각이 없는 화가는 너무 예쁘거나 너무 난잡하거나 너무 번지르르한 풍경을 우리에게 강요한다. 감각 있는 그래픽디자이너는 '적을수록 좋다'는 것을, 다시 말해 디자인은 글자에 종속된다는 것을 안다. 감각 없는 디자이너는 현란한 바탕색과 무늬와 장식으로 글자를 질식시켜버린다.

지금 내가 주관적인 문제를 규명하려 한다는 것은 나도 안다. 한 사람에게 아름다운 것이 다른 사람에게는 저속해 보일 수 있다. 그리고 감각은 세월에 따라 변하는 것이어서, 어제는 매력적이던 것이 오늘은 시시하다고 조롱받을 수 있고, 그것이 내일 다시 매력적으로 보일 수 있다. 그렇다면 왜 이 문제를 제기하는 것인가? 그것이 분명 존재한다는 점을 잊지 말자는 뜻에서다. 감각은 글 전체를 관통하는 보이지 않는 흐름이며, 그것을 알고 있어야 한다는 것이다.

그런가 하면 감각이 눈에 보일 때도 있다. 모든 예술 형식은 시간의 변덕에도 살아남는 핵심적인 진실을 지니고 있다. 파르테논 신전의 비율에는 분명 사람을 즐겁게 해주는 고유한 무언가가 있다. 워싱턴을 조금만 걸어 다녀보면 알 수 있듯이, 서구인들은 공공건물을 설계할 때 여전히 이천 년 전의 그리스인들에게 의존하고 있다. 바흐의 푸가는 시간을 초월한 고귀함을 지니고 있으며, 그것은 시간을 초월한 수학의 법칙에 뿌리를 두고 있다.

글쓰기에도 그런 이정표가 있을까? 많지는 않다. 글쓰기는 모든 사람의 개성의 표현이며, 실제로 나타난 후에야 그것이 좋은 것임을 알 수 있기 때문이다. 하지만 무엇을 생략해야 할지 알기만 해도 많은 것을 얻을 수 있다. 예컨대 진부한 표현이 그렇다. 진부한 표현이 죽음의 키스라는 사실을 모르는 행복한 필자가 백방으로 노력해 결국 그런 표현을 쓰고야 마는 것을 보면, 우리는 그에게 언어를 새롭게 구사하려는 본능이 부족하다는 것을 미루어 알 수 있다. 참신한 것과 진부한 것의 갈림길에서 그는 어김없이 진부한 쪽을 택한다. 그의 목소리는 따분하고 시시해지고 만다.

진부한 문구를 근절하는 것은 쉬운 일은 아니다. 그것은 공기처럼 우리 주위를 떠다니며, 언제나 도움을 주려는 친한 친구처럼 기다리고 있다가 우리 대신 복잡한 생각을 단순한 은유의 형태로 표현해준다. 진부한 표현은 그렇게 해서 생겨난다. 주의 깊은 필자도 초고에서는 그런 표현을 꽤 많이 쓴다. 하지만 그 뒤에는 그것들을 쓸어낼 기회가 온다. 초고를 고쳐 쓰고 소리 내어 읽을 때는 언제나 진부한 문구에 귀를 기울여야 한다. 그것이 얼마나 수상쩍게 들리는지 귀를 세워보자. 자기만의 참신한 표현을 만들어내려 애쓰는 대신 뻔하고 낡은 표현에 만족하지 않았느냐고 비난하는 것 같지는 않은가. 진부한 표현은 감각의 적이다.

개별적인 표현의 진부함을 넘어 더 큰 범위의 언어 사용에 관해 이야기해보자. 여기서도 중요한 것은 참신함이다. 감각은 놀랍고 힘 있고 정확한 표현을 선택한다. 감각이 없으면 동창회보의 회원 동정란에 등장하는 허술한 표현의 수렁에 빠진다. 이 세계에서는 요직에 있는 사람이면 죄다 '고위직'(the top brass)이거나 '실력자'(the powers that be)이다. '고위직'이라는 말이 정확히 어디가 잘못됐다는 것인가? 잘못된 것이 없을 수도, 전부 잘못되었을 수도 있다. 감각이 있다면 고위직이란 말보다는 관리, 임원, 회장, 사장, 이사, 부장처럼 그 사람의 직함을 부르는 게 낫다는 걸 알 것이다. 감각이 없으면 케케묵은 동의어에 기대게 되고, 뜻도 부정확해진다. 대체 정확히 어떤 간부가 고위직인가? 또 감각이 없으면 '몇번째인가'(umpteenth)니 '무수한'(zillion)이니 '이상, 끝'(period)이니 하는 단어를 써버린다. "그녀는 거기에 대해 더 이상 듣고 싶어 하지 않았다. 이상, 끝."

하지만 감각이란 결국 분석을 넘어서는 복합적인 것이다. 그것은 절뚝거리는 문장과 경쾌한 문장의 차이를 들을 줄 아는 귀이며, 가볍고 일상적인 표현이 격식 있는 문장에 끼어들어도 괜찮을 뿐 아니라 불가피해 보이는 경우를 아는 직관이다(E. B. 화이트는 그런 균형을 맞추는 데 대가였다). 그렇다면 감각은 배워서 얻을 수 있는 것인가? 그렇기도 하고 아니기도 하다. 완벽한 감각은 완벽한 음정처럼 천부적으로 타고나는 것이다. 하지만 어느 정도는 습득할 수 있다. 비결은 그것을 가진 작가를 연구하는 것이다.

다른 작가를 모방하기를 주저하지 말자. 모방은 예술이나 기술을 배우는 사람이라면 누구나 거치는 창조적 과정의 일부다. 바흐도 피카소도 애초부터 완전히 바흐나 피카소인 채로 솟아난 것은 아니다. 그들에게는 본보기가 있어야 했다. 글쓰기에서는 특히 그렇다. 관심 있는 분야에서 최고의 작가를 골라서 그 작품을 큰 소리로 읽어보자. 그들의 목소리와 감각을, 다시 말해 언어에 대한 태도를 귀로 받아들이자. 모방 때문에 자신의 목소리와 정체성을 잃어버리면 어쩌나 하는 걱정일랑 말자. 곧 그 껍질을 벗고 여러분 자신으로 자라게 될 테니.

다른 작가의 작품을 읽으면 자신을 풍성하게 하는 오랜 전통과 만날 수 있다. 때로는 혼자서는 결코 얻을 수 없는 깊이를 주는 민족적인 기억과 이야기의 광맥을 발굴하기도 한다. 무슨 말인지 조금 에둘러서 예를 들어보자.

나는 관공서에서 한 해의 중요한 어떤 날을 굳이 중요한 날로 지정하면서 내놓는 선언문 같은 글은 여간해선 잘 읽지 않는다. 그런데 내가 예일 대학에서 가르치던 1976년, 코네티컷 주지사인 엘러 그라소가 사십 년 전의 주지사 윌버 크로스가 쓴 추수감사절 선언문을 '걸작 웅변'이라 소개하면서 다시 내놓는 흥미로운 생각을 해냈다. 나는 웅변이란 것이 우리 생활에서 사라져버린 것은 아닌지, 우리가 아직도 그것을 애써 얻을 만한 것으로 생각하고 있는지 의문을 품고 있던 차였다. 그래서 나는 크로스 주지사의 글이 전 세대의 수사(修辭)에 대한

글쓰기의 자세

잔인한 재판관인 시간의 풍상을 얼마나 견뎌냈는지 확인해보기로 했다. 그리고 그라소 주지사의 식견에 공감하는 즐거움을 맛보게 되었다. 과연 대가다운 솜씨였다.

참나무 잎이 바람에 바스락거리고, 서리 내리는 공기가 서늘하고, 땅거미가 일찍 내리고, 오리온자리 아래 다정한 저녁이 길어지는 이 환절기, 우리는 아득한 옛날부터 한데 모여 우리를 낳아주고 지켜주시는 분을 칭송해왔습니다. 이 풍속을 살려 저는 오늘 11월 26일 목요일을 공립 추수감사절로 지정하고자 합니다. 이는 우리 공동의 운명이 되었고 사랑하는 우리 주(州)를 축복받은 땅으로 만들어주신 은총을—우리를 길러준 흙의 소출과 우리 생명을 지켜준 모든 노동으로 얻은 보다 풍요로운 소출을—그리고 인간됨에 대한 신념을 소생시켜주고 그 언어와 행위를 길러주고 단련시켜주는, 몸에 있어 숨처럼 소중한 모든 것을 기리기 위함입니다. 또 돈보다 명예를, 끝없는 진리 추구에 대한 변함없는 용기와 열정을, 각자가 서로에게 아낌없이 부여하는 자유와 정의를, 그리고 평화의 영광과 자비를 기리기 위함입니다. 그리하여 이렇게 다시 모인 자리에서 수확기를 지키는 엄숙하고도 즐거운 의식으로 축복의 의미를 겸허히 되새기고자 하는 것입니다.

그라소 주지사는 코네티컷 시민들에게 '청교도 선조들이 신세계에서 처음 보낸 혹독한 겨울 동안 발휘했던 희생과 헌신의 정신에 대한 경의를 새롭게 하자'는 취지의 후기를 덧붙였다. 나는 이 글을 읽고 그날 밤 오리온자리를 보아야겠다고 마음먹기도 했다. 또 내가 축복받은 땅에 살고 있음을 되새기며 기뻐할 수 있었다. 그리고 평화만이 감사해야 할 유일한 영광이 아님을 되새길 수 있어 기뻤다. 언어가 공공선을 위해 우아하게 쓰일 수 있다는 것을 알았기 때문이다. 그러면서 제퍼슨, 링컨, 처칠, 루스벨트, 애들레이 스티븐슨(1952년과 1956년에 민주당 대통령 후보로 아이젠하워와 대결한 정치가)의 연설이 줄줄이 떠올랐다(아이젠하워, 닉슨, 부시 부자의 연설은 떠오르지 않았다).

나는 이 추수감사절 선언문을 게시판에 붙여놓아 학생들도 볼 수 있게 했다. 그러나 몇몇 학생들은 내가 익살을 떤다고 생각했다. 간소함에 대한 내 집착을 아는 그들은 내가 크로스 주지사의 메시지를 지나친 미사여구의 사례로 제시한 줄 알았던 것이다.

이 일로 나는 몇 가지 의문을 품게 되었다. 대중 연설의 수단으로 구사한 고급스러운 언어를 한 번도 접해보지 못한 세대에게 윌버 크로스의 문장을 갑자기 던져준 것은 아닌가? 아무리 생각해도 그런 글은 1961년 존 F. 케네디의 취임 연설문 이후로는 한 번도 없었던 것 같았다(마리오 쿠오모나 제시 잭슨의 경우는 예외일 수 있다). 이 세대는 말보다는 그림이 중요한 텔레비전을 보며 자란 세대인 것이다. 텔레비전에서 말은 잡담으로 떨어지며, 종종 잘못 쓰이고 잘못 발음되기도 한다. 또 그들은 음악에 길들여진 세대이다. 음악은 주로 듣고 느끼기 위한 노래

　　　　　　　　　글쓰기의 자세

와 리듬이다. 방송이 내보내는 그 많은 소음에 노출된 어린아이가 글의 목소리를 듣는 데 익숙해질 수 있을까? 그런 세대가 잘 짜인 문장이 가진 위엄에 귀를 기울일 수 있을까?

또 한 가지 의문은 좀 더 미묘한 수수께끼 같은 것이었다. 웅변과 허풍은 무엇이 다른가? 왜 우리는 윌버 크로스의 말에는 가슴 두근거리면서도 우리에게 과장된 허세를 퍼붓는 대부분의 정치인이나 관리의 연설에는 아무것도 느끼지 못하는가?

이런 의문에 대한 해답은 다시 감각의 문제를 제기한다. 좋은 귀를 가진 글쓴이는 참신한 이미지를 찾으려 애쓰며, 케케묵은 문구는 피하려 한다. 진부한 사람은 소위 유효성이 입증된 일반적인 표현이야말로 자기 생각을 살찌운다고 여기고 낡은 문구를 구사한다. 또 하나의 해답은 간소함에 있다. 오래가는 글은 대개 짧고 힘 있는 단어들로 이루어져 있다. 반면에 무게 잡는 난어는 대개 라틴어에서 유래한 3, 4, 5음절 단어이며, '-ion'으로 끝나고 개념이 모호한 경우가 많다. 윌버 크로스의 추수감사절 선언문에는 4음절로 된 단어가 하나도 없으며, 3음절 단어도 겨우 열 개뿐이다. 그것도 그중 셋은 어쩔 수 없이 쓴 적절한 단어다. 그가 구사한 단어의 뜻이 얼마나 분명한지 보자. 잎, 바람, 서리, 공기, 저녁, 땅, 양식, 흙, 노동, 몸, 숨, 용기, 정의, 평화, 의식. 이들은 가장 좋은 의미에서 소박한 단어들이며, 계절의 리듬과 일상적인 생활의 느낌을 전해준다. 아울러 이 단어들이 모두 명사라는 점에도 주목하자. 쉬운 명사는 동사 다음으로 감정과 공명하는 가장 강력한 도구다.

다른 작가를 모방하기를 주저하지 말자.

모방은 예술이나 기술을 배우는 사람이라면

누구나 거치는 창조적 과정의 일부다.

관심 있는 분야에서 최고의 작가를 골라서

그 작품을 큰 소리로 읽어보자.

그들의 목소리와 감각을,

다시 말해 언어에 대한 태도를 귀로 받아들이자.

그런가 하면 웅변의 호소력은 결국 깊은 흐름에 바탕을 두고 있다. 그것은 다 말하지 않으면서 우리를 감동하게 하고, 우리가 독서와 종교와 전통을 통해 이미 알고 있는 것과 공명한다. 웅변은 우리를 소통으로 이끈다. 링컨의 연설에 킹 제임스 성경의 메아리가 있는 것은 우연이 아니다. 그는 소년 시절부터 이 성경을 거의 외다시피 할 정도로 사랑했다. 그래서 그의 공식적인 언어는 미국식 영어라기보다 엘리자베스 시대 영어에 가깝다. 그의 재취임 연설문에는 성경 표현을 그대로 가져다 쓰거나 바꿔 쓴 문구들을 쉽게 찾을 수 있다. "누가 남의 얼굴에 흐르는 땀에서 제 먹을 빵을 짜내면서 감히 정의로운 하느님의 도움을 구한다는 것이 이상해 보일지도 모릅니다만, 우리가 심판받지 않으려면 남을 심판하지 맙시다." 이 문장의 앞부분은 창세기의 비유를 빌린 것이며, 뒷부분은 마태복음의 유명한 구절을 표현만 조금 바꾼 것이다. 그리고 '정의로운 하느님'은 이사야서에서 따온 것이다.

이 연설이 미국의 다른 어떤 문헌보다 내게 많은 영향을 끼쳤다면, 그것은 링컨이 그로부터 5주 뒤에 암살되었고, 그가 누구에게도 해가 되지 않으면서 모든 이를 이롭게 하는 화해를 고통스럽게 기원했기 때문만은 아니다. 그것은 링컨이 노예제도, 관용, 심판에 대한 서구의 오랜 가르침을 말했기 때문이기도 하다. 1865년에 그의 연설을 들은 사람들, 그와 마찬가지로 성경의 가르침을 듣고 자란 이들에게 그의 말은 깊이 각인되었다. "품삯 없는 노예를 이백오십 년간 부려서 쌓은 부가 다 바닥날 때까지, 삼천 년 전의 말대로 채찍 맞아 흘린 피 한 방울 한 방울이 칼 맞아 흘린 피 한 방울 한 방울로 다 갚아질 때까지" 남북전쟁이 계속되는 것이 하느님의 뜻이라면, "'주님의 심판은 참되고 의롭습니다'라고 해야 할 것입니다"라는 링컨의 의분은 21세기에 들어서도 그렇게 낡게 느껴지지 않는다.

월버 크로스의 추수감사절 선언문은 우리가 이미 잘 알고 있는 진실과 공명한다. 계절의 변화와 대지의 은혜라는 신비는 우리 내면의 감성을 자극한다. 오리온자리를 바라보며 경외감을 느껴보지 않은 사람이 있을까? 많은 인권이 쟁취되었고 또 많은 인권이 아직도 유린당하고 있는 나라에서, 그가 말하는 "끝없는 진리 추구"와 "각자가 서로에게 아낌없이 부여하는 자유와 정의" 같은 민주화 과정은 우리 자신의 진리 추구와 자유와 정의의 경험을 끌어낸다. 크로스 주지사는 우리 시간을 빼앗지 않으면서 그런 과정을 설명해주며, 나는 그 점을 감사히 여긴다. 따분한 연설자가 그보다 훨씬 길면서도 훨씬 영양가가 적은 이야기를 하기 위해 케케묵은 표현을 얼마나 많이 쓸지 생각하면 진저리가 쳐진다.

그러니 과거의 것도 이용할 줄 알아야 한다. 지역적이거나 민족적인 뿌리가 있는 글, 이를테면 남부인, 아프리카계 미국인, 유대계 미국인의 글이 우리에게 감동을 주는 것은 그 목소리가 화자의 그것보다 훨씬 오래되었기 때문이다. 그런 목소리에는 쉽게 맛볼 수 없는 풍부함이 있다. 흑인 작가 가운데 가장 웅변적인 글을 쓰는 작가인 토니 모리슨이 이런 말을 한 적이

글쓰기의 자세

있다. "저는 제가 자랄 때 사람들이 쓰던 언어를 기억하고 있어요. 그들에게 언어는 너무나 중요한 것이었지요. 거기엔 모든 힘이 다 들어 있었어요. 고상함과 은유도요. 어떤 건 아주 공식적이고 성경적이었는데, 그건 아프리카 출신이라면 뭔가 중요한 것을 말할 때 우화로 시작하는 관습이 있기 때문이지요. 아니면 다른 수준의 언어를 써야 했어요. 저는 그런 식으로 언어를 구사하고 싶었어요. 그건 흑인 소설이 제가 썼다고 해서, 흑인이 등장한다고 해서, 흑인 이야기를 다룬다고 해서 흑인 소설이라고 생각하지 않았기 때문이에요. 문제는 문체였지요. 특정한 문체가 있어야 했어요. 그건 운명적인 것이었어요. 잘 설명할 수는 없지만, 쓸 수는 있는 것이었지요."

여러분의 운명적인 뿌리를 붙잡자. 그러면 그것이 여러분에게 웅변의 힘을 실어줄 것이다.

즐거움, 두려움, 자신감

어렸을 때 나는 커서 작가가 되고 싶다는 생각을 한 번도 해본 적이 없었다. 나는 기자가 되고 싶었고, 내가 들어가고 싶었던 신문사는 『뉴욕 헤럴드 트리뷴』이었다. 나는 매일 아침 그 신문이 전해주는 즐거움을 사랑했다. 편집자, 필자, 사진기자, 조판기사까지 이 신문사에서 일하는 사람 모두가 즐겁게 지내고 있었다. 기사에는 늘 특별한 우아함이나 인간미, 또는 유머가 살짝 가미되어 있었다. 그것은 편집자와 필자가 즐겁게 전해주는 그들만의 재능이었다. 나는 그들이 나만을 위해 신문을 만든다고 생각했다. 그런 편집자나 필자가 된다는 것은 내가 생각하는 궁극적인 아메리칸 드림이었다.

그 꿈은 내가 2차대전에 참전했다가 돌아와 『뉴욕 헤럴드 트리뷴』의 기자가 되면서 이루어졌다. 나는 즐거움이 필자에게나 간행물에서나 더없이 값진 속성이라는 믿음을 갖고 신문사에 들어갔고, 내 머릿속에 그런 생각을 처음 심어준 사람들과 한방에서 일하게 되었다. 뛰어난 기자들은 인간적인 온기와 열

글쓰기의 자세

정적인 흥미를 갖고 있었으며, 버질 톰슨이나 레드 스미스 같은 뛰어난 비평가와 칼럼니스트는 고상함과 자기 의견에 대한 낙관적인 자신감을 느끼고 있었다. '스플릿 페이지'(split page)—신문의 섹션이 둘뿐일 때 둘째 섹션의 첫 페이지—에는 미국에서 가장 존경받는 평론가인 월터 리프먼의 정치 칼럼이 연재되었고, 그 바로 아래에는 역시 미국의 명사이며 〈소심한 영혼〉(The Timid Soul)을 그린 H. T. 웹스터의 풍자만화가 실렸다. 나는 그렇게 무게가 다른 두 연재물을 같은 페이지에 나란히 싣는 그 태평함이 좋았다. 아무도 웹스터를 만화란으로 옮기자는 생각을 하지 않았다. 두 사람은 모두 똑같이 거인이었던 것이다.

그런 태평한 인물들 가운데 존 오라일리라는 지방부 기자가 있었다. 인간과 동물에 관한 이야기를 무표정하게 다루면서 아주 기발한 이야기를 심각한 투로 하는 것으로 유명한 기자였다. 그는 내닌 불나방 애벌레의 갈색과 검정 줄무늬의 폭을 보면 다가오는 겨울이 추울지 따뜻할지 예측하는 기사를 썼다. 가을이면 오라일리는 베이브 루스의 양키스 구장 고별 경기 사진으로 퓰리처상을 탄 유명 사진기자인 냇 페인과 함께 베어마운틴 파크로 가서 도로를 가로질러 가는 불나방 애벌레들을 관찰하곤 했다. 그의 기사는 과학자를 가장한 박물관 탐방 투의 적당히 엄숙한 글이었다. 우리 신문은 그 이야기를 항상 1면 맨 아랫단에, 세 칼럼 길이의 제목과 도무지 줄무늬가 선명하지 않은 불나방 애벌레 사진과 함께 실었다. 봄이면 오라일리는 애벌레 이야기가 맞았는지 틀렸는지를 독자들에게 알리는 후속 기사를 썼는데, 아무도 그 이야기가 틀렸다고 그를 비난하지 않았다. 중요한 것은 모두에게 즐거운 시간을 주는 것이었다.

나는 『뉴욕 헤럴드 트리뷴』의 즐거움에 대한 감각을 작가이자 편집자로서 내 신조로 삼았다. 글을 쓴다는 것은 외로운 작업이기 때문에 나는 스스로 흥을 돋우려 애쓴다. 글을 쓰다 재미있는 것이 생각나면 먼저 나 자신이 즐겁게 써본다. 내가 재미있으면 다른 누군가도 재미를 느낄 수 있다고 가정한다. 그러면 충분히 하루를 바칠 가치가 있는 일이라는 느낌이 든다. 흥미를 느끼지 못하는 독자도 있을 것이라는 생각 때문에 마음이 불편해지지는 않는다. 나는 꽤 많은 사람이 전혀 유머 감각이 없다는 사실을 알고 있다. 그런 사람들을 즐겁게 해주기 위해 애쓰는 글쟁이들이 이 세상에 있을지는 모르겠다.

예일 대학에서 가르칠 때 나는 유머 작가 S. J. 페럴먼을 수업에 초청했다. 이야기를 듣던 학생 중 하나가 그에게 이런 질문을 했다. "코믹 작가가 되려면 뭐가 필요한가요?" 그는 이렇게 대답했다. "뻔뻔하고 씩씩하고 명랑해야 합니다. 그중에 제일 중요한 건 뻔뻔함이죠." 또 이런 말도 했다. "독자는 작가가 기분이 좋다는 걸 느껴야 합니다." 그 말을 들으니 머릿속에 불이 번쩍하는 것 같았다. 즐거움에 관한 모든 것을 설명해주는 말이었다. 그는 이렇게 덧붙였다. "실제로 그렇지 않더라도요." 그 말 역시 나에게 강렬하게 다가왔다. 페럴먼이 실제 삶에서 보통 이상으로 우울과 고통을 겪고 있다는 것을 알기 때문이었다.

글쓰기의 자세

하지만 그는 매일 타자기 앞에 앉아 언어를 춤추게 했다. 좋지 않은 기분으로 어떻게 그런 일을 할 수 있었을까? 애써 그렇게 노력했던 것이다.

작가는 글을 쓰는 순간 스스로에게 시동을 걸어야 한다. 그것은 배우나 무용가나 화가나 음악가에 못지않은 일이다. 한바탕 강렬한 에너지를 쏟아 우리를 휩쓸어가는 작가들이 있다. 노먼 메일러, 톰 울프, 토니 모리슨, 윌리엄 F. 버클리 주니어, 헌터 톰슨, 데이비드 포스터 월리스, 데이브 에거스 같은 이들이 그렇다. 우리는 이들이 자리에 앉기만 하면 글이 술술 나오는 줄 안다. 아무도 매일 아침 그들이 시동을 걸기 위해 쏟는 노력에 대해서는 생각하지 않는다.

여러분도 시동을 걸어야 한다. 누구도 그 일을 대신 해줄 수는 없다.

안타깝게도 똑같이 커다란 부정적인 흐름인 두려움도 있다. 글쓰기에 대한 두려움은 대부분 초년기에, 특히 학교에서 주입되어 결코 완전히 사라지지 않는다. 근사한 단어로 가득 채워지기를 기다리는 빈 종이 한 장, 텅 빈 컴퓨터 화면은 우리를 굳어버리게 만들고 단 한 단어도 쓰지 못하게 한다. 나도 즐거운 마음 없이 글쓰기를 그날 하루치의 일로 생각하고 하다가 모니터에 찌꺼기 같은 단어들만 나타나는 것을 보고 놀라는 때가 있다. 그럴 때 유일한 위안은 그 참담한 문장들을 다음 날이나 그다음 날에 다시 들여다볼 수 있다는 사실이다. 그렇게 고쳐 쓸 때는 나라는 개인이 글 속에 드러나도록 노력한다.

아마도 논픽션 작가들이 느끼는 가장 큰 두려움은 자기 과제를 제대로 해낼 수 없을지도 모른다는 두려움일 것이다. 소설은 사정이 다르다. 소설 작가들은 자기가 꾸며낸 세계를, 그것도 종종 자신이 만들어낸 암시적인 문체로 쓰기 때문에(토머스 핀천, 돈 딜릴로) 우리는 그들에게 "그건 잘못됐어"라고 말할 수가 없다. 다만 "나한테는 아니야"라고 말할 수 있을 뿐이다. 논픽션 작가들은 그런 여유를 누릴 수 없다. 그들은 사실에 대해, 인터뷰 대상자에 대해, 이야기의 무대와 거기에서 일어난 사건에 대해 무한한 책임을 진다. 자신의 솜씨, 그리고 과도함과 무질서의 위험에 대해서도 마찬가지이다. 독자를 잃거나, 혼란스럽게 하거나, 지겹게 하거나, 처음부터 끝까지 붙들어두지 못하는 결과를 감수해야 하는 것이다. 독자는 그들이 전하는 이야기의 모든 부정확함에 대해, 기법상의 온갖 실수에 대해 "그건 잘못됐어"라고 말할 수 있다.

불만과 실패에 대한 그 모든 두려움을 어떻게 물리칠 수 있을까? 자신감을 불러일으킬 수 있는 한 가지 방법은 자신이 흥미를 느끼고 관심을 가지는 주제에 관해 쓰는 것이다. 내가 예일 대학 수업에 초청했던 시인 앨런 긴즈버그는 시인이 되기로 마음먹은 순간이 있었느냐는 질문에 이렇게 대답했다. "딱히 선택한 건 아니었어요. 실현된 거라고나 할까요. 저는 스물여덟 살이었고 시장 조사 일을 하고 있었습니다. 하루는 정신과 의사에게 제가 진짜 원하는 일은 직장을 그만두고 시를 쓰는 것이라고 말했죠. 그러자 의사가 '그럼 해보지 그래요?'라고 하더

　　　　　　　　글쓰기의 자세

군요. 그래서 저는 '미국정신분석학회에서는 뭐라고 할까요?'라고 물어보았죠. 의사는 '정해진 기준은 없습니다'라고 하더군요. 그래서 시작했죠."

우리는 그의 결단이 시장 조사 분야에서 얼마나 큰 손실이 있었는지는 알 수 없다. 하지만 그것은 시의 세계에서는 중대한 순간이었다. 정해진 기준은 없다는 말은 작가에게 훌륭한 조언이다. 여러분은 스스로 기준이 될 수 있다. 레드 스미스는 동료 스포츠 작가의 장례식 조사에서 이렇게 말했다. "죽는 건 대단한 일이 아닙니다. 사는 게 장난이니까요"라고 했다. 내가 레드 스미스를 존경하는 이유 중 하나는 그가 오십오 년 동안 스포츠에 관해 쓰면서 무언가 '심각한' 것에 관해 써야만 한다는 압력에 굴하지 않고 세련과 유머를 지킨 점이다. 많은 스포츠 작가들이 그런 압력 때문에 몰락하곤 했다. 그는 스포츠에 관한 글쓰기에서 자신이 원하고 아끼는 것을 발견했으며, 그것이 그에게 맞았기 때문에 심각한 주제에 관해 쓰는—너무 심각해서 아무도 읽을 수 없는—그 어떤 작가보다 미국적인 가치에 대한 중요한 이야기를 더 많이 해줄 수 있었다.

사는 게 장난이다. 재미있게 쓰는 작가들은 대개 스스로 재미를 느끼려 하는 사람들이다. 그것이 작가의 핵심이라고 해도 좋다. 나는 글쓰기를 스스로에게 재미있는 삶과 지속적인 교육을 주는 수단으로 삼아왔다. 자신이 생각하기에 알아보면 재미있을 것 같은 주제에 관해 쓴다면 자신이 느끼는 즐거움이 글에 묻어날 것이다. 배움은 일종의 강장제다.

그렇다고 잘 모르는 분야에 뛰어들어도 불안하지 않을 것이라는 뜻은 아니다. 논픽션 작가가 되면 계속해서 전문분야에 뛰어들어야 하게 마련이고, 거기에서 제대로 이야기를 끌어낼 자격이 자신에게 없는 건 아닌지 불안해지게 마련이다. 나는 야구를 다룬 책 『춘계훈련』(*Spring Training*)을 쓰기 위해 브레이든턴에 가면서 그런 불안을 느꼈다. 줄곧 야구팬이기는 했지만 스포츠 보도는 한 번도 해본 적이 없었고, 프로 선수를 인터뷰해 본 적도 없었기 때문이었다. 엄밀히 말해 적격이 아니었다. 매니저, 코치, 선수, 심판, 스카우터 같은 사람들이 내가 수첩을 들고 다가가면 "야구에 대해서 또 뭘 쓰셨죠?"하고 물어볼 수도 있는 일이었다. 하지만 아무도 그러지 않았다. 내가 다른 자격, 즉 성실함을 지니고 있었기 때문이었다. 그들이 어떻게 일하는지 진정으로 알고 싶어 하는 마음이 그들에게 보였던 것이다. 새로운 분야에 뛰어들어 어느 정도 자신감이 필요할 때 이것을 기억하자. 여러분이 가진 최고의 자격은 여러분 자신이다.

또 여러분의 과제가 생각만큼 좁은 것이 아닐 수 있다는 점을 명심하자. 뜻밖에 그것이 이미 경험했거나 배운 것과 연결되는 것일 수도 있다. 그럴 때는 자신이 지닌 강점으로 이야기를 더 넓힐 수 있다. 그렇게 익숙하지 않은 것을 줄여나가다 보면 두려움도 자연히 줄어들게 마련이다.

그 교훈은 1992년에 『오듀본』(*Audubon*)〔미국 조류학의 아버지라 불리는 존 제임스 오듀본의 이름을 딴 환경 잡지〕 편집자에게 원고청탁 전화를 받았을 때 절실하게 다가왔다. 나는 쓸 수 없다고 했다. 나는 4대째 뉴욕에서만 살아 뿌리가 시멘트에 깊이 박힌 사람이다. "그건 저한테도, 당신한테도, 『오듀본』에도 도움이 안 되는 일입니다." 나는 그에게 말했다. 나는 나에게 맞지 않는 일을 맡아본 적이 없었으며, 다른 사람을 찾아보라는 이야기를 편집자들에게 빨리하는 편이다. 『오듀본』의 편집자는 우리가 같이할 수 있는 일이 또 있으리라 믿는다고 답했다(훌륭한 편집자는 그렇게 한다). 그리고 몇 주 뒤 전화를 걸어 잡지사에서 로저 토리 피터슨에 대한 새로운 글을 쓸 때가 되었다는 판단을 내렸다고 했다. 그는 미국을 야생조류 관찰자들의 나라로 만든 장본인으로, 1934년부터 베스트셀러가 된 『야생조류 관찰 현장 가이드』(Field Guide to the Birds)를 쓴 사람이었다. 내가 흥미가 있었을까? 나는 새에 대해서 잘 모른다고 했다. 내가 유일하게 알아볼 수 있는 새는 맨해튼의 우리 집 창턱에 자주 찾아오는 비둘기뿐이었다.

나는 글을 쓸 때 그 대상이 되는 사람과 일종의 교감이 필요하다. 피터슨 일은 내가 시작한 것이 아니었다. 그 일이 나를 찾아온 것이었다. 내가 누군가에 관해 쓴 글은 대부분 내가 잘 알거나 애정이 있는 상대를 다룬 것이었다. 예컨대 만화가 칙 영(『블론디』), 음악가 해럴드 알런, 영국 배우 피터 셀러즈, 피아니스트 딕 하이먼, 영국 여행작가 노먼 루이스 같은 창조적인 인물들이었다. 여러 해 동안 그들과 함께한 즐거움에 대한 고마움은 앉아서 글을 쓸 때 큰 에너지원이 되었다. 즐거움을 전하는 글을 쓰고 싶다면 존경하는 사람에 관해 써야 한다. 누구를 쓰러뜨리고 모욕하기 위해 쓰는 글은 그 대상뿐 아니라 글쓴이 자신에게도 파괴적일 수 있다.

하지만 『오듀본』의 경우에는 무언가가 내 마음을 바꾸어놓았다. 우연히 PBS 방송에서 로저 토리 피터슨의 일과 삶을 다룬 〈피터슨의 새 찬양〉이라는 다큐멘터리를 보았는데, 그 내용이 너무 아름다워서 그에 대해 더 알고 싶어졌다. 내 마음을 사로잡은 것은 피터슨이 84세의 노령에도 불구하고 하루 네 시간씩 그림을 그리고 전 세계의 서식지를 다니며 새의 사진을 찍는 등 왕성하게 활동하고 있다는 점이었다. 그것이 너무도 흥미로웠다. 새가 아니라 노익장이 내 주제였던 것이다. 그가 우리 가족들이 여름마다 찾아가는 코네티컷주의 한 도시에서 그리 멀지 않은 곳에 살고 있다는 사실이 떠올랐다. 조금만 차를 타고 가면 그를 만날 수 있는 것이다. 반응이 신통치 않다고 해도 잃을 거라곤 약간의 기름뿐이다 싶었다. 나는 『오듀본』 편집자에게 거창한 인물 소개가 아닌 '로저 토리 피터슨 방문기' 같은 격의 없는 글을 한번 써보겠노라고 했다.

물론 내 글은 4,000단어 길이의 거창한 인물 소개가 되어버렸다. 피터슨의 스튜디오를 보자마자 내가 생각했던 것처럼 그를 조류학자로만 보는 것은 그의 삶의 진면목을 놓치는 일이라는 생각이 들었기 때문이었다. 그는 무엇보다 화가였다. 새에 대한 그의 지식을 수많은 사람에게 전해주고 그에게 작가이자 편집인이자 자연보호주의자로서의 권위를 실어준 것이 바로 화가로서 그의 실력이었다. 나는 그에게 초기의 스승이었던 존 슬

　　　　　　　　글쓰기의 자세

론이나 에드윈 디킨슨 같은 미국의 중요 화가들에 대해, 그리고 위대한 조류 화가인 제임스 오듀본과 루이 애거시 퓨어티즈에게 받은 영향에 관해 물었다. 거기에 내 관심사까지 결부되면서 이야기는 새 이야기만이 아니라 미술 이야기이자 가르침의 이야기가 되어버렸다. 그것은 또 노익장에 관한 이야기이기도 했다. 피터슨은 팔십대 중반의 나이에 오십대도 버거워할 만큼의 일을 하고 있었다.

여기에서 논픽션 작가가 얻을 만한 교훈은, 자기 과제에 대해 폭넓게 생각해야 한다는 것이다. 『오듀본』에 쓰는 글이라고 해서 꼭 자연에 대한 것이어야 할 필요는 없다. 『카 앤 드라이버』(Car & Driver)에 글을 쓴다고 해서 꼭 자동차에 관해서만 쓸 필요는 없다. 써야 할 주제의 범위를 넓혀서 그것이 여러분을 어디로 데려가는지 보자. 자신의 삶을 거기에 가미하자. 여러분이 쓰기 전까지는 여러분의 이야기가 아니다.

내 경우, 그 글이 『오듀본』에 실린 지 얼마 되지 않아 아내는 "자연에 대한 글을 쓰시는 윌리엄 진서 씨 댁인가요?"라는 자동응답기 메시지를 받았다. 아내는 아주 재미있어했다. 사실이 그랬다. 그런데 사실 내 글은 야생조류를 관찰하는 사람들에게 피터슨에 관한 결정판으로 받아들여졌다. 이 이야기를 하는 것은 모든 논픽션 작가에게 기술적인 문제에 대한 자신감을 주기 위해서이다. 인터뷰와 구성의 기본기를 마스터한다면, 그리고 거기에 여러분의 일반적인 지성과 인간미를 가미한다면 어떠한 주제에 관해서도 쓸 수 있다. 그것은 재미있는 삶으로 가는 티켓이다.

그렇지만 전문가 앞에서 주눅 들지 않기란 쉬운 일이 아니다. 이런 생각을 할 수도 있다. "이 사람은 이 분야에 대해 너무 많이 알고 나는 아는 게 너무 없는데, 과연 인터뷰할 수 있을까? 날 보고 무식하다고 생각할 거야." 그가 자기 분야에 대해 많이 아는 것은 그것이 자기 분야이기 때문이다. 여러분은 그의 작업을 대중이 이해할 수 있게 만드는 사람이다. 다시 말해, 그 자신이 너무 잘 알고 있어서 다른 사람들도 모두 알고 있으리라 생각하는 사실을 그가 쉽게 설명하도록 만들어야 하는 것이다. 여러분이 알아야 하는 것을 이해하는 여러분의 상식을 믿자. 그리고 무식한 질문을 던지는 것을 두려워하지 말자. 전문가가 당신이 무식하다고 생각한다면 그 사람에게 문제가 있다.

여러분이 시험해볼 것은 이런 것이다. 전문가의 첫 대답이 충분한가? 대개 그렇지 않게 마련이다. 나는 피터슨의 세계에 두번째로 발을 들여놓았을 때 그걸 알게 되었다. 예술 서적 출판사인 리졸리의 편집자가 내게 전화해서 '로저 토리 피터슨의 그림과 사진'에 관한, 컬러 도판이 수백 장 들어가는 호화로운 책을 준비하고 있다고 말했다. 그리고 8,000단어 정도의 글이 필요한데, 피터슨에 관한 새로운 권위자인 나에게 글을 부탁하고 싶다는 것이었다. 속으로 얼마나 웃었는지 모른다.

나는 그 편집자에게 나는 같은 이야기를 절대 두 번 쓰지 않는다고 했다. 그리고 『오듀본』에 실은 글을 워낙 공들여 썼기 때문에 그걸 새롭게 고쳐 쓸 수도 없다고 했다. 그러나 그는 그 글을 그대로 자기네 책에 다시 실을 수 있다면 환영이라고 했다. 또 화가이자 사진가로서 피터슨의 기법을 주로 다루는 글을 추가로 써주면 좋겠다고 했다.

그 말에 솔깃한 나는 전보다 기술적인 새로운 질문들을 준비해서 다시 피터슨을 찾아갔다. 『오듀본』의 독자는 그의 삶에 대해 알고 싶어 했었다. 그러나 이번에는 피터슨이라는 예술가가 어떻게 창작하는지 알고 싶어 하는 독자들을 위한 글을 써야 했기 때문에, 내 질문은 전적으로 창작의 과정과 기법을 묻는 것이어야 했다. 우리는 그림 이야기로 시작했다.

"저는 제 작업을 '혼합 매체'라고 부릅니다." 피터슨이 말했다. "설명하는 것이 주된 목적이니까요. 먼저 투명한 수채물감으로 시작해서 고무 수채물감을 쓰지요. 그다음엔 아크릴로 보호막을 입히고, 다시 아크릴이나 파스텔을 입힙니다. 그밖에 색연필이든 연필이든 잉크든 원하는 건 뭐든지 다 쓰지요."

나는 전에 피터슨을 만나봤기 때문에 그의 처음 대답이 대체로 만족스럽지 않다는 것을 알고 있었다. 그는 스웨덴 이민자의 아들이고 과묵한 편이었다. 나는 그에게 지금의 기법이 예전과 무엇이 다른지 물어보았다.

"지금은 양다리를 걸치고 있지요. 단순화된 효과를 잃지 않으면서 디테일을 더 늘리려고 애쓰는 중입니다." 그러곤 다시 말문을 닫았다.

그렇다면, 그는 왜 노년기에 들어선 시점에서 디테일이 더 필요하다고 생각했을까?

"오랫동안 많은 사람이 제가 그린 단순한 새 그림에 익숙해졌습니다. 이제 사람들은 그 이상을 바라기 시작했어요. 깃털의 모양이라든가 좀 더 입체적인 느낌 같은 것 말이죠."

그림 이야기를 마친 다음 우리는 사진으로 넘어갔다. 피터슨은 자신이 소유했던 조류 촬영용 카메라를 전부 떠올렸다. 열세 살 때 썼던 유리 감광판과 주름상자가 달린 프리모 #9에서 시작해 자동 포커스와 필인플래시 같은 현대적 기술에 대한 칭송이 이어졌다. 나는 사진가가 아니기 때문에 자동 포커스니 필인플래시니 하는 말을 들어본 적이 없었다. 그러니 그 기술들이 왜 편리한지 물어보아 내 무식을 드러내지 않을 수 없었다. 자동 포커스에 대해서 그는 이렇게 말했다. "뷰파인더 안에 새를 포착하기만 하면 나머지는 카메라가 알아서 해주죠." 필인플래시에 대해서는 "필름은 우리 눈만큼 잘 보지 못해요. 사람의 눈이 그늘에 가려진 것도 자세히 볼 수 있는 것처럼, 필인플래시는 카메라가 그런 부분까지 볼 수 있게 해주죠"라고 했다.

하지만 피터슨은 기술은 기술일 뿐이라고 강조했다. "장비가 좋으면 일이 쉬워진다고 생각하는 사람이 많아요. 그러면 카메라가 다 알아서 해줄 거라는 생각에 속게 됩니다." 그는 그것이 무슨 말인지 알고 있겠지만, 나는 왜 카메라가 다 알아서 해주는 게 아닌지 알 필요가 있었다. 내가 "왜 그렇지 않죠?", "그럼 또 뭐가 있나요?"하고 묻자 답은 세 가지나 나왔다.

"사진가는 촬영 과정에 시선과 구성 감각을 줍니다. 적당한 온기도 중요하죠. 예를 들어 한낮이나 해 질 녘에는 촬영하지

글쓰기의 자세

않으니까요. 빛의 질감에 대해서도 신경을 써야 합니다. 빛이 엷게 퍼져 있으면 사진이 잘 나오죠. 동물에 대한 지식도, 그러니까 새가 무엇을 할지 예측할 수 있으면 크게 도움이 됩니다. 작게 무리 지어 이동하는 물고기에게 새들이 달려들어 먹잇감을 다투는 때를 미리 알고 있으면 좋죠. 사진가에게 이런 순간은 아주 중요합니다. 새가 주로 하는 일 중 하나가 먹는 일인데, 먹는 동안은 사람이 가까이 있어도 오래 참아주거든요. 어떨 때는 사람이 있다는 걸 잊어버리기도 하죠."

전문가와 무식꾼의 대화가 이런 식으로 진행되는 동안 나는 흥미로운 이야기들을 많이 끌어낼 수 있었다. 피터슨은 "저는 반쯤은 오듀본으로 돌아가고 있습니다"라고 말했는데, 아주 흥미로운 이야기였다. "그래서 환경운동 때문에 일어나는 변화에 관심을 두고 있죠." 그는 어렸을 때는 아이들이 모두 새총으로 새를 쏘면서 놀았고, 깃털을 얻거나 식당에 팔기 위해, 혹은 재미 삼아 새를 마구잡이로 죽이는 바람에 많은 종이 거의 절멸되다시피 했다고 말했다. 그리고 다행인 것은, 오래 살다 보니 새와 그 서식지를 보호하기 위해 활발히 활동하는 시민들 덕분에 많은 종이 가까스로 되살아나는 걸 보게 된 것이라고 했다. 또 이렇게 말하기도 했다. "새에 대한 사람들의 태도는 사람에 대한 새들의 태도를 바꾸어놓았죠."

아주 재미있었다. 작가로 일하면서 나는 '그거 재미있군'하고 속으로 중얼거릴 때가 많다. 여러분도 그럴 때가 있으면 그것에 집중하고 자신의 느낌을 따르자. 독자의 호기심과 통할 수 있는 여러분의 호기심을 믿자.

새들이 태도를 바꿨다는 피터슨의 말은 무슨 뜻이었을까?

"까마귀는 점점 길들어가고 있어요. 갈매기는 너무 많아져서 이제는 쓰레기통 청소부가 되어버렸고요. 작은제비갈매기는 쇼핑몰 지붕 위에 둥지를 틀게 되었죠. 몇 년 전에 미시시피주 고티에의 싱잉리버몰 지붕에는 1,000쌍 정도가 살았어요. 흉내지빠귀는 특히 쇼핑몰을 좋아하지요. 이 새는 씨뿌리기를 즐기는데, 특히 찔레나무 같은 식물을 좋아해요. 찔레 열매는 작아서 삼키기 좋거든요. 이 새는 또 쇼핑몰의 부산함을 아주 좋아해서 지붕에 앉아 교통정리를 하곤 하죠."

피터슨의 스튜디오에서 우리는 그렇게 몇 시간 동안 이야기를 나누었다. 스튜디오는 미술과 과학의 전초기지 같았다. 이젤, 물감, 붓, 그림, 인화지, 지도, 카메라, 촬영 장비, 전통 가면, 참고서적과 잡지 서가 등이 가득했다. 마지막으로 그가 나를 배웅할 때 나는 "제가 본 게 전부인가요?"하고 물어보았다. 인터뷰하다 보면 연필을 놓고 떠나기 직전에 잡담을 나누다가 귀한 소재를 얻는 경우가 자주 있다. 인터뷰에 응하는 사람은 낯선 사람에게 자기 이야기를 털어놓는 일을 어렵사리 끝내고 나서 마음 편히 대화를 나누다 보충이 될 만한 중요한 생각을 떠올리곤 한다.

내가 본 게 다냐는 질문에 피터슨은 "제가 수집한 새 표본을 한번 보시겠어요?"하고 물었다. 나는 물론 그러겠노라고 했다. 그는 바깥 계단을 내려가 지하실로 나를 안내했다. 문을 열

글쓰기의 자세

고 들어서니 지하실은 캐비닛과 서랍장으로 가득했다. 현대화되지 않은 작은 대학 박물관을 연상시키는 친근한 과학 보관용 가구들이었다. 다윈도 썼을 법한 서랍장이었다.

"연구용으로 여기 모아둔 표본이 2,000점쯤 되죠. 대부분 백 년은 된 것들인데, 아직도 쓸 만해요." 그는 서랍장에서 새 표본 하나를 꺼내 꼬리표를 보여주었다. "도토리딱따구리, 1882년 4월 10일"이라고 쓰여 있었다. "생각해봐요, 이 새가 백열두 살이라는 걸." 그가 말했다. 그는 또 다른 서랍장 몇 개를 더 열더니 빅토리아 시대 후기의 표본들을 감상하게 해주었다.

멋진 그림과 사진을 가득 실은 리졸리의 책은 1995년에 출간되었고, 피터슨은 일 년 후에 세상을 떠났다. 전 세계 9,000종의 새 가운데 "겨우 4,500종밖에 안 되는" 새를 관찰한 그의 탐구는 마침내 끝났다. 나는 그에 관한 두 편의 글을 쓰는 동안 즐거웠던가? 딱히 그랬다고 말힐 수는 없다. 피터슨은 재미없고 딱딱한 사람이었다. 하지만 보통의 내 경험을 벗어나는 어려운 이야기를 성공적으로 끝마친 것은 즐거움이었다. 나 역시 희귀한 새를 잡아본 적이 있었는데, 피터슨이 준 표본을 내가 모은 다른 표본들과 함께 서랍장 속에 넣어두면서 '그거 재미있군'하는 생각이 들었다.

최종 결과물의 횡포

맨해튼에 있는 뉴스쿨 대학에서 강의를 맡았을 때, 학생들은
『뉴욕』이나 『스포츠 일러스트레이티드』(*Sports Illustrated*)〔미국
에서 가장 오래된 스포츠 잡지〕에 딱 맞는 글감이 있다는 이야기
를 자주 했다. 나는 그런 이야기는 듣고 싶지 않다. 물론 자기
이야기가 인쇄된 모습을 미리 머릿속에 그려볼 수도 있다. 제
목과 레이아웃, 사진, 그리고 필자의 이름까지. 하지만 그보다
먼저 해야 할 일은 쓰는 것이다.

작가들이 완성된 글에 집착하면 여러 가지 문제가 생긴다.
글의 형식과 목소리와 내용을 정하기 위해 미리 내려야 하는
모든 결정에 집중하지 못하기 때문이다. 이는 대단히 미국적인
문제다. 미국 문화는 승리를 숭배한다. 코치는 이겨야 돈을 받
고, 교사는 학생들을 최고의 대학에 보내야 인정을 받는다. 그
보다 덜 매력적인 성취, 예를 들어 배움, 지혜, 성장, 자신감, 실
패의 극복 따위는 성적을 매길 수 없으므로 그만큼 존중받지
못한다.

글쓰기의 자세

글을 쓰는 사람에게는 돈이 최고의 성적표다. 직업 작가들이 글쓰기 관련 행사에서 가장 많이 받는 질문은 "어떻게 하면 제 글을 팔 수 있을까요?"이다. 내가 유일하게 답하지 않는 질문이 바로 이것인데, 어느 정도는 내가 대답할 자격이 없어서이기도 하다. 나는 지금의 편집자들이 어떤 것을 찾고 있는지 모르기 때문이다. 나도 알면 좋겠다. 하지만 더 중요한 이유는, 내가 글 쓰는 사람에게 글을 파는 법을 가르칠 마음이 없다는 것이다. 나는 글 쓰는 법을 가르치고 싶다. 글쓰기가 탄탄하면 저절로 좋은 글이 나올 것이고, 그러면 저절로 팔릴 것이다.

그것이 뉴스쿨 대학에서 내가 맡은 수업의 전제였다. 자유주의적 성향의 학자들이 1919년 '사회연구를 위한 뉴스쿨'이라는 이름으로 세운 이 학교는 뉴욕시에서 가장 활력 있는 대학 가운데 하나이다. 내가 이곳을 좋아하는 것은 배움에 대한 열의가 있는 성인들에게 삶에 도움이 되는 정보를 제공한다는 이 학교의 역사적 사명에 공감하기 때문이다. 저녁 수업을 하러 지하철을 타고 오는 것도 좋고, 부산하게 건물로 들어서고 또 빠져나가는 인파에 섞이는 것도 좋다.

나는 '사람과 장소'를 수업의 주제로 정했다. 그 두 가지가 설명적인 글쓰기의 핵심이기 때문이었다. 이 두 요소에 집중하면 논픽션을 쓰는 사람이 알아야 할 많은 것을 가르칠 수 있으리라 생각했다. 말하자면 그것은 자신의 글쓰기를 특정한 장소에 두는 방법, 그리고 그 장소에 사는 사람으로 하여금 그곳의 독특함에 대해 말하게 하는 방법이다.

또 나는 한 가지 실험을 해보고 싶기도 했다. 편집자이자 강사로서 나는 글쓰기에서 가장 소홀히 다루어지는 것이 긴 글을 구성하는 방법이라는 사실을 깨달았다. 그것은 퍼즐을 어떻게 맞추느냐 하는 문제이다. 글을 쓰려는 사람들은 끊임없이 명료한 평서문을 쓰는 방법을 배운다. 하지만 그들에게 좀 더 범위를 넓혀 글 한 편이나 책 한 권을 써보라고 하면 문장이 구슬처럼 바닥에 흩어져버린다. 긴 원고를 만지는 편집자는 돌이킬 수 없는 혼돈이 불러오는 그 잔인한 순간이 어떤 것인지 잘 안다. 필자가 골인 지점에만 눈이 가 있는 나머지 경주를 어떻게 할지 제대로 생각해보지 않는 것이다.

나는 이렇게 완성된 글에 사로잡힌 사람들을 그곳에서 빼낼 수 있는 방법이 없을까 고민해보았다. 그러다 문득 아주 과격한 아이디어가 하나 떠올랐다. 글을 전혀 쓰지 않는 글쓰기 수업을 하는 것이었다.

첫 수업에 참석한 스무 명 남짓한 학생들은 대부분 이십 대에서 육십 대까지의 여성들이었다. 작은 신문사나 방송사, 전문잡지 기자들도 있었다. 하지만 대부분은 글쓰기를 통해 자신이 누구이며 어떤 전통 속에서 태어났는지를 알고 자신의 삶을 이해하고자 하는 평범한 사람들이었다.

첫 수업에서 나는 모두에게 자기소개를 시키고 사람과 장소에 대한 글쓰기의 원칙을 조금 설명했다. 수업이 끝날 무렵 나는 이렇게 말했다. "다음 주에는 여러분이 글로 쓰고 싶은, 자신에게 중요한 장소에 관해 이야기할 준비를 해오시기를 바랍니다. 그곳에 대해 '왜' 쓰고 싶고 '어떻게' 쓸 것인지 말해주세요." 나는 글을 잘 못 쓴 학생에게 자신의 글을 크게 소리 내어 읽게 하는 선생이 아니다. 사람들은 자기가 쓴 글 때문에 쉽게 상처를 받지만, 단지 생각에 불과한 것에는 별로 자의식을 갖지 않으리라고 생각했다. 아직 성스러운 종이에 생각을 옮기지 않았으니 언제든 바꾸거나 재구성하거나 버릴 수 있는 것이다. 그렇지만 학생들이 어떤 반응을 보일지는 알 수 없었다.

다음 주에 가장 먼저 발표한 젊은 여성은 최근에 자기가 다니는 5번 대로의 교회에 일어난 큰 화재에 관해 쓰고 싶다고 했다. 교회는 다시 문을 열었지만, 벽은 검게 그을렸고 나무는 까맣게 탔으며 아직도 연기 냄새가 난다고 했다. 이 여성은 그 때문에 마음이 어지럽긴 했지만, 이 화재가 자신과 교회에 어떤 의미가 있는지 알아보고 싶다고 했다. 어떻게 글을 쓸 것인지 물어보니 목사나 오르간 반주자, 소방관, 교회지기, 성가대 지휘자를 인터뷰해볼 생각이라고 했다.

"당신은 프랜시스 X. 클라인스의 좋은 글 다섯 편을 이야기한 셈이군요." 나는 지역에 관한 따뜻한 기사로 유명한 『뉴욕타임스』의 기자를 언급하며 말했다. "하지만 그것만으로는 당신에게도 제게도, 또 이 수업에도 충분하지 않아요. 좀 더 깊이 들어갔으면 좋겠네요. 쓰고자 하는 장소와 자신과의 끈을 발견하면 좋겠어요."

이 여성은 내가 어떤 글을 염두에 두고 있는지 물었다. 나는 이 수업의 취지가 함께 해법을 찾아보는 것이기 때문에 한 가지 유형을 권하기는 어렵다고 했다. 하지만 그녀가 우리의 첫 실험 대상이었기에 한 가지를 권해보기로 했다. "다음에 교회에 가면 그냥 앉아서 화재에 대해 곰곰이 생각해보세요. 몇 주가 지나면 화재가 어떤 의미가 있는지 교회가 당신에게 이야기해줄 겁니다." 또 이렇게 덧붙였다. "화재의 의미를 당신에게 설명해주라고 하느님이 교회에 말씀하실 겁니다."

그러자 교실에서 짧은 탄식이 흘러나왔다. 미국 사람들은 종교 이야기가 나오면 과민반응을 보인다. 하지만 학생들은 곧 내가 진지하다는 것을 알았고, 그 뒤로는 내 생각을 진지하게 받아들였다. 학생들은 매주 저마다의 생활에 관해 이야기하고 자기의 흥미와 감성을 자극하는 장소에 관해 설명했으며, 그것을 어떻게 글로 쓸지 고민했다. 나는 수업 시간의 절반은 글쓰기의 기법을 가르치거나 학생들이 고민하는 문제를 해결한 논픽션 작가들의 글을 읽어주었다. 나머지 절반은 글쓰기 구성 문제의 해부대, 곧 우리만의 실험 시간이었다.

가장 큰 문제는 압축, 즉 뒤죽박죽인 사실과 감정과 기억에서 어떻게 일관성 있는 이야기를 증류해낼 것인가였다. "저는 아이오와주에서 작은 마을들이 사라져버린 것에 관해 쓰고 싶어요." 한 여성이 중서부에 있는 할아버지 할머니의 농장에서 살던 때 이후로 그곳의 삶의 결이 어떻게 달라졌는지 이야기했다. 그것은 사회사적인 가치가 있는 훌륭한 주제였다. 하지만 누구도 아이오와주에서 작은 마을들이 사라진 것에 대한 말끔한 글을 써내지는 못할 터였다. 지나치게 일반적이고 인간미가

글쓰기의 자세

없는 글이 되어버리기 때문이다. 그보다는 아이오와의 작은 마을 하나에 관해 씀으로써 보다 큰 이야기를 해야 할 것이다. 그리고 그 작은 마을 안에서도 범위를 더욱 좁혀, 어느 가게, 어느 가정, 어느 농부에 관한 이야기를 써야 할 것이다. 우리는 다른 여러 가지 접근법에 관해 이야기했고, 그 여성은 자기 이야기를 인간적인 규모로 점점 줄여나갔다.

나는 학생들이 어둠 속에서 헤매다가 갑자기 누가 보기에도 딱 맞는 길을 발견하는 것을 보고 자주 놀랐다. 한 남성이 자기가 사는 동네에 관해 쓰고 싶다면서 "X에 대해 쓰겠어요"라고 접근법 하나를 과감하게 내놓았다. 하지만 X는 특이할 게 전혀 없었고 자기가 보기에도 전혀 흥미롭지 않았다. Y도 그렇고 Z도 그렇고, P도 Q도 R도 마찬가지였다. 그는 계속해서 기억을 조각조각 들추어내다가 마침내 우연히 M을 발견했다. 오랫동안 잊고 있었던, 별로 중요해 보이지 않는 기억이었지만 확고한 진실을 담고 있었고, 처음에 그곳에 관해 쓰고 싶게 만든 모든 것을 하나의 사건으로 압축하는 기억이었다. 수업을 듣는 학생 몇몇이 "누구나 자기 이야기가 있게 마련"이라고 말하곤 했었는데, 그게 사실이었다. 이 사람도 시간을 들여 그것을 찾은 것이었다.

이런 갑작스러운 발견이 바로 내가 학생들의 글쓰기 과정에서 바라던 것이었다. 나는 학생들에게, 강좌가 끝난 뒤에 그렇게 해서 쓴 글을 보내주면 기꺼이 읽어보겠지만, 그것이 내 우선적인 관심사는 아니라고 했다. 나는 결과보다는 과정에 관심이 있었다. 학생들은 처음에는 그 때문에 불편해했다. 여기는 미국이다. 그들은 학점만 받고 끝나는 것을 원치 않았으며, 그 것은 그들의 권리였다. 꽤 많은 학생이 나를, 그것도 몰래 찾아와서 부끄러운 비밀을 털어놓듯 이렇게 말했다. "아시겠지만 이렇게 시장과 무관한 글쓰기 수업은 처음이에요." 실망스러운 말이었다. 그러나 얼마 뒤 그들은 학창 시절 괴물과도 같았던 마감일("이번 금요일까지 리포트를 제출할 것")이 없다는 것이 얼마나 해방감을 주는지 알게 되었다. 그들은 긴장을 풀었고, 원하는 곳에 다다르는 다양한 방법을 즐겁게 모색했다. 성공적인 것도, 그렇지 않은 것도 있었다. 실패할 권리도 마찬가지로 해방감을 주었다.

나는 초중고 교사들의 워크숍에서 이 수업에 관해 설명하기도 했다. 그들이 대하는 연령층, 즉 어른보다 기억과 애착의 대상이 적은 청소년들에게 그 방법이 꼭 들어맞으리라고는 생각하지 않았다. 그러나 그들은 늘 좀 더 자세히 설명해달라고 졸랐다. 왜 그렇게 흥미를 갖느냐고 물어보니 "덕분에 새로운 계획표를 알게 됐으니까요"라고 했다. 다시 말하자면, 그들이 단기 논술 과제를 요구하는 기존의 방식을 너무 오랫동안 당연시해왔다는 뜻이었다. 그들은 학생들에게 논술 과제를 내줄 때 좀 더 여유를 주고 보다 자유롭게 결정할 여지를 주는 방법을 고민하기 시작했다.

특정한 장소에 대해 생각해보는 내 수업 방법은 일종의 교육적인 장치일 뿐이었다. 진짜 목적은 글을 쓰려는 사람에게 새

글쓰기의 자세

로운 심성을 심어주는 것, 다시 말해 앞으로 어떤 글을 쓰더라
도 충분한 시간을 두고 먼저 생각해보는 마음가짐을 갖게 하
는 것이었다. 학생들 가운데 한 삼십대 후반의 변호사는 그 과
정에 삼 년이 걸렸다. 1996년의 어느 날 그는 나에게 전화를 걸
어 1993년 수업에서 구성에 문제가 있다고 했던 자신의 주제를
드디어 글로 완성했다고 말했다. 어찌 읽어보지 않을 수 있겠는
가?

도착한 원고는 350쪽 분량이었다. 솔직히 350쪽이나 되는
원고를 받아보고 싶지 않은 마음도 없지는 않았다. 하지만 한
편으로는 내가 시작한 과정이 어떻게든 결론을 맺게 되어 기쁜
마음이 더 컸다. 나는 그에게 어떤 문제가 있었는지 잘 기억하
고 있었기에 그가 문제를 어떻게 풀어나갔을지 몹시 궁금했다.

그가 쓰고 싶다고 했던 장소는 자신이 자란 코네티컷주의
한 교외 마을이었고, 주제는 축구였다. 그는 학교 축구부로 활
동하면서 자기만큼이나 축구를 사랑한 다섯 친구와 절친한 우
정을 쌓았고, 그런 유대의 경험과 그것을 제공해준 축구에 대
한 고마움에 관해 쓰고 싶어 했다. 나는 그것이 회고록을 쓰기
에 좋은 주제라고 했다.

그는 또 이 여섯 친구의 유대감이 워낙 강해서 모두 동북
부에서 전문직에 종사하는 중년이 된 지금도 정기적으로 서로
만난다고 했다. 그런 경험과 지속적인 우정의 고마움에 관해서
도 쓰고 싶다고 했다. 이 역시 개인적 에세이를 쓰기에 좋은 주
제였다.

그뿐이 아니었다. 그는 또 오늘날의 축구에 관해서도 쓰고 싶다고 했다. 그는 자신이 기억하는 스포츠의 성격이 사회적인 변화 때문에 많이 쇠퇴했다고 말했다. 그중 하나는 선수들이 더 이상 라커룸에서 옷을 갈아입지 않는다는 것이었다. 이제는 선수들이 집에서 유니폼으로 갈아입고 축구장까지 차를 타고 왔다가 끝나면 다시 차를 타고 돌아간다고 했다. 그는 모교에서 축구부 코치로 자원봉사를 하면서 현재와 과거를 비교해보고 싶다는 생각도 했다. 이 역시 탐사보도를 쓰기에 좋은 주제였다.

나는 그의 이야기를 듣는 것이 즐거웠다. 나는 전혀 몰랐던 이야기 속으로 빨려 들어갔으며, 그 세계에 대한 그의 애정은 매우 인상적이었다. 하지만 나는 또 그가 스스로를 너무 혹사하고 말 것임을 알았고, 그에게도 그렇게 말했다. 그 이야기들을 하나의 작은 지붕 아래 모두 모을 수는 없는 일이었다. 그는 그 자체로 완결된 하나의 이야기를 택해야 했다. 그러나 결국 그는 그 모든 이야기를 하나의 지붕 아래에 모으고야 말았고, 덕분에 집을 크게 늘리는 데 삼 년이라는 시간을 들여야 했다.

'우리 생의 가을'이라는 제목의 그 원고를 다 읽자, 그는 나에게 그 원고를 출판사에 보내볼 만한지 물었다. 나는 아직은 아니라고, 이제 겨우 한 번 고쳐 쓴 것에 불과하다고 했다. 그는 또다시 그런 노력을 하고 싶지 않았을 것이었다. 그러나 그는 잠시 생각하더니, 기왕 여기까지 왔으니 한 번 더 해보겠다고 했다.

글쓰기의 자세

그는 이어서 말했다. "하지만 출간되지 못해도 좋습니다. 이게 나에게 얼마나 중요한 일이었는지, 제 인생에서 축구가 갖는 의미에 대해 써보는 게 얼마나 보람 있는 일이었는지 몰라요."

그 말에 나는 결정적인 단어 두 가지가 떠올랐다. 하나는 '탐구', 또 하나는 '의도'였다.

탐구는 이야기에서 가장 오래된 주제 가운데 하나이며, 아무리 들어도 질리지 않는 신념의 행위다. 돌이켜보면, 내 수업에서 많은 학생이 자신에게 중요한 장소에 대해 생각해보라는 과제를 받고 그것을 계기로 장소 자체보다 더 깊은 의미와 생각, 그리고 과거의 조각들에 관한 탐구로 나아갔다. 그 결과 수업은 언제나 낯선 사람들 사이에 화기애애한 분위기를 만들어주었다(수업이 끝난 뒤에도 계속 만나는 경우도 있었다). 한 사람의 탐구는 우리 모두의 추구나 열망에 메아리를 일으켰다. 여기에서 얻을 수 있는 교훈 하나. 탐구나 순례의 형식으로 이야기하면 언제나 게임에서 앞설 수 있다. 당신의 글을 읽은 사람들이 각자의 연상을 통해 당신에게 도움을 주기 때문이다.

또 의도는 우리가 글을 통해 이루고자 하는 바다. 그것을 글쓴이의 정신이라고 부르자. 우리는 주장하거나 찬양하기 위해, 폭로하거나 파괴하기 위해 글을 쓸 수 있다. 선택은 각자의 몫이다. 파괴하는 글쓰기는 캐묻고 비방하고 남의 사생활을 침범하는 일을 장려하는 언론의 한 양식이었다. 그러나 누구도 우리가 쓰고 싶지 않은 것을 쓰게 할 수는 없다. 우리에게는 각자의 의도가 있다. 논픽션 작가들은 자신이 시시한 일을 마지 못해 할 필요가 없으며 잡지 편집자들이 상품을 팔기 위해 짜내는 주제를 다룰 필요도 없다는 사실을 잊을 때가 많다.

글쓰기는 인격과 관계가 있다. 여러분의 가치가 건전하면 글도 건전할 것이다. 글은 언제나 의도를 가지고 시작한다. 먼저 자신이 무엇을 바라는지, 그것을 어떻게 하고 싶은지 알자. 그리고 인간미와 정직함으로 글을 완성하자. 그러면 팔 수 있는 것이 생길 것이다.

글쓰기는 결정의 연속

지금까지 글을 쓰면서 마주치는 수많은 결정에 관해 이야기했다. 어떤 결정은 큰 것이고('무엇에 대해 쓸 것인가?') 어떤 결정은 간단한 단어 하나처럼 작은 것이다. 하지만 모든 결정은 중요하다.

앞 장에서는 형태, 구조, 압축, 초점, 의도 등 중대한 문제의 결정에 관해 이야기했다. 이 장에서는 긴 글을 구성하면서 겪는 수많은 작은 결정들을 다룬다. 그런 결정이 어떻게 이루어지는지 보여주기 위해 내가 쓴 글 한 편을 표본 삼아 해부해보면 도움이 될 듯하다.

긴 글을 구성하는 법은 명쾌하고 즐거운 문장을 쓰는 법만큼이나 중요하다. 글쓰기는 일관적이고 순차적인 작업이며 논리가 그것을 이어주는 끈이라는 점, 한 문장과 그다음 문장, 한 절과 그다음 절, 한 단락과 그다음 단락 사이에 긴장이 유지되어야 한다는 점, 고풍스럽고 훌륭한 이야기 방식이 독자를 부지불식간에 끌어들인다는 점을 기억하자. 그렇지 않으면 여러분이 쓴 명쾌하고 즐거운 문장들은 산산이 흩어져버리고 만다. 독자는 글쓴이가 여행을 제대로 준비했다는 점만을 눈치채야 한다. 모든 단계가 필연적으로 보여야 한다.

『콘데 나스트 트래블러』(*Condé Nast Traveler*)에 실린 「팀북투에서 보내는 소식」이라는 내 글은 한 가지 문제에 대한 한 작가의 해법일 뿐이지만, 다양한 논픽션 전반에 적용할 수 있는 여러 문제를 보여준다. 이 글에 주석을 달면서 내가 내렸던 결정에 대해 살펴보자.

어떤 글에서든 가장 결정하기 어려운 문제는 글을 어떻게 시작하느냐이다. 도입부는 도발적인 생각으로 독자를 사로잡은 다음 서서히 정보를 늘리면서 독자를 붙들고 다음 문단으로 나아가야 한다. 정보의 역할은 독자들이 흥미를 느끼고 여행이 끝날 때까지 붙어 있도록 하는 것이다. 도입부는 한 문단일 수도 있고, 필요에 따라 길어질 수도 있다. 필요한 작업을 마쳤다 싶으면 좀 더 긴장을 풀고 본격적인 이야기를 펼쳐놓으면 된다. 다음의 첫 문단은 독자들의 눈길을 끄는 생각거리를, 그것이 독자들이 한 번도 생각해본 적이 없는 것이기를 바라면서 제시한다.

팀북투에 갔을 때 가장 인상적이었던 것은 모래로 된 도로였다. 순간 나는 모래가 흙과는 아주 다르다는 것을 실감할 수 있었다. 마을의 도로는 원래 흙길에서 시작해 주민이 늘고 개발이 진행되면서 포장도로가 된다. 하지만 모래는 패배를 뜻한다. 도로가 모래로 된 도시는 세상 끝에 있는 도시다.

이 다섯 문장이 얼마나 간소한지에 주목하자. 쉽고 서술적인 문장이다. 하나의 문장이 하나의 생각만을 담고 있다. 독자는 순서대로 한 번에 한 가지 생각만 처리할 수 있다. 문장 하나에 너무 많은 것을 담으려다 어려움을 겪는 경우가 많다. 긴 문장은 고민하지 말고 두세 개로 나누자.

물론 나는 바로 그 이유로 그곳을 찾은 것이었다. 팀북투는 세상의 끝을 찾아다니는 사람들에게는 최고의 행선지다. 발리, 타히티, 사마라칸트, 페스, 몸바사, 마카오 등, 이름만으로도 관광객을 유혹하는 여행지들 가운데 팀북투만큼 멀게 느껴지는 곳은 없다. 놀랍게도 내 이야기를 들은 많은 이들이 팀북투가 실제로 존재하는지 모르거나 실제 장소라 해도 그게 어디에 있는지 몰랐다. '팀북투'라는 말 자체는 잘 알고 있었다. 이를테면 그것은 거의 도달할 수 없는 곳을 가리키는 말 가운데 가장 생생한 것이었으며, '우' 각운을 애타게 찾는 작사가에게는 신이 내린 장난감이었으며, 가망 없는 사랑에 빠진 소년의 소녀를 향한 험난한 구애의 여정을 은유하는 말이었다. 하지만 실제 팀북투는 빅토리아 시대의 탐험가들이 찾아 나섰다가 결국 존재하지 않는 것으로 밝혀진 솔로몬왕의 보물처럼 '오랫동안 잊혔던' 아프리카의 왕국 가운데 하나였다.

이 문단의 첫 문장은 앞 문단의 마지막 문장에 이어지기 때문에 독자에게 슬그머니 빠져나갈 틈을 주지 않는다. 이 문단은 독자가 팀북투에 대해 이미 알고 있는 사실을 확인하며, 그렇게 해서 독자를 필자와 같은 감정을 가지고 여행을 떠날 동행인으로 맞이한다. 또 딱딱한 사실이 아닌 재미있는 지식을 전해주기도 한다.

그다음 문단에서는 더 이상 미룰 수 없는 딱딱한 사실을 설명하는 일에 착수한다. 다음 네 문장에 얼마나 많은 정보가 들어 있는지 보자.

하지만 오랫동안 잊혔던 팀북투는 발견되었다. 끔찍한 시련 끝에 이곳을 발견한 사람들—1826년 스코틀랜드인 고든 레잉과 1828년 프랑스인 르네 카이예—은 자신들의 노력이 지독하게 무시당했다고 느꼈을 테지만 말이다. 16세기의 여행가 레오 아프리카누스는 인구 10만 명의 이 전설의 도시가 2만 명의 학생과 180개의 코란 학교가 있는 학문의 중심지라고 썼지만, 이제 흙벽돌 건물들로 이루어진 적막한 정착지에 불과한 이곳은 그 영화와 인구를 오래전에 잃어버린 채 사하라 사막을 가로지르는 낙타 대상로(隊商路)의 중요한 교차점이라는 독특한 위치만으로 겨우 살아남았다. 아프리카에서 거래되는 대부분의 물품, 특히 북에서 온 소금과 남에서 온

글쓰기의 자세

금이 이곳에서 거래되었다.

팀북투의 역사와 명성에 대해서는 이 정도면 됐다. 잡지 독자가 이 도시의 과거와 그 중요성에 대해 알아야 할 것은 이것으로 충분하다. 잡지 독자에게는 필요 이상의 정보를 주지 않아야 한다. 더 알려주고 싶은 게 있으면 책을 쓰거나 학술잡지에 기고하면 된다.

그럼 독자는 이제 무엇을 원할까? 문장 하나를 마칠 때마다 스스로에게 그렇게 물어보자. 여기서 독자들이 알고 싶어 하는 것은 내가 왜 팀북투에 갔는가이다. 내 여행의 목적은 무엇이었을까? 다음 문단에서 바로 그 점을 이야기한다. 마찬가지로 이전 문장과의 끈은 팽팽하게 유지한다.

내가 팀북투에 긴 것은 그 대상 행렬이 도착하는 모습을 보기 위해서였다. 나는 서아프리카를 전문으로 하는 프랑스의 어느 작은 여행사가 『뉴욕타임스』 일요판에 낸 2주 여행 코스 광고를 보고 참가 신청을 할 정도로 똑똑하거나 어리석은—어느 쪽인지는 아직 알 수 없었다—여섯 남녀 가운데 하나였다(팀북투는 전에는 프랑스령 수단에 속했으나 지금은 말리에 속한다). 여행사 사무실은 뉴욕에 있었고, 나는 붐비는 때를 피해 월요일 아침이 되자마자 그곳으로 달려갔다. 그리고 뻔한 질문을 하고 뻔한 답을 들었으며(황열병 접종, 콜레라 접종, 말라리아 약, 물을 마시면 안 된다는 것), 소책자를 하나 받았다.

이 문단은 여행의 발단을 설명하는 것 말고도 필자의 개성과 목소리를 드러내는 또 다른 역할을 한다. 여행 글쓰기에서는 글쓴이가 곧 가이드라는 사실을 절대 잊지 말아야 한다. 독자가 여행을 하게 하는 것만으로는 충분하지 않다. 그들이 글쓴이와 함께 여행하도록 해야 한다. 그들이 필자와 자신을 동일시하도록, 여러분의 희망과 염려를 함께 나누도록 해야 한다. 그들에게 여러분이 어떤 사람인지 알려주어야 한다는 것이다. "참가 신청을 할 정도로 똑똑하거나 어리석은"이라는 구절은 여행기에서 흔히 볼 수 있는 어수룩하거나 익살맞은 여행객을 연상시킨다. 붐비는 때를 피한다는 구절도 필자에 대해 넌지시 말해주는 부분이다. 이것은 순전히 재미 삼아 쓴 구절이다. 엄밀히 말해 팀북투가 어디에 있는지 넷째 문단에서야 밝힌 것은 너무 늦은 감이 있다. 하지만 나는 도입부의 구성을 흩뜨리지 않으면서 더 일찍 언급할 방법을 찾지 못했다.

다섯째 문단은 다음과 같다.

"평생 단 한 번 있는 호화로움, 팀북투로 오는 '아잘레 소금 대상'을 맞이할 기회를 놓치지 마세요!" 소책자는 이렇게 시작했다. "상상해보세요, 수백 마리의 낙타가 귀중한 소금판(육시토반 룰러싸인 서아프리카 원주민들에게는 '하얀 금'이라고 일컬어지는)을 지고 인구 7,000명의 신비로운 고대 사막 도시 팀북투로 위풍당당하게 개선하는 모습을. 화려한 대상 행렬을 이

　　　　　　　　　　글쓰기의 자세

끌고 오는 유목민들은 사하라 사막 1,000마일을 건너는 여정의 끝을 축하하며 야외 축제와 전통춤을 즐깁니다. 그날 밤 부족장의 손님이 되어 사막 텐트에서 지내보세요."

이 문단은 필자가 다른 사람의 도움을 어떻게 활용할 수 있는지 보여주는 전형적인 예다. 다른 사람의 말은 필자의 말보다 더 많은 것을 전해준다. 이 경우 여행 소책자는 여행 일정을 알려줄 뿐 아니라, 말 자체가 재미있기도 하고 광고문 특유의 과장을 엿볼 수 있게 해주기도 한다. 재미있거나 도움이 되는 문구를 잘 봐두었다가 고맙게 활용하자. 다음은 도입부의 마지막 문단이다.

이건 딱히 내 취향의 산문은 아니었지만, 내 취향의 여행이었다. 또 알고 보니 내 아내 취향의 여행이었고, 다른 네 사람 취향의 여행이었다. 연령대로 보아 우리는 중년 막바지에서 노년 의료보험 혜택을 받는 나이에 걸쳐 있었다. 다섯 명은 맨해튼 중부 거주자였고, 한 사람은 메릴랜드에서 온 미망인이었다. 우리는 모두 평생 지구 끝으로 여행을 다닌 사람들이었다. 베네치아나 베르사유 같은 지명은 소싯적 여행 이야기 중에 한 번도 튀어나오는 일이 없었다. 마라케시나 룩소르나 치앙마이 같은 곳도 마찬가지였다. 부탄이나 보르네오, 티베트나 예멘이나 몰루카 정도는 되어야 이야기할 수 있었다. 그리고—알라를 찬양하라!—이번엔 팀북투에 가게 된 것이다. 낙타 대상 행렬이 우리에게 다가오고 있었다.

*

이제 도입부가 마무리되었다. 여기까지 여섯 문단을 쓰는 데 나머지를 쓰는 만큼 시간이 걸렸다. 그래도 여기까지 써놓고 나니 제대로 출발한 것 같은 안도감이 들었다. 더 좋은 도입부를 쓸 수 있는 사람이 있을 테지만, 나로서는 더 잘 쓸 수 없었다. 다만 여기까지 나와 함께한 독자라면 끝까지 떠나지 않으리라는 느낌은 들었다.

구조 못지않게 중요한 것은 단어 하나하나를 결정하는 일이다. 진부함은 좋은 글쓰기의 적이며, 문제는 남들과 똑같이 쓰지 않는 것이다. 도입부에서 언급해야 했던 것 가운데 하나는 우리 여섯 명의 나이였다. 처음에는 좀 더 친절하게 "우리는 오륙십대였다"라고 쓰려고 했다. 하지만 마냥 친절하다보면 따분할 수 있다. 좀 더 새롭게 이야기하는 방법은 없을까? 아무래도 없는 것 같았다. 그러다 마침내 자애로운 뮤즈께서 나에게 '노년 의료보험'이라는 표현을 내리셨고, 그래서 "중년 막바지에서 노년 의료보험 혜택을 받는 나이"라고 쓸 수 있었다. 시간을 두고 들여다보면 따분하지만 꼭 필요한 사실에 생기를 불어넣는 이름이나 은유를 찾을 수 있다.

베네치아와 베르사유는 쓰는 데 시간이 더 걸렸다. 원래는 "런던이나 파리 같은 지명은 소싯적 여행 이야기 중에 한 번도

　　　　　　　　　글쓰기의 자세

등장하는 일이 없었다"라고 쓸 생각이었다. 그런데 별로 재미가 없었다. 그래서 다른 유명한 수도를 생각해보았다. 로마나 카이로? 아테네나 방콕? 더 나을 게 없었다. 그렇다면 두운을 맞추어 독자의 감각을 만족시키는 건 어떨까 싶었다. 마드리드나 모스크바? 텔아비브나 도쿄? 간사스러웠다. 이번엔 수도는 관두고 관광객이 몰리는 도시를 생각해보았다. 그러다 베네치아가 불쑥 떠올랐다. 사람들이 많이 가는 곳이니 괜찮을 것 같았다. 같은 음으로 시작하는 도시가 또 있나? 빈뿐이었는데 여러 면에서 베네치아와 너무 비슷했다. 결국 도시에서 관광지로 생각을 바꾸었고, 그러다 찾아낸 것이 베르사유였다. 그러느라 하루가 훌쩍 지나갔다.

다음은 '등장하다'(turn up)보다 신선한 동사를 찾아야 했다. 또렷한 이미지를 전할 수 있는 능동 동사를 쓰고 싶었다. 고만고만한 동의어 중에는 마땅한 게 없었다. 결국 나는 '튀어나오다'(bob)라는 유쾌하고 단순한 표현을 생각해냈고, 그야말로 안성맞춤이었다. 뭔가가 되풀이해서 수면 위로 떠오르는 모습을 떠올리게 하는 단어였다. 마지막으로 결정해야 할 것은 팀북투에 가기로 한 여섯 여행자가 한 번쯤 가봤음 직한 조금 색다른 여행지들이었다. 그래서 내가 고른 룩소르, 마라케시, 치앙마이 세 곳은 내가 처음 가본 1950년대에는 꽤 이국적인 곳이었다. 하지만 비행기 여행이 보편화된 지금은 런던이나 파리만큼이나 유명해졌다.

결국 이 문장을 쓰는 데 거의 한 시간이 걸렸다. 하지만 단일 분도 아깝지는 않았다. 오히려 알맞은 표현들이 제자리를 찾아 들어가는 모습을 보는 것이 즐거웠다. 글을 쓰면서 내리는 결정은 아무리 작은 것이라도 많은 시간을 들일 만한 가치가 있다. 여러분의 세심한 노력이 문장 하나가 제대로 나왔을 때 보상을 받는다는 것은 여러분도 알고 독자도 안다.

도입부 끝에 있는 별표에 주목하자(그냥 한 행을 떼어 써도 된다). 이 별표는 일종의 푯말로, 필자가 글을 어느 정도 정리했으며 이제 새로운 단락이 시작된다는 것, 즉 회상처럼 시간대가 바뀌거나 주제나 중점이나 어조가 바뀐다는 것을 독자에게 알린다. 이 경우 매우 압축적인 도입부 다음에 오는 별표는 필자가 호흡을 가다듬고 새롭게 시작할 수 있게 한다. 이번엔 좀 더 느긋한 이야기꾼의 리듬으로 이어진다.

우리는 뉴욕에서 비행기를 타고 코트디부아르의 수도인 아비장으로 갔다가 그곳에서 다시 비행기로 북쪽에 이웃한 말리의 수도 바마코까지 갔다. 초록빛인 코트디부아르와는 달리 말리는 대체로 건조한 곳인데, 남부는 나이저강 덕분에 기름지지만 북부는 순전히 사막이다. 팀북투는 사하라 사막을 건너 북쪽으로 여행하는 사람들에게는 말 그대로 종착지이며, 남쪽으로 내려가는 사람들에게는 기착지이다. 몇 주 동안 흑시와 필증에 지진 여행자의 눈앞에 지평선 위로 어른거리는 탐스러운 작은 점이다.

동행 가운데 말리에 대해, 거기에 무엇이 있는지 많이 아는

글쓰기의 자세

사람은 없었다. 우리는 팀북투로 가는 길에 거치는 지역들이 아니라 그곳에 오는 소금 대상과의 랑데부에만 정신이 팔렸었다. 우리가 말리를 그렇게 빨리 좋아하게 될 줄은 미처 몰랐다. 말리는 화려한 색채로 뒤덮인 나라였다. 잘생긴 사람들이 황홀한 디자인의 천을 걸치고 있었고, 시장은 색색의 과일과 채소로 가득했으며, 아이들의 미소는 매일 매일의 기적이었다. 말리는 지독하게 가난하지만, 사람은 넘쳐나는 곳이었다. 나무가 늘어서 있는 도시 바마코의 활력과 자신감은 우리를 기쁘게 했다.

우리는 다음 날 아침 일찍 일어나 차를 타고 열 시간을 달려 신성한 도시 젠네에 도착했다. 이곳은 나이저강 강가에 위치한 중세 교역의 중심지이자 이슬람 교육의 중심지로, 팀북투보다 오래되었으며 그와 비슷한 영광을 누린 도시였다. 오늘날 젠네는 작은 나룻배를 타야만 갈 수 있는 곳이어서 우리는 어둡기 전에 도착하기 위해 형편없는 도로를 덜컹거리며 달려갔다. 멀리서 보이는 모래성 같은 거대한 흙벽 사원의 높은 첨탑과 작은 탑들이 마치 뒤로 물러나면서 우리를 놀리는 것 같았다. 마침내 도착해서 봐도 사원은 여전히 모래성 같았다. 마치 바닷가에 아이들이 쌓는 모래성과 비슷하게 생긴 근사한 요새였다. 나중에야 알았지만, 건축사적으로는 수단 양식이라 불리는 것이었다. 그러니까 지금도 아이들은 바닷가에서 수단 양식의 모래성을 쌓고 있는 것이다. 황혼 녘에 젠네의 오래된 광장을 거닌 것은 우리 여행에서 가장 멋진 순간

가운데 하나였다.

다음 이틀도 그 못지않게 훌륭했다. 하루는 도곤 지역에 다녀왔다. 외부인은 쉽게 갈 수 없는 가파른 경사지에 사는 도곤족은 독특한 정령 신앙과 우주관, 그리고 가면과 조각상 때문에 인류학자들과 수집가들에게는 아주 소중한 존재이다. 마을까지 올라가서 몇 시간 동안 가면 춤을 본 것만으로는 절대 단순하지 않은 그들의 사회를 알기에 턱없이 부족했다. 둘째 날은 나이저강 강가의 활기찬 시장 마을 몹트에서 보냈는데, 여기도 너무 좋아서 일찍 떠나기 아쉬웠다. 하지만 팀북투에 일정이 있어서 전세 비행기를 타야만 했다.

물론 말리에 대해서는 이 네 문단에 욱여넣은 것보다 할 말이 더 많다. 하지만 도곤족과 나이저강 강가에 사는 사람들에 관해서는 학술적인 책이 여럿 나와 있다. 이 글은 말리에 관한 것이 아니라 낙타 대상을 찾아가는 여행에 관한 글이다. 따라서 글의 전체 모양새를 결정해야 했다. 나는 말리는 되도록 빨리 지나가기로, 그래서 우리가 어떤 경로를 거쳤으며 도중에 들른 곳에서 중요한 것이 무엇인지 최소한의 문장으로 설명하는 데 그치기로 했다.

그럴 때마다 나는 이런 요긴한 질문을 스스로에게 던진다. "이 글은 과연 무엇에 대한 글인가?" 고생해서 구한 자료가 아깝다고 해서 본래 이야기하려던 핵심을 벗어나는 것까지 집어넣을 수는 없는 일이다. 거의 자기 학대에 가까운 절제가 필요

글쓰기의 자세

하다. 그 많은 자료를 버려야 하는 것에 대한 유일한 위안은 그것을 전부 잃는 것은 아니라는 사실이다. 그 자료들은 보이진 않지만 여러분의 글 속에 남아 있으며, 독자들은 그것을 느낄 수 있다. 독자는 언제나 필자가 글 속에 담은 것보다 더 많이 알고 있다고 느낀다.

이제 "하지만 팀북투에 일정이 있어서"로 돌아가보자.

여행사에 갔을 때, 나는 날짜가 정확한 것이 무엇보다 마음에 걸렸다. 그래서 여행사 대표에게 소금 대상이 12월 2일에 도착한다고 어떻게 확신할 수 있냐고 물어보았다. 낙타를 모는 유목민들이 시간표에 따라 움직이지는 않을 것 같았기 때문이다. 낙타 같은 생명력이나 여행사에 대해 나처럼 낙관적이지 않은 아내는 우리가 팀북투에 가면 소금 대상이 이미 왔다 갔다거나 그런 건 들어본 적도 없다는 이야기를 들을 것이 분명하다고 했다. 내 질문에 여행사 대표는 코웃음을 쳤다.

"저희는 대상들과 긴밀한 접촉을 유지하고 있습니다. 미리 사막에 정보원들을 보내죠. 그들이 대상이 며칠 늦어진다고 알려주면 말리에서 여행 일정을 조정합니다." 말이 되는 소리여서—사실 낙관론자에게는 무엇이든 말이 된다—나는 이제 린드버그가 타던 것보다 별로 크지 않은 비행기를 타고 북쪽으로 팀북투를 향해 날아가고 있었다. 비행기 아래로 펼쳐지는 대지는 어찌나 황량한지 사람이 사는 곳은 흔적조차 보이지 않았다. 하지만 동시에 커다란 소금판을 진 낙타 수백 마리가 나를 만나기 위해 남쪽으로 이동하는 중일 터였다. 지금은 부족장들도 사막 텐트 안에서 나를 어떻게 즐겁게 해줄 것인지 생각하고 있을 것이었다.

이 두 문단은 가벼운 농담으로 유머를 슬쩍 내비친다. 이역시 스스로를 즐겁게 하기 위한 것이지만, 또한 내 개성을 유지하기 위한 의식적인 노력이기도 하다. 여행과 유머 글쓰기에서 가장 오래된 특징 가운데 하나는 화자가 늘 귀가 얇다는 점이다. 달리 표현하자면, 여러분 스스로를 잘 속는 사람이나 아예 어리석은 사람으로 만들어 독자에게 즐거운 우월감을 줄 수있다는 것이다.

우리 조종사는 상공을 한 바퀴 돌면서 멀리서 찾아온 우리에게 하늘에서 본 팀북투의 모습을 보여주었다. 오래전에 버려진 듯한 흙 건물들이 넓게 펼쳐져 있는 그 모습은 마치 영화 〈보 제스트〉(Beau Geste)의 마지막 장면에 나오는 진더네프 요새처럼 황량해 보였다. 중앙아프리카를 점차 잠식하면서 사헬이라 불리는 건조지대를 만들어낸 사하라 사막은 이미 오래전에 팀북투를 훑고 지나가 이곳을 고립시켜버렸다. 나는 두려움에 전율을 느꼈다. 이렇게 버림받은 곳으로는 내려가고 싶지 않았다.

〈보 제스트〉를 언급한 것은 독자들이 그 이야기에서 연상

글쓰기의 자세

하는 바를 활용하기 위해서였다. 팀북투를 전설적으로 만든 많은 것들이 그 할리우드 영화에 담겨 있다. 나는 진더네프 요새의 운명을 연상시킴으로써—브라이언 도넬비가 죽은 군인들의 시신을 요새 벽에 전시한 가학적인 프랑스 외인부대 지휘관 역할을 맡았다—이 장르에 대한 내 애호를 드러내면서 영화광 동지들에게 유대감을 불러일으키고자 했다. 내가 바란 것은 어떤 울림 또는 공명이었다. 그것은 필자의 힘만으로는 얻을 수 없는 커다란 감정적인 역할을 할 수 있다.

공항에서 우리는 이 지역 가이드인 모하메드 알리라는 투아레그 사람을 만났다. 여행광에게 그의 외모는 위안을 주는 볼거리였다. 사하라 사막의 이 지역을 지배하는 사람이 있다면 바로 이 투아레그족이다. 이들은 아랍인들이나 나중에 북아프리카를 휩쓴 프랑스 식민주의자들에게 굴복하지 않고 차라리 사막으로 들어가 그곳을 자신들의 영역으로 만든 자부심 강한 베르베르족의 한 갈래이다. 파란 투아레그 전통 의상을 걸친 모하메드 알리의 얼굴은 검고 지적이었다. 각진 얼굴이 어딘가 아랍인 같아 보였으며, 움직임에는 그의 성격인 듯한 자신감이 배어 있었다. 나중에 안 사실이지만 그는 십대 때 아버지와 함께 메카로 성지순례를 간 적이 있고(많은 투아레그 사람이 결국 이슬람으로 개종했다), 아라비아와 이집트에서 여러 해를 살면서 영어와 불어와 아랍어를 배웠다. 투아레그족은 복잡한 문자를 쓰는 타마셰크라는 고유 언어를 갖고 있다.

　모하메드 알리는 먼저 우리 여권을 확인하기 위해 팀북투의 경찰서로 가야 한다고 했다. 나는 이런 상황에서 마음을 편히 먹기에는 영화를 지나치게 많이 본 사람이었다. 우리는 지하 감옥 같은 방에 앉아 무장한 두 경찰관에게 심문을 당했고, 가까이 보이는 감방에는 한 남자와 소년이 잠을 자고 있었다. 나는 또 한 번의 회상에 젖어 들었다. 이번엔 〈포 페더스〉(The Four Feathers)라는 영화에서 영국군이 옴두르만의 감옥에 오랫동안 갇혀 있는 장면이었다. 그런 위압적인 분위기는 우리가 밖으로 나와 모하메드 알리가 버림받은 도시를 안내해줄 때까지도 남아 있었다. 그는 의무에 충실하게 '명소' 몇 군데를 보여주었다. 대사원, 시장, 황폐한 집 세 채였다. 안내판에 따르면 이 집들은 레잉과 카이예, 그리고 독일 탐험가 하인리히 바르트가 살았던 곳이었다. 그밖에 다른 관광지는 가보지 않았다.

*

여기서 다시 〈포 페더스〉라는 영화의 비유를 든 것은 〈보 제스트〉와 마찬가지로 그 영화를 아는 사람에게 그때 분위기가 얼마나 실벌했는지 선하기 위해서였다. 그 영화가 실제 작전— 고든 장군을 격퇴한 마디 교도에게 보복하기 위해 나일강으로 원정을 떠난 키치너의 이야기—을 바탕으로 한 것이라는 사실

　　　　　　　글쓰기의 자세

을 알면 더 오싹할 것이다. 확실히 사하라 사막의 변경에 있는 아랍 사법기관은 여전히 자비로움과는 거리가 멀다.

다시 별표로 분위기 전환을 알린다. 그것은 사실상 "팀북투에 대해서는 그만 이야기하고, 이제 진짜 본론으로 넘어가서 낙타 대상을 찾아가봅시다"라고 말하는 것이다. 길고 복잡한 글을 이렇게 구분 지어주면 필자가 가리키는 길을 독자가 따라가는 데 도움이 될 뿐만 아니라, 글을 다루기 좋게 나누어 한 번에 하나씩 해결할 수 있기 때문에 필자의 걱정도 덜 수 있다. 그러면 작업 전체가 덜 엄청나 보이고, 두려움도 막을 수 있다.

아잘레 호텔에는 손님이라곤 우리밖에 없어 보였다. 우리는 모하메드 알리에게 소금 대상을 맞이할 관광객이 팀북투에 얼마나 있는지 물어보았다.

"여섯 명, 여러분 여섯 명요." 그가 말했다.

"하지만…" 나는 마음속에 뭔가가 걸려서 말을 마칠 수 없었다. 그래서 다른 방법을 택했다. "이 '아잘레'란 말이 무슨 뜻인지 모르겠네요. 왜 '아잘레 소금 대상'이라고 부르는 겁니까?"

"프랑스 사람들이 쓰던 말이에요. 매년 12월 초가 되면 대상을 조직해서 낙타를 전부 끌고 여행을 했지요."

"그 사람들은 지금은 뭘 합니까?" 몇 사람이 물었다.

"말리가 독립하면서 상인들은 원한다면 언제든지 팀북투로 소금 대상을 이끌고 올 수 있게 되었어요."

말리는 1960년에 독립했다. 우리는 이십칠 년 동안 한 번도 열리지 않았던 행사를 보러 팀북투에 와 있었다.

마지막 문장은 이야기 속에 떨어진 소형 폭탄과도 같다. 하지만 설명 없이 사실이 스스로 말하고 있다. 그리고 나는 놀라운 순간임을 알리기 위해 느낌표를 달거나 하지 않았다. 그랬다면 독자는 스스로 발견하는 즐거움을 빼앗겨버렸을 것이다. 소재의 힘을 믿자.

아내와 다른 몇몇은 놀라지 않았다. 우리는 그 소식을 조용히 받아들였다. 어떻게든 낙타 대상을 보게 될 것이라는 믿음을 가진 나이 든 여행꾼들이 되어버린 것이다. 무엇보다 진실성이라는 광고의 규범이 너무나도 뻔뻔스럽게 무시되어버린 것이 놀라울 따름이었다. 모하메드 알리는 광고 소책자의 번지르르한 약속에 대해 전혀 몰랐다. 그가 아는 것이라곤 자신이 우리를 데리고 소금 대상을 만나게 하도록 고용되었다는 사실뿐이었다. 그는 아침이면 대상을 찾아 나설 것이며 밤은 사하라 사막에서 지낼 것이라고 했다. 그리고 12월 초는 대개 대상들이 도착하기 시작하는 때라고 했다. 부족장의 텐트에 대해서는 일언반구도 없었다.

'규범'(canons), '뻔뻔스럽게'(brazenly), '번지르르한'(gaudy) 같은 단어는 신경 써서 고른 것들이다. 생생하고 정확하지만 길거나 장식적이지는 않다. 무엇보다도 독자들이 예상하지 못했기에 기꺼이 받아들일 수 있는 말이다. 소책자의 문구를 다시 떠올리게 하면서 부족장의 텐트 이야기를 꺼내는 문장도 또 하나의 소소한 농담이다. 문단 끝에 이렇게 허를 찌르는 구절을 달아주면 독자들이 다음 문단으로 기분 좋게 얼른 넘어갈 수 있다.

아침에 아내는—아내는 무한의 사막 끝에 선 이성의 대변자였다—차 두 대로 가지 않으면 사하라 사막에 들어가지 않겠다고 했다. 그래서 호텔 밖에서 랜드로버 두 대가 우릴 기다리고 있는 걸 보자 반갑기 그지없었다. 그중 한 대에 소년이 자전거펌프로 앞 타이어에 바람을 넣고 있었다. 우리 중 넷은 랜드로버 뒷좌석에 비집고 앉았고, 모하메드 알리가 운전석 옆에 앉았다. 또 한 대에는 일행 두 사람과 '견습생'이라는 소년 둘이 탔다. 그들이 무슨 견습을 하는지는 아무도 말해주지 않았다.

윤색이 필요 없는 놀라운 사실이 또 하나(타이어 바람 넣기), 그리고 마지막에 작은 농담 또 하나.

우리는 곧장 차를 몰고 사하라 사막으로 들어갔다. 사막은 끝이 없는 갈색 담요였고, 어떤 흔적 같은 것도 없었다. 가장 가까운 다음 마을이 알제였다. 누가 작은 목소리로 "이건 미친 짓이야. 왜 이러고 있죠?"라고 말하는 순간, 나는 우리가 세상의 끝에 와 있다는 느낌이 들었다. 하지만 나는 답을 알고 있었다. 나는 영국의 '사막의 괴짜들'이 쓴 책들과 처음 마주쳤던 순간을 찾아가는 중이었다. 그들은 찰스 다우티, 리처드 버튼 경, T. E. 로렌스, 그리고 베두인족과 함께 살았던 윌프레드 테시거 같은 외골수들이었다. 나는 그렇게 금욕적인 삶이 어떤 것이었을지 늘 궁금했다. 과연 사막의 무엇이 그 영국인들을 사로잡았던 것일까?

울림이 더 커진다. 다우티와 그의 동료들을 언급한 것은 사막에 대한 영화 못지않게 강렬한 문학이 있다는 점을 상기시키기 위해서다. 그것은 내가 지고 가던 감정의 꾸러미에 하나를 추가한다.

그다음 문장은 앞 문단 끝에 나온 질문을 더 파고든다.

이제 나는 그것을 찾아 나서고 있었다. 차로 사막을 달리는 동안 모하메드 알리는 이따금 운전기사에게 손짓으로 방향을 알렸다. 좀 더 오른쪽으로, 좀 더 왼쪽으로. 우리는 그에게 어떻게 방향을 아느냐고 물어보았다. 그는 모래언덕의 모양을 보고 안다고 했다. 하지만 모래언덕들은 전부 똑같아 보였다. 그금 내상을 찾으려면 얼마나 더 가야 하는지 물으니 모하메드 알리는 서너 시간이 넘지 않을 거라고 했다. 우리는 계속 달렸다. 무언가 눈에 띄는 사물을 찾으려 하는 내 눈에

　　　　　　　　　글쓰기의 자세

는 볼거리가 아무것도 없었다. 그러나 조금 있으니 거의 아무것도 없는 것 자체가, 사막의 모든 것이 하나의 사물이 되었다. 나는 그 사실을 몸으로 느끼려 애썼다. 그러자 마음이 가라앉으면서 모든 것을 받아들이는 자세가 되었고, 왜 거기까지 갔는지조차 완전히 잊어버렸다.

갑자기 운전기사가 급히 방향을 틀어 멈추더니 "낙타다"하고 말했다. 나는 도시에 길든 내 눈을 부릅떠보았지만 아무것도 보이지 않았다. 그러다 멀리서 무언가가 초점에 들어오기 시작했다. 낙타 40마리 정도의 대상 행렬이 늠름하게 팀북투로 이동하고 있었다. 수천 년 동안 낙타 대상이 북쪽으로 이십 일 거리에 있는 타우드니의 광산에서 소금을 싣고 왔던 것처럼.

우리는 대상 행렬에서 채 100야드가 안 되는 지점까지 차를 몰고 갔다. 더 가까이는 안 된다고 모하메드 알리가 설명했다. 낙타는 예민한 동물이라서 이상한 것을 보면 질겁하기 때문이라고 했다(우리는 영락없이 이상한 존재가 되었다). 팀북투에 소금을 부리러 들어갈 때도 도시에 사람이 없는 한밤중에 간다고 했다. '위풍당당한 개선'이란 그런 것이었다.

감격스러운 광경이었다. 어떤 짜임새 있는 행렬보다도 극적이었다. 이 대상의 외로움은 사하라를 건넜던 모든 대상의 외로움이었다. 서로 끈으로 이어진 낙타들은 물결치듯 춤추는 무용단처럼 정확히 하나가 된 듯 보였다. 낙타들은 각각 끈으로 묶은 소금판을 양쪽에 하나씩 지고 있었다. 소금은 지저분하고 하얀 대리석 같았다. 소금판은 길이가 107센티미터, 높이가 45센티미터, 두께가 23센티미터였다(나중에 팀북투 시장에서 재어보았다). 아마 낙타가 질 수 있는 것 중에 가장 크고 무거운 게 아닐까 싶다. 우리는 모래에 앉아 마지막 낙타가 모래언덕을 넘어 사라질 때까지 지켜보았다.

이제는 직설적인 서술체로 어조가 안정되었다. 하나의 평서문 다음에 또 하나의 평서문이 이어지는 식이다. '외로움'(aloneness)이라는 단어는 너무 낭만적이라 별로 쓰고 싶지 않았지만 달리 떠오르는 말이 없었다.

때는 한낮이었고 해는 몹시 뜨거웠다. 우리는 다시 랜드로버에 올라 사막 안으로 더 들어갔고, 모하메드 알리가 다섯 뉴요커와 메릴랜드 미망인이 쉴 만한 나무 그늘을 발견해 거기서 4시쯤까지 있었다. 그동안 피크닉 도시락도 먹고, 창백한 풍경을 내다보기도 하고, 졸기도 하고, 해를 따라 움직이는 그림자에 맞춰 수시로 담요를 옮기기도 했다. 두 운전기사는 낮잠 잘 시간 내내 랜드로버 한 대의 엔진을 서투르게 만지작거리며 거의 해체하다시피 하고 있었다. 어디선가 유목민 한 사람이 나타나서는 우리에게 말라리아 약이 있는지 물어보고 갔다. 이어서 또 한 사람이 어디선가 나타나 잠시 말을 걸었다. 조금 뒤에는 두 사람이 사막을 건너 우리 쪽으로 걸어오는 것을 보았는데, 그 너머로 보이는 것은… 우리가 처음으

　　　　　　　　　　글쓰기의 자세

로 본 신기루였을까? 그것은 또 하나의 소금 대상 행렬로, 이번엔 낙타 51마리가 하늘을 배경으로 실루엣만을 드러내고 있었다. 얼마나 멀지도 모를 곳에서 우리를 발견한 두 사람이 행렬을 떠나 우리를 보러 오는 것이었다. 한 사람은 연신 큰 소리로 웃는 노인이었다. 그들은 모하메드 알리와 앉아 팀북투의 최근 소식에 관해 이야기했다.

가장 까다로웠던 문장은 랜드로버를 서투르게 만지작거리는 운전기사들에 대한 것이었다. 다른 문장들처럼 간소하게 쓰고 싶었지만 약간 비트는 유머를 가미하고 싶기도 했다. 그밖에 여기에서는 남은 이야기를 가능한 한 간단하게 전하는 것이 목적이었다.

그들이 가고 나니 네 시간이 훌쩍 지나 있었다. 사하라 시간이라는 다른 시간대로 들어와버린 느낌이었다. 오후 늦게 햇볕이 덜 따가워지기 시작하자 우리는 다시 랜드로버에 탔다. 놀랍게도 차는 계속 움직였고, 사막을 가로질러 모하메드 알리가 우리의 '야영지'라 부른 곳까지 갔다. 나는 부족장의 텐트까지는 아니어도 적어도 텐트라든가 뭔가 야영지라고 부를 만한 것 하나쯤은 있으리라고 상상했다. 마침내 멈춰 선 곳은 우리가 온종일 달려온 곳과 너무나 비슷해 보였다. 그래도 작은 나무 한 그루는 있었다. 검은 옷을 입고 얼굴을 베일로 가린 베두인족 여인 몇몇이 그 아래 웅크리고 앉아 있었고, 모하메드 알리가 그들 옆의 사막에 우리를 내려놓았다.

여인들은 느닷없이 툭 떨어진 하얀 이방인들을 보고는 움찔 뒤로 물러났다. 너무도 다닥다닥 붙어 앉아 있어서 무슨 벽면 장식 조각 같아 보였다. 모하메드 알리는 '지역색'이라 할 만한 것을 우연히 발견하고는 손님들에게 구경시켜주기 위해 멈춰 선 것이었다. 나머지는 우리더러 알아서 해보라는 식으로. 우리는 그저 주저앉아서 우호적으로 보이려 애쓸 따름이었다. 하지만 침입자가 된 것 같다는 느낌이 강했기 때문에 아마 아주 불편해 보였을 것이다. 한동안 그렇게 앉아 있다 보니 벽면 장식은 서서히 해체되어 여자 넷과 꼬마 셋, 발가벗은 아기 둘이 되었다. 모하메드 알리는 베두인 사람들과는 접촉하고 싶지 않은지 어딘가로 가버리고 없었다. 투아레그족인 그는 그들을 사막의 천민으로 여기는 것 같았다.

그러나 호의를 베풀어 우리를 편안하게 해준 것은 베두인족이었다. 여인들 가운데 한 명이 베일을 내리더니 아름다운 얼굴에 하얀 이와 반짝이는 검은 눈을 드러내며 영화배우 같은 미소를 지어 보였다. 그러더니 가진 것을 뒤져 담요와 거적을 하나씩 꺼내서는 앉으라며 가져다주었다. 사막에는 침입자가 없다는 얘기를 책에서 읽은 기억이 났다. 사막에서는 누구든 사람이 나타나기만 하면 반갑기 때문이다. 얼마 지나지 않아 사막에서 베두인족 남자 둘이 왔다. 알고 보니 이들은 남자 둘에 아내가 각각 둘, 그리고 아이들이 여럿인 가족이었다. 억세고 훤칠한 얼굴의, 둘 중 나이가 많아 보이는 남

글쓰기의 자세

자가 축복을 내리듯 두 아내의 머리를 가볍게 두드리며 인사하고는 내 자리에서 멀지 않은 곳에 앉았다. 여인 중 하나가 그에게 저녁으로 사발에 담긴 수수를 가져다주었다. 그는 곧장 나에게 그 음식을 권했다. 거절하긴 했지만 잊을 수 없는 호의였다. 우리는 그가 식사하는 동안 말없이 앉아 있었지만, 어느새 분위기는 친근해져 있었다. 아이들은 스스럼없이 우리에게 다가왔다. 해가 지자, 사막 위로 보름달이 떠올랐다.

그러는 동안 운전기사들은 랜드로버 두 대 옆에 담요를 몇 장 깔고 사막에서 구한 나무로 모닥불을 지피기 시작했다. 우리는 우리 담요에 모여 앉아 사막의 하늘에 뜬 별들을 바라보았다. 저녁으로 닭고기 같은 것을 먹었고, 잠자리에 들 준비를 했다. 화장실은 각자가 알아서 임시변통으로 해결해야 했다. 사하라의 밤이 춥다는 말을 듣고 가져온 스웨터를 입고 담요로 몸을 감싸고 누우니 땅바닥이 덜 딱딱했다. 그리고 어마어마한 정적에 둘러싸여 잠이 들었지만, 한 시간 뒤 그만큼 어마어마한 소음에 잠이 깼다. 베두인 가족이 염소와 낙타 떼를 데려왔던 것이다. 그러고는 다시 정적이 내렸다.

아침에 일어나보니 내 담요 바로 옆 모래에 웬 발자국이 나 있었다. 모하메드 알리는 자칼이 와서 남긴 음식을 먹어치운 것이라고 했다. 닭고기가 있었으니 찌꺼기도 꽤 있었을 것이다. 하지만 나는 아무 소리도 듣지 못했다. '아라비아의 로렌스'가 된 꿈을 꾸느라 바빴기 때문이었다.

[끝]

한 편의 글을 쓸 때 중요한 것은 어디서 끝을 맺을지 정하는 것이다. 이야기가 스스로 끝을 알려주는 경우도 있다. 이 글의 종결부는 원래 내가 생각했던 식이 아니었다. 여행의 목적이 소금 대상을 찾아가는 것이었던 만큼 고대 무역의 과정을 끝까지 담아보고 싶었다. 그래서 팀북투로 돌아가 시장에서 소금을 부리고 사고파는 데까지 설명할 생각이었다. 하지만 끝으로 갈수록 쓰고 싶은 마음이 사라졌다. 나뿐 아니라 독자에게도 재미없는 고역일 것 같았다.

불현듯 여행을 있는 그대로 다 보여줄 의무가 없다는 생각이 떠올랐다. '모두' 재구성할 필요는 없었다. 내 이야기의 진짜 클라이맥스는 소금 대상을 발견한 것이 아니었다. 그것은 시대를 뛰어넘은 사하라 사람들의 환대를 발견한 것이었다. 가진 것이라곤 거의 없는 한 유목민 가족이 저녁 식사를 함께하자고 권할 때와 같은 순간은 내 인생에서 그리 많지 않았다. 내가 사막에 가서 발견한 것, 그리고 그 영국 탐험가들이 쓴 세상 끝에 사는 일의 고귀함을 그보다 더 생생하게 말해주는 순간은 없었다.

여러분의 경험과 재료에서 그런 메시지를 발견했다면, 그래서 그다음에 무슨 일이 일어났든 이야기가 스스로 끝을 알려준다면, 이제 출구를 찾자. 나는 통일성을 잃지 않을 정도로만, 다시 말해 여행을 시작한 가이드인 필자가 여행을 끝내는 이와 같은 인물이라는 점만을 확인하는 정도로 잠깐 멈추었다가 재빨리 빠져나갔다. 로렌스를 재미 삼아 언급한 것은 개성을 유지하고 다양한 연상을 갈무리해 여행의 순환을 완성한다. 그냥 멈춰도 된다는 것을 깨달을 때의 느낌은 정말 대단했다. 퍼즐을 다 맞추어 고역을 끝냈을 뿐 아니라 끝이 잘 마무리되었기 때문이다. 옳은 결정이었다.

덧붙여 언급하고 싶은 마지막 결정이 하나 더 있다. 그것은 논픽션 작가는 스스로 행운을 만들어내야 한다는 점과 관련이 있다. 내 경우 스스로를 부추기기 위해 흔히 쓰는 훈계는 '비행기를 타라'는 것이다. 내 인생에서 가장 감동적인 순간 두 번은 『미첼과 러프』를 쓰기 위해 비행기를 탄 덕에 찾아왔다. 처음 한 번은 음악가 윌리 러프와 드와이크 미첼이 상하이 음악학교에 가서 중국에 재즈를 소개하는 여정에 함께했던 것이고, 두 번째는 일 년 뒤 러프와 함께 베네치아에 갔던 일이다. 베네치아 악파에 영감을 준 음향학을 연구하기 위해 아무도 없는 밤에 산마르코 성당에서 호른으로 그레고리안 성가를 연주하는 것을 듣기 위해서였다. 두 경우 모두 러프는 자신이 연주할 기회가 있을지 확신하지 못했다. 함께 따라갔다가 시간과 돈만 낭비할 수도 있는 일이었다. 하지만 나는 비행기에 오르기로 결정했고, 『뉴요커』에 먼저 실린 그 두 편의 긴 글은 아마도 내 글 가운데 최고일 것이다. 승패를 알 수 없는 내기를 하는 심정으로 낙타 대상을 찾으러 팀북투로 가는 비행기를 탔으며, 환영받을지 퇴짜를 맞을지 모르면서도 브레이든턴으로 가는 비행기를 탔다. 또 내 책 『공부가 되는 글쓰기』(*Writing to Learn*)는 낯선 사람에게서 받은 전화 한 통 때문에 쓰게 된 것이다. 그 사람이 워낙 흥미로운 교육 관련 아이디어를 제기하는 바람에 미네소타로 가는 비행기에 올랐던 것이다.

나는 비행기를 탄 덕분에 세계 곳곳과 미국 곳곳의 별난 이야기들을 접할 수 있었다. 그렇다고 해서 내가 공항으로 떠날 때 아무 걱정도 없다는 건 아니다. 실은 언제나 불안을 느낀다. 하지만 그건 일의 일부다(어느 정도 긴장이 되어야 글이 예리해진다). 하지만 집에 돌아올 때면 언제나 다시 충만해진 느낌이다.

논픽션 작가라면 비행기를 자주 타야 한다. 흥미로운 주제가 있으면 쫓아가야 한다. 다른 지역이든 다른 나라든 찾아가 봐야 한다. 그것이 자신을 찾아오지는 않는다.

먼저 무엇을 하고 싶은지 결정하자. 그리고 하기로 결정하자. 그리고 하자.

기억을 간직하는 글쓰기

내가 아는 가장 슬픈 문장 가운데 하나는 "그걸 어머니에게 물어봤으면 뭐라고 하셨을까"이다. 또는 아버지, 할머니, 할아버지일 수도 있다. 부모라면 다 알고 있겠지만, 자식들은 우리의 매력적인 삶에 우리만큼 매력을 느끼지 못한다. 그러다 그들도 자식이 생기고 자기가 나이를 먹어간다는 사실을 처음으로 뼈아프게 느끼는 때가 오면 갑자기 가족의 역사와 이야기와 가르침에 대해 더 알고 싶어 한다. "아버지가 미국에 온 이야기가 정확히 어떤 내용이었지?" "어머니가 태어난 중서부 농장이 정확히 어디라고 했었지?"

작가는 기억을 지키는 사람이며, 그것이 바로 이 장에서 다룰 내용이다. 자신의 삶과 가족에 대해 어떻게 기록으로 남길 것인가. 이 기록은 다양한 모습을 띨 수 있다. 문학적인 구성을 갖춘 정식 회고록이 될 수도 있고, 자식과 손자 손녀에게 가족에 대해 가르쳐주기 위해 격식 없이 쓴 가족사가 될 수도 있다. 너무 나이가 많거나 아파서 글을 쓸 수 없는 부모나 조부모의 육성을 녹음해서 쓰는 구술사가 될 수도 있다. 아니면 역사와 회상을 뒤섞은 자기만의 독특한 무언가가 될 수도 있다. 어떤 형식이든 그것은 아주 중요한 글쓰기이다. 기억은 그것을 지닌 사람과 함께 너무도 쉽게 사라져버리고, 시간은 쏜살같이 흘러 우리를 당혹스럽게 한다.

문학적인 성향이 별로 없는 사업가였던 내 아버지는 만년에 두 편의 가족사를 썼다. 혼자서 할 소일거리가 변변찮은 사람에게는 딱 맞는 일이었다. 아버지는 맨해튼 파크애비뉴의 고층 아파트에서 당신이 아끼는 안락의자에 앉아 19세기 독일로 거슬러 올라가는 진서 집안과 샤르만 집안의 역사에 관해 썼고, 그다음에는 1849년에 당신의 할아버지가 59번가에 세운 가족회사인 셸락(동물성 수지의 하나. 니스 등의 원료로 쓰인다) 제조공장의 역사에 관해 썼다. 아버지는 누런 종이에 연필한 번 멈추는 법 없이 써 내려갔다. 다시 훑어보거나 속도를 늦추어야 하는 일을 참을 만한 인내심이 없는 분이었다. 골프장에서도 공을 향해 걸어가는 동안 상황 판단을 끝내고 가방에서 골프채를 끄집어낸 다음 거의 걸음을 멈추지도 않고 바로 공을 쳤다.

두 편의 글쓰기를 마친 아버지는 그것을 타자로 치게 해 등사판으로 인쇄하고 비닐 표지로 장정을 했다. 그리고 세 딸과 사위, 나와 아내, 그리고 열다섯 명의 손자 손녀에게—아직 글을 못 읽는 아이들도 있었다—나누어주었다. 나는 가족 모두가 자기 책을 한 권씩 갖게 된 것이 좋았다. 그들 모두가 가족 대

글쓰기의 자세

하소설을 이루는 일원으로 인정받았다는 뜻이기 때문이었다. 손자 손녀 가운데 그 책을 들춰본 아이가 얼마나 있는지는 모른다. 하지만 몇몇은 분명히 읽었을 것이고, 그 책 열다섯 권이 메인주에서 캘리포니아주까지 흩어져 있는 그들의 집 어딘가에 보관되어 다음 세대를 기다리고 있다고 생각하면 흐뭇해진다.

아버지가 한 일은 가족사 이상을 기대하지 않고 쓰는 글의 본보기로서 나에게 강렬한 인상을 심어주었다. 아버지는 이 글을 출판한다는 생각은 아예 하지 않았다. 출판과 상관없는 글쓰기가 도움이 되는 경우가 많다. 글쓰기는 강력한 탐구 수단이며, 자신의 일생과 화해하는 기쁨을 준다. 또 상실, 슬픔, 병, 중독, 실의, 실패 등 살아오면서 겪었던 커다란 좌절을 되짚어보면서 이해와 위안을 발견할 수도 있다.

아버지가 쓴 두 편의 가족사는 갈수록 나에게 큰 자리를 차지하고 있다. 처음에는 그 글을 별로 달갑게 여기지 않았다. 내게는 무척이나 힘든 과정을 너무도 간단히 처리해버리는 아버지의 무심함을 얕잡아본 탓인지도 모른다. 하지만 세월이 흐를수록 자주 그 글을 들여다보면서 오랫동안 잊었던 친척이나 가물가물한 뉴욕의 옛 모습을 다시 떠올리게 된다. 그리고 읽을 때마다 감탄하게 된다.

이것은 무엇보다 목소리의 문제다. 아버지는 자기 '문체'를 만들어야 한다는 걱정을 할 필요가 없었다. 그냥 말하듯이 쓰면 그만이었다. 그래서 지금 그 문장을 읽어보면 아버지의 개성과 유머, 즐겨 쓰던 표현과 용법—상당수가 1900년대 초 대학 시절의 혼적이다—이 귀에 들리는 듯하다. 고지식한 기질도 들을 수 있다. 혈연의 정에 휘둘리지 않던 아버지가 어떤 삼촌은 "이류"고 어떤 사촌은 "늘 변변찮았다"고 쌀쌀맞게 평하는 것을 보면 웃음이 나온다.

가족사를 쓸 때는 이 점을 잊지 말아야 한다. '작가'가 되려 하지 말자. 지금 생각하면 아버지는 끊임없이 글을 이리저리 만지작거리는 나보다 훨씬 자연스러운 글쟁이였다. 자기 자신이 되자. 그러면 독자는 여러분이 어디로 가든 따라올 것이다. 마음 가는 대로 쓰면 독자도 함께 훌쩍 길을 떠날 것이다. 여러분이 내놓을 것은 여러분 자신이다. 회고록과 개인사에서 가장 중요한 것은 여러분과 여러분이 기억해낸 경험과 감성 사이의 공감이다.

아버지는 가족사를 쓰면서 어린 시절에 받았던 커다란 충격을 피해가지 않았다. 그것은 아버지와 루돌프 삼촌이 어릴 때 겪었던 부모의 갑작스러운 파경이었다. 할머니는 독일계 이민자인 H. B. 샤르만의 딸로, 그는 십대 때 골드러시 이주자들과 함께 포장마차를 타고 캘리포니아로 가던 중에 모친과 누이를 잃고 자수성가한 인물이었다. 할머니 프리다 샤르만은 그런 아버지의 대단한 자존심과 야심을 물려받은 분이었고, 독일계 미국인 친구들 가운데 전도유망한 젊은이었던 윌리엄 신서를 자신의 문화적 열망을 이루어줄 사람으로 여기고 그와 결혼했다. 두 사람은 저녁이면 함께 콘서트도 가고 오페라 공연에도

글쓰기의 자세

가고 음악 살롱을 열기도 했다. 하지만 이 전도유망한 남편은 알고 보니 그런 열망과는 상관없는 사람이었다. 그에게 집은 저녁을 먹고 나면 앉은자리에서 곯아떨어지는 곳이었다.

젊은 프리다 진서에게 닥친 권태감이 얼마나 지독했을지 나는 쉽게 상상할 수 있다. 할머니는 그 나이에도 지칠 줄 모르고 카네기홀을 드나들고, 피아노로 베토벤과 브람스를 연주하고, 유럽을 여행하고, 외국어를 계속 배우면서 아버지와 나와 내 누이들에게 문화적인 자기 계발을 자극한 분이었기 때문이다. 깨어진 결혼의 꿈을 보상받으려는 그녀의 노력은 꺾일 줄 몰랐다. 하지만 독일인답게 잔소리를 잘하는 경향이 있었던 할머니는 친구들마저 다 쫓아버리고 여든한 살에 외롭게 세상을 떠났다.

여러 해 전에 나는 『다섯 소년 시절』(*Five Boyhoods*)이라는 회고록에서 할머니 이야기를 다루었다. 어린 시절에 본 할머니를 묘사하면서 나는 할머니의 장점을 칭송하기도 했지만, 동시에 할머니가 우리 삶에서 까다로운 존재였다는 점도 언급했다. 책이 나오자, 어머니는 당신의 삶을 녹록지 않게 만들었던 시어머니를 되레 감쌌다. 어머니는 이렇게 말씀하셨다. "할머니는 수줍음을 많이 타셨고, 남에게 사랑받고 싶어 하는 분이셨단다." 그랬는지도 모른다. 진실은 어머니의 기억과 내 기억 사이어디쯤 있을 것이다. 하지만 나에게 할머니는 그런 분이었다. 그것이 내가 기억하는 진실이었으므로, 나는 그렇게 써야만 했다.

이런 말을 하는 까닭은 회고록을 쓰려는 사람들이 이런 질문을 자주 하기 때문이다. 어렸을 때의 관점에서 써야 할까요, 아니면 어른인 지금의 관점으로 써야 할까요? 내 생각에 가장 힘 있는 회고록은 시간과 장소의 통일성을 지키는 것이다. 예컨대 러셀 베이커의 『성장』이나 V. S. 프리쳇의 『문밖의 택시』, 질 커 콘웨이의 『쿠레인에서 오는 길』(*The Road from Coorain*) 같은 책은 역경에 맞서 싸우는 어른들의 세계를 어린아이나 청소년의 눈으로 그린 회고록이다.

반대로 나이가 들어 더 지혜로워진 자의 관점에서 젊은 시절에 관해 쓰겠다면, 그런 회고록에도 나름의 강점이 있다. 아일린 심프슨의 『청춘의 시인들』(*Poets in Their Youth*)이 좋은 예다. 이 책에서 저자는 첫 남편인 존 베리먼과의 결혼 초기를 회고하면서, 남편을 비롯해 로버트 로웰, 델모어 슈워츠 같은 자기 파괴적인 유명한 동료 시인들의 모습과 더불어 어린 신부로서는 이해할 수 없었던 그들의 고통을 그린다. 회고록 속에서 그 시절로 다시 돌아간 그녀는 나이 많은 작가이자 현업 심리 치료사로서 자신의 임상 지식을 활용해 미국 시단의 한 주요 유파에 대한 귀중한 초상을 완성했다. 그러나 이 둘은 서로 다른 글쓰기이다. 둘 중 하나를 고르자.

아버지의 가족사 책은 내가 회고록을 쓸 때는 몰랐던 할머니의 결혼 생활에 대해 자세히 알려주었다. 이제 그 사실을 안 나는 할머니를 그렇게 만든 좌절감을 이해할 수 있다. 그래서 만일 지금 가족사를 다시 조명한다면, 나는 독일인 특유의 격정과 긴장을 이해하려 애쓴 한 생애에 대해서도 다룰 것이다

글쓰기의 자세

(어머니 쪽 가족인 노울턴가와 조이스가는 뉴잉글랜드 출신이어서 그런 격정적인 멜로드라마와는 거리가 멀었다). 또 아버지 이야기의 한가운데 나 있는 큰 구멍에 서린 평생의 회한에 대해서도 더 할애할 것이다. 아버지의 두 이야기에서 할아버지는 별로 언급되지 않으며 용서받지도 못한다. 모든 동정은 비탄에 빠진 젊은 이혼녀와 그녀의 집념에만 쏠려 있다.

하지만 매력, 유머, 낙천성, 새파란 눈 같은 아버지의 가장 큰 장점은 모두 진서 집안의 내력이지 갈색 눈에 시무룩한 샤르만 집안의 내력은 아니다. 나는 늘 이 사라진 할아버지에 대해 알 기회를 빼앗겨왔다고 느꼈다. 아버지는 내가 할아버지에 관해 물어볼 때마다 말을 돌리면서 아무 이야기도 해주지 않았다. 가족사를 쓰려면 기록 천사가 되어 후손들이 알고 싶어 할 모든 것을 기록해야 한다.

여기에서 회고록을 쓰려는 사람들이 흔히 물어보는 또 하나의 질문을 떠올릴 수 있다. 내 글에 나오는 사람들의 프라이버시는 어떻게 하죠? 친척들을 불쾌하게 하거나 상처를 주는 내용은 빼야 할까요? 동생이 어떻게 생각할까요?

그런 문제를 미리 걱정하지 말자. 여러분이 먼저 할 일은 기억하는 대로 쓰는 것이다. 그것도 지금 당장. 어느 친척이 지켜보고 있는지 어깨너머로 돌아보지 말자. 말하고 싶은 것은 자유롭고 솔직하게 말해서 이야기를 마무리 짓자. 프라이버시는 그다음에 생각하자. 가족만을 위해 쓴 가족사라면 법적으로나 윤리적으로나 다른 사람에게 보일 필요가 없다. 하지만 그보다 더 많은 독자를 염두에 둔다면, 예를 들어 친구들에게 우편으로 보내거나 책으로 낼 생각이라면 친척들에게 자기 이야기가 나오는 부분을 보여줄 수 있다. 그것이 기본적인 예의다. 자기 이야기를 책에서 발견하고 깜짝 놀라고 싶은 사람은 없으니까. 또한 그것은 당사자가 여러분에게 특정한 부분을 삭제해달라고 요구할 기회를 주는 것이기도 하다. 물론 그 요구에 응할 수도 응하지 않을 수도 있다.

결국 그 이야기는 여러분의 것이다. 동생이 그 회고록에 불만이 있다면 직접 자신의 회고록을 쓰면 된다. 그 회고록 또한 여러분의 것만큼 정당하다. 누구도 함께 겪은 과거를 독점할 수는 없다. 몇몇 친척들이 여러분이 쓴 이야기 가운데 어떤 것은 이야기하지 말았으면 하고 바랄 수도 있다. 특히 별로 자랑스럽지 못한 내력을 들추었을 경우가 그렇다. 하지만 내가 믿기에, 대부분의 집안은 비록 조금 흠이 있다고 해도 자기 집안의 결속을 다지려 했던 노력을 기록으로 남기고 싶어 하며, 그런 일을 자임하고 나선 여러분의 수고를 지지하고 고마워할 것이다. 여러분이 그릇되지 않은 순수한 동기에서 정직하게 한 일이라면 말이다.

그렇다면 그릇된 동기란 무엇일까? 회고록에 미쳐 있던 1990년대로 잠시 돌아가보자. 1990년대 이전까지 회고록 필자들은 수치스러운 경험이나 생각에는 베일을 드리울 줄 알았다. 사회적으로 합의된 예절 같은 게 있었던 것이다. 그러다 토크쇼가 유행하면서 수치로 여기던 것을 버젓이 드러내는 분위기

글쓰기의 자세

가 생겨났다. 아무리 지저분하고 비정상적인 가족 이야기라도 케이블 TV와 잡지, 책에서 대중의 흥미를 자극하기 위해서라면 보란 듯이 내놓지 못할 것이 없었다. 그 결과 거의 개인적인 정신 치료와 다를 바 없는 회고록들이 봇물 터지듯 터져 나왔다. 대개 자기 과시와 자기 연민에 빠져 허우적대면서 자기에게 잘못한 모든 사람을 원망하는 식이었다. 글쓰기는 사라지고 우는 소리만 들렸다.

그러나 지금 와서는 아무도 그런 책들을 기억하지 않는다. 독자는 우는 소리를 듣고 싶어 하지 않는다. 해묵은 불평을 늘어놓거나 해묵은 원한을 풀기 위해 회고록을 이용하지 말자. 화는 다른 데서 풀자. 1990년대의 회고록 가운데 우리가 진짜 기억하는 것은 메리 카의 『거짓말쟁이 클럽』, 프랭크 매코트의 『안젤라의 유골』, 토비아스 울프의 『이 소년의 삶』(This Boy's Life), 피트 해밀의 『술 마시는 인생』처럼 사랑과 용서로 쓴 책들이다. 이들이 그리는 어린 시절은 고통에 차 있지만, 그들은 성인 시절 못지않게 유년 시절의 자아에 대해 엄격하다. 그들은 우리에게 이렇게 말한다. '우리는 희생자가 아니다. 우리는 다른 사람들처럼 쉽게 잘못을 저지른다. 그리고 우리는 삶을 받아들이기 위해 원한을 버리고 살아왔다.' 그들에게 회고록을 쓰는 일은 곧 치유의 행위였다.

여러분도 그럴 수 있다. 자신의 인간됨과 자신의 인생을 거쳐 간 사람들의 인간됨 사이에 정직한 소통이 이루어진다면, 아무리 여러분이 그들에게 상처를 받았거나 상처를 주었더라도 독자는 여러분의 여행에 동행할 것이다.

이제부터가 어렵다. 이걸 대체 어떻게 정리할 것인가. 회고록 쓰기에 뛰어든 사람들은 대개 그 과제의 어마어마함에 압도당하고 만다. 무얼 집어넣지? 무얼 빼지? 어디서 시작해야 하지? 어디서 멈추지? 이야기를 어떻게 구성하지? 과거는 그들에게 마치 알아서 질서를 부여해보라는 듯 수천수만의 조각으로 몰려온다. 이런 고민 탓에 많은 사람이 몇 년째 회고록을 반만 써놓은 채 제자리걸음만 하거나 아예 시작하지도 못한다.

어떻게 하면 좋을까?

하나씩 이야기를 줄여나가는 결정을 해야 한다. 예를 들어 가족사라면 가족의 한 갈래에 관해서만 쓸 수 있다. 가족은 복잡한 유기체다. 몇 세대를 거슬러 올라갈수록 더 그렇다. 어머니 쪽만 쓰거나 아버지 쪽만 쓰자. 둘 다는 안 된다. 나머지 한 쪽은 나중에 다시 정리하면 된다.

회고록에서는 글쓴이가 주인공이자 여행 가이드라는 점을 명심하자. 하고 싶은 이야기의 방향을 잡았으면 고삐를 늦추지 말자. 꼭 있어야 할 사람이 아니면 다 빼버리자는 말이다. 형제자매를 일일이 다 다룰 필요는 없다.

내 회고록 수업을 듣는 학생 중에 미시간에 있는 고향 집에 관해 쓰고 싶다고 한 여성이 있었다. 어머니가 돌아가시고 그 집이 팔리자, 그녀와 아버지와 열 명이나 되는 남매들은 물건들을 처분하기 위해 그 집에서 만나기로 했다. 그녀는 이 경

　　　　　　　글쓰기의 자세

험에 관해 쓰면 가톨릭 대가족에서 자란 자신의 어린 시절을 이해하는 데 도움이 되리라 생각했다. 회고록을 쓰기에 완벽한 틀이었다. 나는 그녀의 생각에 동의하면서 어떻게 진행할 생각인지 물어보았다.

그녀는 먼저 아버지와 열 명의 남매를 모두 인터뷰해서 그 집에 대한 그들의 기억을 알아보겠다고 했다. 나는 그녀에게 쓰고 싶은 이야기가 그들의 이야기냐고 물어보았다. 그녀는 그들이 아니라 자기 이야기라고 했다. 나는 그렇다면 남매를 모두 인터뷰하는 것은 시간과 힘을 낭비할 뿐이라고 했다. 그제야 그녀는 자기 이야기에 맞는 모양새를 어렴풋이 이해하기 시작했고, 그 집과 기억을 대할 마음가짐을 가다듬기 시작했다. 덕분에 그녀는 인터뷰하고 그것을 글로 옮기고 다시 그것을 회고록에 맞게 고치는 헛수고를 하는 데 드는 수백 시간을 절약한 셈이다. 여러분의 회고록은 여러분의 이야기다. 인터뷰는 가족에 대한 독특한 통찰이 있거나 여러분이 풀 수 없었던 수수께끼를 해결해주는 일화를 알고 있는 식구들만 하면 된다.

다음은 다른 수업에서 있었던 이야기다.

헬렌 블라트라는 젊은 유대인 여성이 홀로코스트에서 살아남은 아버지의 경험에 대해 꼭 쓰고 싶어 했다. 그녀의 아버지는 열네 살 때 폴란드의 고향 마을에서 탈출해 이탈리아와 뉴올리언스를 거쳐 뉴욕까지 왔다. 그는 그곳을 빠져나온 극소수의 유대인 가운데 한 명이었다. 이제 여든이 된 아버지에게 딸은 그 폴란드 마을에 함께 가서 아버지의 어린 시절 이야기를 듣고 그것을 글로 쓰고 싶다고 했다. 그러나 아버지는 그럴 수 없다고 했다. 기운이 너무 쇠했고, 옛 기억이 너무도 고통스럽기 때문이었다.

그래서 그녀는 2004년에 혼자 그곳을 찾아갔다. 메모도 하고, 사진도 찍고, 마을 사람들과 이야기도 나누었다. 하지만 아버지 이야기를 제대로 할 수 있을 만큼 충분한 자료를 모으지는 못했다. 그 때문에 그녀는 몹시 속상해했다. 그녀의 절망감에 교실 전체가 침울해졌다.

잠깐 나는 그녀에게 무슨 말을 해줘야 할지 몰랐다. 그러다 결국 입이 떨어졌다. "아버지 이야기가 아니에요."

그때 나를 바라보던 그 얼굴이 지금도 생생하다. 그녀는 내 말을 금방 알아차린 것이었다.

"자기 이야기죠." 내가 말했다. 나는 누구도 아버지의 유년 시절을 재구성하기에 충분한 자료를 모을 수 없다는 점을 지적했다. 그건 홀로코스트 연구자라도 마찬가지였다. 유럽 유대인의 과거가 워낙 많이 사라져버렸기 때문이다. "아버지의 과거를 찾아 나선 자기 자신에 관해 쓰면 아버지의 삶과 내력에 관해서도 이야기할 수 있을 거예요."

그녀의 어깨에서 무거운 짐이 떨어지는 것이 보였다. 그녀는 우리가 모두 처음 보는 환한 미소를 짓더니 당장 그 이야기를 쓰겠다고 했다.

강좌가 끝났는데도 그녀의 과제물이 오지 않았다. 전화를 걸어보았더니 아직도 쓰는 중이라며 시간이 더 필요하다고 했

글쓰기의 자세

다. 그러던 어느 날, 24쪽 분량의 원고가 우편으로 도착했다. '귀향'이라는 제목의 그 글은 지도에도 나오지 않는 폴란드 남동부의 작은 마을 플레스나로 떠난 순례를 그린 것이었다. 그녀는 이렇게 썼다. "육십오 년 만이었다. 나는 1939년 이후로 처음 이 마을에 온 블라트 집안 사람이었다." 마을 사람들에게 조금씩 자신을 알려 나가면서 그녀는 아직도 아버지의 조부모와 아저씨, 아주머니를 기억하는 사람들이 있음을 알게 되었다. 한 노인이 "네 할머니 헬렌하고 똑같이 생겼구나"라고 하자 그녀는 "말할 수 없는 안도감과 평화를 느꼈다"고 했다.

그녀의 이야기는 이렇게 마무리된다.

집으로 돌아온 나는 아버지와 사흘 동안 함께 지냈다. 아버지는 내가 찍어온 네 시간 분량의 비디오를 무슨 걸작이라도 감상하듯 한 장면도 빠짐없이 뜯어보았다. 또 내 여정의 세세한 부분까지 모두 듣고 싶어 했다. 누굴 만났는지, 어딜 갔는지, 무얼 봤는지, 무슨 음식이 좋고 싫었는지, 사람들이 나를 어떻게 대했는지. 나는 진심 어린 환영을 받았노라고 아버지를 안심시켜드렸다. 우리 집안 사람들이 어떻게 생겼는지 알 수 있는 사진은 여전히 한 장도 없지만, 이제 그들의 성격을 알 수 있는 마음속의 사진을 갖게 되었다. 처음 보는 사람들에게 그렇게 좋은 대접을 받았다는 사실만 봐도 할아버지 할머니가 그곳에서 평판이 어땠는지 알 수 있었다. 나는 아버지에게 옛 친구들의 편지와 선물을 전해주었다. 폴란드 보드카, 지도, 액자 사진, 플레스나의 그림 같은 것들이 몇 박스나 되었다.

이야기를 듣는 아버지는 마치 생일선물을 열어보기 직전의 아이 같은 표정이었다. 슬픈 눈빛은 사라지고 마냥 들뜬 즐거운 모습이었다. 비디오에 찍힌 가족의 옛집과 땅을 보면 우시겠거니 했는데 정말 그랬다. 하지만 그건 기쁨의 눈물이었다. 너무 자랑스러워하는 것 같아 내가 물어보았다. "아빠, 뭐가 그렇게 흐뭇하세요? 집이 그런가요?" 아버지는 이렇게 대답했다. "아니, 네가 자랑스러워서 그런다! 네가 내 눈과 귀와 발이 되어주었구나. 다녀오길 정말 잘했다. 내가 직접 갔다 온 것 같구나."

줄여나가기에 관해 마지막으로 할 조언은 간단히 말해 '작게 생각하자'는 것이다. 회고록에 써먹을 만한 중요한 에피소드를 찾기 위해 자신과 가족의 과거를 다 뒤질 필요는 없다. 여러분의 기억 속에 생생하게 남은, 그 자체로 충분한 사건들을 찾아보자. 여러분이 아직도 그 일을 기억하고 있다면, 거기엔 독자가 자기 삶을 통해 이해할 수 있는 보편적인 진실이 담겨 있다.

이것은 내가 2004년에 『스스로의 회고록』을 쓰면서 배운 교훈이다. 이 책은 나 자신의 삶을 돌아본 것이지만 중간중간 내가 이야기를 어떻게 줄여나가고 정리했는지 설명하기도 했다. 나는 나에게 일어난 중요한 일을 모두 회고록에 담아야겠다는 생각—나이 든 사람들이 자신의 인생 역정을 요약하려고 할

글쓰기의 자세

때 흔히 이런 유혹을 받는다―은 하지 않았다. 내 회고록의 많은 부분은 객관적으로 중요하다기보다 나 자신에게 중요한 작은 에피소드를 다루었다. 그것은 나에게 중요한 사건이었기 때문에 보편적 진실을 건드려 독자들의 마음을 움직일 수 있었다.

그중 하나는 어릴 적 친구 찰리 윌리스와 늘 하던 기계식 야구 게임기에 관한 것이었다. 그 글은 1983년 내가 『뉴욕 타임스』에 어린 시절의 집착에 관한 글을 쓴 이야기로 시작한다. 나는 내가 군대에 간 사이에 어머니가 게임기를 버린 게 분명하다며 이렇게 썼다. "하지만 기억의 안개 속에 '울버린'이란 단어가 보인다. 영화 〈시민 케인〉의 '로즈버드'(영화에서 케인이 죽으면서 남긴 수수께끼의 말로, 마지막에 그가 어린 시절 타고 놀던 썰매의 이름임이 밝혀진다)가 나에게는 울버린이었다. 그 돌이킬 수 없이 희미한 단서라니. 이 이야기를 하는 것은 만일 누가 다락이나 지하실이나 차고에서 같은 게임기를 발견했을 경우를 생각해서다. 다음 편 비행기를 타고 당장 날아갈 것만 같다. 찰리 윌리스도 그럴 것이다."

나는 며칠 만에 어릴 적 친구들과 같은 게임기를 가지고 놀았던 기억이 있다는 사람들의 편지를 받았다. 마지막으로 온 편지는 아칸소주 부니빌의 소인이 찍혀 있었는데, 보낸 사람의 주소를 보고 나는 내 눈을 믿을 수가 없었다. '울버린 완구 회사'였다. 영업부사장인 윌리엄 W. 레렌이 보낸 편지였다. "저희는 '페넌트 위너'의 제조를 1950년에 중단하였습니다. 하지만 기념관을 뒤져보니 아직 하나가 남아 있었습니다. 혹시 근처에 오실 일이 있으면 몇 게임 할 수 있도록 모시러 가겠습니다."

나는 결국 부니빌에 가보지 못했다. 그런데 1999년에 은퇴해 코네티컷에서 지내던 빌 레렌이 어느 날 나에게 전화를 했다. 그는 마지막 남은 페넌트 위너를 올버린에서 사들였다며 아직도 게임 생각이 있는지 물었다. 며칠 뒤 그는 뉴욕의 내 사무실로 와서 내가 육십 년 넘게 보지 못했던 게임기를 펼쳐놓았다.

아름다운 물건이었다. 반짝이는 초록빛 금속이 깔린 내야를 보고 있자니 상대방의 공을 기다리며 스프링 달린 배트를 팽팽하게 젖히던 손끝의 감각이 아직도 생생했다. 게임기 양쪽에 달린, 공의 속도를 바꿀 수 있는 '빠른 볼' 버튼과 '느린 볼' 버튼의 촉감도 느낄 수 있었다. 빌과 나는 게임기를 바닥에 내려놓고 경기를 시작했다. 칠십대의 두 남자가 게임기 양쪽에 무릎을 꿇고 앉아 있다가 공수가 바뀔 때마다 일어나 자리 바꾸기를 되풀이했다. 밖에서는 해가 지면서 렉싱턴 대로의 하늘이 어둑해지고 있었지만, 우리 둘은 전혀 알아채지 못했다.

이런 이야기는 한 편의 글을 쓰기에 아주 좋은 특별한 소재다. 기계식 야구 게임기를 갖고 있던 사람이 많지 않기 때문이다. 하지만 누구나 어린 시절에 좋아하던 장난감이나 게임기나 인형이 있게 마련이다. 내가 그런 장난감을 가졌었고 만년에 그것을 다시 떠올렸다는 사실은 유년 시절에 자신이 아끼던 장난감이나 게임기나 인형을 다시 보고 싶은 독자들의 공감을 불러일으킨다. 그들은 내 야구 게임기에 공감하는 것이 아니라 어린 시절의 놀이라는 보편성에 공감하는 것이다. 회고록을 쓸 때는 이 점을 명심하고 자기 이야기가 독자에게 공감을 얻기에 너무 크지 않은지 조심하자. 여러분 기억 속에 아직 남아 있는 작은 이야기는 독자와 공명하게 되어 있다. 그 힘을 믿자.

『스스로의 회고록』의 또 다른 부분에서는 2차대전 때의 군복무 이야기를 다뤘다. 내 세대 남자들이 대부분 그렇듯 나는 이 전쟁을 인생의 핵심적인 경험으로 기억한다. 하지만 회고록에서 나는 전쟁 자체에 관해서는 쓰지 않았다. 대신 나는 수송선을 타고 카사블랑카에 상륙한 뒤 북아프리카를 가로질러 갔던 한 가지 경험에 대한 한 가지 이야기만을 썼다. 전우들과 나는 '마흔과 여덟'이라는 낡아빠진 목조 화물 차량이 달린 기차를 탔다. 그 이름은 1차대전 때 프랑스군 마흔 명과 말 여덟 마리를 수송한 데서 유래한 것이었다. 스텐실로 찍은 'QUARANTE HOMMES OU HUIT CHEVAUX'('40명과 말 8마리'라는 뜻의 프랑스어)라는 글자가 그대로 남아 있었다.

엿새 동안 나는 화물차 문을 열어놓고 모로코, 알제리, 튀니지에 발을 걸친 채 앉아 있었다. 그렇게 불편한 여행도 없었지만, 한편으로는 최고의 여행이었다. 내가 북아프리카에 와 있다는 사실이 믿기지 않았다. 미국 동북부 주류 백인의 아들로 곱게 자란 나는 좀처럼 주변에서 아랍 이야기를 들을 기회가 없었다. 그러다 갑자기 풍경도 소리도 냄새도 모두가 새로운 곳으로 들어온 것이었다. 그렇게 이국땅에서 보낸 여덟 달은 다시는 식지 않은 낭만의 시작이었다. 그 덕분에 나는 평생 아프리카나 아시아 같은 먼 이문화권을 여행하게 되었고, 세상을 보는 눈이 끝없이 바뀌었다.

잊지 말자. 최고의 이야기는 대개 소재보다는 의미에 달려 있다. 어떤 상황에서 여러분이 무엇을 했느냐보다는 그 상황이 여러분에게 어떤 영향을 주어 지금의 여러분을 형성했느냐가 중요하다.

회고록을 구성하는 방법에 대해 마지막으로 하고 싶은 조언 역시 '작게 생각하라'는 것이다. 자신의 인생을 다루기 쉽게 덩어리로 묶어 접근하자. 이렇게 저렇게 구성하고야 말겠다는 생각으로 최종 결과물을 미리 그려놓지 말자. 고민만 늘 뿐이다.

한 가지 권할 만한 방법이 있다. 월요일 아침 책상에 앉아서 아직도 머릿속에 생생한 사건에 대해 조금 써보자. 길게 쓸 필요도 없다. 서너 장 정도면 충분하지만, 시작과 끝은 있어야 한다. 그런 다음 이 사건은 보관만 해두고 일단 잊어버리자. 화요일 아침에도 같은 과정을 반복하자. 월요일의 사건과 이어지지 않아도 된다. 어떤 기억이든 떠오르는 게 있으면 그것을 붙잡자. 무의식이 알아서 과거의 모습을 그려낼 것이다.

이런 과정을 두 달, 아니면 석 달이나 여섯 달까지 반복한다. 시작도 하기 전부터 품고 있던, 어서 회고록을 써야 한다는 생각에 조바심을 내지 말자. 그러다 어느 날 보관해둔 것을 죄

글쓰기의 자세

다 *끄*집어내 바닥에 펼쳐놓자(때때로 바닥은 글 쓰는 사람의 가장 좋은 친구이다). 그것들을 죽 읽어보며 무슨 이야기가 있는지, 어떤 패턴이 눈에 띄는지 살펴보자. 그러면 여러분의 회고록에서 무슨 이야기를 할지, 또 무슨 이야기를 하지 않을지 알 수 있을 것이다. 무엇이 먼저이고 무엇이 다음인지, 무엇이 재미있고 무엇이 그렇지 않은지, 무엇이 감성적이고 중요하고 비범하고 웃기는지, 무엇이 더 파고들어서 크게 다룰 만한지 알 수 있을 것이다. 그리고 비로소 이야기의 서사 구조를 파악하고 원하는 길을 택할 수 있을 것이다.

남은 일은 이제 그 조각들을 한데 모으는 것뿐이다.

최선을 다해 쓰자

작가가 되겠다는 결심을 한 것이 언제냐는 질문을 종종 받는다. 그런 번쩍하는 순간은 없었다. 그저 신문사에 들어가고 싶다고 생각했을 뿐이었다. 대신 어릴 때부터 물려받아 평생 나를 이끈 어떤 태도에 대해서는 말할 수 있겠다. 그것은 아버지와 어머니에게서 각각 다른 경로로 전해 내려온 것이다.

어머니는 잘 쓴 글을 아주 좋아하셔서, 책뿐 아니라 신문에서도 그런 글을 자주 찾으셨다. 어머니는 정기적으로 우아한 언어 구사와 위트, 삶에 대한 독창적인 시선으로 자신을 즐겁게 해준 칼럼이나 기사를 신문에서 오려내곤 하셨다. 덕분에 나는 어릴 때부터 좋은 글은 어디에든, 심지어 저급한 신문에서도 나올 수 있으며, 중요한 것은 글이지 그것이 실린 매체가 아니라는 것을 알게 되었다. 그래서 언제나 내 나름의 기준에 따라 최선을 다해 쓰려고 노력했으며, 내 글을 읽을 사람들의 수나 예상되는 교육 수준에 맞추어 문체를 바꾸거나 하지 않았다. 어머니는 또한 유머와 낙천적인 성품을 지닌 분이었다. 그

글쓰기의 자세

런 성격은 생활뿐 아니라 글을 쓸 때도 윤활유와 같은 역할을 한다. 그런 장점을 갖춘 사람이라면 특별한 자신감을 갖고 쓸 수 있다.

처음부터 작가가 되려고 한 것은 아니었다. 아버지는 사업가였다. 증조할아버지는 독일에서 1848년의 대규모 이민 때 셸락 제조법을 들고 미국으로 건너오셨는데, 맨해튼의 변두리 주택가 돌밭, 지금의 59번 가와 10번 대로가 만나는 지점에 작은 집과 공장을 지어 '윌리엄 진서 앤 컴퍼니'라는 회사를 시작했다. 나는 그 목가적인 정경을 담은 사진을 지금도 가지고 있다. 사진 속에는 허드슨강으로 이어지는 비탈진 땅이 있고, 유일한 동물이라곤 염소 한 마리뿐이다. 이 회사는 1973년까지 그 자리에 있다가 뉴저지로 옮겼다.

한 집안이 한 세기 이상 맨해튼의 같은 블록에서 한 사업을 계속하는 것은 아주 드문 일이다. 4대째의 윌리엄 진서이자 외아들이었던 나는 어렸을 때는 그 끈질긴 지속성에서 벗어날 수가 없었다. 아버지의 불행은 위로 딸 셋을 먼저 낳은 것이었다. 그런 암흑기에 딸이 아들처럼 사업을 한다는 생각은 이십 년 뒤에나 가능한 것이었다. 아버지는 자기 사업을 무척 좋아하는 분이었는데, 아버지의 이야기를 들어보면 그가 사업을 결코 돈벌이 수단으로 여기지 않는다는 것을 알 수 있었다. 그것은 상상력과 최고의 재료로 만들어내는 일종의 예술이었다. 그는 품질에 대한 열정이 있었고, 이류를 용납하지 않았으며, 절대 물건을 팔기 위해 가게를 찾아다니지 않았다. 최고의 재료를 썼다는 자부심 때문에 남들보다 비싸게 가격을 매겼고, 사업은 번창했다. 그것은 나에게 이미 정해져 있는 미래였다. 아버지는 나와 함께 일할 날을 손꼽아 기다렸다.

하지만 결국 그와는 다른 날이 왔다. 전쟁에서 돌아온 지 얼마 되지 않아 나는 『뉴욕 헤럴드 트리뷴』에서 일하게 되었고, 아버지에게 가업을 이어받을 수 없다고 말했다. 아버지는 늘 그랬듯이 관대하게 그 소식을 받아들였고, 내가 택한 분야에서 잘 해내길 바란다고 하셨다. 그보다 더 좋은 선물을 받은 아들은 없을 것이다. 나는 내게 맞진 않지만, 다른 사람이 기대하는 것을 충족시켜야 하는 일에서 해방되었다. 성공하든 실패하든 내 하기에 달린 일이었다.

아버지에게서 선물을 하나 더 받았다는 사실을 깨달은 것은 내 길을 떠난 한참 뒤의 일이었다. 그것은 좋은 품질은 그 자체가 커다란 보상이라는 뼛속 깊은 신념이었다. 나 역시 글을 팔기 위해 돌아다닌 적이 없다. 집 안에서 글을 좋아한 분은 어머니였지만―책 수집가, 영어 애호가, 현란한 편지 문장가로서―내가 장인의 윤리를 배운 것은 사업의 세계에서였다. 오랫동안 일하면서 고쳐 쓴 것을 끊임없이 고쳐 쓰고 같은 영역에서 경쟁하는 다른 사람보다 더 나은 글을 쓰려고 애쓰는 자신을 볼 때, 셸락에 관해 이야기하는 아버지의 목소리가 내 속에서 들려온다.

최선을 다해 잘 쓰는 것 외에도, 나는 최대한 재미있게 쓰고 싶었다. 야심만만한 작가들에게 어느 정도는 자신을 엔터테

글쓰기의 자세

이너로 생각해야 한다고 이야기하면 별로 좋아하지 않는다. 카니발이나 곡예나 광대를 연상시키는 말이기 때문이다. 하지만 성공하기 위해서는 다른 사람들보다 더 즐거운 글을 써서 신문이나 잡지에서 돋보여야 한다. 여러분의 글쓰기를 엔터테인먼트로 끌어올릴 방법을 찾아야 한다. 이는 대개 독자들에게 즐거운 놀라움을 주는 것이다. 유머, 일화, 역설, 뜻밖의 인용, 강력한 사실, 특이한 디테일, 우회적인 접근, 단어의 우아한 배열 등 어떤 것이든 좋다. 사실 재미를 위해서 하는 것처럼 보이는 이런 것들이 바로 여러분의 문체가 된다. 우리가 어떤 작가의 문체가 좋다고 할 때, 우리는 그가 종이 위에 표현하는 그의 개성을 좋아하는 것이다. 함께 여행할 친구를 선택할 수 있다면 우리는 대개 여행을 밝게 만들어줄 만한 사람을 택하게 마련이다. 작가는 우리에게 함께 여행을 가자고 권하는 사람이다.

의학이나 과학과 달리 글쓰기에서는 우리 앞에 갑자기 나타날 새로운 발견이란 없다. 명쾌한 문장을 쓰는 방법에서 중대한 진전이 이루어졌다는 소식을—킹 제임스 성경이 나온 이후로 그런 소문이 있긴 했지만— 신문에서 읽을 위험은 없다. 다만 우리는 명사보다 동사가 활력이 있다는 것, 수동 동사보다 능동 동사가 더 낫다는 것, 짧은 단어와 짧은 문장이 긴 것보다 읽기 좋다는 것, 모호한 추상화보다 구체적인 디테일이 더 전개하기 좋다는 것을 알 뿐이다.

그런 원칙에 굴곡이 있는 것은 사실이다. 화려한 장식 취미가 있었던 빅토리아 시대의 작가들은 간결함을 미덕으로 여기

작가는 글을 쓰는 순간

스스로에게 시동을 걸어야 한다.

그것은 배우나 무용가나 화가나 음악가에 못지않은 일이다.

한바탕 강렬한 에너지를 쏟아 우리를 휩쓸어가는

작가들이 있다.

우리는 이들이 자리에 앉기만 하면

글이 술술 나오는 줄 안다.

아무도 매일 아침 그들이 시동을 걸기 위해 쏟는

노력에 대해서는 생각하지 않는다.

여러분도 시동을 걸어야 한다.

누구도 그 일을 대신 해줄 수는 없다.

지 않았다. 그리고 톰 울프 같은 현대 작가들은 그런 새장을 뚫고 나와 대단히 다채로운 언어를 긍정적인 에너지로 바꾸어냈다. 하지만 그런 실력을 갖춘 곡예사는 매우 드물다. 대부분의 논픽션 작가는 간소함과 명료함이라는 밧줄을 붙잡는 게 나을 것이다. 컴퓨터가 작문의 부담을 줄여준다거나 하는 새로운 기술이 나올지도 모른다. 하지만 대체로 우리는 우리에게 필요한 게 무엇인지 안다. 우리는 누구나 같은 단어와 원칙을 가지고 쓴다.

그렇다면 어디에서 앞서갈 수 있을까? 해답의 90퍼센트는 이 책에서 이야기한 도구를 마스터하려는 노력에 있다. 좋은 음감과 언어 감각이라는 천부적인 재능에도 몇 퍼센트를 줄 수 있다. 하지만 결정적인 이점은 다른 모든 경쟁적인 일에 적용되는 것과 같다. 다른 사람보다 더 잘 쓰려면, 먼저 남들보다 잘 쓰고 싶은 욕심이 있어야 한다. 자기 글솜씨의 아주 작은 부분에 대해서도 강박적인 자부심을 가져야 한다. 그리고 여러분과 다른 눈을 가지고 있고 여러분만큼 기준이 높지 않을 수 있는 여러 중개자들(편집자, 에이전트, 출판사)로부터 여러분의 글을 지켜내야 한다. 너무 많은 작가가 최상보다 못한 수준으로 타협하고 만다.

나는 언제나 내 '문체', 즉 내가 생각하는 나를 종이 위에 조심스레 펼쳐놓은 것이 내가 팔 수 있는 자산이며 다른 작가들과 나를 구분할 수 있는 유일한 소유물이라고 생각해왔다. 그래서 나는 누가 내 문체에 어설프게 손대는 것을 절대 원치 않았으며, 원고를 보내고 나면 그것을 완강히 막았다. 몇몇 잡지의 편집자들은 내가 원고료를 받고 나서도 자기 글이 어떻게 되는지 신경을 쓰는 거의 유일한 작가라는 이야기를 했다. 작가들은 대부분 편집자를 언짢게 하기 싫어서 언쟁하려 들지 않는다. 글을 내주는 것이 정말 고마운 나머지 자기 문체가, 다시 말해 자기 개성이 공적으로 훼손되는 것에 동의하는 것이다.

하지만 여러분이 쓴 것을 방어하는 일은 여러분이 살아 있다는 표시다. 나는 이 문제에 관해서는 깐깐하기로 소문이 난 사람이다. 문장부호 하나하나에 대해서까지 싸우니까 말이다. 하지만 편집자들은 내가 진지하다는 것을 알기 때문에 화를 내지 않는다. 사실 나는 깐깐한 덕에 일을 잃기보다는 오히려 더 많이 따낼 수 있었다. 별난 일을 맡은 편집자들은 내가 별나게 세심하다는 것을 알기 때문에 자주 나를 떠올려주었던 것이다. 그들은 또 제때 정확한 원고를 받을 수 있으리라는 것도 알았다. 논픽션 글쓰기는 단순한 글쓰기 이상의 일이라는 점을 명심하자. 논픽션은 신뢰할 만한 것이어야 한다. 편집자들은 신뢰할 수 없는 필자는 버린다.

편집자 이야기를 좀 더 해야겠다. 그들은 친구인가 적인가? 우리를 죄로부터 구해주는 신인가, 아니면 우리의 시 정신을 짓밟는 건달인가? 모든 게 다 그렇듯, 편집자에도 온갖 종류가 있다. 나는 내 글을 예리하게 만들어준 몇몇 편집자들을 고맙게 생각한다. 그들은 내 이야기의 초점이나 강조점을 바꾸거나, 어조를 문제 삼거나, 논리나 구조의 약점을 찾아내거나, 다른 도입부를 권해주거나, 몇 가지 방법을 놓고 고민할 때 문제를 터 놓고 이야기할 수 있게 해주거나, 여러 가지 지나친 부분을 잘 라내주었다. 편집자가 필요하지 않다고 해서 책의 장 하나를 통 째로 버린 적도 두 번이나 있다. 하지만 그런 편집자들을 기억 하는 것은 무엇보다 그들의 관대함 때문이다. 그들은 필자와 편 집자로서 함께 성취해야 할 목표에 대해 열의를 갖고 있었다. 내가 계속 나아갈 수 있었던 것은 내가 해낼 수 있다는 그들의 확신 덕분이었다.

좋은 편집자는 한 편의 글에 필자가 오래전에 잃어버린 객 관적인 눈을 부여해준다. 편집자가 더 나은 원고를 만들어주는 방법에는 끝이 없다. 잘라내고, 다듬고, 명료화하고, 시제와 대 명사와 위치와 어조의 숱한 불일치를 교정하고, 두 가지 다른 뜻으로 읽힐 수 있는 문장을 가려내고, 모호하고 긴 문장을 짧 은 문장으로 나누고, 필자가 옆길로 새서 헤매면 큰길로 되돌 아오게 해주고, 필자가 주의 부족으로 독자를 잃어버린 지점에 다리를 놓아주고, 판단과 취향의 문제를 의문시하는 등 이루 다 말할 수 없다. 그러면서도 편집자의 손은 보이지 않아야 한 다. 어떤 말을 덧붙이든 편집자의 말이 아니라 필자의 말로 들 려야 한다.

이 모든 구원에 대해 편집자는 아무리 감사를 받아도 충분 치 않다. 그런가 하면, 불행히도 편집자가 상당한 해를 끼칠 수 도 있다. 대체로 피해는 두 가지 형태로 나타나는데, 그것은 문 체를 바꾸고 내용을 바꾸는 것이다. 먼저 문체부터 이야기해보자.

손댈 필요가 거의 없는 원고보다 좋은 편집자가 더 선호하는 것은 없다. 나쁜 편집자는 자신이 세세한 문법과 용법을 잊지 않았다는 점을 애써 증명해야 한다는 듯 원고를 이리저리 어설프게 손대려 한다. 그는 길에 금이 간 부분은 꼼꼼히 따지지만, 경치는 즐기지 못하는 융통성 없는 사람이다. 그는 필자가 특별한 소리나 운율을 만들어내기 위해 애쓰거나 말장난의 재미를 위해 단어를 선택하기도 하면서 귀로 글을 쓴다는 생각을 전혀 하지 못한다. 필자에게 씁쓸한 순간 중 하나는 자신이 전하려는 요점을 편집자가 놓쳤다는 것을 알았을 때다.

나는 그런 우울한 일을 겪은 적이 많다. 그중 사소한 것 하나는 경제적으로 침체한 중서부 도시들에 미술가와 음악가를 초청하는 '방문 예술가'라는 프로그램에 대한 글을 쓸 때의 일이었다. 그 도시들에 대해 나는 "이곳은 많은 방문 예술가의 방문을 받는 도시 같아 보이지 않는다"(They don't look like cities that get visited by many visiting artists)라고 썼다. 교정지를 받았을 때 그 문장은 "이곳은 많은 방문 예술가의 여행 일정에 오르는 도시 같아 보이지 않는다"(They don't look like cities that are itinerary of many visiting artists)라고 되어 있었다. 이게 작은 일인가? 나한테는 그렇지 않다. 내가 같은 단어를 반복한 데는 이유가 있었다. 그것은 문장 중간에서 독자들을 살짝 놀라게 하고 새로움을 주기 위해서였다. 하지만 편집자는 반복되는 단어는 동의어로 바꾼다는 원칙만을 생각해내 실수를 고

글쓰기의 자세

친 것이었다. 내가 전화를 걸어 항의하자 그는 몹시 놀랐다. 우리는 서로 양보하지 않으면서 한참을 싸웠다. 결국 그는 이렇게 말했다. "이 부분에 대해서 정말 그렇게 확고하신 겁니까?" 나는 그런 곳에서 한번 물러서면 다른 곳도 그렇게 될 수 있기 때문에 강경한 태도를 취해야 한다고 생각한다. 심지어 나는 내 의견을 받아들이지 않고 글을 고친 잡지사로부터 글을 되돌려 받기도 했다. 자신만의 특색이 모두 편집되어버리면 자신의 중요한 장점을 잃어버릴 수 있다. 더불어 평판까지 잃을 수 있다.

이상적인 것은 필자와 편집자 사이에 절충과 신뢰가 존재하는 관계다. 흔히 편집자는 명료하지 않은 문장을 명료하게 만들려 본의 아니게 중요한 점, 예컨대 편집자는 모르는 이유로 필자가 포함한 사실이나 뉘앙스를 놓치기 쉽다. 그럴 때 필자는 그 부분을 되찾기 위해 노력해야 한다. 편집자는 동의할 수 있다면 그에 응해야 한다. 하지만 불명확한 부분을 고칠 수 있는 권리는 주장해야 한다. 명료함은 모든 편집자가 독자에 대해 지니는 의무다. 편집자는 자신도 이해하지 못하는 것을 활자로 찍어내는 일을 용납해서는 안 된다. 그가 이해하지 못하면 다른 누군가도 이해하지 못할 수 있고, 그런 누군가는 아주 많다. 요컨대 필자와 편집자가 원고를 함께 읽어나가면서 모든 문제점을 하나하나 해결해야 한다는 것이다.

그것은 직접 만나거나 전화로도 할 수 있는 일이다. 편집자들이 거리가 멀거나 바쁘다는 핑계로 여러분의 동의 없이 글을 바꾸어버리도록 내버려두지 말자. "마감일에 걸려서요", "너무 늦어져서요", "선생님 원고 담당자가 아파서요", "지난주에 대대적인 조직 개편이 있어서요", "사장이 바뀌어서요", "엉뚱한 파일에 들어가는 바람에요", "편집자가 휴가 중이라서요". 이런 어설픈 답변으로 무능과 잘못을 덮어버리려는 경우가 많다. 출판계의 달갑지 않은 변화 가운데 하나는 전에는 당연시되던 예의가 점점 사라지는 것이다. 특히 잡지 편집자들은 자동으로 이루어져야 마땅한 일련의 과정을 무시하는 경향이 강하다. 전에는 원고가 잘 도착했다고 필자에게 알리고, 적당한 기간 내에 원고를 읽고, 필자에게 원고에 문제가 없는지 이야기하고, 문제가 있으면 즉시 반송하고, 글에 수정이 필요하면 필자와 의논해 고치고, 필자에게 교정본을 보내고, 원고료가 제때 지급되도록 하는 일이 자동이었다. 필자는 자기 원고가 어떻게 되었는지, 원고료는 언제 지급되는지 계속해서 전화로 물어보는 모욕을 당하지 않더라도 충분히 상처받기 쉬운 존재다.

그런데 지금은 그런 예의는 허식일 뿐이니 무시해도 좋다는 생각이 만연해 있다. 그러나 그것은 편집자의 기본적인 역할이며, 모든 일을 지탱하는 신의의 문제이다. 그 사실을 잊어버린 편집자는 필자의 기본적인 권리를 건드리고 만다.

이런 오만은 편집자가 문체나 구성을 넘어 내용이라는 신성불가침의 영역까지 손을 댈 때 가장 해를 끼친다. 나는 프리랜서 작가들에게 이런 이야기를 자주 듣는다. "잡지를 받아서 내 글을 찾아봤더니 내 글인지 알아보지도 못하겠더군요. 도입부를 완전히 새로 쓰고, 제 생각도 아닌 말을 제가 하는 거로

　　　　　　　　　　글쓰기의 자세

만들어놨더라고요." 필자의 의견에 간섭하는 것은 중대한 잘못이다. 하지만 특히 시간이 모자라거나 할 때 편집자들은 필자가 허락하는 한 그렇게 하려고 한다. 그럴 때 필자는 굴욕감을 느끼면서 편집자가 자기 의도대로 글을 고쳐 쓰는 데 동조하고 만다. 그렇게 포기할 때마다 필자는 편집자에게 자신이 날품팔이처럼 취급되어도 좋다는 인상을 주는 것이다.

그러나 결국 필자의 의도는 필자 자신의 것이어야 한다. 여러분이 쓰는 글은 여러분의 것이지 다른 누구의 것도 아니다. 여러분의 재능을 최대한 발휘하고, 자기 존재를 걸고 그것을 지키자. 여러분의 재능이 얼마나 될지는 편집자가 아니라 여러분만이 안다. 글을 잘 쓴다는 것은 자기 글을 믿고 자기 자신을 믿는 것이다. 그리고 위험을 감수하고, 남들과 달라지려 하고, 스스로를 부단히 연마하는 것이다. 여러분은 스스로 노력하는 만큼 글을 잘 쓸 수 있다.

성실한 필자에 대해 내가 가장 좋아하는 정의는 조 디마지오에게서 얻은 것이다. 그는 이 사실을 알지 못했지만 말이다. 디마지오는 내가 본 최고의 선수이며, 누구도 그만큼 편안하게 경기하는 이는 없었다. 그는 외야에서 광범위한 수비 영역을 책임졌으며, 우아한 걸음으로 움직였고, 언제나 공보다 앞서 와 있었으며, 가장 어려운 공도 아무렇지 않게 잡았고, 타석에서 엄청난 힘으로 공을 쳐 내면서도 전혀 애를 쓰는 것처럼 보이지 않았다. 나는 그의 힘들이지 않는 듯한 모습에 감탄했다. 그것은 매일 엄청난 노력을 기울여야만 가능한 일이기 때문이다.

기자가 어떻게 하면 늘 그렇게 잘할 수 있느냐고 묻자, 그는 이렇게 대답했다. "저는 늘 제가 뛰는 모습을 한 번도 본 적이 없는 사람이 관중석에 적어도 한 명은 있다고 생각해요. 그 사람을 실망하게 하고 싶지 않았습니다."

영어 글쓰기를 위한 조언

여기에는 원서에서 특히 영어 글쓰기에 필요한 장만을 뽑아 따로 묶었다.

단어

기사체라고 할 수 있는 글쓰기 방식이 있다. 『피플』(*People*) 같
은 잡지나 신문에서 많이 보이는 이런 문체는 신선함이라는
측면에서는 죽음과도 같은 것으로, 너무 흔해져버려 쓰지 않
기가 어려운 싸구려 단어나 판에 박은 문구나 진부한 표현이
마구 섞인 것이다. 그런 문구를 쓰지 않기 위해 애쓰지 않으면
그런 기자들처럼 되고 만다. 단어를 존중하고 단어의 미묘한
차이에 대해 강박에 가까울 정도로 호기심을 가지지 않으면
작가로서 이름을 알릴 수 없다. 영어에는 힘 있고 유연한 단어
가 아주 많다. 시간을 들여서 알맞은 단어를 찾자.

어떤 것이 '기사체'인가? 누군가 한 말에서 단어들을 긁
어모아 이리저리 이어 붙인 것이다. 형용사는 명사로 쓰이고
(greats, notables), 명사는 동사로 쓰이거나(to host), 동사를 만
들기 위해 잘려나가거나(enthuse, emote), 동사를 만들기 위해
덧대어진다(beef up, put teeth into). 이 세계에서 유명한 사람들
은 언제나 '저명'(famed)하고 그들의 동료는 '요원들'(staffers)이

며, 미래는 언제나 '임박'(upcoming)하고 누군가는 끊임없이 급전을 '타전'(fire off)한다. 요즘은 그냥 소식을 전하는 사람이 없다. 국무부 최고 요원들(staffers)의 사기를 진작(beef up)하기 위해 해외의 명망가들(notables)을 접대하곤 하는 저명한(famed) 외교관 콘돌리자 라이스는 앉은자리에서 많은 급전을 타전했다(fire off).

다음은 한 유명한 잡지에 나오는, 필적할 상대를 찾아보기 힘들 정도로 피곤한 글이다.

Last February, Plainclothes Patrolman Frank Serpico knocked at the door of a suspected Brooklyn heroin pusher. When the door opened a crack, Serpico shouldered his way in only to be met by a .22-cal. pistol slug crashing into his face. Somehow he survived, although there are still buzzing fragments in his head, causing dizziness and permanent deafness in his left ear. Almost as painful is the suspicion that he may well have been set up for the shooting by other policemen. For Serpico, 35, has been waging a lonely, four-year war against the routine and endemic corruption that he and others claim is rife in the New York City police department. His efforts are now sending shock waves through the ranks of New

영어 글쓰기를 위한 조언

York's finest.... Though the impact of the commission's upcoming report has yet to be felt, Serpico has little hope that....

지난 2월, 사복경찰 프랭크 서피코는 브루클린에 사는 헤로인 밀매 용의자의 집 문을 노크했다. 문이 살짝 열리자 서피코는 어깨로 문을 힘껏 밀어젖히며 뛰어들었지만, 22구경 권총에 얼굴을 총격당하고 말 뿐이었다. 어쨌든 그는 살아남았지만, 머릿속에서 아직도 윙윙거리는 조각 때문에 계속 어질어질하고 왼쪽 귀는 완전히 먹고 말았다. 총상 못지않게 고통스러운 것은 그가 다른 경찰관들의 모략에 의해 총상을 입게 되었는지도 모른다는 사실이었다. 35세의 서피코가 뉴욕 시경에 만연한 부패 관행에 대해 사 년 동안 외로운 전쟁을 수행해왔기 때문이다. 그의 노력은 이제 뉴욕의 고위 경찰들에게 충격파를 던지고 있다. (…) 조사위원회의 임박한 보고서가 가져다줄 충격이 곧 느껴지겠지만, 서피코는 거의 기대하지 않고 (…)

임박한 보고서(upcoming report)는 임박하기 때문에 당연히 곧 느껴지게(to be felt) 되어 있다. 귀가 완전히 먹었다(permanent deafness)고 말하기는 지금은 섣부르다. 윙윙거리는 조각(buzzing fragments)은 왜 윙윙거리는가? 지금 윙윙거리는 것은 서피코의 머리뿐이다. 이런 나태한 논리는 제쳐두고라도,

이 이야기가 식상한 것은 글쓴이가 가장 가져다 쓰기 쉬운 진부한 표현을 골랐기 때문이다. "어깨로 밀어젖히며"(shouldered his way), "당하고 말 뿐이었다"(only to be met), "외로운 전쟁을 수행해왔다"(waging a lonely war), "만연한 부패"(corruption that is rife), "충격파를 던지고"(sending shock waves), "뉴욕의 경찰들"(New York's finest) 같은 따분한 문구는 글을 더없이 진부하게 만들어버린다. 평범하지 않은 단어를 모호하게 써서는 독자를 놀라게 할 수 없다. 독자는 당장 뻔한 글이라는 것을 알아채고 읽기를 그만두고 만다.

여러분은 그런 처지에 빠지지 말았으면 한다. 그것을 피하는 유일한 길은 단어 하나하나를 깊이 고민하는 것이다. 누가 최근에 한차례 병을 앓았다(enjoy a spell of illness)거나 어떤 사업이 한차례 슬럼프를 겪었다(enjoy a slump)는 표현을 자기도 모르게 쓰고 있다는 것을 깨달았다면, 과연 당사자가 그 일을 얼마나 유쾌하게 겪었는지 스스로에게 물어보자. 다른 작가들이 단어 선택에 얼마나 공을 들이는지 살펴보고 자신이 선택할 수 있는 방대한 단어들에 세심한 주의를 기울이자. 글쓰기는 누가 빨리 쓰느냐가 아니라 누가 독창적으로 쓰느냐의 싸움이다.

최근의 글뿐 아니라 과거의 뛰어난 작가들이 쓴 글을 읽는 습관을 들이자. 글쓰기는 모방하면서 배우는 것이다. 누가 나에게 글쓰기를 어떻게 배웠느냐고 묻는다면, 나는 내가 닮고 싶은 글쓰기를 하는 사람들의 글을 읽고 그들이 어떻게 쓰는지 연구하면서 배웠다고 답하겠다. 하지만 좋은 글을 골라야 한다. 신문이나 잡지에 실렸다고 해서 반드시 좋은 글이라고 생각해서는 안 된다. 신문에는 대충 편집한 글이 많다. 흔히 시간에 쫓기기 때문이기도 하고, 편집자가 진부한 표현을 워낙 많이 본 탓에 더 이상 그런 표현을 가려내지 못해서이기도 하다.

아울러 사전을 찾는 습관을 들여야 한다. 내가 곁에 두고 즐겨 쓰는 것은 『웹스터 뉴 월드 사전』(*Webster's New World Dictionary*) 대학 제2판이다. 물론 단어광들이 다 그렇듯, 특별히 찾아볼 게 있을 때 쓰는 더 큰 사전들도 있다. 단어의 정확한 뜻이 헷갈릴 때는 바로 사전을 찾아야 한다. 단어의 어원을 알고 거기에서 어떤 의미들이 파생되는지 알아봐야 하고, 전에 미처 몰랐던 뜻이 있는지도 확인해봐야 한다. 동의어 같지만, 뜻이 미묘하게 다른 단어를 제대로 구분해야 한다. cajole(감언하다)과 wheedle(교언하다)과 blandish(아양을 떨다)와 coax(구슬리다) 같은 말이 무엇이 다른지 한번 찾아보자.

그리고 『로제 유의어 사전』(*Roget's Thesaurus*)이라는 두툼한 복주머니를 우습게보지 말자. 이 사전을 찾다보면 아주 유쾌해진다. 가령 villain(악한)이란 단어를 찾아보면 사전 편찬자들만이 다시 불러낼 수 있는, 여러 세기 전부터 전해오는 온갖 나쁜 짓들을 만날 수 있다. iniquity(부정), obliquity(탈선), depravity(비행), knavery(악행), profligacy(난봉), frailty(도덕적 결함), infamy(불명예), immorality(부도덕), corruption(퇴폐), wickedness(심술), wrongdoing(비행), backsliding(타락),

sin(죄) 등. 또 ruffian(악당)과 riffraff(쓰레기), miscreant(악한)와 malefactor(범인), reprobate(깡패)와 rapscallion(무뢰배), hooligan(불량배)과 hoodlum(폭력배), scamp(망나니)와 scapegrace(건달), scoundrel(불한당)과 scalawag(양아치), jezebel(요부)과 jade(걸레)를 만날 수도 있다. 또 이 모든 것들에 어울리는 온갖 형용사도 찾을 수 있다. 이들이 악행을 어떻게 저지르는지 설명해주는 부사와 동사를 찾을 수도 있고, 다른 그릇된 행동과 관련된 상호참조를 발견할 수도 있다. 단어에 대한 기억을 새록새록 되살려주는 친구 중에는 『로제』만한 게 없다. 또 이 사전은 혀끝을 맴돌면서 얼른 떠오르지 않는 단어 때문에 머릿속을 다 뒤지지 않아도 되게 해준다. 글 쓰는 사람에게 이 유의어 사전은 작사가에게 필요한 운율 사전처럼 선택할 수 있는 모든 가능성을 보여준다는 점에서 고마운 물건이다. scapegrace와 scalawag를 보고 둘이 무엇이 다른지 알고 싶으면 그때는 일반 사전을 찾아보면 된다.

또 명심할 것은, 단어를 고르고 그것을 이어 붙일 때 소리에도 관심을 가져야 한다는 점이다. 독자들이 눈으로 글을 읽는데 무슨 말이냐고 할지도 모르겠다. 하지만 사실 독자는 자신도 모르는 사이에 자기가 읽는 소리를 듣는다. 따라서 리듬과 운율은 모든 문장에 필수적인 요소다. 전형적인 예가 바로 앞 문단에 있었다. 나는 ruffian과 riffraff를, hooligan과 hoodlum을 함께 배열하면서 재미있어했고, 독자도 내가 단어를 단순히 나열하는 것보다는 훨씬 즐거웠을 것이다. 독자는

영어 글쓰기를 위한 조언

단어의 배열뿐 아니라 그들을 즐겁게 해주려는 필자의 노력도 즐긴 것이며, 그것을 눈으로만 즐긴 것이 아니라 마음속의 귀로 단어를 들은 것이다.

E. B. 화이트는 글 쓰는 사람이라면 매년 한 번씩은 읽어야 할 책 『문체의 요소』에서 이 점을 분명히 밝히고 있다. 그는 "These are the times that try men's souls"(지금은 사람의 영혼을 시험하는 시대이다)라는 토머스 페인의 글귀처럼 한두 세기가 넘게 살아남은 문장들을 여러 가지로 재배치해볼 것을 권한다.

Times like these try men's souls.

How trying it is to live these times!

These are trying times for men's souls.

Soulwise, these are trying times.

페인의 구절은 시와 같고, 나머지 네 문장은 오트밀과 같다. 이것이 창조적인 과정의 성스러운 신비이다. 훌륭한 산문 작가는 어느 정도는 시인이 되어 언제나 자기가 쓰는 글의 소리를 들어야 한다. 화이트는 내가 제일 좋아하는 문장가다. 그의 글을 읽으면 언제나 언어의 억양과 공명에 주의를 기울이는 사람이라는 느낌이 들기 때문이다. 나는 그가 구사하는 단어들이 문장으로 만들어지는 패턴을 (내 귀로) 그윽하게 즐긴다. 나는 그가 문장을 고쳐 쓰면서 어떻게 슬쩍 여운을 남기는 문구로 끝나도록 재구성했을지, 어떻게 한 단어보다 좀 더 감정의 무게

가 실린 다른 단어를 선택했을지 짐작해보려 애쓴다. 이를테면 serene(고요한)과 tranquil(평온한)에는 차이가 있다. 하나는 부드럽고 다른 하나는 어감이 좀 더 세서(n과 q가 붙어 있어서) 다소 거슬린다.

어떤 글을 쓰든 이렇게 소리와 리듬을 고려해서 엮어나가야 한다. 모두 같은 박자로 터덜터덜 이어지는 문장을 어떻게 고쳐야 할지 모르겠으면 그 글을 큰 소리로 읽어보자(나는 전적으로 귀를 이용해 글을 쓰며, 내 글을 세상에 내보내기 전에 반드시 큰 소리로 읽어본다). 그렇게 소리를 들어보면 어디에 문제가 있는지 알 수 있다. 문장의 어순을 바꿔보거나, 참신하고 특이한 단어로 바꿔보거나, 문장의 길이를 바꿔서 전부 같은 기계에서 뽑아낸 것처럼 보이지 않게 해보자. 드물게 나타나는 짧은 문장이 엄청난 힘을 발휘할 수도 있다. 독자의 귀에 남기 때문이다.

여러분이 가진 연장은 단어뿐이라는 사실을 명심하자. 그것을 독창적이고 조심스럽게 사용하는 법을 배우자. 그리고 또 하나, 다른 누군가가 듣고 있다는 점을 명심하자.

영어 글쓰기를 위한 조언

용법

이렇게 어떤 단어가 좋다 나쁘다 하는 이야기를 하다보면 '용법'(usage)이라는, 정체를 알 수 없지만 중요한 영역으로 넘어가게 된다. 좋은 용법이란 무엇인가? 좋은 영어란 무엇인가? 새로 생긴 단어 가운데 어떤 건 써도 O.K.인가? 그걸 누가 판단하는가? 'O.K.'란 말은 써도 O.K.인가?

앞서 2장에서 나는 정부를 들볶은(hassle) 대학생들의 학원 소요에 대해 언급한 적이 있고, 바로 앞 장에서는 나 자신을 단어광(word freak)으로 묘사한 바 있다. 이 둘은 꽤 최근에 생긴 단어다. 먼저 hassle은 동사로도 명사로도 쓰이는 단어로, 누군가를 힘들게 하는 것 또는 그런 행위를 뜻한다. 서류를 제대로 작성하지 못해 들볶여본 사람이라면 누구나 이 단어의 어감이 얼마나 적절한지 알 것이다. freak는 무언가에 미쳐 있는 사람이란 뜻으로, 누구를 재즈광, 체스광, 일광욕광이라고 부르면 그 사람이 사로잡혀 있는 강박의 느낌을 아주 잘 전달할 수 있다.

어쨌든 나는 이 두 관용어를 기꺼이 받아들인다. 나는 이 단어들이 속어라고 생각하지 않는다. 젊은 층의 속어를 쓰면서도 그보다 유식하다는 것을 드러내기 위해 그 단어에 인용부호를 달거나 하지도 않는다. 오히려 이들은 좋은 단어이며 우리에게 필요한 것이다. 그렇지만 notables(명망가들)니 greats(저명인사)니 upcoming(임박한)이니 하는 단어는 단연코 받아들일 수 없다. 이것들은 싸구려 단어이며 우리에게 필요한 것이 아니다.

왜 어떤 단어는 좋고 어떤 건 싸구려일까? 용법에는 딱히 정해진 경계가 없기 때문에 딱 부러진 답이 있을 수 없다. 언어는 일주일이 다르게 변하는 구조물로, 늘 새로운 요소를 덧붙이고 낡은 것을 떨어내버린다. 그래서 단어광들조차도 어디까지 용인해야 할 것인지를 두고 서로 설전을 벌이며, 거의 취향에 가까운 주관적인 판단 기준을 들이대는 수가 많다(notables는 너저분한 단어라는 식으로 말이다). 그렇다면 그런 취향을 누가 판정할 것이냐 하는 문제가 남는다.

이것은 1960년대 『아메리칸 헤리티지 사전』(The American Heritage Dictionary)이라는 새 사전을 만든 편집자들이 부딪힌 문제였다. 그들은 '용법평가위원회'를 구성해 새로이 문을 두드리는 신조어와 미심쩍은 표현을 검토하는 데 도움을 구했다. 어떤 것을 안으로 들이고 어떤 것을 문전박대해야 하는가? 평가위원회는 104명의 남녀로 구성되었다. 대부분이 작가, 시인, 편집자, 교사 등으로 언어에 민감하고 언어를 잘 구사한다고 알려진 사람들이었다. 나는 이 위원회의 일원이 되어 몇 년 동안 질문지를 받았다. finalize나 escalate 같은 단어를 받아들여야 하는지, "It's me"라는 표현이 어떤지, like를 접속사로 쓰는 것을—많은 사람들이 그렇게 하듯이(like so many people do)—받아들일 것인지, mighty를 "mighty fine"처럼 쓰는 것은 어떤지 하는 질문이었다.

우리의 투표 결과는 '용법 노트'라는 제목으로 사전에 별도로 실렸다. 질문지에는 꼭 필요한 경우 평을 달 수 있는 공간이 있었는데, 평가위원들은 이 기회를 야무지게 활용했다. 사전이 편찬되었을 때 우리가 단 평들도 언론에 공개되었다. 위원들의 열의는 대단했다. 역사학자인 바버라 터크먼은 동사로 쓴 to author(저술하다)에 대해 "원 세상에, 절대 안 됨!"이라고 했다. 너저분한 어법에 언어순결주의자만큼 분노하지 않는 학자가 그 정도라면 보통이 아니다. 나는 동사로 쓰이는 author를 절대 용납할 수 없다는 터크먼의 확신에 동감한다. 마찬가지로 나는 부사로 쓰이는 good은 "헤밍웨이의 전유물로 남겨두어야 한다"는 루이스 멈퍼드의 말에도 동의한다.

하지만 영어의 용법을 지키는 사람들이 언어가 너절해지는 것을 막기만 할 뿐이라면 자기 책무의 절반만을 다하는 것이다. 아무리 멍청이(dolt)라도 접미사 '-wise'(~한 모양으로)를 healthwise처럼 쓰는 것이 멍청한(doltwise) 짓이라는 것은 안다. 다소 독특하다(rather unique)고 하는 것은 다소 임신했다(rather pregnant)고 하는 것만큼이나 말이 되지 않는다. 나머지 절반의 책무는 언어에 힘과 다채로움을 주는 유입어를 받아들여 언어의 발전을 돕는 일이다. 그래서 나는 우리 중 97퍼센트가 dropout(탈락)이라는 명료하고 생생한 단어를 인정하고 senior citizen(노인)—불법 이민(illegal alien)을 증빙서류 없는 거주자(undocumented resident)라고 하는 사회학 분야에서 새로 등장한 볼썽사나운 표현의 전형—이라는 말에는 47퍼센트만이 찬성한 것이 기뻤다. 또 escalate(확전擴戰하다)라는 말을 받아들인 것도 반가운데, 그것은 이 말이 내가 좋아하지 않는 식의 신조어이기는 하지만 베트남전쟁으로 인해 대실수를 함축하는 정확한 뜻을 부여받았기 때문이다.

또 반가운 것은 전에는 사전에서 '구어'로 조롱받았던 용감한 표현들을 많이 받아들인 일이었다. rambunctious(난폭한) 같은 형용사, trigger(발사하다), rile(화나게 하다) 같은 동사, shambles(난장판), tycoon(거물), trek(고된 여행) 같은 명사 등이 그 예이다. trek은 "the commuters' daily trek to Manhattan"(맨해튼 통근자들의 매일 같은 고된 여행)처럼 고된 여행을 뜻하는 말로 78퍼센트의 지지를 얻었다. 원래 이 말은 소가 끄는 짐마차를 타고 가는 보어인(아프리카의 네덜란드 이주민) 들의 고단한 여행을 가리키는 말이었다. 우리 위원회는 맨해튼 통근자들이 매일같이 하는 고된 통근 여행이 보어인들 못지않다는 판단을 내린 것이다.

하지만 22퍼센트는 여전히 trek을 일반적인 용법에 포함하기를 꺼렸다. 우리가 투표한 방식을 공개한 것의 장점이 여기에 있었다. 우리 의견을 모두 공개해 독자에게 판단할 수 있는 여지를 준 것이다. 우리 가운데 95퍼센트는 myself를 "He invited Mary and myself to dinner"(그는 메리와 나 자신을 저녁 식사에 초대했다)처럼 쓰는 데 반대했다. 좀스럽고 소름 돋고 잘난 체하는 느낌을 준다는 이유였다. 레드 스미스의 평을 인용하자면, "myself는 일찍이 me가 지저분한 단어라고 배운 백치들이 즐겨 쓰는 말이다."

반면 전에는 불쾌하게 여겼던 동사 to contact(접촉하다)에는 위원 가운데 66퍼센트만이 반대했으며, to fault(비난하다)나 to bus(버스로 나르다)와 같은 동사는 절반만이 반대했다. 따라서 만일 여러분이 마음대로 자녀의 학교 이사회에 연락해 아이들을 다른 지역의 학교로 버스로 통학시키겠다고 한다면(to bus your children to another town), 그 글을 본 사람들 중 50퍼센트만이 당신을 비난할(fault) 것이다. 만약 학교 이사회와 접촉한다면(to contact your school board) 16퍼센트의 평판이 더 줄어들 것을 감수해야 한다. 뛰어난 저작인 『세심한 필자』(The Careful Writer)의 저자 시어도어 M. 번스타인은 우리의 주먹구구식 원칙을 이렇게 말했다. "어떤 단어가 편의성이 있는지 평가해야 합니다. 만약 실질적인 요구를 만족시킨다면, 그 단어에도 자리를 주도록 합시다."

이것은 사실 사전 편찬자들이 이미 알고 있는 바를 재확인하는 것이었다. 즉, 용법의 법칙이란 그 법을 만드는 이의 취향에 따라 달라지는 상대적인 것이다. 위원 가운데 한 사람인 캐서린 앤 포터는 O.K.가 "혐오스러울 정도로 천박한 표현"이며 자신은 평생 그 말을 단 한 번도 써본 적이 없다고 했다. 반면에 나는 O.K.를 즐겨 썼다고 당당히 시인했다. most(거의)를 "most everyone"처럼 쓰는 것을 두고 아이작 아시모프는 "대단한 농사꾼 사투리"라 했고, 버질 톰슨은 "훌륭한 표현"이라고 했다. "Truman regime"(트루먼 정권)처럼 정권을 뜻하는 regime은 dynasty(왕조)와 마찬가지로 위원 대부분의 지지를 받았다. 반면 자크 바전 같은 사람은 "이건 전문용어란 말이야, 이 역사도 모르는 사람들아!"라고 했다. 나는 regime에 O.K.를 준 것 같은데, 지금은 역사적 부정확성을 꾸짖는 바전의 의견을 받아들여 그 말을 기사체의 산물로 본다. 내가 맹비난을 한 경우는 "TV personality"처럼 쓰이는 personality(명사) 같은 단어였는데, 지금 와서는 유명하다는 것만으로 그 많은 유명한 사람을 가리킬 말이 달리 없을 수도 있겠다는 생각이 든다.

결국 문제는 '옳은' 용법이 무엇인가 하는 것이다. 우리에겐 '왕의 영어'(표준 영어)를 제정할 왕이 없다. 다만 '대통령의 영어'가 있을 뿐인데, 우리는 그런 것을 바라지 않는다. 오랫동안 그런 신념을 지켜왔던 웹스터는 1961년의 『웹스터 국제 사전 제3판』부터 관대해지기 시작하면서 파문을 일으켰다. 예컨대 ain't가 "미국에서 교양 있는(cultivated) 사람들 대부분이 쓰고 있는 말"이라며, 쓰는 사람이 있는 말이면 대부분 받아들여야 한다고 주장했던 것이다.

다만 웹스터가 대체 어디서 그런 화자들을 길러냈는지 (cultivated) 나는 잘 모르겠다. 그러나 구어가 문어보다 느슨한 것은 사실이며, 『아메리칸 헤리티지 사전』은 그 문제를 우리에게 두 가지 형태로 잘 보여주었다. 흔히 우리는 인쇄물에서는 너무 비공식적이라는 이유로 금하는 관용어를 구어에서는 인정한다. 그러나 동시에 우리는 "펜은 결국 혀의 뜻을 따라야 한다"라는 새뮤얼 존슨의 말을, 그리고 오늘 쓰레기 취급을 받는 구어가 내일은 황금 같은 문어가 될 수 있다는 사실을 잘 알고 있다. 분리 부정사나 문장 끝에 오는 전치사를 인정하는 경향은 화자가 같은 말을 기왕이면 더 편하게 하려는 것을 막을 수는 없으며, 또 그래서도 안 된다는 점을 입증한다. 나는 전치사가 끝에 오는 문장이 괜찮은 것으로 생각한다.

우리 위원회는 같은 단어라도 용법이 옳을 수도 그를 수도 있다는 점을 인정했다. 예컨대 우리는 농담 섞인 어조가 아닌 한 cohort(한패)를 colleague(동료)와 같은 뜻으로 쓰는 데는 극구 반대했다. 교수가 교수회의에서 한패들(cohorts)과 함께 있지는 않은 것이다. 하지만 대학 동창회에서는 우스꽝스러운 모자를 쓰고 한패들과 함께 모일 수 있다. 우리는 "His health is not too good"처럼 very와 같은 뜻으로 쓴 too도 반대했다. 누구의 건강이 그렇다는 말인가? 그러나 "He was not too happy when she ignored him"처럼 조금 냉소적이거나 익살스럽게 쓰일 때는 받아들이기로 했다.

이런 것들이 하찮은 구분으로 보일 수도 있다. 하지만 그렇지 않다. 이것은 여러분이 용법의 작은 차이에 민감하다는 사실을 독자에게 보여주는 지표가 된다. 가령 "He didn't feel too

much like going shopping"처럼 very 대신에 too를 쓰는 것
은 난삽하다. 반면에 앞 문단의 삐딱한 느낌을 주는 용례는 링
라드너에 필적할 만하다. 그런 비꼬는 느낌은 달리 표현할 방법
이 없기 때문이다.

우리 위원들이 고심하는 가운데 다행히 어떤 경향이 두드
러졌다. 그것은 여전히 유용한 기준이 되고 있는데, 우리는 새
로운 단어나 구를 받아들이는 데는 너그럽고 문법에는 보수적
이었다.

dropout 같은 완벽한 단어를 거부하거나 매일 숱한 단
어나 구가 올바른 용법으로 들어오고 있다는 사실을 모른 척
한다는 건 어리석은 짓이다. 과학과 기술, 경제와 스포츠, 그
리고 사회적 변화의 바람 속에 outsource, blog, laptop,
mousepad, geek, boomer, Google, iPod, hedge fund,
24/7, multi-tasking, slam dunk 같은 무수한 단어들이 생겨
나고 있다. 또한 trip, rap, crash, trash, funky, split, rip-off,
vibes, downer, bummer 같은 단어처럼 1960년대 반문화권이
제도권의 잘난 체하는 말투를 비판하는 차원에서 만들어낸 짧
은 단어들이 있다는 사실도 잊어서는 안 된다. 하룻밤 사이에
새로이 도입된 말들을 받아들이는 데 유일한 문제는, 그 말들
이 갑자기 사라져버리는 경우가 많다는 점이다. 1960년대 말의
'happenings'는 더 이상 일어나지(happen) 않고, 'out of sight'
는 사라져버렸으며(out of sight), 'awesome'은 시들해지기 시작
했다. 용법에 주의하려면 늘 무엇이 살았고 무엇이 죽었는지 잘

영어 글쓰기를 위한 조언

알아야 한다.

우리 용법 위원회가 보수적이었던 부분이 있었는데, 하나는 can과 may, fewer와 less, eldest와 oldest 등 고전적인 문법상의 구분을 대부분 고수했다는 점이며, 또 하나는 고전적인 실수를 용납하지 않았다는 점이다. 예컨대 우리는 아무리 많은 작가가 규칙을 무시하고 무식을 과시한다고 하더라도 flout(무시하다)는 flaunt(과시하다)가 아니고, fortuitous(뜻밖의)는 accidental(우연한)과, disinterested(무심한)는 impartial(공평한)과, infer(추론하다)는 imply(암시하다)와 같지 않다고 주장했다. 우리는 정확한 언어의 아름다움을 중요시했다. 부정확한 용법 탓에 가장 얻고 싶은 독자를 잃을 수도 있다. reference(언급)와 allusion(빗댐), connive(묵인하다)와 conspire(공모하다), compare with(비교하다)와 compare to(비유하다)의 차이를 잘 알아야 한다. comprise를 써야겠다면 제대로 쓰자. 그것은 '~로 이루어진다'라는 뜻이다. "저녁 식사는 고기, 감자, 샐러드, 디저트로 이루어진다"처럼 말이다.

"잘난 체하는 것처럼 보이지만 않는다면 나는 언제나 문법에 맞는 쪽을 택한다"라고 메리앤 무어가 설명한 바 있는데, 우리 위원들이 취한 입장이 결국 그것이었다. 우리는 융통성 없는 학자들이 아니었으므로 hung up(매달리다) 같은 어구를 받아들여 언어가 새로워지는 것을 방해할 정도로 정확성에 매달리지는 않았다. 그렇다고 우리가 새로 도입되는 신기한 표현을 모두 다 받아들였다는 것은 아니다.

그런 식으로 싸움은 계속되었다. 내게는 아직도 새로운 용례에 대한 의견을 구하는 질문지가 온다. 예컨대 definitize(확정하다) 같은 동사("Congress definitized a proposal"), affordables(감당할 수 있는 것) 같은 명사, bottom line(최종 결론) 같은 관용어, into(~에 열중하다) 같은 구어("She's into jogging")에 대한 것이었다.

이제는 전문가들로 구성된 위원회가 아니더라도 누구나 우리의 일상생활과 일상 언어에 전문용어들이 쏟아져 들어오고 있다는 사실을 잘 알고 있다. 카터 대통령은 연방 법규를 '간단명료하게' 쓰라는 대통령령을 발표한 바 있다. 클린턴 대통령의 법무장관 재닛 리노는 법관들에게 '수많은 난해한 법률용어'를 '맞다', '틀리다', '정의'처럼 '누구나 이해할 수 있는 간단하고 친숙한 말'로 바꾸라고 당부했다. 기업들은 컨설턴트를 써서 자신들이 쓰는 표현을 덜 불투명한 것으로 바꾸었다. 심지어 보험업계조차 우리에게 재앙이 닥칠 때 우리가 어떤 보상을 받을 수 있는지를 덜 처참한 언어로 알려줄 수 있도록 약관을 고치려 애쓰고 있다. 이런 노력이 큰 도움이 될지는 알 수 없다. 그렇지만 물결을 막기 위해 늘어서 있는 많은 감시인을 보는 것은 꽤 위안이 되는 일이다. 그곳이야말로 주의 깊은 필자들이 서 있어야 할 지점이다. 그렇게 서서 물결에 떠밀려오는 것을 유심히 살펴보다 '저게 우리한테 필요한 것일까?'하고 의문을 가질 줄 알아야 한다.

누군가가 나에게 "How does that impact you?"(그것

　　　　　　　　영어 글쓰기를 위한 조언

이 당신에게 어떤 영향을 미쳤나요?)라고 묻는 것을 처음 들었을 때가 생각난다. 나는 늘 impact가 명사라고 생각했다. 그러다 어떤 역경의 효과를 deimpact해주는 프로그램과 관련하여 de-impact를 처음 만나게 되었다. 이제는 명사가 하루아침에 동사로도 쓰이는 경우가 많다. "target goals"(목표를 설정하다), "access fact"(사실에 접근하다)처럼 말이다. 기차의 차장은 "the train won't platform"(기차가 아직 플랫폼에 정차하지 않았다)이라고 방송하곤 한다. 어느 공항 출입문에는 "the door is alarmed"(문에 경보장치가 되어있다)라는 표시가 붙어 있다. 기업들은 다운사이즈를 하고(Companies are downsizing), 사업을 키우는 것은 지속적인 노력(ongoing effort)의 일부이다. 이제 ongoing은 주로 사기를 진작할 때 쓰는 은어가 되었다. 우리는 상사가 지속적인(ongoing) 프로젝트라고 하면 좀 더 관심을 두고 일한다. 지속적인(ongoing) 필요를 위한 기금을 목표로 하고 있다고 하면 보다 기꺼이 조직에 몸을 바치려 한다. 그렇지 않으면 반(反)장려책(disincentivization)에 희생당할지도 모른다.

나열하자면 끝이 없다. 아마 책 한 권은 가득 채울 수 있을 테지만, 읽을 만한 책이 되지는 않을 것이다. 그러나 아직 남은 문제가 있다. 좋은 용법이란 무엇인가 하는 문제가 그것이다. 한 가지 유용한 접근법은 전문용어와 용법을 구분하는 것이다.

예를 들어 prioritize(우선시하다)는 전문용어가 되어버린 경우—rank보다 더 중요하게 느껴지는 젠체하는 새 동사—이며 bottom line(결산서의 맨 아래 줄을 가리키는 말로, 최종적인 결론 또는 핵심이라는 뜻으로 쓰인다)은 회계에서 온 비유로, 우리에게 생생한 이미지를 전해준다. 누가 "The bottom line is that we just can't work together"(핵심은 우리가 함께 일할 수 없다는 것이다)라고 하면 우리는 그 말이 무슨 뜻인지 바로 알 수 있다. 나는 이 표현을 별로 좋아하지 않지만, 핵심(bottom line)은 이것이 살아남았다는 사실이다.

새로운 용법은 새로운 정치적 사건과 함께 오기도 한다. 베트남전쟁이 우리에게 escalate를 준 것처럼, 워터게이트는 deep-six(폐기처분하다), launder(돈세탁하다), enemies list(살생부), '비리'라는 뜻의 접미사인 '-gate'등("Irangate") 온갖 은폐·조작과 관련된 어휘 목록을 만들어 냈다. 리처드 닉슨 정권에서 launder가 더러운 말이 된 것이 적절한 아이러니다. 이제 우리는 누가 돈의 출처와 경로를 숨기기 위해 자금을 세탁한다는 말을 들으면 그 말의 정확한 뜻을 알 수 있다. 이런 단어는 간략하고 생생하고 필요한 것이다. 나는 launder와 stonewall은 받아들이지만, prioritize와 disincentive는 받아들이지 않는다.

나는 기술적인 용어와 좋은 말을 구분하는 데에도 비슷한 기준을 제시하고 싶다. 예컨대 printout과 input은 다르다. printout은 컴퓨터가 뽑아내는 구체적인 대상이다. 컴퓨터가 등장하기 전에는 필요하지 않았지만, 이제는 필요한 말이다. 그러나 이 말은 그 분야에서만 쓰인다. 반면 input은 컴퓨터에 주어지는 정보를 가리키는 말이었지만, 이제는 다이어트에서 철학적인 대화("I'd like your input on whether God really

영어 글쓰기를 위한 조언

exists"(신이 정말 존재하는지에 대한 당신의 의견을 구하고 싶습니다))에 이르기까지 곳곳에서 들을 수 있는 말이 되었다.

나는 누구에게 내 생각을 말하고 거기에 대해 어떻게 생각하는지 듣는 것이 좋지, 누구에게 내 인풋을 주고 그의 피드백을 받고 싶지는 않다. 나에게 좋은 용법이란, 다른 사람에게 나를 간단하고 명료하게 표현할 수 있는 좋은 단어들이 있다면(실제로 대개 있게 마련이다) 그런 단어들을 사용하는 것을 말한다. 달리 말해, 사람과 사람 사이의 관계를 적절히 언어화하는 문제라고 할 수도 있겠다.

기타 등등

이 장에는 지금까지 이야기한 것들 이외의 세세한 권고를 모았다.

동사

수동 동사를 쓰는 것보다 더 쉬운 방법이 없는 게 아니라면 능동 동사를 쓰자. 명료함과 활력에서 능동태와 수동태의 차이는 삶과 죽음의 차이만큼이나 크다.

"Joe saw him"은 힘이 있다. "He was seen by Joe"는 약하다. 전자는 짧고 정확하며 누가 무얼 했는지 의문의 여지가 없다. 후자는 어쩔 수 없이 길고 생기가 없다. 무언가가 누군가에 의해 다른 누군가에게 행해졌다는 것이다. 또 이런 수동태는 뜻이 모호하다. 조에 의해 몇 번이나 보인 것인가? 한 번? 매일? 일주일에 한 번? 게다가 수동태 문장은 독자의 에너지를 빼앗아버린다. 누구에 의해, 누구에 대해 무엇이 행해지는지는 아무도 완전히 알 수 없다.

내가 앞 문장에서 '행해지는'(perpetrated)이라는 표현을 쓴 것은 그것이 수동태를 잘 쓰는 사람들이 좋아하는 단어이기 때문이다. 그들은 짧은 앵글로색슨 단어보다는 라틴어에서 유래한 긴 단어를 좋아한다. 그래서 그들의 어려움은 더 심해지고 문장은 더 끈적끈적해진다. 대개 짧은 것이 긴 것보다 낫다. 경이로울 만큼 경제적인 글로 손꼽히는 링컨의 두번째 취임연설문은 701개 단어 가운데 505개가 단음절이며 122개가 2음절이다.

동사는 글쓴이가 가진 연장 가운데 가장 중요하다. 동사는 문장을 밀고 나아가기도 하고 문장에 탄력을 주기도 한다. 능동 동사는 앞으로 밀어붙이고, 수동 동사는 뒤로 잡아챈다. 능동 동사는 동작을 선명하게 해준다. 능동 동사에는 대명사('he')나 명사('the boy')나 사람('Mrs. Scott')이 필요하기 때문이다. 이미지나 소리에 뜻을 담고 있는 동사도 많다. glitter(반짝이다), dazzle(눈부시다), twirl(빙빙 돌다), beguile(속이다), scatter(흩뿌리다), swagger(거들먹거리다), poke(찌르다), pamper(오냐오냐하다), vex(짜증나게 하다) 같은 동사가 그렇다. 영어처럼 동사가 다채롭고 방대한 언어도 없을 것이다. 둔하거나 기능적이기만 한 동사는 쓰지 말자. 능동 동사를 써서 문장에 활기를 불어넣자. 전치사가 덧붙어야 하는 동사는 되도록 피하자. start나 launch를 쓰면 되는데 굳이 set up을 쓸 필요는 없다. 사장이 step down했다고 하지 말자. resign(사직)한 것인가, retire(은퇴)한 것인가, 아니면 fire(해고)당한 것인가? 정확하게 표현하자. 정확한 동사를 쓰자.

　능동 동사가 글에 얼마나 활력을 불어넣어 주는지 보고 싶다면 헤밍웨이나 서버나 소로를 들춰보기만 할 게 아니다. 나는 킹 제임스 성경이나 셰익스피어를 추천한다.

부사

부사는 대개 불필요하다. 분명한 동사를 선택하고서 같은 뜻의 부사를 덧붙이면 문장이 난삽해지고 독자를 성가시게 한다. 소리가 크게 울려 퍼졌다(blared loudly)고 하지 말자. blare(울려 퍼졌다)라는 말 자체에 소리가 크다는 뜻이 있기 때문이다. 이를 세게 악물었다(clenched tightly)고 쓰지도 말자. 이를 다르게 악물 수는 없으니 말이다. 필요 이상으로 많이 쓰인 부사는 동사를 약하게 만든다. 형용사나 그 밖의 품사에 대해서도 마찬가지다. 'effortlessly easy'(힘들일 것 없이 쉬운), 'slightly spartan'(약간 엄격한), 'totally flabbergasted'(완전히 어리둥절한)가 그런 예다. flabbergasted(어리둥절한)라는 말이 멋진 것은 완전히 놀랐다는 느낌을 주기 때문이다. 어느 정도만 어리둥절한 상황은 상상할 수 없다. 어떤 행위가 힘들일 것 없이 쉽다면 그냥 힘들일 것 없다고 하면 된다. 약간 엄격하다는 건 또 뭔가? 수도사의 방에 온통 카펫이 깔린 것과 마찬가지다. 꼭 필요하지 않은 부사는 쓰지 말자. 승리한 운동선수가 크게 활짝 웃었다(grinned widely)는 소식은 듣고 싶지 않다.

　그리고 가능하면 decidedly(결정적으로) 같은 말은 은퇴시키자. 매일 신문에서 어떤 사태가 결정적으로 나아졌다느니 결정적으로 나빠졌다느니 하는 표현을 보지만, 나아졌다는 게 어떻게 결정되었는지, 누가 그런 결정을 했는지 알 수가 없다. 그것은 탁월하게 공정한(eminently fair) 결과가 얼마나 탁월한 것인지, 논의의 여지는 있지만 진실(arguably true)인 사실을 믿어야 할지 말아야 할지 알 수 없는 것과 마찬가지다. "그는 논의의 여지는 있지만 메츠 최고의 투수이다"(He's arguably the best pitcher on the Mets)라고 쓴 어느 스포츠 기자는 으쓱거리며 자기가 레드 스미스처럼 성공하기를 바라지만, 레드 스미스는 arguably 같은 표현을 쓰지 않고 최고의 자리에 올랐다. 그가 그 팀에서 최고의 투수인가? 이것은 논의를 통해 입증할 수 있는 일이다. 그렇다면 '논의의 여지는 있지만'이라는 표현은 빼자. 아니면 그가 '아마도'(perhaps) 최고의 투수인가? 이것은 얼마든지 논의할 수 있는 의견이나. 확실히 알 수는 없지만, 거의 반반일 것이다.

형용사

형용사도 대개 불필요하다. 부사와 마찬가지로, 이미 명사 안에 그 뜻이 들어 있다고 생각하지 못한 글쓴이들은 문장 곳곳에 형용사를 마구 뿌려놓는다. 가파른 절벽(precipitous cliffs)이니 촘촘한 거미줄(lacy spiderwebs)이니 하는 표현들이 그렇다. 노란 수선화(yellow daffodils)나 갈색 진흙(brownish dirt)처럼 잘 알려진 색을 나타내는 형용사를 덧붙이는 경우도 많다.

수선화에 관해 가치판단을 내리고 싶다면 '화려한'(garish) 같은 형용사를 선택해라. 진흙이 붉은 시골이라면 붉은 진흙(red dirt)이라고 표현하는 것도 좋다. 이런 형용사는 명사 혼자 해낼 수 없는 일을 해준다.

글을 쓰는 사람들은 문장이라는 땅을 풍요롭고 아름답게 꾸미기 위해 거의 무의식적으로 형용사라는 씨앗을 뿌리지만, 그럴수록 문장은 길어지게 마련이다. 위풍당당한 느릅나무(stately elms)나 귀여운 아기 고양이(frisky kittens), 냉철한 탐정(hard-bitten detectives)이나 고요한 늪(sleepy lagoons) 같은 표현은 습관적으로 붙이는 형용사이며, 이는 버려야 할 습관이다. 참나무(oak)라고 해서 무조건 뒤틀린(gnarled) 것일 필요는 없다. 치장으로만 존재하는 형용사는 필자에게는 방종이요 독자에게는 부담이다.

다시 강조하건대 원칙은 간단하다. 필요한 형용사만 쓰자. "그는 흐린 하늘과 검은 구름을 보고 항구로 되돌아가기로 했다"(He looked at the gray sky and the black clouds and decided to sail back to the harbor). 여기서는 하늘과 구름의 어둠이 결정의 근거가 된다. 집이 칙칙하거나 소녀가 예쁘다는 점을 독자에게 알리는 것이 중요하다면 어떻게든 '칙칙한'(drab)과 '예쁜'(beautiful)이라는 형용사를 써야 한다. 아껴 쓰는 형용사는 적절한 힘을 발휘한다.

영어 글쓰기를 위한 조언

기타 수식어

보고 느끼고 생각한 것을 말할 때 쓰는 자잘한 수식어들, 이를 테면 a bit(조금), a little(약간), sort of(얼마간), kind of(일종의), rather(제법), quite(꽤), very(아주), too(너무), pretty much(꽤 많이), in a sense(어떤 면에서) 등은 가지치기할 필요가 있다. 그런 수식어는 글의 문체와 설득력을 희석시킨다.

조금 혼란스럽다거나 얼마간 피곤하다거나 다소 화가 났다고 하지 말자. 그냥 혼란스럽다, 피곤하다, 화가 났다고 하면 된다. 주저하는 인상을 주는 자잘한 수식어로 글을 답답하게 만들지 말자. 좋은 글은 간결하고 분명하다.

호텔이 꽤 비싸서 그다지 유쾌하지 않았다고 하지 말자. 호텔이 비싸서 불쾌했다고 하면 된다. 제법 운이 좋았다고 하지 말자. 어느 정도로 운이 좋았다는 뜻인가? 어떤 사건을 보고 상당한 장관(rather spectacular)이라거나 아주 어마어마하다(very awesome)고 하지 말자. 장관이라거나 어마어마하다는 말은 정도를 잴 수 없다. very는 무엇을 강조할 때 쓸 수 있는 유용한 말이지만 난삽하게 쓰이는 때가 훨씬 많다. 누가 아주 주도면밀하다(very methodical)고 할 필요는 없다. 주도면밀하거나 그렇지 않을 뿐이다.

더 중요한 것은 권위의 문제다. 자잘한 수식어를 쓰면 독자의 신뢰를 잃는다. 독자는 자신과 자신의 말에 믿음을 가진 필자를 원한다. 그 믿음을 저버리지 말자. 일종의 당당함을 가지지 말고 당당해지자.

구두점

문법 입문서를 쓸 생각은 전혀 없으니 구두점에 대해서는 간단히 언급한다. 구두점 사용법을 모른다면—대학생들도 그런 경우가 많다—문법책을 보자.

마침표(.)

사람들이 대부분 문장을 적절하게 빨리 마칠 줄 모른다는 것 말고는 마침표에 대해 크게 말할 게 없다. 글을 쓰다 긴 문장의 수렁에 빠져 헤어나지 못한다면, 그것은 여러분이 그 문장이 할 수 있는 것 이상을 바라기 때문이다. 두 가지 생각을 한 문장으로 한꺼번에 표현하려 할 때 흔히 그럴 수 있다. 이때 수렁에서 빠져나오는 가장 빠른 방법은 긴 문장을 두 개나 세 개로 나누는 것이다. 하느님이 보시기에 좋은 문장의 길이에 최소한도란 없다. 좋은 작가들에게서 가장 두드러지는 점은 문장이 짧다는 것이다. 노먼 메일러는 생각하지 말자. 그는 천재다. 긴 문장을 쓰고 싶다면 천재가 되어야 한다. 그게 아니라면 적어도 문장이 처음부터 끝까지 구문에서나 구두점에서나 절제되어 있어야 한다. 그래야 독자가 산길 굽이굽이마다 어디로 가야 할지 알 수 있다.

느낌표(!)

특별한 효과가 필요한 때가 아니면 쓰지 말자. 느낌표는 감정을 과장한다. 처음 파티에 가본 소녀가 흥분해서 하는 이야기처럼 말이다. "아빠는 내가 샴페인을 너무 많이 마셨을 거라고 한다!" "하지만 솔직히 난 밤이 새도록 춤을 출 수 있었는데!" 이런 문장에서 느낌표는 멋지고 놀라운 느낌을 우리가 공감할 수 있는 이상으로 강요한다. 그보다는 어순을 바꾸어 강조하는 의미를 만들어보자. 농담이나 역설이라는 것을 독자에게 알려주기 위해 느낌표를 쓰는 것도 자제하자. "물총도 장전할 수 있다는 생각은 전혀 해보지 못했다!" 이것이 재미있는 대목임을 일깨워주려는 시도는 독자를 불편하게 할 뿐 아니라 스스로 재미를 찾아내는 즐거움을 빼앗아 버린다. 유머는 절제할 때 가장 효과적이다. 느낌표에는 미묘함이 없다.

세미콜론(;)

세미콜론이라고 하면 어딘가 19세기의 케케묵은 분위기가 감돈다. 조지프 콘래드나 윌리엄 새커리나 토머드 하디가 구사한 세심하고 균형 잡힌 문장, on the one hand(한편으로)와 on the other hand(다른 한편으로)를 신중하게 가려 쓰는 문장이 연상된다. 따라서 현대에는 세미콜론을 자제해서 써야 한다. 하지만 이 책에서 인용한 글에는 세미콜론이 자주 등장하며, 나 자신도 세미콜론을 가끔, 대개 그 문장에 관련된 생각을 덧붙이고자 할 때 쓴다. 그런가 하면 세미콜론은 독자가 잠시 쉴 수 있게 해주기도 한다. 그러니 꼭 쓰고 싶을 때는 그것이 가독성을 빅토리아 시대의 속도로 떨어뜨린다는 점을 명심하면서 분별 있게 사용하자. 그리고 되도록 마침표나 대시(—)를 쓰자.

대시(—)

이 귀하디귀한 도구는 흔히 적절하지 않은 것으로 여겨지며, 품위 있는 문장들의 점잖은 만찬 자리에 낀 촌뜨기 취급을 받는다. 하지만 대시는 그 자리에 끼기에 완벽한 자격을 갖추고 있으며, 여러분을 궁지에서 구해줄 수 있다. 대시는 두 가지 방식으로 쓰인다. 하나는 문장 뒤에서 앞에 언급한 생각을 확장하거나 정당화하는 것이다. "우리는 계속 가기로 했다—겨우 백 마일밖에 남지 않았으니 저녁 식사 시간에 맞출 수 있을 것이었다." 대시는 그 모양 그대로 문장을 앞으로 밀어붙이면서 그들이 계속 가기로 한 까닭을 설명해준다. 다른 하나는 대시 두 개를 사용하는 것으로, 긴 문장 가운데 설명적인 구절을 삽입하는 역할을 한다. "그녀는 나에게 차에 타라고 했고—그녀는 여름 내내 내 머리를 깎겠다고 나를 쫓아다녔다—우리는 조용히 시내로 차를 타고 갔다." 덕분에 대시가 없으면 별도의 문장이 필요했을 설명을 한 문장 안에서 해결할 수 있다.

콜론(:)

콜론은 세미콜론에 비해 훨씬 더 낡아 보이게 되었으며, 기능의 상당 부분을 대시가 대신하고 있다. 하지만 어떤 항목을 나열하기 직전에 잠시 문장을 멈출 수 있게 해주는 그 순수한 역할에는 변함이 없다. "안내 책자에 따르면 배는 다음의 항구에 들른다고 한다: 오랑, 알제, 나폴리, 브린디시, 피레우스, 이스탄불, 베이루트." 이런 역할에서는 콜론을 당할 자가 없다.

영어 글쓰기를 위한 조언

분위기 전환

앞의 문장과 분위기가 달라질 때는 가능하면 빨리 독자에게 알리자. but(그러나), yet(그런데), however(하지만), nevertheless(그럼에도 불구하고), still(여전히), instead(대신에), thus(그래서), therefore(그러므로), meanwhile(한편으로), now(이제), later(나중에), today(오늘날), subsequently(그리하여) 정도면 충분하다. 이야기의 방향을 바꿀 때 '그러나'로 시작하면 독자가 얼마나 문장을 소화하기 쉬운지는 아무리 강조해도 지나치지 않다. 반대의 경우 독자가 문장 끝에 가서야 여러분이 방향을 바꾸었다는 것을 알 수 있다면 얼마나 힘들겠는가.

우리는 흔히 but으로 문장을 시작해서는 안 된다고 배웠다. 그렇게 배웠다면, 잊어버리자. 그보다 더 힘 있는 말은 없다. 이 단어는 앞 문장과 반대되는 내용이 온다는 사실을 알려주어 독자가 미리 준비할 수 있게 해준다. but으로 시작하는 문장이 너무 많아 기분 전환이 필요하다면 however를 쓰면 된다. 하지만 이 단어는 상대적으로 약하기 때문에 조심스럽게 써야 한다. however로 문장을 시작하지는 말자. 달랑 혼자서 걸려 있는 젖은 행주 같으니까. however로 끝맺지도 말자. 끝에서는 however가 거의 뜻을 잃어버린다. 상황에 따라 가능한 한 앞쪽에 배치하는 정도라야 갑작스러운 느낌이 효과를 거둔다.

yet은 but과 거의 같은 역할을 하지만 뜻은 nevertheless에 더 가깝다. "Yet he decided to go", "Nevertheless he decided to go"처럼 두 단어 모두 문장 앞머리에 쓰이면 "Despite the fact that all these dangers had been pointed out to him, he decided to go"(이 모든 위험을 알고 있음에도 불구하고 그는 가기로 했다)라는 긴 문장을 줄일 수 있다. 짧은 단어를 써서 길고 칙칙한 구절과 같은 뜻을 쉽게 전달할 수 있는 경우를 찾아보자. "대신에(instead) 나는 기차를 탔다." "여전히(still) 나는 그를 존경할 수밖에 없었다." "그렇게(thus) 나는 담배를 배우게 됐다." "그래서(therefore) 그를 만나기가 쉬웠다." "그사이(meanwhile) 나는 존과 이야기했다." 이런 짧고 적확한 단어들이 얼마나 많은 헛고생을 덜어줄 수 있는지!(이 느낌표는 내가 얼마나 절실하게 그렇게 생각하는지를 보여주기 위한 것이다.)

meanwhile, now, today, later 같은 표현은 부주의한 필자가 독자에게 제때 알리지 않고 시제를 바꿔버릴 때 일어나는 혼란을 줄여주기도 한다. "이제는(now) 더 잘 안다." "오늘날에는(today) 그런 것을 찾아볼 수 없다." "나중에야(later) 그 이유를 알게 되었다." 독자가 방향을 잃지 않도록 항상 유의해야 한다. 그러기 위해서는 앞 문장에서 독자를 어디에 남겨두었는지 항상 염두에 두어야 한다.

단축형

I'll, won't, can't 같은 단축형을 적절히 구사하면 문체에 좀 더 온기와 개성이 느껴진다. "I will be glad to see them if they do not get mad"(그들이 화를 내지 않는다면 얼마든지 만나보고

싶다)보다는 "I'll be glad to see them if they don't get mad"
라고 하면 딱딱한 느낌이 덜하다(앞 문장을 크게 소리 내어 읽어
보면 얼마나 부자연스러운지 알 수 있다). 이렇게 약식으로 쓰면
안 된다는 법은 없다. 자신의 귀와 직감을 믿자. 단, I'd, he'd,
we'd만은 피했으면 한다. I'd는 I had가 될 수도 있고 I would
가 될 수도 있기 때문에 어느 쪽인지 알 때까지 문장을 한참
읽어나가야 한다. 나중에 그 뜻이 아니었다는 것을 알게 되기
도 한다. 그리고 could've 같은 단축형은 만들어내지 말자. 값
싸 보인다. 사전에 나오는 것만 쓰자.

That과 Which

that과 which의 차이점은 한 시간 동안 설명해도 모자랄 만큼
까다로운 문제다. H. W. 파울러는 『현대 영어 용법』(Modern
English Usage)에서 열세 장에 걸쳐 그 차이점을 설명하고 있
다. 나는 단 이 분 만에 설명하려고 한다. 아마 세계기록일 것
이다. 다음의 예를 잘 기억하기를 바란다.

　뜻이 모호해지지 않는 한 that을 사용하자. 『뉴요커』처럼
편집을 꼼꼼하게 하는 잡지들은 that을 월등히 많이 쓴다. 이런
말을 하는 것은 which가 더 정확하고 무난하고 문어적이라는
인식이—학교 교육의 잔재이다—널리 퍼져 있기 때문이다. 그
러나 그렇지 않다. 대부분 말할 때 자연스럽게 나오는 것은 that
이다. 그러니 글을 쓸 때도 that을 쓰자.

　뜻을 엄밀하게 하기 위해 쉼표가 필요한 경우에는 대개

which가 어울린다. which는 that과 다른 특별한 지시 기능을 한다. (A) "Take the shoes that are in the closet." 이 말은 침대 밑에 있는 신 말고 벽장 안에 있는 신을 신으라는 뜻이다. (B) "Take the shoes, which are in the closet." 여기서 신은 딱 한 켤레밖에 없으며, which가 그 위치를 알려주고 있다. A에서는 쉼표가 필요 없지만 B에서는 꼭 필요하다는 점을 기억하자.

다음과 같이 which는 주로 쉼표 앞에 나오는 구절을 확인하거나 묘사하거나 위치를 알리거나 설명할 때 쓰인다.

The house, which has a red roof,
(지붕이 빨간 특정한 집을 말한다)
The store, which is called Bob's Hardware,
(가게 이름이 무엇인지 밝힌다)
The Rhine, which is in Germany,
(라인강이 독일에 있다는 사실을 밝힌다)
The monsoon, which is a seasonal wind,
(몬순의 개념을 설명한다)
The moon, which I saw from the porch,
(자신이 특정한 장소에서 본 달을 가리킨다)

정보를 명확히 정돈하는 좋은 글을 쓰기 위해 먼저 알아야 할 것은 이 정도다.

영어 글쓰기를 위한 조언

개념 명사

좋지 않은 글쓰기에서는 누가 무엇을 했는지 말해주는 동사 대신 개념을 나타내는 명사를 많이 쓴다. 다음은 죽은 문장의 전형적인 세 가지 예다.

> The common reaction is incredulous laughter.
> (일반적인 반응은 의심스럽다는 웃음이다.)
> Bemused cynicism isn't the only response to the old system.
> (망연한 냉소가 구체제에 대한 유일한 반응은 아니다.)
> The current campus hostility is a symptom of the change.
> (현재 캠퍼스 내에 만연한 적의는 변화의 징후이다.)

이 문장들이 괴이한 것은 사람이 없기 때문이다. 서술어도 동작을 나타내는 것이 아닌 is와 isn't뿐이다. 독자는 누가 어떤 행동을 하고 있는지 머릿속에 그려볼 수 없다. '반응', '냉소', '적의' 같은 막연한 개념을 나타내는 비인격적 명사에 모든 의미가 담겨 있기 때문이다. 이런 차가운 문장은 피하자. 사람들이 뭔가를 하게 하자.

> Most people just laugh with disbelief.
> (사람들은 대개 의심스럽다는 듯 웃어버린다.)

Some people respond to the old system by turning cynical; others say....

(어떤 사람들은 구체제에 냉소적인 반응을 보인다. 하지만 또 어떤 사람들은~)

It's easy to notice the change—you can see how angry all the students are.

(학생들이 얼마나 분노하고 있는지 보면 변화를 쉽게 느낄 수 있다.)

내가 고친 문장들이 힘이 펄펄 넘치는 건 아니다. 내가 모양을 내려고 주무르고 있는 재료가 모양 없는 반죽이어서 그런지도 모른다. 하지만 적어도 진짜 사람과 진짜 동사는 들어 있다. 추상적인 명사가 가득 찬 보따리를 붙들고 있지 말자. 호수 바닥으로 가라앉아버려 다시는 못 보게 될지도 모른다.

명사 이어 붙이기

명사 하나, 아니면 동사 하나만 쓰면 될 곳에 명사 두세 개를 이어 붙이는 것이 미국의 새로운 유행병이다. 이제는 아무도 그냥 파산한다고 하지 않고 금전 문제 분야(money problem areas)가 있다고 한다. 그냥 비가 온다고 하지 않고 강우 활동(precipitation activity)이나 뇌우 예상 상황(thunderstorm probability situation)이 발생한다고 한다. 제발 그냥 비가 온다고 하자.

최근에는 심지어 네다섯 개씩 되는 개념 명사를 분자 사

영어 글쓰기를 위한 조언

슬처럼 이어 붙이기도 한다. 최근에 본 가장 기발한 표본은 "의사소통 촉진 기능 발달개입"(communication facilitation skills development intervention)이라는 말이다. 사람 하나, 동사 하나 없다. 아마도 학생들이 글을 더 잘 쓸 수 있도록 도와주는 프로그램인 것 같다.

과장

"거실은 마치 원자탄이라도 떨어진 것 같았다." 글쓰기를 막 시작한 사람이 일요일 아침에 전날 파티 자리가 엉망이 되어 있는 것을 보고 쓴 문장이다. 물론 우리는 그가 재미있게 이야기하려고 사실을 과장하고 있다는 걸 안다. 하지만 우리는 물폭탄이라면 몰라도 원자탄 같은 것이 거기에 떨어지지 않았다는 것도 안다. 그는 또 이렇게 쓴다. "747 비행기가 내 머릿속을 뚫고 지나가는 느낌이었다. 나는 창밖으로 뛰어내려 자살해버릴까 하고 심각하게 고민하기까지 했다." 이렇게 말잔치가 심하다보면―그는 이미 도를 넘어버렸다―독자는 졸음을 참을 수 없다. 그것은 마치 우스운 5행시를 끊임없이 읊어대는 사람과 한방에 갇히는 것과 같다. 과장하지 말자. 정말로 창밖으로 뛰어내릴 고민을 한 건 아니다. 인생에는 너무나도 재미있는 상황이 수없이 많다. 유머는 소리도 없이 은근슬쩍 다가오게 하자.

신뢰성

작가는 대통령만큼이나 신뢰성에 약하다. 사건을 실제보다 별나 보이게 하려고 부풀리지 말자. 여러분이 진짜인 척하고 넘어가려던 가짜 이야기를 독자가 하나라도 잡아내면 그 뒤에 나오는 모든 말이 의심받는다. 위험 부담이 너무 큰 만큼 감수할 가치가 없는 일이다.

구술

미국인이 쓴 글 가운데 상당수는 구술에 의한 것이다. 정치인, 기업가, 경영자, 교육자, 관료는 특히 시간을 효율적으로 쓰는 데 관심이 많다. 그들은 무언가를 쓰는 가장 빠른 방법은 비서에게 구술하는 것으로 생각하며, 그런 다음엔 다시 들여다보지 않는다. 하지만 이것은 별로 좋은 방법이 아니다. 몇 시간을 절약하는 대신 자신의 개성을 다 날려버리기 때문이다. 구술된 문장은 으스대고 조잡하고 중언부언이기 쉽다. 너무 바빠서 구술하지 않을 수 없는 경영자라도 적어도 자기가 한 말을 수정하고, 불필요한 말을 삭제하고, 필요한 말을 끼워 넣을 짬은 내야 한다. 그래서 자기 글이 자신을 제대로 반영하게 해야 한다. 고객이 읽고 경영자의 사람됨과 회사를 판단할 글이라면 특히 더 그렇다.

글쓰기는 경쟁이 아니다

글 쓰는 사람들은 모두 서로 다른 지점에서 출발해 서로 다른 목적지를 향해 간다. 그런데 많은 사람이 자기보다 글을 잘 쓰는 모든 사람과 경쟁하고 있다는 생각에 무력해지곤 한다. 이는 작문 수업 시간에 흔히 일어나는 일이다. 경험이 없는 학생들은 학보에 이름이 실린 적이 있는 학생들과 같이 수업을 듣는 걸 알고 주눅이 든다. 하지만 학보에 글을 쓰는 건 그리 대단한 자격이 아니다. 나는 학보에 글을 쓰는 토끼들이 열심히 노력하는 거북들에게 따라잡히는 경우를 자주 보았다. 자유기고가들도 비슷한 두려움을 겪는다. 다른 작가들의 글은 잡지에 실리는데 자기 글은 계속 반송되는 것이다. 경쟁은 잊어버리고 자기 페이스대로 가자. 여러분의 유일한 경쟁자는 자기 자신이다.

무의식

무의식은 흔히 생각하는 깃보다 더 많은 글쓰기를 한다. 글을 쓰다 보면 종종 말이 구제 불능으로 엉켜 하루 종일 용을 써도 빠져나오지 못하는 때가 있다. 이럴 때는 다음 날 아침에 다시 시작하면 쉽게 해결되는 경우가 많다. 여러분이 자는 동안에도 글 쓰는 정신은 잠들지 않는다. 작가는 언제나 작업을 하고 있다. 주변에서 벌어지는 일들을 유심히 살펴보자. 여러분이 보고 들은 것들은 며칠, 몇 달, 심지어 몇 년씩 무의식에 가라앉아 있다가도 글을 쓰면서 필요할 때가 되면 갑자기 되살아난다.

가장 빨리 고치는 법

문장에 문제가 있을 때 그 부분을 빼버리기만 하면 해결되는 경우가 의외로 많다. 그런데 불행히도 이 방법은 대개 곤경에 처한 글쓴이들이 가장 잘 떠올리지 못하는 것이다. 그들은 먼저 골치 아픈 어구를 살리기 위해 온갖 수를 다 써본다. 문장의 다른 자리로 옮겨보기도 하고, 고쳐 써보기도 하고, 생각을 명료하게 하거나 껄끄러운 부분에 기름칠하기 위해 새 단어를 넣어보기도 한다. 그러나 이런 노력은 상황을 악화시키기만 할 뿐, 결국은 문제를 풀 방법이 없다는 결론을 내리게 된다. 그런 막다른 골목에 처한다면, 골치 아픈 부분을 보면서 이렇게 자문해보자. "이게 다 필요할까?" 아마 그렇지 않을 것이다. 그 부분은 내내 불필요한 역할을 했을 것이다. 그래서 여러분을 그토록 힘들게 한 것이다. 그 부분을 빼버린 다음, 문제가 있던 문장이 생명력을 되찾아 정상적으로 숨을 쉬는지 살펴보자. 그것이 가장 빠른 치유책이며, 대개 가장 좋은 방법이다.

문단

문단을 짧게 쓰자. 글은 시각적이다. 즉, 글은 독자의 머릿속에 가닿기 전에 눈에 먼저 가닿는다. 짧은 문단은 글에 바람이 잘 통하게 해주고 글을 시각적으로 매력 있게 해준다. 반면에 문단이 긴 덩어리로 되어 있으면 독자가 읽을 엄두를 내지 못할 수도 있다.

신문의 문단은 두세 문장 정도 길이여야 한다. 신문은 인쇄

영어 글쓰기를 위한 조언

폭이 좁아 문단이 훨씬 길어 보이기 때문이다. 문단을 너무 자주 바꾸면 논의를 전개하는 데 문제가 생긴다고 생각하기 쉽다. 확실히 『뉴요커』는 그런 두려움에 사로잡혀 있다. 하지만 걱정할 것 없다. 문단이 짧으면 잃는 것보다 얻는 것이 훨씬 많다.

그렇다고 너무 심하게 하지는 말자. 짤막한 문단이 계속 이어지는 것은 너무 긴 문단만큼이나 불편하다. 요즘 기자들이 자기 글을 짧고 쉽게 만들기 위해 쓰는 초미니 문단들이 그렇다. 그런 문단은 자연스러운 생각의 흐름을 끊어버려 독자를 더 힘들게 한다. 같은 글을 두 가지 방식으로 배열한 다음 예를 서로 비교해보자.

백악관의 차석 변호사가 화요일 일찍 일을 마치고 포토맥강이 내려다보이는 외딴 공원에서 스스로 목숨을 끊었다.
손에 권총을 들고 남북전쟁 시대의 대포에 기대 쓰러져 있던 그는 아무런 쪽지도 설명도 남기지 않았다.
단지 망연자실한 친구들과 가족, 동료들뿐.
그리고 화요일까지만 해도

백악관의 차석 변호사가 화요일 일찍 일을 마치고 포토맥강이 내려다보이는 외딴 공원에서 스스로 목숨을 끊었다. 손에 권총을 들고 남북전쟁 시대의 대포에 기대 쓰러져 있던 그는 아무 쪽지도 설명도 남기지 않았다. 그가 남긴 것은 망연자실한 친구들과 가족, 동료들, 그리고 화요일까지만 해도 모든 이들이 꿈꾸었던 그의 인생 이 모든 이들이 꿈꾸었던 그의   력뿐이었다.

인생 이력뿐.

왼쪽은 AP통신사 판으로, 문단이 성긴 데다 셋째 넷째 문
장에 동사가 없다. 분열적이고 어깨에 힘이 들어가 있다. 마치
기자가 "내가 얼마나 글을 간결하게 썼는지 알겠지!"라고 자랑
하는 것만 같다. 오른쪽은 내가 고친 것인데, 기자가 글을 제대
로 쓸 줄 알고 세 문장을 하나의 논리적인 단위로 묶을 줄 안
다는 인상을 준다.

　기사나 책을 쓸 때 문단 나누기는 미묘하면서도 중요한 요
소다. 문단 나누기는 자기 생각을 어떻게 조직화했는지를 독자
에게 알려주는 지도와 같다. 훌륭한 작가들의 글을 보고 그들
이 어떻게 하는지 연구해보면, 그들이 문장이 아닌 문단 단위
로 생각한다는 것을 알게 될 것이다. 각 문단은 내용과 구조 면
에서 나름의 완결성을 갖는다.

성차별

글 쓰는 사람들에게 가장 성가신 새로운 문제 가운데 하나는
성차별적인 언어, 특히 '그/그녀' 같은 대명사를 어떻게 처리
할 것인가이다. 여성운동 덕분에 우리는 우리가 쓰는 말에 성
차별적 표현이 얼마나 많이 숨어 있는지 알게 되었다. 눈에 띄
게 거슬리는 '그'라는 대명사 외에도 불공평한 뜻이 담겨 있
거나 어떤 판단을 함축하는 수많은 단어가 있다. 예컨대 여

성을 얕보거나(gal; 아가씨), 차등적인 지위나(poetess; 여류시인) 역할(house wife; 가정주부) 또는 머리가 비었음을(the girls; 여자들) 암시하거나, 여성의 능력을 비하하는(lady lawyer; 여변호사) 단어들이 그것이다. divorcée(이혼녀), coed(여대생), blonde(금발)처럼 성적인 의미를 드러내는 말도 있다. 이런 말은 남자에게는 쓰이지 않는다. 남자는 그냥 강도를 당하지만, 강도를 당하는 여자는 꼭 늘씬한 스튜어디스거나 발랄한 검은 머리 아가씨다.

그보다 더 교묘하고 더 해로운 용법은 가족사에서 여성을 남성과 동등한 역할을 한, 주체성을 지닌 사람으로 보지 않고 남성 가장의 소유물로 취급하는 것이다. "초기 정착민들은 아내와 아이들을 데리고 서부로 나아갔다"(Early settlers pushed west with their wives and children). 정착민은 '개척민 가족', 또는 '아들딸을 데리고 서부로 간 개척민 부부', 아니면 '서부에 정착한 남녀'로 바꾸자. 오늘날에는 거의 모든 역할이 남녀 모두에게 열려 있다. 남성만이 정착민이나 농부나 경찰이나 소방관이 될 수 있다는 암시를 주는 표현은 쓰지 말자.

더 어려운 것은 chairman(위원장)이나 spokesman(대변인)처럼 man을 포함하는 단어에 대해 여성운동가들이 제기한 문제이다. 여성도 남성과 똑같이 위원회를 주재할 수 있으며 똑같이 발언을 잘할 수 있다는 것이다. 그래서 chairperson이나 spokeswoman 같은 새 단어를 만들어 쓰자는 움직임이 있었고, 그렇게 임시로 만들어낸 말들이 1960년대부터 성차별에 대한 우리의 의식을 높였다. 하지만 그런 단어들은 결국 임시적일 뿐이며, 때로는 대의에 도움을 주기보다는 해를 끼치기도 한다. 한 가지 방법은 새로운 단어를 찾아내는 것이다. 이를테면 chairman의 경우는 chair, spokesman의 경우는 company representative를 쓰는 것이다. 명사를 동사로 바꾸는 방법도 있다. "존스 씨는 회사를 대표하여 ~라고 말했다"라고 하는 것이다. 어떤 직업에 남성형과 여성형 단어가 같이 있다면 대신 쓸 수 있는 총칭을 찾아보자. 가령 actor(배우)와 actress(여배우)는 performer(연기자)로 쓸 수 있다.

그래도 골치 아픈 대명사가 남아 있다. 'he'는 아주 괴로운 단어다. "Every employee should decide what he thinks is best for him and his dependents"(모든 종업원은 그와 그의 부양가족에게 최선이라고 생각하는 것을 정해야 한다). 이렇게 쓸 수 있는 무수한 문장들을 어떻게 할 것인가? 한 가지 방법은 복수형(they)을 쓰는 것이다. "All employees should decide what they think is best for them and their dependents." 하지만 이런 방법은 조금만 써야 한다. he를 무조건 they로 바꾸면 글이 엉망이 되어버린다.

또 하나 흔히 쓰는 방법은 'or'를 사용하는 것이다. "Every employee should decide what he or she thinks is best for him or her." 하지만 이 방법 역시 아껴 써야 한다. 글을 쓰다 보면 '그 또는 그녀'를 쓰는 것이 자연스러워 보일 때가 있다. 여기서 '자연스럽다'란 글 쓰는 사람이 그(또는 그녀)가 문제를 인식하고 있으며 적절한 한계 내에서 그(또는 그녀) 나름대로 최선을 다하고 있음을 알려준다는 뜻이다. 하지만 현실을 직시하자. 영어는 남성형 총칭을 벗어나기 어렵다("Man shall not live by bread alone"; 사람은 빵만으로 살 수 없다). '그'를 무조건 '그 또는 그녀'로 바꾼다면 말이 턱턱 막히는 느낌일 것이다.

이 책의 초기 판본에서 나는 the reader, the writer, the critic, the humorist 대신에 he를 썼다. 매번 'he or she'를 쓰면 책이 읽기 힘들어질 것 같아서였다(나는 'he/she'는 절대 반대다. 좋은 영어 문장치고 사선을 쓰는 경우는 없다). 하지만 그동안 이 문제 때문에 많은 여성이 나에게 편지를 썼다. 필자이자 독자로서 그들은 글을 읽고 쓰는 남자만을 떠올려야 하는 것이 유감이라고 했다. 맞는 말이었다. 그들은 나에게 readers나 writers와 같이 복수형을 쓰고, 그다음에는 they를 쓰라고 했다. 나는 복수형을 좋아하지 않는다. 복수형은 단수형에 비해 덜 구체적이고 연상하기도 더 어려워 글을 약하게 만든다. 나는 글을 쓰는 사람은 모두 그 또는 그녀의 글을 읽는 단 하나의 독자를 연상하는 게 좋다고 생각한다. 하지만 삼사백 군데는 복수로 바꾸기만 하면 별문제 없이 he나 man을 피할 수 있었다. 그런다고 해서 하늘이 무너지는 것도 아니었다. 이번 판본에서 남성형 대명사가 남아 있는 경우는 그 수밖에 없다는 느낌이 들 때뿐이었다.

최선의 방법은 다른 대명사를 쓰거나 문장의 다른 성분을 대체해서 he와 남성적 소유의 함의를 없애버리는 것이다. he 대신에 we를 쓰는 손쉬운 방법이 있다. his는 our와 the로 바꾸어 쓸 수 있다. (A) "First he notices what's happening to his kids and he blames it on his neighborhood"(그는 그의 아이들에게 무슨 일이 벌어지면 먼저 그의 이웃 탓을 한다). (B) "First we notice what's happening to our kids and we blame it on the neighborhood"(우리는 우리 아이들에게 무슨 일이 벌어지면 먼저 이웃 탓을 한다). 구체적인 명사 대신 일반적인 명사를 쓰는 방법도 있다. (A) "Doctors often neglect their wives and children"(의사들은 흔히 자기 아내와 아이들을 소홀히 하는 경향이 있다). (B) "Doctors often neglect their families"(의사들은 흔히 가족들을 소홀히 하는 경향이 있다). 이렇게 조금만 바꾸어도 무수히 많은 죄를 면할 수 있다.

내 경우 크게 도움이 되었던 대명사는 'you'(여러분)였다. '필자'가 무엇을 하는지 이야기한 다음 '그가' 어떤 어려움에 빠지는지 설명하지 않고 독자에게 직접 말해도 되는 경우가 많았다("여러분은 ~할 수 있다"). 모든 글쓰기에 통용되는 것은 아니지만, 안내서나 자기계발서를 쓰는 사람에겐 하늘이 준 선물과도 같은 방법이다. 열이 나는 아이의 어머니에게는 스폭 박사의 목소리가, 요리 중에 어찌할 바를 모르는 사람에게는 줄리아 차일드의 목소리가 가장 위안을 주는 소리일 것이다. 여러분이 사람들에게 가장 쉽게 다가갈 수 있는 방법을 찾아보자.

고쳐쓰기

고쳐쓰기는 글 잘 쓰기의 핵심이다. 게임에 이기느냐 지느냐가 여기에 달려 있다. 받아들이기 어려운 말일지도 모른다. 누구나 초고에 애착을 갖기 때문이다. 그것이 완벽하지 않다는 사실을 믿기 어려울 것이다. 그러나 초고가 완벽하지 않을 확률은 100퍼센트에 가깝다. 대개 작가들은 처음에는 하고 싶은 말을 하지 못하거나 제대로 말하지 못한다. 처음 쓴 문장은 항상 문제가 있게 마련이다. 명료하지도 않고 논리적이지도 않다. 장황하고 매끄럽지 못하다. 잘난 체하고 지겹다. 군더더기와 진부한 문구가 가득하다. 리듬감이 부족하고, 다른 뜻으로 읽힐 수도 있다. 앞의 문장과 자연스럽게 이어지지 않는다. 그 밖에도 모자라는 것투성이다. 요는, 명료한 글쓰기는 부단한 손질의 결과라는 것이다.

전문 작가들은 단어들을 척척 제자리에 집어넣을 테니 절대 고쳐쓰기를 할 필요가 없을 거라고 여기는 사람들이 많다. 그러나 사실은 그 반대다. 세심한 작가들은 글에서 손을 떼지 않는다. 나는 고쳐쓰기를 부당한 과제라고 생각해본 적이 없다. 오히려 내 글을 계속해서 개선할 기회가 주어질 때마다 감사하게 생각한다. 글쓰기는 좋은 시계와 같다. 매끄럽게 돌아가야 하며 남아도는 부속이 없어야 한다. 그러나 학생들은 고쳐쓰기에 그렇게 애착을 갖지 않는다. 그들은 고쳐쓰기를 징벌, 즉 별도의 숙제나 연습으로 여긴다. 여러분이 그런 학생이 아니라면, 부디 고쳐쓰기를 선물이라고 생각하자. 글쓰기가 단번에 완성되는 '생산품'이 아니라 점점 발전해가는 '과정'이라는 것을 이해하기 전까지는 글을 잘 쓸 수 없다. 아무도 여러분이 단번에, 또는 두 번 만에 완성하리라 기대하지 않는다.

내가 말하는 '고쳐쓰기'는 초고를 쓴 다음 다른 두번째 판을 쓰고, 다시 세번째 판을 쓰라는 뜻이 아니다. 고쳐쓰기는 대개 맨 처음 쓴 원재료를 고치고 줄이고 다듬는 일이다. 그중 많은 부분은 독자가 어려움 없이 끝까지 따라올 수 있게 이야기가 흘러가는지 확인하는 것이다. 스스로 독자의 입장이 되려 애쓰자. 독자가 일찍 알아야 할 사실을 문장 뒤쪽에 넣지는 않았는가? 앞 문장과 주어나 시제, 어조, 강조점이 달라지는 것을 독자가 알 수 있을까?

전형적인 문단 하나를 예로 들어보자. 이것이 작가의 초고라고 생각하면 어떤가. 딱히 잘못된 것도 없고 명료하고 문법에도 맞지만 위태위태한 부분이 잔뜩 있다. 독자가 시간과 장소의 변화를 알아차리기 어렵거나, 문체에 변화와 생기가 부족한 것이다. 이 원고를 처음 본 편집자가 지적할 만한 점을 각 문장 뒤에 괄호를 쳐서 덧붙여보았다. 그다음은 그런 지적 사항을 반영해 고친 글이다.

There used to be a time when neighbors took care of one another, he remembered.(성찰의 어조를 확실히 나타내기 위해 "he remembered"를 앞으로 가져가자.) It no longer seemed to happen that way, however.(역접의 뜻

인 "however"가 앞에 와야 한다. 이왕이면 "But"으로 시작하자. 미국의 이야기라는 것도 밝히자.) He wondered if it was because everyone in the modern world was so busy.(문장들이 모두 길이도 비슷하고 리듬도 비슷해 지루하다. 의문문으로 바꾸면 어떨까?) It occurred to him that people today have so many things to do that they don't have time for old-fashioned friendship.(앞 문장의 반복이다. 없애거나 적절한 디테일을 가미해 활기를 불어넣자.) Things didn't work that way in America in previous eras.(독자는 아직도 현재 시제에 있다. 과거 시제임을 알리기 위해 어순을 바꾸자. "America"는 앞에 넣었으면 또 쓸 필요가 없다.) And he knew that the situation was very different in other countries, as he recalled from the years when he lived in villages in Spain and Italy.(독자는 아직 미국에 있다. 유럽 이야기를 꺼내려면 부정적인 전환을 나타내는 단어를 사용하자. 문장도 늘어진다. 두 문장으로 나누면 어떨까?) It almost seemed to him that as people got richer and built their houses farther apart they isolated themselves from the essentials of life.(아이러니가 너무 늦게 등장한다. 아이러니는 일찍 심어두자. 부유함에 대한 역설도 더 날카롭게 다듬자.) And there was another thought that troubled him.(이 문단에서 진짜 말하고자 하는 것이 이 부분이다. 중요하다는 점을 독자에게 알리자. "there was" 구문은 약하니 피하자.) His friends had deserted him when he needed them most during his recent illness.(문장이 "most"로 끝나게 하자. 마지막 단어는 독자의 귓전에 맴돌면서 문장에 힘을 실어준다. 아팠다는 이야기는 다음 문장에 쓰자. 따로 이야기할 내용이니까.) It was almost as if they found him guilty of doing something shameful.(아파서 수치를 느꼈다고 말하자. "guilty"는 적확하지 않으니 생략하자.) He recalled reading somewhere about societies in primitive parts of the world in which sick people were shunned, though he had never heard of any such ritual in America.(문장이 느리게 시작하고 늘어지고 따분하다. 짧게 끊어 쓰자. 마지막에 아이러니 한 토막을 남기자.)

He remembered that neighbors used to take care of one another. But that no longer seemed to happen in America. Was it because everyone was so busy? Were people really so preoccupied with their television sets and their cars and their fitness programs that they had no time for friendship? In previous eras that was never true. Nor was it how families lived in other parts of the world. Even in the poorest villages of Spain and Italy, he recalled, people would drop in with a loaf of bread. An ironic idea struck him: as people got richer they cut themselves off from the richness of life. But what really troubled him was an even more shocking fact. The time when his friends deserted him was the time when he needed them most. By getting sick he almost seemed to have done something shameful. He knew that other societies had a custom of "shunning" people who were very ill. But that ritual only existed in primitive culture. Or did it?

그는 이웃들이 서로를 보살피던 때를 떠올려보았다. 그러나 미국에서 그런 일은 이제 없는 것 같았다. 다들 너무 바빠서일까? 정말 사람들이 텔레비전이니 자동차니 건강관리니 하는 것들에 너무 빠져 있어서 우정을 나눌 시간이 없어져버린 것일까? 이전 시기에는 절대 그렇지 않았다. 전 세계 어디에도 그렇게 사는 가족은 없었다. 그가 기억하기에는, 스페인과 이탈리아의 몹시 가난한 마을에서도 사람들이 빵 한 덩이를 들고 그를 찾아오곤 했었다. 아이러니한 일이었다. 사람들은 부유해질수록 삶의 풍요로움으로부터 스스로 멀어지는 것이다. 그러나 정말로 그를 괴롭힌 것은 훨씬 더 충격적인 사실이었다. 친구들이 그를 버린 것은 그가 가장 친구들을 필요로 할 때였다. 몸이 아픈 것이 무슨 수치스러운 짓이라도 저지른 것 같았다. 어떤 사회에서는 매우 아픈 사람을 '기피'하는 관습이 있다는 사실을 그는 알고 있었다. 그러나 그런 풍습은 미개사회에나 존재하는 것이었다. 실제로 그랬는지는 모를 일이지만.

이것이 최선이거나 유일한 방법은 아니다. 내가 손본 것은 주로 구성적인 측면이다. 즉, 어순을 바꾸거나 흐름에 긴장감을 주거나 요점을 또렷하게 만드는 따위였다. 운율이나 디테일, 참신한 언어 구사 같은 측면에서는 더 손댈 데가 많을 것이다. 전체 구성도 마찬가지로 중요하다. 자기가 쓴 글을 처음부터 끝까지 큰 소리로 읽어보자. 그러면서 항상 앞 문장에서 독자를 어디에 남겨두었는지 기억하자. 간혹 다음과 같이 쓰는 수가 있다.

The tragic hero of the play is Othello. Small and malevolent, Iago feeds his jealous suspicions.(이 극의 비극적 주인공은 오셀로다. 비열하고 악의에 차 있어, 이아고는 그의 질투와 의심을 키운다.)

이아고에 관한 문장 자체에는 잘못된 점이 없다. 그러나 앞 문장 다음에 오기 때문에 크게 잘못되었다. 독자의 귀에 남아 있는 이름은 오셀로다. 독자는 당연히 그가 비열하고 악의에 차 있다고 생각한다.

이렇게 앞뒤 연결을 염두에 두면서 글을 소리 내어 읽다보면, 독자를 잊어버렸거나 헷갈리게 했거나, 알아야 할 사실을 알려주지 않았거나, 했던 말을 또 한 부분이 많은 것을 보고 놀랄 것이다. 초고가 느슨한 것은 어쩔 수 없는 일이다. 여러분이 해야 할 일은 글이 처음부터 끝까지 짜임새를 갖추고 경제성과 온기를 지니도록 정리하는 것이다.

이렇게 다듬는 과정을 즐기자. 나는 글쓰기는 좋아하지 않지만, 고쳐쓰기는 아주 좋아한다. 특히 잘라내기를 좋아한다. 삭제키를 눌러 불필요한 단어나 문구나 문장을 없애는 것이다. 따분한 단어를 더 정확하고 빛깔 있는 것으로 바꾸는 것도 좋아한다. 문장과 문장의 연결을 튼튼하게 만드는 것도 좋아한다. 단조로운 문장을 유쾌한 리듬과 우아한 음악성이 있는 문장으로 바꾸는 것도 즐겁다. 작은 것을 하나하나 고쳐나가다보면 내가 도달하고자 하는 곳에 좀 더 가까이 다가가고 있음을 느낄 수 있으며, 결국 그곳에 도달했을 때는 게임을 승리로 이끌어준 것이 글쓰기가 아니라 고쳐쓰기였음을 깨닫게 된다.

컴퓨터로 글쓰기

글을 고쳐 쓰거나 글의 구성을 바꾸는 데 특히 유용한 컴퓨터는 신이 내린 선물, 또는 기술이 준 선물이다. 컴퓨터는 여러분이 쓴 문장을 여러분 눈앞에 말끔하게 펼쳐 보여주며, 여러분은 그것을 마음에 들 때까지 고치고 또 고칠 수 있다. 아무리 많이 잘라내고 고쳐도 문단과 페이지가 알아서 다시 정렬되며, 자리를 비우고 맥주를 한잔하는 사이 프린터가 알아서 모든 걸 깔끔하게 출력해준다. 글 쓰는 사람에게 자기 글이 한결 나아져 다시 활자화되는 소리만큼 달콤한 음악은 없을 것이다.

이전 판처럼 이제는 우리 삶의 일부가 된 워드프로세서라
는 놀라운 새 기계를 작동하는 법을 설명하거나 그것을 이용해
글을 쓰고 고치고 구성하는 방법에 대해 다룰 필요는 없을 것
이다. 이제 그것은 상식이 되어버렸다. 다만 여기서는 (여러분이
아직 믿지 못한다면) 컴퓨터 덕분에 시간과 고역이 엄청나게 줄
었다는 점만 강조하고자 한다. 나 역시 타자기로 글을 쓰던 때
보다 컴퓨터를 쓰는 지금이 책상 앞에 앉을 때 훨씬 마음이 가
볍다. 구성을 다듬어야 하는 복잡한 과제를 앞두고 있으면 더
욱 그렇다. 일도 더 빨리 끝나고 피로도 훨씬 덜하다. 글 쓰는
사람에게 시간, 성과, 에너지, 즐거움, 통제 면에서의 이득은 매
우 귀중한 것이다.

자기 소재에 자신감을 갖자

글 쓰는 일을 하면 할수록 진실보다 더 흥미로운 것은 없다는
사실을 절감하게 된다. 사람들이 하는 일, 사람들이 하는 말은
늘 그 대단함과 독특함, 또는 그 드라마, 유머, 아픔으로 나를
놀라게 한다. 실제로 일어나는 일만큼 놀라운 것을 누가 만들
어낼 수 있겠는가? 갈수록 나는 글 쓰는 사람들과 학생들에게
자기 소재에 자신감을 가지라는 말을 자주 한다. 따르기 쉽지
않은 조언이기는 하다.

최근 미국의 한 소도시에 있는 신문사에서 글쓰기를 지도
한 적이 있다. 많은 기자가 더 근사해 보이기 위해 특집 기사
같은 문체로 쓰는 습관에 빠져 있었다. 그들이 쓰는 도입부는

영어 글쓰기를 위한 조언

아래와 같이 짤막한 문장들로 이루어져 있었다.

휴우!
믿을 수 없는 일이었다.
에드 반스는 자기 눈을 의심했다.
어쩌면 그건 초봄의 나른함일 뿐이었는지도 모른다. 4월이
한 사내를 그렇게 만들 수 있다니.
집을 나오기 전에 자동차를 점검하지 않았던 것 같지는 않았다.
하지만 또 깜빡 잊고 린다에게 말을 하지 않았다.
그건 이상한 일이었다. 그는 언제나 잊지 않고 린다에게 말을
했기 때문이다. 함께 다니기 시작한 교교 시절부터 줄곧 그래
왔었다.
그게 정말 이십 년 전이었던가?
세다가 이제는 신경 써야 할 어린 스쿠터도 있다.
가만히 생각해보니 개의 행동이 좀 수상쩍었다.

그런 글들을 읽다보면 흔히 1면에서 시작해서 "9면에서 계
속됨"이라는 문구가 나올 때까지도 대체 무엇을 말하려는 것인
지 감을 잡을 수가 없었다. 그러다 의무감으로 9면까지 가서야
구체적인 디테일이 풍부한 홍미로운 이야기를 발견하곤 했다.
나는 기자에게 물었다. "9면까지 읽어보니 재미있는 이야기더군
요. 왜 그 내용을 도입부에 넣지 않았지요?" 기자의 답은 이랬
다. "글쎄, 도입부에선 개성을 표현하려고 했어요." 사실과 개성

이 별개라고 생각한 것이다. 하지만 그렇지 않다. 개성과 사실은 유기적으로 결합하여 있다. 여러분이 할 일은 개성 있는 사실을 제시하는 것이다.

나는 1988년에 『춘계훈련』이라는 야구에 관한 책을 쓴 적이 있다. 그것은 내 평생의 직업과 내 평생의 탐닉을 결합한 작업이었다. 작가에게는 최고의 일이었다. 자기가 좋아하는 분야에 대해서는 더 즐겁게 잘 쓸 수 있기 때문이다. 내가 야구라는 큰 주제의 작은 부분으로 춘계훈련을 택한 것은 그것이 선수에게나 팬에게나 다시 태어나는 시기이기 때문이다. 그때 게임은 본래의 순수한 모습을 되찾는다. 6주 동안 잔디 깔린 야외의 태양 아래에서, 오르간 음악 없이, 젊은이들이 손에 닿을 듯 가까이서 경기하는 것이다. 연봉도 분규도 다 잊을 수 있다. 무엇보다 이 시기는 가르치고 배우는 때이다. 피츠버그 파이어리츠 구단을 다루기로 한 것은 그들의 훈련지가 플로리다주 브레이든턴의 구식 구장인 데다 선수 지도를 중시하는 매니저 짐 레일랜드와 함께 새롭게 태어나려고 하는 젊은 팀이었기 때문이다.

나는 게임을 낭만적으로 그리고 싶지 않았다. 나는 홈런 치는 장면을 느린 화면으로 처리하는 야구영화를 좋아하지 않는다. 홈런이 중요하다는 것은 나도 잘 안다. 특히 9회 말 투아웃의 역전 홈런은 말할 것도 없다. 하지만 나는 독자들의 주의를 끌기 위해 느린 화면을 집어넣거나 야구를 인생, 죽음, 중년, 잃어버린 젊음, 혹은 더 순진했던 미국의 은유로 치장하지 않기

영어 글쓰기를 위한 조언

로 마음먹었다. 대신에 나는 야구가 존경할 만한 직업이라는 전제 위에서 그 직업을 어떻게 가르치고 배우는지 알고자 했다.

그래서 나는 짐 레일랜드와 코치들을 찾아가 이렇게 물었다. "당신도 가르치는 사람이고 나도 가르치는 사람입니다. 당신은 타자를 어떻게 가르칩니까? 투수는, 야수는, 주자는 어떻게 가르칩니까? 어떻게 하면 이 젊은이들을 그렇게 혹독하고 긴 일정에 붙들어둘 수 있습니까?" 모두가 나에게 마음을 열고 자세하게 답해주었다. 선수들 역시 그랬고, 심판, 스카우터, 매표원, 지역 팬 등 내가 원하는 정보를 가진 다른 모든 사람들도 마찬가지였다.

하루는 스카우터들이 앉아 있는 홈플레이트 뒤의 스탠드로 올라갔다. 춘계훈련은 야구에서 가장 중요한 재능 경연장이기 때문에 훈련 캠프마다 평생 선수들의 재능을 평가해온 과묵한 사람들이 몰려든다. 나는 스톱워치를 눌러가며 메모하고 있는, 볕에 많이 그을린 육십대 남자의 옆자리가 빈 것을 발견했다. 한 회가 끝나자 나는 그에게 무엇을 재고 있는지 물어보았다. 그는 캘리포니아 에인절스의 스카우팅 코디네이터 닉 캠직이라고 자신을 소개하고는, 주자들의 속도를 재는 중이라고 대답했다. 나는 어떤 정보를 찾는 것인지 물어보았다.

"그러니까, 오른손 타자는 1루까지 가는 데 4.3초가 걸리지요." 그가 말했다. "그리고 좌타자는 4.1에서 4.2초 정도 걸립니다. 당연히 선수마다 조금씩 차이가 있고요."

"그런 수치가 무슨 의미가 있습니까?" 내가 물었다.

"보통 더블플레이에 걸리는 시간이 약 4.3초예요." 그가 상식이라는 듯이 말했다. 나는 더블플레이에 걸리는 시간을 생각해본 적은 한 번도 없었다.

"그 말은 그러니까…"

"4.3초보다 빨리 1루까지 가는 선수를 보면 관심을 갖게 된다는 거지요."

사실 그 자체로 충분하다. 4.3초라는 시간이 타자가 공을 한 번 치고 야수가 공을 두 번 던지고 내야수 세 명이 움직이는 플레이를 하기에는 대단히 짧은 시간이라는 사실을 설명하는 문장을 덧붙일 필요는 없다. 4.3초라고만 하면 독자가 알아서 놀랄 수 있다. 스스로 생각할 수 있다는 사실이 독자를 즐겁게 한다. 글쓰기에서 독자가 차지하는 역할이 큰 만큼, 그 역할을 할 여지를 주어야 한다. 이미 알고 있거나 알아낼 수 있는 사실을 괜히 설명해서 독자를 불쾌하게 하지 말자. '놀랍게도', '예상대로', '물론' 같은 말도 삼가자. 그런 말은 독자가 사실을 마주하기 전에 거기에 가치를 부여한다. 자기 소재에 자신감을 갖자.

자기 관심사를 쓰자

쓰면 안 되는 주제란 없다. 대개 학생들은 스케이트보드, 치어리더, 록 음악, 자동차처럼 자기 마음에 드는 주제를 피한다.

영어 글쓰기를 위한 조언

선생이 그런 주제를 하찮게 여길 거로 생각하기 때문이다. 삶의 어떤 부분도 그것을 진지하게 받아들이는 사람에게는 절대 하찮은 것이 아니다. 자기가 좋아하는 것을 파고들면 글도 잘 써지고 독자의 관심도 끌 수 있다.

나는 낚시, 포커, 당구, 로데오, 등산, 자이언트 바다거북 등 내가 관심을 가지리라고 생각하지 않았던 여러 주제를 다룬 근사한 책들을 읽었다. 요리, 원예, 사진, 뜨개질, 골동품, 조깅, 항해, 스쿠버다이빙, 열대새, 열대어 같은 자기 취미에 관해 쓰자. 교육, 간호, 경영, 점포 운영 같은 자기 일에 관해 쓰자. 역사, 전기, 미술, 고고학같이 대학 시절에 좋아했고 꼭 다시 공부해보고 싶은 분야에 관해 쓰자. 자기가 아는 대로 정직하게 쓸 수만 있다면 지나치게 특별하거나 별난 주제란 없다.

출전

이 책에서 인용한 자료는 대부분 먼저 잡지나 신문에 실렸다가 나중에 책으로 다시 묶인 것이다. 아래에 열거한 출전은 대개 초판본이다.

56~57p   E. B. White, "The Hen(An Appreciation)", Roy E. Jones, A Basic Chicken Guide, W. Morrow & Co., 1944 ; E. B. White, The Second Tree from the Corner, Harper & Bros., 1954.

58~59p   H. L. Mencken, "The Hills of Zion", The Vintage Mencken, Vintage Books, 1955.

60~62p   James Herndon, How to Survive in Your Native Land, Simon & Schuster, 1971.

74~76p   William Zinsser, The Lunacy Boom, Harper & Row, 1970.

80~81p   Joan Didion, Sloughing Toward Bethlehem, Farrar, Straus & Giroux, 1968.

82~83p   Edmund Wilson, The Dead Sea Scrolls, 1947~1969, Farrar, Straus & Giroux, 1983.

89p   H. L. Mencken, "Coolidge", The Vintage Mencken.

90~91p   William Zinsser, Pop Goes America, Harper & Row, 1966.

118~119p   Joseph Mitchell, The Bottom of the Harbor, Little, Brown and Company, 1960.

127~129p   Joan Didion, Sloughing Toward Bethlehem.

129~131p   John McPhee, Coming into the Country, Farrar, Straus & Giroux, 1977.

131~133p   Jonathan Raban, "Mississippi Water", Granta, no. 46, Autumn 1993.

133~135p   Jack Agueros, "Halfway to Dick and Jane: A Puerto Rican Pilgrimage", Thomas Wheeler(ed.), Immigrant Experience, Doubleday, 1971.

135p   Prudence Mackintosh, "The South of East Texas", Texas Monthly, October 1989.

136~137p   Tom Wolfe, The Right Stuff, Farrar, Straus & Giroux, 1979.

138~139p   V. S. Pritchett, The Offensive Traveler, Alfred A. Knopf, 1964.

141p   James Baldwin, The Fire Next Time, Vintage Books, 1962.

143~144p   William Zinsser, American Places, HarperCollins, 1992.

153~154p   Eudora Welty, One Writer's Beginnings, Harvard University Press, 1983.

155~156p   Alfred Kazin, A Walker in the City, Harcourt, Brace, 1951.

157~159p   Enrique Hank Lopez,"Back to Bachimba", Horizon, Winter 1967.

160~161p   Maxine Hong Kingston, The Woman Warrior, Alfred A. Knopf, 1975.

161~163p   Lewis P. Johnson,"For My Indian Daughter", Newsweek, Sep. 5, 1983.

163~164p   John Mortimer, Clinging to the Wreckage, Penguin Books, 1984.

165~166p   Kennedy Fraser,"Ornament and Silence", The New Yorker, Nov. 6, 1989 ; Kennedy Fraser, Ornament and Silence: Essays on Women's Lives, Alfred A. Knopf, 1996.

170~173p   Harold M. Schmeck, Jr.,"Brain Signals in Test Foretell Action", The New York Times, Feb. 13, 1971.

174~175p   Will Bradbury,"The Mystery of Memory", Life, Nov. 12, 1971.

176p   Berton Roueché, Eleven Blue Men and Other Narratives of Medical Detection, Little, Brown and Company, 1954.

177~178p   Moshe Safdie, Beyond Habitat, The M.I.T. Press, 1970.

179~180p   Diane Ackerman,"Bats", The New Yorker, Feb. 28, 1988.

181p   Loren Eiseley, The Immense Journey, Random House, 1957.

181~182p   Lewis Thomas, Lives of a Cell: Notes of a Biology Watcher, Viking Press, 1971.

183~184p   Robert W. Keyes,"The Future of the Transistor", Scientific American, June 1993.

187~191p   Glenn Zorpette,"How Iraq Reverse-Engineered the Bomb", IEEE Spectrum, April 1992.

193~194p   George Orwell,"Politics and the English Language".

218~219p   Molly Haskell,"Deep Streep", Ms., December 1988.

220~221p   Michael J. Arlen, Living-Room War, Viking Press, 1969.

223p   Virgil Thompson, The Musical Scene, Alfred A. Knopf, 1945.

224~225p   Review by John Leonard, The New York Times, Nov. 14, 1980.

226~227p   Cynthia Ozick,"T. S. Eliot at 101", The New Yorker, Nov. 20, 1989.

234~235p   William Zinsser, The Haircurl Papers, Harper & Row, 1964.

242~243p   Jean Shepherd(ed.), The America of George Ade, G. P. Putnam's Sons, 1961.

245p   Don Marquis, Archy and Mehitabel, Doubleday & Co., 1927.

246p   Robert Benchley, Benchley—or Else!, Harper & Bros., 1947.

247~248p   S. J. Perelman, Strictly From Hunger, Random House, 1937 ; S. J.
           Perelman, The Most of S. J. Perelman, Simon & Schuster, 1958.

249p   Woody Allen, Getting Even, Random House, 1971.

250~251p   Mark Singer,"Trump Solo", The New Yorker, May 19, 1997.

251~252p   Garrison Keillor,"End of the Trail", We Are Still Married, Viking
           Penguin, Inc., 1989.

252~253p   Garrison Keillor,"How the Savings and Loans Were Saved", We Are
           Still Married.

254~255p   Ian Frazier, Dating Your Mom, Farrar, Straus & Giroux, 1986.

255~257p   John Updike,"Glad Rags", The New Yorker, March 1993.

264p   E. B. White, "Death of a Pig", The Second Tree from the Corner,
           Harper & Bros., 1953.

306~329p   William Zinsser,"The News From Timbuktu", Cond? Nast Traveler,
           October 1988.

424p   William Zinsser, Spring Training, Harper & Row, 1989.

이 책에 소개된 주요 작가들

디디온, 조앤 Didion, Joan (1934~2021)
저널리스트, 에세이스트, 소설가. 에세이집 『상실』(The Year of Magical Thinking), 『베들레헴을 향해 웅크리다』(Slouching Towards Bethlehem), 『푸른 밤』(Blue Night) 등을 통해 미국의 정치와 문화를 날카롭고 섬세하게 분석했다.

라드너, 링 Lardner, Ring (1885~1933)
소설가, 저널리스트, 극작가. 야구소설 『넌 나를 알잖아 알렉스』(You Know Me, Al), 단편집 『단편소설 작법』(How to Write Short Stories) 등으로 미국의 대표적인 풍자 작가로 인정받았다.

레너드, 존 Leonard, John (1939~2008)
비평가. 1967년부터 오랫동안 『뉴욕타임스』 북리뷰에서 활동하면서 미국 문학계에 큰 영향을 미쳤다.

레이반, 조너선 Raban, Jonathan (1942~2023)
영국의 여행 작가, 소설가. 주로 강을 따라 여행하면서 역사에 대한 풍부한 해설과 자전적 이야기를 가미한 작품을 썼다.

로페스, 엔리케 행크 Lopez, Enrique Hank (1920~1985)
멕시코 이민 2세 작가, 변호사. 『욱스말의 숨겨진 마법』(The Hidden Magic of Uxmal) 등이 있다.

맥피, 존 McPhee, John Angus (1931~)
작가, 저널리스트. 뉴저널리즘의 기수 가운데 한 명으로, 과학, 스포츠, 환경 등 다양한 주제의 글을 썼다.

메일러, 노먼 Mailer, Norman (1923~2007)
작가, 저널리스트. 2차대전 참전 경험을 바탕으로 한 소설 『벌거벗은 자와 죽은 자』(The Naked and the Dead)로 주목을 받았으며, 베트남전쟁을 다룬 논픽션 『밤의 군대』(Armies of the Night)로 퓰리처상을 받았다.

멩켄, H. L. Mencken, Henry Louis (1880~1956)

저널리스트, 풍자가, 비평가. 『아메리칸 머큐리』(*American Mercury*)지를 창간했으며, 미국적 생활방식에 대한 과격하고 신랄한 비판과 풍자적인 문체로 유명하다. 『편견』(*Prejudice*), 『미국어』(*American Langage*) 등의 저서가 있다.

모티머, 존 Mortimer, Sir John Clifford (1923~2009)

영국의 작가, 극작가. 텔레비전 시리즈로 제작된 『베일리의 럼폴』(*Rumpole of the Bailey*) 시리즈로 유명하다.

미첼, 조지프 Mitchell, Joseph (1908~1996)

『뉴요커』 기자. 뉴욕과 그 변두리의 특이한 사물이나 주변부 인물들의 삶을 섬세한 필치로 그렸다.

볼드윈, 제임스 Baldwin, James Arthur (1924~1987)

소설가, 극작가, 시인, 에세이스트. 흑인으로서의 사회·문화적 불평등과 정체성 문제를 다룬 소설들로 높은 평가를 받았다.

서버, 제임스 Thurber, James (1894~1961)

유머 작가, 만화가. 개인의 우수와 고독을 날카롭게 표현한 글과 그림으로 유명하다. 선집 『서버 카니발』(*The Thurber Carnival*), 우화집 『우리 시대의 우화』(*Fables for Our Time*) 등이 있다.

소로, H. D. Thoreau, Henry David (1817~1862)

철학자, 에세이스트. 월든 호수에서의 단순하고 자유로운 생활을 직설적이고 세련된 문체로 그린 『월든』(*Walden, or Life in the Woods*)은 미국 산문 문학의 고전으로 평가받는다.

스미스, 레드 Smith, Red (1905~1982)

스포츠 저널리스트. 문학성과 유머를 갖춘 글로 스포츠 저널리스트로서는 처음으로 퓰리처상을 받으며 큰 인기를 얻었다.

싱어, 마크 Singer, Mark (1950~)

저널리스트. 『웃기는 돈』(*Funny Money*), 『미국의 어딘가』(*Somewhere in America*) 등이 있다.

아게로스, 잭 Agueros, Jack (1934~2014)
시인, 극작가, 방송작가. 푸에르토리코인 이민자들의 삶을 다룬 단편집 『도미노』
(Dominoes) 등이 있다.

아이슬리, 로렌 Eiseley, Loren (1907~1977)
인류학자, 생태학자, 시인. 과학에 관한 시적인 에세이로 유명하다. 『광대한 여행』(The
Immense Journey), 『시간의 창공』(The Firmament of Time) 등이 있다.

애커먼, 다이앤 Ackerman, Diane (1948~)
작가, 시인, 자연주의자. 자연주의적 감성과 과학적 관찰력, 철학적 사색이 결합된 글쓰
기로 잘 알려져 있다. 주요 저서로 『감각의 박물학』(Cultivating Delight), 『휴먼 에이지』
(The Human Age) 등이 있다.

업다이크, 존 Updike, John Hoyer (1932~2009)
소설가, 시인, 비평가. 네 편의 '토끼' 연작 소설로 유명하다. 『달려라 토끼』(Rabbit,
Run), 『켄타우로스』(The Centaur) 등이 있다.

에이드, 조지 Ade, George (1866~1944)
작가, 칼럼니스트, 극작가. 풍자와 아이러니로 보통 미국인들의 삶을 그려낸 미국의 선
구적인 유머 작가로 손꼽힌다.

오지크, 신시어 Ozick, Cynthia (1928~)
소설. 유대인과 유대교 문제를 다룬 단편집 『이교 랍비』(The Pagan Rabbi), 『숄』(The
Shawl) 등으로 높은 평가를 받았다.

울프, 톰 Wolfe, Thomas Kennerly (1930~2018)
작가, 저널리스트. 노먼 메일러, 게이 테일리즈 등과 함께 1960~70년대 논픽션에 픽
션적 요소를 가미한 뉴저널리즘 운동을 일으켰다. 논픽션 『필사의 도전』(The Right
Stuff), 소설 『나는 샬럿 시먼스』(I Am Charlotte Simmons) 등 수많은 베스트셀러를
썼다.

웰티, 유도라 Welty, Eudora (1909~2001)
소설가. 고향인 미국 남부의 전원생활과 인간관계를 세밀하게 묘사한 작품들로 유명하
다. 단편집 『초록빛 커튼』(Curtain of Green) 등이 있다.

윌스, 개리 Wills, Garry (1934~)
작가, 저널리스트, 역사가. 『투쟁자 닉슨』(Nixon Agonistes)으로 주목을 받았으며, 링컨의 게티스버그 연설에 대한 『링컨의 연설』(Lincoln at Gettysbur)로 퓰리처상을 받았다.

윌슨, 에드먼드 Wilson, Edmund (1895~1972)
문학 비평가. 피츠제럴드, 헤밍웨이 등을 발굴하며 미국 문예 부흥에 크게 기여했다. 주요 저서로 상징 주의 문학의 흐름을 다룬 『엑셀의 성』(Axel's Castle) 등이 있다.

케이진, 앨프리드 Kazin, Alfred (1915~1998)
작가, 문학 비평가. 뉴욕 좌파 지식인 그룹의 일원으로, 현대 미국의 대표적인 비평가로 손꼽힌다. 20세기 미국 문학에 대한 뛰어난 연구인 『고국에 서서』(On Native Grounds) 등의 저서가 있다.

코프먼, 조지 S. Kaufman, George Simon (1889~1961)
극작가, 저널리스트. 풍자극 『출세자』(The Butter and Egg Man), 표현주의극 『벼락부자』(The Butter and Egg Man) 등이 있다.

킬러, 개리슨 Keillor, Garrison (1942~)
작가, 칼럼니스트, 라디오 진행자. 소설 『Lake Wobegon Days』, 에세이 『Homegrown Democrat』 등이 있다.

킹스턴, 맥신 홍 Kingston, Maxine Hong (1940~)
중국계 이민 2세 작가. 자전적인 요소와 픽션이 혼합된 글쓰기를 통해 중국인과 여성으로서의 정체성 문제를 다루었다. 대표작 『여성 전사』(The Woman Warrior) 등이 있다.

터클, 스터즈 Terkel, Studs (1912~2008)
작가, 역사가, 방송인. 구술사를 바탕으로 미국 민중의 역사를 재구성하는 작업으로 이름을 얻었다. 『재즈, 매혹과 열정의 연대기』(Giants of Jazz), 『노동』(Working) 등의 책이 있다.

토머스, 루이스 Thomas, Lewis (1913~1993)
의사, 작가, 어원학자. 생물학에 대한 에세이집 『세포의 삶』(The Lives of a Cell), 자서전 『가장 어린 과학』(The Youngest Science) 등이 있다.

톰슨, 버질 Thomson, Virgil (1896~1989)
작곡가, 지휘자, 음악 비평가. 1940년부터 1954년까지 『뉴욕 헤럴드 트리뷴』의 음악
비평가로 활동하면서 독특한 위트와 감식력을 보여주었다.

파커, 도로시 Parker, Dorothy (1893~1967)
소설가, 시인. 위트와 냉소가 넘치는 작품들로 이름을 떨쳤다. 단편집 『이곳에 놓여 있
다』(Here Lies), 시집 『우물만큼 깊지 않고』(Not So Deep as a Well) 등이 있다.

페럴먼, S. J. Perelman, Sidney Joseph (1904~1979)
유머 작가, 극작가. 여러 신문과 잡지에서 활발하게 활동하면서 문화적 허세와 미국인
의 어리석음을 풍자하여 미국 유머의 수준을 한 단계 끌어올린 것으로 평가받는다.

프레이저, 이언 Frazier, Ian (1951~)
작가. 깊이 있는 취재를 바탕으로 미국의 역사, 낚시 등을 다양한 주제를 다루었다. 『대
평원』(Great Plains), 『가족』(Family) 등이 있다.

프리쳇, V. S. Pritchett, Sir Victor Sawdon (1900~1997)
영국의 작가, 비평가. 단편집 『눈먼 사랑』(Blind Love), 회고록 『문밖의 택시』(A Cab at
the Door), 비평집 『신화를 만드는 이들』(The Myth Makers) 등이 있다.

해스켈, 몰리 Haskell, Molly (1939~)
페미니스트 영화 비평가. 영화 속 여성의 모습에 대해 다룬 『숭배에서 강간까지』(From
Reverence to Rape) 등이 있다.

화이트, E. B. White, Elwyn Brooks (1899~1985)
에세이스트, 동화 작가. 『샬롯의 거미줄』(Charlotte's Web), 『스튜어트 리틀』(Stuart
Little) 등의 동화와 글쓰기 안내서 『문체의 요소』(Elements of Style) 등으로 유명하며,
당대의 문장가로 이름을 날렸다.

역자 후기를 쓴다는 것은 언제나 어려운 일이다. 책 한 권을
번역하는 동안 어떤 생각을 했는지, 어떤 말이 하고 싶었는지
담담하게 써나가면 될 텐데, 그게 그리 간단하지가 않다. 부끄
럽게도 내 경우에는 책을 번역하고 나면 기억에 남는 게 많지
않다. 어쩌면 그런 사실을 감추기 위해 책 내용에 대해 이래저
래 아는 체를 하면서 '이 책 정말 괜찮은 책이다'라는 식의 선
전을 하게 되는지도 모른다.

　사실 이번 책도 사정은 마찬가지다. 아니, 훨씬 더한 것 같
다. 변명이지만, 특히나 이번 책은 지금까지 내가 번역한 적지
않은 책 가운데 가장 여러 번 '고쳐 쓴', 정확히 말해 '번역 원
고를 고쳐 쓴' 책이기 때문이다. 하기야 번역하는 자로서 고전
의 반열에 오른 글쓰기 책의 문장론에 대해 더 보탤 말이 무엇
이 있을까. 그러니 이번만큼은 내용보다는 역자의 짧은 소회만
을 밝히는 게 낫겠다.

　번역하면서 가장 어려웠던 점은 크게 두 가지였다. 하나는

기능적인 것으로, 원래 영어권 독자를 대상으로 한 글쓰기 책이기 때문에 원문의 미묘한 어감을 살리기 힘들었다는 점이다. 저자가 독자를 즐겁게 해주기 위해 구사하는 미묘한 말장난, 음감 차이, 의미 차이를 어떻게 옮겨야 할지 난감할 때가 많았다. 그런 부분이 특히 많은 문법 관련 장(章)들은 편집자의 현명한 판단에 따라 뒤쪽에 부록으로 배치되었다. 영어 글쓰기에 관심이 있는 독자에게는 큰 도움이 될 것이다. 또 하나는 문화적인 것으로, 좋은 글과 나쁜 글의 예로 나오는 수많은 인용문을 저자의 의도에 맞게 우리말로 옮기기가 매우 까다로웠다는 점이다. 특히 미국의 문화적, 역사적, 사회적 배경을 알지 못하면 의미를 충분히 이해하기 힘든 경우도 꽤 있었다.

둘 다 어떤 책을 번역하든 어느 정도 부닥치게 마련인 문제겠지만, 글 쓰기 책이라는 점에서 그 어려움은 더 컸다. 그러나 결국 번역을 마친 후에도 여러 번의 교정 과정을 거쳐 드디어 책이 나오게 되었다. 편집을 맡아 역자보다 더 책을 꼼꼼히 읽고 번역상의 문제점을 지적해주고, 저자의 의도에 맞게 문장을 간소하게 다듬어준 돌베개 출판사 이상술 씨의 노고가 없었다면 이 책은 이만한 모양새를 갖출 수 없었을 것이다. 만일 이 책의 뜻이 독자들에게 제대로 전달되지 않는다면 가장 큰 책임은 역자의 몫일 터이며, 우리말로 글을 쓰는 독자들에게 도움이 된다면 편집자의 공일 것이다.

그동안 여러 책을 번역했지만, 그중에도 특별히 자주 들여다보게 되는 책이 있다. 이 책이 그럴 것 같다. 독자의 입장이 되어 찬찬히 읽다보면 번역할 때는 미처 즐기지 못했던, 보편적으로 공감할 수 있는 글쓰기의 묘미를 더 찾을 수 있을 것 같기 때문이다. 저자의 많은 유용한 조언 가운데 가장 인상적이었던 것은 과감하게 쓰고 부단히 고쳐 쓰자는 것이었다. 그리고 다른 누구보다 자신을 위해 쓰자는 말이었다. 심지어 유머까지도. 독자들께는 이 책이 좋은 글쓰기를 위한 기능을 가르쳐주는 안내서일 뿐 아니라 자기를 발견하는 글쓰기, 나아가 자기를 구하는 글쓰기로 가는 문을 알려주는 안내자가 되었으면 좋겠다.

2007년 11월
이한중